最忆是长河

我与河南黄河的故事

黄河水利委员会河南黄河河务局 编

黄河水利出版社
·郑州·

图书在版编目（CIP）数据

最忆是长河：我与河南黄河的故事 / 黄河水利委员会河南黄河河务局编 . -- 郑州：黄河水利出版社，2022.11

（河南黄河故事丛书）

ISBN 978-7-5509-3470-2

Ⅰ . ①最… Ⅱ . ①黄… Ⅲ . ①回忆录－作品集－中国－当代 Ⅳ . ① I251

中国版本图书馆 CIP 数据核字 (2022) 第 247100 号

策划编辑：王建平　　电话：0371-66024993　　E-mail：1360300540@qq.com

出 版 社：黄河水利出版社　　网址：www.yrcp.com

地址：河南省郑州市顺河路黄委会综合楼 14 层　　邮编：450003

发行单位：黄河水利出版社

发行部电话：0371-66026940、66020550、66028024、66022620（传真）

E-mail：hhslcbs@126.com

承印单位：河南博雅彩印有限公司

开本：787 mm×1092 mm　1/16

印张：22

字数：312 千字

版次：2022 年 12 月第 1 版　　印次：2022 年 12 月第 1 次印刷

定价：68.00 元

序

河南黄河河务局党组书记、局长　张群波

黄河，中国的第二大河流，发源于青藏高原，蜿蜒东流5000多公里，穿越黄土高原及黄淮海大平原，流入渤海。自形成之日起，日夜奔流不息，滋润着流域内的万物山川。

河南黄河河段，西起灵宝，东至台前，全长711公里。这里峡谷对峙，悬河蜿蜒，绚丽多姿，巍然壮观。河南黄河两岸，历史悠久，风云际会。在黄河的襟抱中，河南成为华夏文明形成与发展的核心地区。数不尽的先哲圣贤，在这里演绎着中华民族的煌煌生机，创造了灿烂多姿的黄河文化。同时，黄河也因泥沙淤积形成悬河导致频繁决口改道，恣意横流，给中原人民带来了深重的灾难。

回望来路，铭记历史。1946年，中国共产党领导人民治理黄河在烽火硝烟中起步，如今基本建成“上拦下排、两岸分滞”的防洪工程体系，创造了70多年岁岁安澜的历史奇迹；引黄供水从人民胜利渠“第一闸”首开开闸取水先例，经过几十年的发展，2000多亿立方米黄河水润泽中原，为沿黄区域经济社会发展提供了有力水资源支撑，一座座依河而兴、因水而美的城市明珠贯穿河南黄河沿岸。70多年来，黄河从“中华之忧患”变为一条“利民之河”“安澜之河”，成为中国粮仓丰廪的重要保障、国家能源安全的重要支撑、流域生态环境改善的重要依托，古老的黄河显得更加年轻，更加多姿多彩。

党的十八大以来，特别是实施黄河流域生态保护和高质量发展重大国家战略以来，河南黄河河务局党组始终牢记嘱托，扛稳责任，锚定建设幸福河目标，持续构建和完善河南黄河保护治理“1562”发展格局，绘就落实重大国家战略的时间表、任务书和路线图，压实责任，挂图作战，持续推动落实见成效。安澜黄河、生态黄河、美丽黄河、富民黄河、文化黄河建设亮点纷呈。

不忘初心，开启未来。《最忆是长河——我与河南黄河的故事》围绕河南黄河保护治理70多年来的光辉历程，精选精编相关历史事件亲历者或见证人撰写的回忆文章，用50篇蘸满浓情笔墨的生动文字，献给流经中原大地的黄河、献给河南黄河保护治理波澜壮阔的生动实践。本书以时间为轴、事件为辐，点面结合反映河南黄河保护治理成就与特点，撷取重大历史事件、关键节点或重要突破，是一本记录河南黄河历史、了解河南黄河发展的好读物。希望读者朋友通过阅读本书，更加深刻理解河南黄河是“黄河文化发祥地、千年治黄主战场、幸福河建设示范区”之涵义，支持河南黄河保护治理事业。

征程万里风正劲，重任千钧再出发。让我们矢志不渝沿着习近平总书记指引的方向，推进黄河保护治理，以强烈的使命感和责任感，奋力书写新时代河南黄河出彩答卷，为黄河永远造福中华民族而不懈奋斗！

是为序。

2022年12月

前 言

黄河宁，天下平。治理黄河，自古以来就是安民兴邦的大事。河南地处黄河中下游，伴河而生、因河而兴，黄河河南段地理位置特殊、河道形态复杂，是黄河全流域治理的重中之重。

1946 年，在解放战争的炮火与硝烟中，中国共产党领导人民拉开了治理黄河的序幕。新中国成立后，在党中央、国务院的高度重视和亲切关怀下，在黄委和河南省委省政府的正确领导下，河南黄河河务局历届党组带领全局干部职工，与全省党政军民团结奋斗、勠力同心、孜孜以求，彻底扭转了历史上频繁决口改道的险恶局面，实现了河南黄河岁岁安澜，为黄河下游黄淮海大平原经济社会的稳定持续发展起到了重要的保障作用。

党的十八大以来，习近平总书记高度重视黄河保护治理工作，走遍了黄河上中下游 9 省区。2019 年 9 月，在郑州考察黄河并主持召开座谈会，强调保护黄河是事关中华民族伟大复兴的千秋大计，部署黄河流域生态保护和高质量发展上升为重大国家战略。在习近平总书记重要讲话精神指引下，河南黄河干部职工迎难而上，锐意进取，黄河流域生态保护和高质量发展重大国家战略在河南黄河落地见效，一幅壮美的新时代“幸福河”建设新画卷正在徐徐展开。

2022 年是党的二十大召开之年，也是深入推动黄河流域生态保护和高质量发展重大国家战略的承上启下关键之年，在这一重要历史背景下，为深入贯彻习近平总书记关于黄河保护治理重要讲话指示批示精神，展现河南黄河 70 多年来取得的历史成就，讲好黄河故事、弘扬黄河文化，兼具史料价值和文学价值的图书——《最忆是长河——我与河南黄河的黄河故事》应时而生。

《最忆是长河——我与河南黄河的黄河故事》是河南黄河文化建设的最新成果，围绕中原大地上演的黄河故事，共精选精编相关历史事件亲历者或见证人撰写的回忆文章50篇，分为安澜黄河、润泽中原、长河作证、文化传承4个章节，通过收集记录当事人的“亲历、亲见、亲闻”，力求多方位、多角度反映河南人民治理黄河、利用黄河和传承黄河文化的恢宏史篇。

全书文字记述力求概括凝练、勾勒发展，在纪实性、科学性的前提下体现了一定的思想性、文学性。全书凝聚了关注黄河、关心治黄的各界人士的智慧和心血。文章的提供者有长期从事治黄工作的领导、专家，有战斗在一线的基层干部、职工，许多老领导、老同志也积极参与，提供稿件。他们以翔实的资料、真实的感受、凝练的笔触，描绘了河南黄河治理与发展波澜壮阔的历史画卷，既有比较广泛的代表性，又有较强的可读性。

本书的编写，历时两载，几易其稿。2021年年初，编写组一行即赴郑州、焦作、新乡等河务局调研，并召开局机关撰稿人征编座谈会，扎实推动稿件征集。在局属河务局调研时，听取各单位征集工作开展情况，了解存在的困难和问题，摸排史料征集新线索。还从选题、写作等方面进行了讲解，对撰稿人提出的困惑进行解答。在编写过程中，编写组加强联系指导，充分利用河南黄河公众号和电子政务黄河记忆专栏，及时刊发已完成的稿件，以求达到交流互鉴、取长补短的效果。

河南黄河河务局党组高度重视图书的征编和出版工作，将其作为迎接党的二十大系列活动的重要内容之一，列入年度工作重点任务。党组书记、局长张群波同志多次过问并亲自作序，推动工作有力有序开展；一级巡视员姚自京同志从提出编写原则、修改编写大纲，到完善章节设置等多方面给予了悉心指导。在编写过程中，很多老领导、老专家从不同角度提供稿件、补充图片，提出意见和建议。我们也参阅了大量的治黄专著、画册和资料，在此一并致谢。由于本书反映的史实时间跨度大、内容广泛，有些具有较强的专业性，有些作者提供稿件时年事已高、记忆抑或不甚准确，且不同作者从不同角度记述同一史实存在认知上的差异，加之编纂时间仓促和编者水平所限，舛误疏漏在所难免，敬请各界人士和广大读者批评指正。

编　者

2022 年 12 月

目 录

长河作证

文化传承

安澜黄河

路出大梁城，关河开晓晴。
日翻龙窟动，风扫雁沙平。
倚剑嗟身事，张帆快旅情。
茫茫不知处，空外棹歌声。

——明·谢榛《渡黄河》

黄河安澜，民族夙愿。
夏禹治水，历千古之传扬；
王景安流，膺百世之咏叹。
张戎刷沙，析河患之成因；
贾让三策，称河论之经典。
潘公束水，扬治河之美名；
靳辅方略，铸治河之明鉴。
康熙勒柱，系治黄于六巡；
武帝作歌，除瓠子之一险。

——王希社《黄河安澜赋》（节选）

1958年黄河下游抗洪斗争回顾

◎陈赞廷

1958年7月，黄河下游发生了特大洪水，给两岸人民的生命财产造成了一定的损失。为将洪水造成的灾害减少到最低限度，两岸人民全力以赴投入到抗洪救灾斗争中。我当时任黄河水利委员会水文处水情科科长，参加了这场抗洪斗争。现根据自己的记忆，并参考《黄河防洪志》（河南人民出版社，1991年出版）、《黄河水文志》（河南人民出版社，1996年出版）写成此文。

1958年黄河入汛后，中下游不断降雨。7月14日至18日，由于日本海高压西伸并控制了我国华北东部，将高空槽在河套地区上空切断，700hPa上空为南北向切变线。同时，有台风在福建沿海登陆，使上海至郑州一线有强劲的东南风输送大量的水汽，造成了三门峡至郑州花园口之间（简称三花间）连降四场暴雨。其中，最大的一场在16日2时至17日8时，主要雨区在三花间干流区间及伊、洛、沁河中下游。

暴雨有三个中心：第一个是洛河支流涧河的仁村及三门峡至小浪底间畛水上游的曹村，第二个是三门峡至小浪底间的垣曲，第三个是蟒河上的瑞村。

最大24小时降雨量：仁村达650毫米（调查），垣曲为366.5毫米，瑞村为303.1毫米。三花间5天平均雨量为155毫米。

最大5天累计雨量：仁村为700毫米（调查），垣曲为492.2毫米，瑞村为390.8毫米。暴雨笼罩面积（包括淮河流域）为8.6万平方公里。其中，三花间暴雨笼罩面积为2.2万平方公里，占其总面积的52%，干流、支流相继发生洪水。

各水文站的洪峰流量：小浪底水文站7月17日10时30分流量为17000立方米每秒，洛河白马寺水文站17日2时30分流量为5360立方米每秒，伊河龙门镇水文站17日5时42分流量为6850立方米每秒，伊洛河黑石关水文站17日13时36分流量为9450立方米每秒，沁河小董水文站17日20时流量为1050立方米每秒。

由于暴雨时空分布比较集中，致使黄河干、支流洪水在花园口遭遇，于17日24时形成了1933年以来的最大洪峰流量——22300立方米每秒。这次洪水自7月15日12时上涨，至22日18时落平，历时7天6小时，10000立方米每秒的流量历时81小时。

整个洪水过程由四个洪峰组成：最大洪峰之前53小时（15日19时）出现第一个洪峰，流量7000立方米每秒；17日9时出现第二个洪峰，流量11900立方米每秒；最大洪峰为第三个洪峰，出现时间为17日24时；最大洪峰之后40小时（19日16时）又出现第四个洪峰，流量14600立方米每秒。最大洪峰以三花间洪水为主，三门峡水文站相应流量为6130立方米每秒；其余三个洪峰均以三门峡以上洪水为主，加上三花间来水形成。这次洪水与1933年8月洪水（陕县水文站洪峰流量为22000立方米每秒，三花间基本上无加水）相比：5天洪量，花园口水文站为52.90亿立方米，比1933年陕县水文站51.80亿立方米多1.10亿立方米；12天洪量，花园口水文站为82.62亿立方米，比1933年陕县水文站90.73亿立方米少8.11亿立方米。这次洪水来自三门峡以上的5天洪量为26.38亿立方米，占花园口水文站洪量的49.9%；12天洪量为51.26亿立方米，占花园口水文站洪量的62.0%。最大洪峰于18日14时到达夹河滩水文站，洪峰流量为20500立方米每秒；19日4时30分到达高村水文站，洪峰流量为17900立方米每秒；20日12时到达孙口水文站，洪峰流量为15900立方米每秒；21日洪水进入东平湖，最大进湖流量为10300立方米每秒，最高湖水位达44.81米；21日22时到达艾山水文站，洪峰流量为12600立方米每秒；23日12时到达泺口水文站，洪峰流量为 11900 立方米每秒；25 日 9 时到达利津水文站，洪峰流量为 10400 立方米每秒。

这次洪水将京广铁路上的黄河铁桥冲垮 2 孔，在兰考东坝头以下普遍漫滩偎堤，超过保证水位的堤段长达 400 公里。其中，高村水文站超过 0.38 米，孙口水文站超过 0.87 米，艾山水文站超过 0.93 米，泺口水文站超过 1.09 米。各堤段超过保证水位的时间达 35 ~ 80 小时，堤根水深一般为 2 ~ 4 米，个别堤段达 5 ~ 6 米。在山东省境内的狭窄河道水位更高，险工坝头有的被洪水漫顶，有的只高出水面几分米。如山东省齐河豆腐窝以下险工坝岸几乎与水面平，有 130 多段坝岸洪水漫顶；东平湖有 44 公里多的湖堤洪水漫顶 0.01 ~ 0.4 米，风浪越堤而过，形势十分严峻。

在这次大洪水中，黄河水利委员会（简称黄委会）机关和所属各有关单位全力以赴投入抗洪斗争，水文处及所属各水文站都发挥了尖兵作用。在汛前准备工作中，我们就全面调查研究了流域面上和河道中的变化，修订、补充了黄河干、支流洪水预报方案；各水文站在测验设施、测洪方案等方面都

1958 年，豫、鲁两省 200 万军民参加抗洪斗争，战胜了大洪水

做好了施测大洪水的准备。7 月 16 日下午，水情预报人员根据三门峡以上的水情和三花间加水，预报 17 日上午花园口水文站洪峰流量可达 13000 立方米每秒，并继续监视雨情、水情的变化。17 日零点以后，有关三门峡至小浪底间及洛河暴雨的电报频频传来。17 日凌晨，干流八里胡同水文站水势猛涨，继而，三花间各水文站的雨情报告相继报来，伊河龙门镇水文站、洛河白马寺水文站和沁河五龙口水文站先后涨水，情况严重。

我们当即将上述情况向指挥抗洪斗争的王化云同志作了汇报，并立即组织水情预报人员进行洪水分析预报。在尚未正式做出花园口水文站洪水预报前，我们即在黄委会紧急防汛会议上汇报了水情，预估花园口洪峰流量可能超过 20000 立方米每秒。9 时正式做出预报：花园口水文站 18 日 2 时洪峰流量可达 22000 立方米每秒，相应水位 94.40 米；高村洪峰流量 18500 立方米每秒，相应水位 63.30 米。最大洪峰于 17 日 24 时到达花园口水文站，报为 21000 立方米每秒（资料整编为 22300 立方米每秒），水位 94.42 米。

全体水情人员不怕炎热，不怕疲劳，夜以继日地工作，随时分析水情，掌握水情的发展变化。为了及时了解水情，我们要求下游各水文站每半小时报一次水情，遇有特殊情况随时加报。花园口出现洪峰后，我们又及时根据花园口水文站及其上游各有关水文站的水情做出高村以下洪水过程预报，并预报东平湖最高水位为 44.80 米，艾山水文站洪峰流量为 11500 立方米每秒。由于黄河下游洪水情况和河床变化十分复杂，在洪水向下游演进过程中，要随时警惕有无异常情况发生。当洪峰即将到达艾山水文站，该处正在涨水时，突然收到艾山水文站水位急剧下降的情报。我们的心一下子收紧了，担心黄河大堤出了问题，立即打电话询问情况。当得知是艾山对岸的生产堤被洪水冲破后，我们才放下心来。生产堤内被洪水灌满后，艾山水文站的水位又继续上升。

这次我们对于整个洪水的预报都比较准确。如对花园口水文站的洪峰流量预报误差只有 1.3%，水位预报误差仅 0.02 米；对高村水文站的洪峰流量预报误差为 3.4%，水位预报误差为 0.34 米；对东平湖水位预报误差仅 0.01

米；对艾山水文站的洪峰流量预报误差为8.7%。这些都为上级领导做出正确决策提供了可靠的依据。

水文站是与洪水拼搏的前线尖兵。在这次洪水中，下游各站职工与洪水连续搏斗了一个多星期，抢测洪峰。当时的测验设施比较落后，人们要在惊涛骇浪中驾驶木船进行测流。木船随着波浪时隐时现，不但极其艰苦，而且十分危险。各站施测洪峰的历时，除花园口水文站在花园口河床队协助下只用了2小时55分外，夹河滩水文站为9小时45分，高村水文站为10小时50分，孙口水文站为6小时30分，艾山、泺口、利津三个水文站（均为窄河道）也都用了4个多小时。实测最大流量与洪峰流量的比值，除花园口水文站因受其上游13公里处的黄河铁桥2孔被冲垮的影响为73%外，其余各站都基本上测到了洪峰顶（高村水文站达97%，孙口、艾山、泺口等水文站都是99%，利津水文站达100%），做到了及时、准确地测报水情。

正确的决策来源于正确的判断。面对这样大的洪水，应当采取什么样的防御措施才能战胜洪水，这是对黄河防汛工作最严峻的考验。按照预定的防洪方案，当秦厂发生20000立方米每秒的洪水时，应开放石头庄溢洪堰或其他分洪口门向北金堤滞洪区分洪，以控制孙口水位不超过48.76米，相应流量为12000立方米每秒。当时，北金堤滞洪区内有100多万人、200多万亩耕地。如果分洪，不仅财产损失达4亿元，而且滞洪区内的群众不能全部迁出；如果不分洪，滞洪大堤一旦溃决，将造成深重的灾难。因此，如何决策必须十分慎重。17日9时，洪水预报已正式做出。王化云当即带领张林枫（时任水文处副处长）和我到中共河南省委汇报，并参加了省委召开的紧急防汛会议。王化云将水情和防守意见汇报后，会议对分洪准备和堤线防守作了紧急部署。

17日17时，黄河干流小浪底水文站、伊洛河黑石关水文站已相继出现洪峰，花园口洪水流量已达14700立方米每秒。黄河防汛总指挥部向河南、山东两省黄河防汛指挥部发出通知，并报国务院和中央防汛总指挥部。

17日24时，花园口水文站出现洪峰。这时，伊、洛、沁河和三门峡以

军民团结奋战抵御大洪水

下干流区间降雨逐渐减弱，情况与预报基本相同。根据这些情况，王化云提出了不分洪加强防守的意见，并即时打电话报告黄河防汛总指挥、中共河南省委第一书记吴芝圃和山东省省长赵健民，征求两省的意见。在征得两省同意后，黄河防汛总指挥部立即电告国务院、中央防汛总指挥部、水利电力部和中共河南、山东省委。

中央防汛总指挥部接到17日17时的报告后，当即发出指示电报，要求黄河防汛总指挥部及各级防汛指挥部“必须密切注意雨情、水情的发生，以最高的警惕、最大的决心，坚决保卫人民生产成果，坚决制止洪涝为患”；同时，派水利电力部副部长李葆华前来视察黄河水情、指挥防守，并报告了国务院。

河南、山东两省在大洪峰到来之前，作了紧急抗洪部署。中共河南省委、省人委（人民委员会的简称）发了《关于紧急动员起来，战胜特大洪水的紧急指示》；中共河南省委第一书记、黄河防汛总指挥部总指挥长吴芝圃亲临黄河岸边视察水情；省委、省人委领导分赴抗洪第一线坐镇指挥；沿河各地、市、县委书记都亲临前线，领导干部分堤包干负责；大批干部分别到达各防守责任段和群众一起巡堤查水、抗洪抢险，并迅速组织滩区群众的迁移、救护和安置工作。河南省军区副司令员亲率官兵守护大堤，洪峰到达时已做好了一切防守准备。这次防汛共投入各级干部5000多人、各兵种部队4000多人、防守群众30多万人，加上预备队共100余万人；出动船只500艘、汽车500辆。每公里上堤防守人员300 ~ 500人。机动抢险队乘车巡逻，发现险情立即抢护。河南境内的堤防共计出现渗漏、裂缝、脱坡、蛰陷等130多处，险工出险12处（71坝次），经大力抢护均一一脱险。

1958年7月27日，历史将记住这个日子。黄河历史上有水文实测资料以来的最大洪水终于安澜入海，这次防汛斗争取得了最终胜利。

几次重大的黄河抗洪抢险斗争回顾

◎王渭泾

近千年来，黄河决溢频繁，曾给两岸人民带来过深重的灾难，因而被称为“中国之忧患”。特别是新中国成立前的100多年间，由于帝国主义国家的侵略和连年的战争，是黄河历史上决溢泛滥最频繁的时期之一。新中国成立后，在党和国家的高度重视和坚强领导下，经过沿黄人民的艰苦奋斗，黄河治理取得了举世公认的伟大成就，彻底改变了历史上“三年两决口”的险恶局面，战胜了历年的洪水威胁，取得了70多年岁岁安澜的巨大成绩。我于1961年投身治黄事业，亲历了60年代以来的历次洪水。特别是1982年、1985年、1996年等具有典型意义的抗击大洪水斗争，当年众志成城、严防死守、紧张抗洪抢险的情景至今记忆犹新。

亲历东平湖分洪

1982年7月29日至8月2日，黄河三门峡到花园口区间（简称三花区间）4万多平方公里范围内普遍降暴雨、大暴雨，局部降特大暴雨。陆浑雨量站5日累计降雨达782毫米，为有记载以来最大降雨记录。三花区间黄河干、支流先后涨水，伊洛河洪峰超过9000立方米每秒，洛阳伊洛河夹滩地区大面积受淹，沁河出现4130立方米每秒的洪峰，超过沁河的设防标准，局部洪水位超过堤顶0.21米。8月2日，洪水汇聚，花园口站出现了15300立方米每秒的洪峰，是新中国成立以来仅次于1958年的第二大洪水。

黄河抗洪抢险进入了十分紧急的状态。由于河道的淤积抬高，沿程洪水位普遍超过1958年。开封柳园口超过1958年水位达2.09米。根据推算，山东河段将会达到或接近设防标准。洪水过程中，黄河大堤偎水887公里，多处出现渗水、管涌。滩区1000多个村庄受淹，受灾人口达90多万。

那场洪水正值中央筹备召开党的十二次全国代表大会之时。那是粉碎“四人帮”以后的第一次全国代表大会，是国家进入改革开放时期的一次极为重要的会议。党中央、国务院对这场洪水高度重视，国务院副总理万里在北京召集水电部部长钱正英、河南省省长戴苏理、山东省省长苏毅然，共同研究战胜这场洪水的对策，为了确保十二大的顺利召开，保证津浦铁路黄河老铁桥的安全，减轻山东河段的防洪压力，决定运用东平湖老湖分洪，控制洛口水文站流量不超过8000立方米每秒。该方案作为安全度汛的关键措施之一，经国务院批准后由山东省人民政府负责实施，黄河水利委员会负责协调和业务技术指导。

这是东平湖分洪区第一次，也是迄今为止唯一的一次分洪运用。为了保证分洪工作的顺利进行，山东省成立了由省委副书记、副省长李振同志任指挥长，由山东黄河河务局局长、省农委（农业委员会的简称）副主任、相关地市和菏泽军分区领导参加分洪指挥部。黄委会派出工作组协助、指导山东省做好分洪工作。工作组由黄委副主任刘连铭带领，由我和罗庆君同志，共三人组成。指挥部设在梁山县招待所，8月4日李振同志率领部分指挥部成员先期进驻，我们也于当日赶到梁山。

当时，分洪工作面临的主要问题，一是能否按国务院要求的数量分出洪水。黄河分洪区的运用是新中国成立后的第一次，没有经验可循，而且无坝侧向分流很可能达不到预期目的，有的甚至造成分洪道淤堵，无法分流；二是分洪区内有梁山、东平、平阴三县22700多居民，能否在洪水到来之前全部撤离，保证群众生命安全；三是分洪区的湖堤能否守住，保证不决口。为此，指挥部研究确定了12字的工作目标，即“分得进，守得住，撤得出，保安全。”

为此，有关地（市）县抽调干部近千人，组织车辆500多辆、船只800多只，分片包干，对95个大队2万多居民突击撤离；组织3万多人的防汛队伍和机械设备严防死守二级湖堤，确保湖堤安全。人民解放军派出3000多名指战员全力承担急、重、险、难的各项任务；指挥部则密切关注水情变化，以便准确把握分洪时机。

8月6日上午，分洪区有关各县先后向指挥部报告，分洪区居民已经撤离完毕，负责湖堤防守的队伍全部到位。为了做到万无一失，确保分洪区群众的生命安全，指挥部命令再次“清湖”，确保一个不漏地全部安全撤出。

湖区工作安置就绪以后，大家的关注点聚集到水情上来，只待孙口水文站流量达到8000立方米每秒即可破堤分洪。孙口水文站随时报告水位、流量数据，开始水位流量相应上涨，6000立方米每秒以后水位上涨趋缓，大家不免有些焦急，7000立方米每秒以后上涨更慢，此后，水位便开始下降，负责现场指挥的菏泽军分区司令员程枫，以为水文站漏掉了洪峰，不禁拍案怒吼。这时，我们连忙向他解释：“黄河在涨水过程中，河底也在冲刷，过流面积加大了，流量增大时水位有时也会下降。”程司令这时才平静下来说：“原来是这样，真要是漏掉洪峰，这事可大了。”

晚饭以后，孙口水文站流量达到8000立方米每秒。这时，林辛分洪闸和相关人员早已做好准备严阵以待，晚8点，指挥部一声令下：“起爆！”一声巨响，闸前围堤腾起一股烟尘，烟尘落下以后，爆开的口门没有想象的那么大。看上去不过几米宽，底部比水位略低，水流从缺口缓缓流过，于是，我心里紧张起来，这么小的口门能达到分洪目标吗？不过，情况很快发生了变化，随着口门扩大，塌落速度瞬间加大，仅仅几分钟的时间，整个围堤竟然全部崩溃，分流洪水穿越闸门向湖区奔流。这时，我心里的石头终于落地，同时又产生另一种震撼：堤防一旦有了缺口或漏洞，发展竟然如此之快，堤防防守切切不可大意啊。

林辛闸分洪以后，李振副省长提出：既然运用了分洪区，为什么不多分一点？这样可以更大程度解除下游的防汛压力，更安全地度过汛期。他提议加大分洪量，开启十里堡分洪闸一起分洪。多数指挥部成员同意他的意见，不过，时任副指挥长的河务局局长田浮萍同志提出反对意见。他认为：原来的分洪方案足以保证下游的防汛安全。加大分洪量会增加东平湖的库容损失，也会加大库区土地沙化的面积，影响汛后恢复生产。两人争论一番，难以统一意见，一时陷入僵持。刘连铭副主任当即协调认为，这次分洪国务院已授权山东省负责实施，作为业务部门不能单纯从业务技术方面考虑，应当尊重山东省指挥部的意见。经过协调，统一了认识。

8 月 7 日上午 11 时，十里堡闸开启分洪，至 8 月 9 日分洪结束。两闸最大分洪流量达 2400 立方米每秒，分蓄洪水 4 亿立方米。分洪后，艾山水文站最大流量 7430 立方米每秒，削减孙口站洪峰 2670 立方米每秒，洛口以下流量在 6000 立方米每秒上下，洪水平稳入海，完成了国务院给予的防汛和分洪任务，保证了当年黄河防洪安全。

凶险的 1985 年秋汛

1984 年年底，我受黄河水利委员会委派，到河南黄河河务局主持全面工作。河南黄河河务局是黄委会最大的下属单位之一，又是全河最险要的河段，历史上黄河决口有三分之二发生在河南，当时我虽然在黄河系统工作多年，但尚未主持过一个大局的防洪和河务管理工作，深感这项工作的责任重大，任务艰巨。

那时的防汛形势依然十分严峻，下游虽然经过三次大复堤，防洪能力有所加强，但和今日的堤防设施却不可同日而语，大堤仍然单薄，几乎没有淤背工程，控导工程尚在布设时期，河势得不到有效控制。当时，机械设备非常少，抢险基本靠人力，手搬、肩扛，劳动强度大，抢险效率低。特别是改革开放初期，由于缺乏经验，国家财政参照农村改革的办法实行了防汛经费包干“超支不补、结余奖励”，造成料物补充不足，库存数量下降，基层单位因害怕超支而不敢放手抢险，也不愿主动加固工程。20 世纪 80 年代前期处于丰水少沙时期，含沙量小，冲刷力强，险工控导工程根石走失严重又得不到及时补充，如遇大水，自然危机四伏。

我到河南黄河河务局不久就进入1985年汛期，伏汛和秋汛接踵而至。虽然最大洪水的流量8100立方米每秒不算太大，但中水持续时间特别长，从8月开始，3000立方米每秒以上的洪水一直持续到10月23日，是新中国成立以来秋汛结束最晚的一年，也是抢险最多的年份之一。其中，5000立方米每秒以上洪水持续近200个小时，4000立方米每秒以上洪水持续500多个小时，3000立方米每秒以上洪水持续900多个小时。最早出现险情的是郑州市的东大坝，为了支援基层的抢险斗争，我组织带领省局机关职工到东大坝参与抢险。郑州修防处也组织机关职工和部分家属投入抢险斗争。此后，其他工程也相继报告险情，我先后赶赴双井、驾部等工程察看抢险情况，协助基层单位应急处置。

9月29日傍晚，省局防汛办公室接长垣县修防段报告，于林控导工程抢险告急，请求省局协助解决问题。我和工务处的同志当即出发赶往工地。那时交通不便，不光渡河困难，道路也坎坷不平。好在那天是中秋节，星空浩瀚，月色清明，虽然无心赏月，但给赶路帮了大忙。我们赶到于林工地已经是夜里2点，与还在工地守候的濮阳市委吴书记会合，商讨防汛抢险对策。当时的问题主要是料物不足、备防石已全部用完，险情还在发展。经共同研究决定，立即从其他修防段调集石料运来工地，濮阳市政府安排周边乡村连夜运送柳秸料，务必在天亮之前送达工地。

我原本想在工地停留几天，待抢险安排就绪再走，但是第二天上午又接到省局防办电话，温孟滩出现重大险情，请求省局支援。于是我们急忙赶往温孟滩。那里的情况是在孟县（今孟州市）和温县的交界处出现横河，直冲孟县断堤的下端和温县的蟒河河道。滩地坍塌十分剧烈，最快时每天达四五十米，已经逼近黄河堤和蟒河河道，如果继续发展，将会侵夺蟒河，使整个河道形势发生重大改变，造成的后果将十分严重。这种险情一是“横河”，二是“平工出险”，都是黄河上最难抢护的险情。抢护时没有任何工程依托，临时在滩地上布设坝、垛拦截洪水，很难遏制坍塌的发展。

我们赶到时，新乡修防处已经组织工程队抢护了几天，修防处主任王景太已经两天两夜没有休息，疲乏到坐在堤坡上吃饭时不知不觉就歪倒睡着了。经过现场分析，发现仅仅依靠温、孟两县防汛队伍难以控制险情的发展。于是我们紧急决定调集其他几个县段的工程队前来支援，一个单位抢护一个坝垛，力争控制住险情发展。

对于这里的险情，省政府和黄委会也高度重视，明确要求："要全力控制险情发展，一不要过蟒河，二不要抄大玉兰工程后路。"抢险工作是和洪水抢时间、比速度，一旦开始，一刻也不能停顿，稍有迟缓就可能前功尽弃。各修防段的工程队经过几天的连续战斗，已经十分疲劳，洪水还没有消退的迹象。这时，我们向省政府、省军区汇报，请求解放军支援。省军区调集部队战士 1800 人火速赶到现场，同时，我又调集其他地市的部分抢险队赶来，并肩战斗。经过 26 个日夜的连续奋战，终于控制住了险情。这次洪水孟县的堤防冲失了百余米，幸亏是个断堤，对防洪安全没有实质性影响，但对工程防护而言却是一个不小的震撼。10 月底，抢险斗争结束，但凶险的抢险场景至今难以忘记。

科学研判应对 1996 年洪水

1996 年洪水表现诡异，行进缓慢，但是，滩区漫溢、工程出险的情况十分严重，对我们是一次严峻的考验。

河道冲淤状况对洪水表现及灾害程度影响极大。1986 年以后，龙羊峡水库投入运用。黄河的来水来沙情况发生了巨大变化。汛期来水减少，高含沙水流出现概率增加，河道发生了严重的淤积萎缩，过流能力大幅度降低，有些河段不到 2000 立方米每秒的流量就发生漫滩。在这种情况下，我们特别担心突然出现大洪水，河道排泄不及会造成滩区大面积淹没，不但工程会出现险情，滩区群众的迁安救护也将会面临巨大的压力。

1996年8月1日至4日，黄河龙门到花园口区间连降中到大雨，局部大到暴雨，干流小浪底站8月4日2时出现了5000立方米每秒的洪峰，这时，支流也相继涨水。鉴于当时不利的河道形势，预计滩区将会出现大面积漫滩，于是我们立即向省长马忠臣、副省长张以祥作了汇报，引起了省委、省政府的高度重视，省委决定推迟原定于8月6日召开的六届二中全会，由5位省委常委带领工作组到沿黄各地指导抗洪抢险和群众迁安转移工作。国家防总对这次洪水也十分重视，由财政部副部长李延龄、水利部副部长周文治带领工作组分别到河南、山东两省协助指导抗洪工作。

8月5日，黄河花园口站出现了7600立方米每秒的洪峰，果然如我们预料的那样，这场洪水虽然属于中常洪水，但其表现非同寻常：一是水位大幅偏高，花园口7600立方米每秒的水位比1958年22300立方米每秒的水位还高出0.91米，比1982年15300立方米每秒的水位高出0.74米。河道内全线超出历史最高洪水位，两岸大堤之间一片汪洋。二是漫滩范围大，灾情严重。洪水淹没耕地256万亩[①]，受灾人口83万，127个村庄被水围困，直接经济损失达30多亿元。许多从1855年以来一百多年从未上水的高滩也浸溢进水，36万人需紧急迁移安置。三是险情多，河南黄河堤防偎水长度达350公里，堤根水深达3米左右，最深6米，大堤多处出现了脱坡，许多背河潭坑、水井出现管涌迹象。70多处工程、450多道坝出险1400多坝次。无论是受灾范围、灾害损失和工程出险都是新中国成立以来最大（多）的。沿黄各级政府迅速组织50万防汛队伍上堤巡查。特别强调做好群众迁移安置工作。如兰考县滩区范围广大，当时通信设施比较落后，漫滩以后通信完全中断，车和船都无法进入滩区，当地防汛指挥部请求解放军支援。数百名指战员涉水进入滩区，协助地方逐村落实安全防护措施。省委、省政府的主要领导亲赴一线督导。省委书记李长春由叶宗笠同志（时任局党组书记）陪同去黄河北岸各地市，省长马忠臣由我（时任局长）陪同到南岸地市检查防汛工作落实情况。由于领导重视，措施及时，滩区群众得到妥善安置，没有

① 1亩=1/15公顷，下同。

出现人员伤亡。堤防险情得到及时抢护，把洪水的灾害损失降到最低限度，取得了抗洪斗争的胜利。

从多年的治黄工作和亲历的抗洪抢险斗争中，我深深感到，经过几十年的防洪工程建设，防汛的基础设施已经大大加强。上中游初步形成了以小浪底等干支流水库组成的水沙调控体系，下游建成了标准化堤防，控导工程不断完善，防洪能力有了很大提高。不过，黄河极其复杂难治，防洪依然任重道远，黄河还有出现大洪水，甚至特大洪水的可能。在出现河道严重淤积、洪水长时间持续或出现不利河势的情况下，仍会发生危及防洪安全的严重险情。因此，必须切实防止麻痹思想，时刻保持高度警惕，全力以赴做好各项防洪工作，让黄河成为造福人民的幸福河而努力奋斗。

我所经历的 1977 年黄河下游高含沙量洪水

◎李旭东

我从小在“黄家大院”里长大，1975 年高中毕业后，在中牟县原万滩公社毛庄大队插队，其间作为大队群众抢险基干班队员，参加了 1977 年 8 月洪水期的黄河巡堤查险工作，目睹了那场发生在黄河下游小浪底、花园口水文站有实测资料记载以来的历史上最大的高含沙洪水过程，对那波涛滚滚、不时伴随着被掀起大块泥沙的黄河高含沙洪水印象极为深刻。那次在洪水过程中的所见所闻，以及后来我对 1977 年高含沙洪水研究的经历，深深地印在我的脑海中。

1977 年 8 月初的一天深夜，睡梦中突然被大队的高音喇叭惊醒，听到大队部的大喇叭不停地吼叫：“按公社要求，毛庄大队的所有劳力和全体知识青年，带上铁锨和麦秸捆，马上到大队部集合，参加黄河大堤的防汛查险……”当时我是毛庄大队第五生产队知青组组长，听到喊声便急忙起床叫起大家，拿上铁锨，戴上草帽，跑到村南的大队部。大队部门前操场上，电灯光昏暗，细雨如线，熙熙攘攘，人头攒动，集合的人群正在等待出发。

夜色漆黑，道路泥泞，在奔赴黄河大堤的途中，我们淋着细雨，解放鞋上沾满了厚厚的红色胶泥，跟随队伍深一脚、浅一脚、喘着粗气小跑来到黄河大堤后，按照数人一组被人领着迅速到达指定的位置。透过蒙蒙细雨向远处河中望去，隐约看到洪流滚滚奔腾而下；近处岸边，洪水和大风用一波一波的浪头把险工拍得“啪啪”作响。尽管当时季节已经人夏，但夜晚的蒙蒙细雨和洪水风浪，仍然使我们浑身发冷，我们燃起堆堆篝火，度过一整夜。

第二天天亮，放眼向对面的黄河滩沿望去，只见滩沿如刀削斧劈的断崖，矗立在对岸水面数米之上；滩岸崩塌的巨大响声不绝于耳，泥土落入水中，迅速被河水急流卷走；再向黄河的主洪看去，浊流奔腾，水中翻滚着黑色的泥块、连根的大树、动物的尸体；在近岸水面险工坝挡处，漂浮着大量的树枝、芦苇、水草、黑色木炭、动物尸体等等，那些被泥水呛得少气无力的黄河鲤鱼、草鱼、鲫鱼，或将嘴巴露出水面，或吐着泡沫在水中慢慢地游动，翻着白肚已处于死亡边缘的鱼也随处可见。

当日，闻讯的村民有挎篮的、背篓的，还有拉车的，手里拿着各种各样的捞鱼器具、捞柴工具，蜂拥到黄河岸边。黄河浑浊的泥水把鱼呛得都快游不动了，有的人甚至用木棍就能将鱼从水中拨至岸边徒手捞出。人们有的捞出十几条，有的捞出几十条，大的鱼二尺余长，多数是尺余长的。女人们将鱼用柳条篮及各种容器运至家中，活的放入大水缸，死的当即收拾干净，甚至用盐腌起来存放。这是我对 1977 年 8 月这场高含沙洪水的所见所闻，也是我对黄河初次的感性认识。

参加工作后，我对这场高含沙洪水有了深层次的认识。1977 年 7 月、8 月共发生两场高含沙洪水，其中 7 月高含沙洪水主要来自渭河、北洛河、延水等支流降雨，三门峡洪峰流量 7900 立方米每秒，最大含沙量 589 千克 / 立方米，下游高村以上河道淤积 3.62 亿吨，占下游总淤积量的 84%；8 月高含沙洪水主要来自龙门以上偏关河至秃尾河之间的降雨，三门峡、小浪底、花园口洪峰流量分别为 8900、10100、10800 立方米每秒，最大含沙量分别为 911、941、809 千克 / 立方米，下游高村以上河道淤积 4.25 亿吨，占下游总淤积量的 83%。两场高含沙洪水在黄河下游表现：一是槽冲滩淤，但滩地淤积量远远大于主槽冲刷量，在沙量上表现出严重淤积，淤积主要发生在高村以上宽浅游荡河段；二是主河槽发生强烈冲刷，冲刷主要表现在河槽断面形态上的变化；三是河槽形态和河势向好的方面转化；四是花园口以上河段水位流量过程异常变化现象。

1977年黄河下游发生高含沙洪水以后的几年中，曾引起过全国各地有关单位的领导及专家高度重视和关注，许多泥沙专家对此都提出了不同的看法，正确认识高含沙洪水的特性，对下游河道的防洪与治理十分重要和迫切。黄委曾成立由黄河水利委员会原总工程师龙毓骞同志负责的项目组，对1977年黄河下游高含沙洪水演变规律进行深入的分析研究。在我参加工作后的1984年1月，龙毓骞同志召集原工务处和原泥沙研究所的有关领导和技术人员进行专题分析，研究。我受单位领导委派，到泥沙科学研究所师从赵业安、钱意颖、赵文林、樊左英、齐璞等泥沙专家，开展了为期3个月的分析研究工作。当时计算机尚未普及，大量的绘图和分析计算工作还是靠手工操作的。通过大量调研、查勘和对已有实测水文、泥沙资料对高含沙水流特性进行综合分析研究，项目组撰写了《一九七七年高含沙洪水在黄河下游的输移与演变分析》报告。该报告重点分析了1977年高含沙洪水对黄河下游河道影响、高含沙洪水产生原因，提出了高含沙洪水对防洪的影响及工程治理、高含沙洪水的调度措施。主要研究结论简要表述如下：

1977年高含沙洪水对黄河下游河道影响及产生的原因及结论，一是洪水含有大量泥沙，使流体性质发生了变化，是造成河道主槽发生强烈冲刷的原因。二是高含沙洪水河道主槽发生强烈冲刷的时段不同。宽河道主槽在洪水的峰顶段和落水段发生强烈冲刷，而窄河道主槽在洪水的涨水段发生强烈冲刷。原因是宽浅河道在涨水初期水流分散，随着滩地的淤高，主槽变深，水流逐渐集中，单宽流量加大，造成主槽强烈冲刷。而窄深河槽在高含沙洪水通过时主槽宽变化不大，涨水期附加比降为正，流速大，单宽流量大，故涨水期发生强烈冲刷。三是高含沙洪水通过宽浅乱的河段时，边滩淤高，主槽刷深，使河槽形态趋向窄深，河势趋于归顺。高村以上河段主槽面积2000平方米时的河相系数普遍变小，河道嫩滩唇普遍抬高。另外，还归纳整理了国内各知名专家对高含沙洪水的分析认识。

通过综合分析，认为高含沙洪水产生异常现象的原因是由于泥沙强烈淤积使流量大幅度减小形成的；高含沙洪水在黄河下游河道输送，不会形成流量成倍增加的严重局面；从防洪而言，应设法改变进入黄河下游河道的水沙组合，并对宽浅河段进行整治，以消除高含沙洪水对防洪带来的不利影响。

参加 1977 年高含沙洪水对下游河道影响及产生原因分析研究工作，为后期的黄委科技攻关项目——“黄河下游泥沙输移规律与演变分析”研究奠定了基础，该项目研究成果受到黄委领导和上级有关部门的高度评价，并先后获黄委、水利部科技进步一等奖。通过这次工作，我从这些老专家们身上学到许多。丰富的泥沙理论知识、宝贵的工作经验和忘我的奉献精神，自己的理论水平、科研分析和实际工作能力都得到了很大的提升。我受益匪浅，因此终身铭记。

惊心动魄的1982年沁河大洪水

◎马治国 廉金魁 袁乃序 陈文儒等 口述
王婷婷 张祖功 杨保红 整理

马治国：五车口拼命抢险

我叫马治国，今年76岁，武陟县北郭乡涧沟村人。我生在老家长在老家，成年后在部队当兵，转业后在家乡从事公安工作。在我的人生经历中，参加过无数次应急突发事件的处置工作，但付出最多、效果最好、印象最深的，当数1982年的沁河五车口抗洪抢险。

沁河是黄河的主要支流，沁河防汛历来是黄河防汛的重要一环。武陟处于沁河入黄口的险要位置，决定了它在抗洪抢险中任务的艰巨。每遇汛期，武陟的干部群众都严阵以待、全力以赴。1982年7月下旬，沁河上游接连发生大暴雨，致使沁河水位上涨，防汛形势严峻。按照县委安排，我作为县公安局局长，负责地段最险、任务最重、责任最大的五车口防汛抢险指挥工作。五车口位于沁河右堤，西起大虹桥的东小虹村，东至阳城乡的李张村，东西长约2公里。这里是沁河堤坝最低的地方，也是国家防汛指挥部指定的向沁南滞洪区爆破泄洪的节点。历史上，沁河曾多次在这里溃堤决口，沁南5个乡镇十几万群众提起五车口就紧张。

1982年8月2日一大早，天下着大雨，我突然接到县防汛指挥部的电话，要我立刻上堤。我感到情况紧急，连早饭也顾不上吃，就迅速往五车口赶。

当时的沁河两岸之间，已是一片汪洋，凶猛的洪水一浪接一浪地向前涌动，洪水水面离南岸的堤顶仅有 1 米左右。这时，大雨仍在不停地下，河水仍在上涨，负责守护这里的县直单位和五车口周边的干部群众也很快赶到堤上。大家看着这一望无际的洪水，精神都十分紧张，细心地观察着水情的变化，随时准备应对可能突发的险情。

接近中午时分，河水猛涨，将要与河堤持平，人们的心情更加紧张。就在此时，设在西陶的前线指挥部传来紧急通知，根据上游预报，当晚将有一次更大的洪峰，必须做好一切准备，全力迎战更大的洪水。

接到这个通知后，我的心几乎提到了嗓子眼儿，深感压力重大。在场的干部群众也意识到情况的严重性，大家面面相觑，谁也不敢多言多语。

为了抗击随时可能到来的特大洪峰，我立即组织现场的全体人员，利用在堤顶堆放的石块、土牛，在堤顶筑起一道临时的防洪堤堰。就在这个节骨眼上，阳城公社党委、政府又派出了 300 多名群众前来支援。大家一言不发，争先恐后地搬石块、运泥土，每个人的脸上、身上全是雨水、汗水和泥水，变成了一个个“泥人”。就这样，不到 2 个小时，就在原来的堤顶筑起了一道底宽 1 米、高 50 多厘米的临时堤堰。

当晚 9 点，大虹桥水利站传来紧急通知，特大洪峰已到，洪水流量在 4280 立方米每秒以上，已远远超过了规定的泄洪标准。顿时，大家再次紧张起来。没过多久，凶猛的洪峰就到了“五车口”。霎时间，“哗啦、哗啦”的洪水已漫过了原来的堤顶，超出顶面 30 厘米左右。在场的人都没有见过这么可怕的洪水，有的人几乎被吓懵了。值得庆幸的是，我们提前筑好的临时堤堰，挡住了超出堤顶的洪水，使其未能漫过大堤造成灾难。

这时，瓢泼大雨仍在下个不停，夜色深沉，漆黑一团。尽管新筑的堤堰发挥了作用，暂时挡住了洪水，但只是权宜之策。因新筑堤堰非常仓促，未能压实，很不牢固，根本经不起这样凶猛的洪水冲击。不多时，便有几个人慌忙告急，他们守护的地方出现了塌陷，如不采取紧急有效的措施，临时的堤堰很快就会被冲垮，势必造成溃堤决口，后果不堪设想。

面对如此严峻的局面，究竟应该怎么办？我火急火燎。我先向前线指挥部汇报请示，得到的回答是：“坚持！”紧接着又向总指挥部请示，得到的回复依然是：“想尽一切办法，克服一切困难，坚持到底！”

连续两次请示，得到的回答都是要“坚持”，从领导的答复中，我悟到了其中的含义：“坚持”，就是要坚守阵地，坚决挡住洪水。人在，阵地在，决不能让洪水在这里溃堤决口，泛滥成灾。“坚持”，就是要坚定不移地严防死守，倾尽全力，确保沁南10多万人民群众生命财产安全。

面对如此巨大的压力和不可预测的洪水险情，我禁不住思绪万千。我清楚地知道，沁河早已是一条“地上悬河”，此时洪水的水位已经高出沁南地面十五六米，足有四层楼房高，一旦冲垮临时堤堰倾泻下去，就会像恶狼猛兽一般，吞没沁南5个公社的数百个村庄。此情此景，又让我很快联想起1975年夏季在部队参加驻马店地区抗洪抢险的情景。由于板桥水库的溃决，数百个村庄在洪水中转眼间消失，冲毁了无数房舍，夺走了几万人的生命。我越想越害怕，越想越不安，满脸的汗珠，不停地滚落下来。关键时刻，我镇静了一下自己纷乱的心，咬着牙，抬起头，下定了决心：不管有多么大的困难，也要毫无条件地坚持下来。

坚持，坚持，怎样来坚持？我紧张地思考着。眼下，唯一的办法是加固临时堤堰。而加固堤堰需要土，而且需要大量的土。土从何处来？这时，堤顶上原先准备的土方已全部用完，从滩区挖土已根本不可能，要从堤南的地里挖土，雨大路滑，距离又远，险情不容等待。这个难题，又让我抓耳挠腮，搓手跺脚。不过这一跺脚还真灵验，急中生智，我想出个办法，那就是“破堤固堰”。我想，老堤的顶部有10多米宽，如果把堤顶南侧的土挖到2米多宽，用来加固临时堤堰，既能保证用土，又能节约时间，方能尽快解除眼前之患。

我马上把这个想法与跟在后面的河务部门的技术员商量，谁知，却碰了“一鼻子灰”，遭到技术员的极力反对。这个技术员说：“破堤挖土，必须要有上级的命令。没有上级的命令，绝对不能办。否则，就是犯罪，就有坐牢的危险。”

主意已定的我，这时心急如焚，哪管什么犯罪，还是坐牢。为了解决问题，就是有再大的风险，我也要办。于是我毫不犹豫地对技术员说：“只要能保证沁南十几万人民的生命安全，就是去坐牢、被处决，我也心甘情愿，一人来担！”

那位技术人员看到我态度如此强硬，又感到挖土固堰刻不容缓，自己也想不出什么其他办法，就不再劝阻。我当即用脚在堤顶的南侧画出一条2米多宽的线，让技术员立即召集几个骨干人员抓紧安排，分头行动，尽快开始挖土固堰的紧张战斗。

眨眼间，1000多人的抢险队伍，用锹挖，用筐抬，用包背，用箩筐担……你来我往，奔跑不停，谁也不知饥饿，谁也不觉得劳累。在不到1个小时的时间内，就将临时堤堰的底部加宽到2米，高度增加到1米多，迅速加固了这道抗击洪水的重要防线。

此时的“五车口”大堤上，汽灯、马灯、手电灯一片通明，沿着刚筑的堤堰，形成了一条弯弯曲曲的灯的长龙。在灯光下，上千双眼睛死盯着眼前水情的变化，谁也不敢有一丁点儿的放松。

时间在一分一秒地过去，洪水在一米一米地向前滚动，雨水在冲刷着每个人的身体，所有人的心随着洪水的奔涌，都在剧烈地跳动。大家屏住呼吸，很少言语，都全神贯注地注视着水情，随时准备应对险情的发生。

1个小时过去了，2个小时过去了，3个小时过去了，依然不见洪水回落。所有人的心情更加沉重，更加焦躁不安，更加担惊和恐惧。

就在这时，突然有一个人大声地喊了一声：“这里漏水了！这里漏水了！”顷刻间，守护在这里的人惊呆了，不少人慌乱起来，爆出了一阵嘈杂声。我立即带着技术员赶到现场查看，发现是一处管涌，不知是哪种野生动物打的洞在往外冒水。有经验的技术员立即让人抬来沙袋，围堵在管涌的周围，很快就消除了隐患。大家随之又恢复了平静，总算是度过了一场虚惊。

此时的夜深沉而又寂静，雨仍在不停降落，滚滚的洪水还在继续向前涌动。四、五个小时过去了，依旧不见洪水降落的迹象。守护在这里的群众更加焦急，更为紧张，更多人担心会有不测的险情发生。

后半夜，突然有一位心细的年轻人喊了一声："洪水下降了！洪水下降了！"这喊声，让不少人感到吃惊，有些疑惑。大家纷纷观察自己眼前的水位，这时，几乎同时爆发出一声喊叫："我们胜利了！我们胜利了！"这喊声似惊雷，在沁河的上空回响，它打破了深夜的紧张，让所有守护在大堤上的人们欣喜若狂。一直在这里坚持守护了6个多小时的干部群众，轻松起来，兴奋起来，有不少人还流下了激动的泪水。

廉金魁：杨庄改道工程段抢险

1982年8月2日，沁河发生了一场百年不遇的特大洪水。据小董水文站记录，当晚9时许，最大洪水流量为4130立方米每秒。而沁河改道前旧河道的最大泄洪量只有2200立方米每秒。倘若没有改道工程，超过泄洪量将近一半的大洪水，漫堤决口，或破堤泄洪，那是必然的。多亏了沁河杨庄改道工程，沁南老百姓才免于一难。

改道后的新河道，设计最大泄洪量是4000立方米每秒，这场特大洪水，不仅突破了新河道最大泄洪量的设计标准，而且发生在工程未了、新堤未成的时刻，注定了险象环生、步步惊心。我当时在阳城公社任职，直接参与了老城及周边几个村庄的搬迁，以及接踵而来的抗洪抢险。至今回忆起当年的情景，依旧是感慨万千。

1982年7月下旬，几乎没有一个晴天，不是阴雨连绵，就是大雨倾盆，原本常年干涸的沁河，突然间缸满盆溢。沁河改道工程的主战场木城沁河新桥主体工程刚刚竣工，远不具备车辆通行条件。紧连新桥两头的新堤，刚刚筑好，还未完善加固，更未配套土牛、石坝等辅助设施。新河道尚未完全疏浚，甚至庞大的施工机械还没来得及撤离工地，就被突如其来的洪水浸泡在汪洋之中。按当时天气预报，极端阴雨天气还将持续，沁河防汛进入少有的高压态势。防洪如防狼，防汛如打仗，全县总动员，进入紧急状态。地势低洼、处于沁河泄洪区的阳城公社，更是人人自危，风声鹤唳，全民动员，草木皆兵。

为做好随时扒口泄洪准备，早在几天前，接上级指示，全公社群众须立即疏散转移到大虹桥以西的安全地带，自此进入非常时期。党员干部带领青壮年劳力，全力以赴守堤护堤去了，让留守的老弱病残离乡背井去“逃荒”避难，实在不是件容易的事。俗话说，穷家难舍，加之阴雨连绵，泥大水深，多次催促，还是没有人行动。到 7 月底，眼见形势一天天严峻，“狼”真的要来了，人们才慌了神。就在 8 月 2 日前一天午后，在“五车口”堤段大堤上值班的一个青年人，在堤南坡看见一股浑水从一个小洞中流出，以为大堤透水了，边跑边大呼“开口了，开口了！”一路跌跌撞撞哭喊着奔安庄方向而去。到了安庄村口，碰到两个拉着平车往西转移粮食的人。拉平车的两个人听他一说，也慌了，把车上麻袋往路边一倒，拉着空车就跟着往西跑。青年人一路跑着喊着来到自家村子，上演了酷似《黄水传》中万众逃难的惨烈一幕：几百口手拎包裹抱鸡掩狗的男女老幼，团团围住一辆大型拖拉机，不顾一切争抢着往拖拉机上扒。大人上了车，小孩丢车下了，人上了车，包裹鸡狗还在车下，车上车下顿时乱成一团，挤扛倾轧，喊声震天，拖拉机司机不管不顾，加大油门一溜黑烟开着跑了……

8 月 2 日那场特大洪水，是晚上 9 时许通过大虹桥水文站的。当晚，我们负责的堤段，正是杨庄至新沁河桥头 3 公里多长的新堤。新堤是土堤，刚筑成经水浸雨泡，最容易出意外。我和县里前来支援的王连新、崔希哲是总负责人，主要监视水位上涨情况，巡查洞穴等漏水隐患。堤上三步一岗，两步一哨，全是公社机关抽来的干部或村干部。大家分工守护，有的同志用手灯巡视堤坡或水面，有的同志用树枝插在水印边，观测沁水的涨落。我和王连新、崔希哲则不停地全程来回巡查。雨还在不停地下，堤上全是泥水，我们身披雨衣，脚穿胶靴，拿着手灯，深一脚浅一脚，来回一趟 1 个多小时。天完全黑下来以后，水位渐涨渐高。插在堤坡水印边的树枝秸秆，一袋烟的工夫就被淹没了。守在堤上的同志有点怕了，如果继续这样涨下去，后果不堪设想。凌晨时分，水位停留在距离堤顶40多厘米的地方，不再继续上涨。持续了1个多小时，水位开始缓慢回落。所有人都长长地出了一口气。

借着忽明忽暗的灯光放眼朝河滩望去，天水相连，一片汪洋。好在那一夜没有一丝风，倘若水高风疾，惊涛拍岸，那会危险百倍。

几天几夜都没有下堤了，大家都筋疲力尽，眼皮似有千斤重。公社食堂的两个炊事员，抬个馍筐来送干粮了，但我们都累得没有力气吃。当时已是后半夜，杨庄村大队长李秀英，邀我和县里来的几个人到她家吃饭。又饥又累的我们，实在想喝口热汤，休息一会儿。加之李秀英丈夫在粮食部门工作，平时都熟悉，我们也就没有太多谦让，到她家喝了一碗热汤面，吃罢饭更没有力气往家走了，就地往墙上一靠，睡着了。

天明回到公社后，我们才知道，虽然我们守护的是最危险的新堤，但因为风平浪静，好在有惊无险。而昨晚守护在阳城公社堤段上的同志们，却没有我们幸运。阳城公社上堤段，紧接大虹桥责任段，正是五车口险工堤段。武陟人都知道，沁河五车口段，河床高，堤外地势低洼，沁河从这里扒口，洪水可以直泄方陵村口入黄河，是沁河最佳泄洪处，历史上沁河多次在这里决口。日本兵、国民党保安队长孟欣吾两次人为决堤，都选在此处。昨晚最大洪峰通过时，沁河桥头我们守护的责任段水位距离堤顶不到半米，而五车口2里多长堤段，洪水却超过堤顶足足半米。全靠守护人员，硬拼死守，利用人海战术，锨铲筐掂，把堤顶土牛的土，或堤外侧坡的土拎过来，堆起一道子堰，水来土掩，水涨堰高，挡住水头没让漫过堤外。洪水过后，当我们再次途经此处时，看到堤顶临时堆起的半米多高、不足1米宽的子堰时，仍然心有余悸、不寒而栗。

北围堤大抢险

武陟黄河北围堤西起京广铁路桥北端，原系花园口枢纽工程左侧围堤。

1963年枢纽工程闭闸破坝泄洪后，成为一处重要的护滩工程。1983年汛期，一场人民治黄以来罕见的大险在这里发生。各路抢险大军齐聚北围堤，展开了一场历时53天的大会战！

温小国： 1982年黄河花园口发生的是15300立方米每秒的洪水，1982年以后黄河铁桥下面的河势逐步变化，原来南股水占黄河南岸水流的80%，北股水只有20%。1982年15300立方米每秒洪水以后，由于受铁桥（老京广铁路桥）下面潜坝的影响，北部水逐步加大，北岸逐步地坍塌，就逼向北围堤。到1983年8300立方米每秒的洪峰过来以后，彻底改变了这种状况，主流就直冲北围堤过来了。

袁乃序： 我是1949年10月1日参加治黄工作的。1992年退休前，一直在河务部门从事技术工作。1983年北围堤抢险时，我是武陟一段（武陟黄河河务局第一修防段的简称）副段长。

险情发生很突然。1983年8月3日，在黄河花园口站8370立方米每秒的中常流量下，由于黄河铁桥以上南岸桃花峪坐湾，加之河心生滩，迫使

北围堤抢险时的滔滔洪水

80% 水流直冲北围堤幸福闸前的老滩。

1983 年 8 月 9 日，原有 200 至 1500 余米的滩地大面积坍塌后，距北围堤最近处仅剩 12 米。北围堤一旦失守，将危及滩区 16 万群众、20 万亩耕地安全，直接影响郑州黄河公路桥筹建工作。

康熙六十年（1721 年）八月，黄河曾在马营决口，1983 年的洪水正处在当年决口的流路上。一旦过了北围堤，洪水将沿着马营决口的流路直冲黄河大堤，引起顺堤行洪，后果不堪设想。河南黄河河务局、新乡修防处和武陟一段组织人员实地查勘后，确定的抢险原则是：临堤下埽、以垛护堤、软型结构。

8 月 10 日，我们武陟一段工程队和数百名民工开始冒雨抢修 3 座柳石垛。在修垛过程中，险情迅速扩大，坍塌很快发展到堤脚。推柳石枕的修垛方法无法继续，不得不改为抢护速度更快的“下搂厢”。随着险情的扩大，仅靠武陟一段已经难以应对，武陟二段（武陟黄河河务局第二修防段）、原阳段（原阳黄河河务局修防段）、孟县段（孟县黄河河务局修防段）3 个工程队奉命赶来，向上游方向修建新垛。经过数千人的不懈奋战，至 16 日，初步控制了险情，赢得了北围堤抢险的初步胜利。但整个北围堤抢险的大幕才刚刚开启。

游学勤：我从 1964 年到武陟一段任副段长起，一直在武陟从事治黄工作，1978 年起，担任武陟一段负责人，直到 1980 年 9 月，调入新乡修防处任副主任，1983 年 6 月，任新乡修防处工会主席。北围堤抢险开始后，由于我对武陟情况熟悉，领导安排我到现场参加抢险指挥工作。

8 月下旬，河势继续上提，险情愈演愈烈。从 21 日到 30 日，在 500 米长的堤段内接连发生坍塌、跑埽险情，40 米长的护岸坍塌，堤顶塌去 1 米多宽。31 日，另一段护岸坍塌 70 余米，堤顶塌去 2 米宽，其中 20 多米长的堤顶于 9 月 1 日 16 时全部塌入河中，仅余背河残坡，大有决口之势。

北围堤告急！关键时刻，解放军某部队 700 多名官兵在副军长赵国斌带领下，连夜急行军于 2 日凌晨 6 时赶到抢险现场。广大指战员一到就搬石头、运柳料、堵缺口，始终战斗在险情最大、任务最重的堤段。他们顶风冒雨连续奋战，人人手上打起血泡、磨破手指，不少人被砸掉指甲、嘴唇溃烂，有的同志累得倒在坝前。最后硬是让省领导亲自出面协调，他们才把卸石料的任务“让”出来一部分。

袁乃序：抢险技术力量也需要增加，上级又紧急调动封丘、博爱、温县3个修防段的工程队过来。加上先期赶到的工程队，一共7个工程队分工合作、各自为战，展开了一场技术、速度、力量的大比拼。

回想起来，当时的情境相当危急。我亲眼看到一个职工开着翻斗车正往水中倒石头，大概感觉有危险，急忙一跃，人一落地，整个车就翻入河中。还有一件事发生在我们武陟一段工程队副队长陈建科身上。他那天正在工地巡察，突然发现一辆汽车将要掉入河中，急忙用大麻绳拉着倒在地上的大树将车顶起，叫人过来把车开出了坍塌的堤段。

当时的民工干活也很卖力。1983年是新乡地区全面推广家庭联产承包责任制的第二年，农民的生产积极性被充分调动了起来，加之当时农民很少出外务工，武陟县政府很快就动员了8万多群众分批奔赴抢险一线。他们每人每天只拿3元到5元的补贴，在艰苦环境下保持着高昂的斗志。何营乡在送柳任务一加再加的情况下，克服困难，次次按时送达工地。谢旗营乡在群众中开展劳动竞赛，硬是在90分钟内连捆带推完成了8个柳石枕，比正常情况缩短了50分钟。

在抢险的关键时期，广大军民顾不上洗脸、刷牙，没有睡过一个囫囵觉，吃过一顿像样的饭。不少人在石料上、柳料上，在蚊虫叮咬下，裹紧雨衣打个盹儿接着干。困倦难挡、极度疲劳，使许多同志手脚不听使唤，脚下绊到一块小石头，就会摔倒在地。就在这样的情况下，大家仍然坚持战斗，用血汗筑起一道钢铁长城。9月3日，经过广大军民的连续奋战，重大险情终于被遏制。接下来的十几天里，军民协作全力进行抢护加固，至9月15日，抢险取得了决定性胜利。

当险情最紧急时，时任国务院副总理万里同志，亲自打电话询问汛情。

解放军在垛前抛散石护根

时任河南省委书记刘杰同志亲临现场视察、慰问。省长何竹康、省军区司令员战景武、副省长纪涵星及黄委会的领导，也都多次亲临现场指导抢险。河南黄河河务局的领导则常驻工地现场指挥。中央和各级领导的高度重视，也是取得北围堤抢险胜利的关键因素。

10月中旬，险情尽管有所反复，但已属强弩之末。随着河势的变化，至霜降，险情最终趋于稳定。至此，长达53天的北围堤抢险胜利结束。

李长有： 我当时是武陟一段秘书股长，抢险开始后在工地负责后勤工作。除了管伙房，还要负责各段前来支援人员的住宿问题。北围堤管理段的大院是抢险指挥部，工务、财务等部门也在现场办公。起初，我就带五、六个民工在院子里头用绿帆布提前搭帐篷，人家来了就有住处。后来，人越来越多，帐篷就搭到院子外头的苹果园里。民工全都住在附近的村子里头，统一配好房子给他们住。

当时的阵势很大，武陟、原阳两县群众将柳料源源不断地输送到抢险现场。在河南黄河河务局协调下，麻绳、木桩、铅丝网片等各种防汛料物从郑州、安阳、开封纷纷调来。抢险中大量使用桩绳、底勾绳、束腰绳等，后期堤坡上足有半米厚的麻绳。省长何竹康亲自出面联系，从武汉调来 100 吨麻料解决了抢险用绳问题。为保障夜间抢险照明，新乡修防处调来 4 台发电机组，在工地安设了探照灯、碘钨灯。

李富中：我们一家四代都是河工，祖父李建荣曾是郑州黄河花园口抢险的功勋河工。北围堤抢险时，我与父亲李高升一同上阵，我当时在指挥部负责后勤工作，我的父亲是运输队里的一名驾驶员。

为保证抢险石料供应，新乡修防处与武陟县政府组织 80 部汽车直奔河务局辉县石料厂，驾驶人员“人不靠枕，车不熄火，轮流开车”，昼夜不停抢运；河南黄河河务局动用了航运大队郑州河段内全部机船从花园口跨河运石料过来；武陟县政府调县直 50 部车转运幸福闸以东和沁河老堤上的备防石。

1983 年 8 月 31 日，北围堤西 4 垛及西 5 护岸发生跑埽。9 月 1 日，导致该段围堤被冲塌 20 米，6 米宽的堤顶最窄处只剩一半，运石车都被堵在坍塌地段东侧，无路可绕。正在抢修的几个垛急需石料，如石料断供，很可能再次发生跑埽，后果不堪设想，收料员急得团团转。危急时分，车队最前

车辆运送抢险物料

方的一位司机下了车。他细细观察坍塌处后，果断上车启动发动机。车子右侧的轮子紧跨背河堤肩，左后排外侧的轮子悬空在坍塌部位上方，缓缓地驶了过去，一旁观望的人们都暗暗地捏了一把汗……此事很快传到指挥部，大家都赞叹这位师傅艺高人胆大，是“英雄司机”。事后，我才知道，这位“英雄司机”正是我的父亲李高升。

抢险关键时期，为及时传递水情、险情，河南黄河河务局调了 4 部电台给北围堤抢险指挥部。新乡修防处为指挥部架设了电话专线、安装了 7 部电话。同时，武陟县邮电局及时向指挥部传送黄河水情。现场还设立了广播站，利用广播传递抢险要求，鼓舞斗志。

游荷英：当时我参加工作不久，在武陟一段当打字员。北围堤出险后，我跟着大家一起到了工地，当时住在生产队喂牲口的房子里头，又脏又臭，但是对工作很有激情。我至今还珍藏着当年写的一篇广播稿，题目是《雨中的回忆》，详细地回顾了风雨中抢险的情景。

据事后统计，北围堤抢险 53 天，有 28 天下雨。抢险用柳料 1500 万公斤、石料 2.58 万立方米。高峰时每天有 220 辆机动车、2300 辆人力车送柳料。这样的天气、这样大规模的用料，如果没有黄河公路大桥筹建工程运料修的那条小柏油路，真是难以想象！

抢险前期只有这一条路，车辆无法迂回，拥堵相当严重。送柳料的队伍排了四、五公里长，把老 107 国道和詹店火车站的道路都给阻断了。原阳、武陟送柳料的群众常常两、三天到不了地方，带的干粮吃光了，连水也喝不上，非常辛苦。

车辆到了北围堤顶上，通行也很困难，北围堤顶部只有 6 米宽，不少地方还存放有料物，堤上根本无法会车。

记得是 9 月 2 日下午 4 时，河南省委书记刘杰乘直升机巡视了抢险工地，看到堤顶塌断、运料困难的情况，当即要求扭转抢险工地的被动局面。武陟县防指接到指示后，紧急调动附近何营乡 400 名青壮劳力，连夜沿背河堤坡抢修一条道路，规定运石车走堤顶，运柳车走背河新修的道路，空车上行到抢险区外下堤。这样，把堤上不能会车的问题解决了。

武陟县防指还组织新修了一条通向抢险区的运柳路，并在这条路上安排2台拖车，随时将陷入泥中的机动车拉出。武陟县政府从县直单位和公安局抽调30人维持交通秩序，保证道路畅通。堤上交通与运柳路问题的解决，为抢险胜利创造了有利条件。

温小国：在经过大量研究、反复论证的前提下，大家一致认为，要想北围堤的险情不再发生，必须从上游下手，从根儿上解决问题。形成这样的共识以后，河务部门就开始从黄河铁桥的北岸上首建设老田庵控导工程。该工程于1990年开始建设，工程位于郑州京广铁路桥北端铁路基与北围堤交会处。至2012年，共建成丁坝35道、垛7座，工程长度4500米。控导工程建成后，将抢险阵地向前推进了2至3公里，改变了抢险的被动局面，并且新出滩地10万亩。

规模宏大的黄河北围堤抢险过去37个年头了。随着时间的推移，当时的情形渐渐淡出了人们的视野。但对于亲历过那惊心动魄的场面的人们来说，心中的记忆是永远无法磨灭的。

武陟第二黄沁河修防段抗击超标洪水

1982年汛期，沁河小董站发生4130立方米每秒洪水，超过了沁河4000立方米每秒的设防标准。

陈文儒：我于1948年参加黄河花园口堵口，郑州解放后参加人民治黄工作。1958年，黄河发生22300立方米每秒洪水时，我就在原阳防洪抢险第一线。1978年，我到武陟第二修防段（武陟第二黄沁河修防段的简称）担任主要领导，得知沁河右堤没有达到设防4000立方米每秒洪水的标准，担心汛期出险，遂决定在堤上备土。堤上原来是10米一个土牛，我让人在空挡里又加一个土牛，汛前在石荆桥与武陟沁河桥间完成两、三万立方米土。谁也没想到，就是这些不起眼的土牛，在1982年8月沁河发生1895年以来的最大一次洪水中发挥了重要作用。

1982 年 8 月 1 日，我去郑州黄河医院看病，医生要求我住院检查。此时正值汛期，我放心不下防汛工作，当日晚饭后到河南黄河河务局防汛办打听水情。看到防汛简报上说沁河五龙口流量接近 4000 立方米每秒，将要达到沁河设防标准，我当即决定返回单位。我先冒雨乘车过黄河公路铁路两用桥，再绕道沁河石荆桥，晚上 10 时许，回到位于岳庄的武陟第二修防段。

一到单位我就召开紧急会议，要求全体干部职工按照防洪预案规定，每人一件雨衣、一双胶鞋、一个手电筒，立即到自己的防汛责任段，务必按时到达各人的工作岗位。大家顾不得天黑路滑，立即出发。

武陟县常务副县长李天成负责沁南防汛工作，白天得知我不在武陟，非常着急，此时巡查过来见我已从郑州返回非常高兴，马上和我一起上堤巡查。当我从五车口堤段回到我的办公室时，已是 2 日凌晨 1 时，县长葛元通巡查过来，他问我："水位上升这么快，咋办啊？"我说："临时补救的办法只有打子埝，但打子埝必须顾及沁河北堤的安全，得请示省局领导。"当晚，省局防办是副局长张林枫、总工程师程致道值班。我和葛县长正商量着，突然程致道打来电话，问我堤防出水情况，我说五车口段堤防出水只有几厘米了，请示可否打子埝。他没放电话和张林枫副局长商量了一下，随即同意抢修子埝。我事后得知，他们之前已询问过武陟一段，得知左堤出水还有 2 米多高，这才同意右堤打子埝。

我们三个人一起斟酌通知语气，县委、县政府两个秘书现场记录、起草通知。要求公社、大队干部分成两拨，一拨负责转移群众，一拨负责组织群众打子埝，按每公里 1000 至 2000 人安排人抢修子埝。

8 月 2 日 10 时，沁河五龙口出现 4240 立方米每秒洪峰，防汛工作进入非常紧急状态。各级防汛队伍全部上堤防守，打子埝持续推进。土从哪里来？当时背河种着庄稼而且还下着雨，根本无处取土，只能用土牛。我当时提出"土牛搬家"，从背河挪到临河来，按底宽 3 米、顶宽 1 米的标准打子埝。

通知要求石荆桥以下打子埝，但西陶公社负责人担心他们负责的石荆桥以上出问题，赖在指挥部不走，非要领导给他们下达打子埝任务。最终答应他适当降低标准打子埝。

杨维殿：8月2日下午我陪同修防处的领导沿堤查看险情。沿途看到方圆几十里[①]村庄的人都在堤上，都是提着钎，提着马灯，有赤着脚的，有光着背的，有戴着草帽的，有身上绑一条塑料布的……堤上到处都是泥，人人都成了泥人。

当时杨庄改道工程主体已经完工，木栾店卡口处由330米展宽到800米。原有的双曲拱桥被置于堤外，撤退只能通过石荆桥。群众是扶老携幼，那时候没有汽车，只有自行车、平车、拖拉机可用。人流车流涌动，路也不好，非常难走。

晚上9时左右，沁河小董站流量达到4130立方米每秒，超过了沁河防御标准。在决策是否分洪的关键时刻，小虹村东头背河堤坡发生了漏洞险情。来到现场后，我指挥在这里防守的职工赶快装土，把这个漏洞从背河围住。组织大概有400人，连同当地群众，整整抢了7个小时，用麻袋、塑料袋600条，把这个漏洞抢住了，防止了一场灾情。

彭立新：1982年沁河发生超设防标准洪水，对沁阳的影响较大，退休前常听时任沁阳修防段主抓业务的副段长李有武讲起这件事。像这么大的洪水，当时的人都没见过，然而，修防段的人都有一个坚定的信念：千方百计保证大堤安全，决不能让国家和群众利益受到损害。

沁阳县（今沁阳市）防汛指挥部当时进驻抗洪一线的水南关险工点办公。县委书记张立华、县长刘好德、县委副书记贺棠宗等县领导与河务部门的李学周、李有武等人在是否让群众撤离上意见不一。县领导认为，沁河北岸必须撤守，南岸也要开展迁安救护。河务部门的同志认为，沁河堤防经过三次大复堤，南岸堤防能够抵御4000立方米每秒洪水，特别是杨庄改道的实施，泄洪道畅通，加上有庞大的群防队伍和充足的料物，有信心保证沁河南岸安全，下令南岸群众撤离势必造成恐慌情绪。

---

① 1里=500米，下同。

双方争论激烈，贺棠宗突然对李有武说："需要什么物资、人员，由我负责办到。办到了，保不住南岸大堤，由你负责！"李有武闻听，心里不由得"咯噔"一下，他站起身来面向窗外，一分多钟没说话，最终坚定地说："沿河一二道防线在册抢险、护闸队、巡堤队人员全部上堤，五米一人，携带铁锹、布袋、草捆、雨具、探水杆等工具，巡堤查险，严防死守，人力不足的由其他乡镇支援。"贺棠宗随即让工作人员下达通知。接着，李有武又讲了夜间照明、人员吃饭、物料运输、治安和联系部队等问题，县领导均安排人员一一落实。

李有武后来对我讲起这件往事仍很"得意"，当时情况紧急，县领导采纳了我的建议，效果很好。但事后想起来我还是有点后怕，洪峰来到时，南岸出水不到半米，水位再高一点，南岸发生漫溢，沁阳城一进水，老百姓肯定会乱。南岸保住了，沁北滞洪区进了水，还是造成了相对较小的损失。

陈文儒：到8月2日夜晚，21公里长的子埝完成。21时，沁河小董站出现4130立方米每秒洪峰流量，超过了沁河防御标准，按《武陟县沁南滞洪区方案》，可以分洪。五车口段预留有口门，部队严阵以待，随时准备炸堤分洪，工兵预埋有炸药包。然而，鉴于杨庄改道工程已完工，我们建议上级暂不分洪。

也亏得是运气好！洪峰经过的一个多小时里风平浪静，随后水位缓慢回落。如果风大点，或者再下大雨，我让打的那点子埝只怕也不起作用。

因为没有分洪，使武陟沁南17万人、16万亩土地免受洪灾，为国家减少经济损失1.5亿元。8月3日天一亮，领导、记者都赶过来了，纷纷向我了解防洪抢险的经过。经过报纸宣扬，我一下子出名了。

这么多年过去了，常有人问我，当年哪来的胆量建议不分洪。以我个人的经验，河务部门的领导只有熟悉本职业务，心中时刻绷着防洪保安这根弦，关键时刻有担当精神，才能为行政首长当好参谋，为领导决策提供依据。

神奇的沁河杨庄改道工程

◎袁乃序 曹景莲 荆振华 谢保恩 杨汉昌 口述 杨保红 整理

沁河下游河道堤距宽一般在 800 至 1200 米，唯武陟木栾店 700 米长的卡口段堤距宽仅 330 米。汛期一旦在此决口，将危及华北平原 3.3 万平方公里人民群众生命财产安全。

党的十一届三中全会后，随着改革开放的迅速推进，黄河治理开发呈现出新局面。1981 年 3 月，国家开始实施杨庄改道工程（因工程右岸起点在小杨庄），神奇的是，1982 年 8 月，主体工程刚完工，沁河下游就发生了 1895 年以来最大的一次洪水，工程经受住了考验。仅避免分洪就减少经济损失 1.5 亿元，是改道工程投资的 5 倍多。

袁乃序：我起草了解决木栾店卡口的报告

1967 年，在木栾店沁河卡口处动工兴建了一座石拱桥，当时是沁河上最大的桥。其设计人员只是县交通局、水利局和河段的三个人，基本都是刚毕业的学生，对沁河防洪问题认识不足。工程仓促上马，于 1968 年 5 月建成，大桥共 8 孔，每孔跨度 30 米，桥桩为灌注桩，长 16.81 ~ 18.22 米。

沁河木栾店卡口问题由来已久，这座桥的建成进一步加剧了险情。主要是桥的设计有问题，计算桩的深度时，将桥的重量少算一半，导致桥桩入水太浅。沁河发生大水时，大桥可能倒塌，进而形成联坝阻水，堵塞河，形成一道拦河坝，后果不堪设想。

大桥建成的当年，我们就发现了问题。但是，在当时的历史背景下，不好质疑大桥建设问题，一旦防汛出了问题，首要责任在负责此段防洪任务的武陟第一修防段，我们深感责任重大。经慎重考虑，我们及时向武陟县政府汇报了这个问题，县领导高度重视，催我们河段赶紧向上级单位打报告。我当时是工务股长，负责起草了这个报告。报告要求通过工程办法解决木栾店卡口的问题。

报告引起了上级单位的注意，新乡修防处及时向河南黄河河务局报告了这个问题。同时，上级领导也注意到了这个问题，当年 8 月，新乡地区防汛指挥部拟定了沁南滞洪区方案，黄委与新乡地区还提出了修建河口村水库的设想。1970 年 4 月，河南黄河河务局专门向上级报告了沁河公路桥威胁防洪安全的问题。

1972 年，河南黄河河务局首次提出“解决木栾店卡口的实施方案”并经水电部批准，开始进行展宽设计；1975 年淮河大水后，在河南、山东两

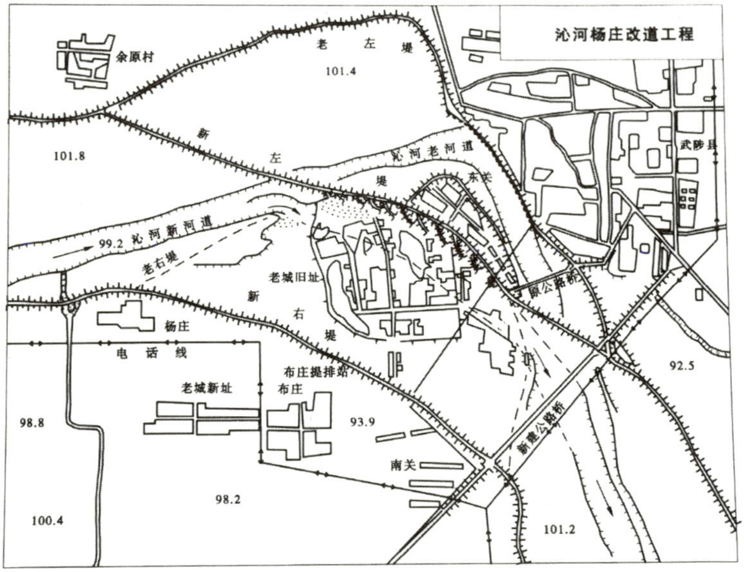

杨庄改道工程布置图

省联合报告中，要求用重大工程解决木栾店杨庄口问题，并提出两种方案供参考；1979 年 12 月，河南黄河河务局推荐杨庄河道方案，随后黄委报水利部；1980 年 1 月，水利部批复了沁河杨庄改道工程；1981 年 3 月 14 日，工程正式开工。

我虽然没有参加沁河杨庄改道的设计和施工，但我最早写了提议这个工程的报告，我为自己的行动感到自豪。

曹景莲：我父亲曹金水在杨庄改道指挥部

1980 年 11 月，沁河杨庄改道指挥部成立时，我父亲作为武陟黄沁河第一修防段（简称武陟一段）副段长，被抽调到工程指挥部，负责新左堤施工协调和老城、东关两村搬迁工作。当时，我正在黄河秦厂堤段从事压力灌浆工作，亲眼目睹了父亲日夜为工程操劳。

在移民搬迁工作中，父亲主要是配合副县长高先太和人大常委会副主任李秋成开展工作。他们经常到我们家来，跟父亲研究工作。父亲作为河务部门的代表，主要协调补偿费问题。

1981 年 3 月，工程开工后，要求 3 个月内完成移民搬迁。汛期如果沁河洪水达到 800 ~ 1000 立方米每秒，要启用新河道行洪。听父亲说，搬迁的群众也有些恐慌心理，怕淹到自己家，加上补偿费用不算低，都找包工队连拆带建。

虽说如此，还是赶不上工程进度要求，指挥部人员反复做群众工作。后来听父亲说，指挥部在 3 个月的时间内召开的干部会、群众会达 200 多次，全县各单位抽的干部天天深入到小队、到户，逐件解决群众提出的问题。父亲在那些日子总是起早贪黑往村里跑，把脚都跑肿了。有一天晚上，他拄着一个木头棍、一瘸一拐回到家，我就问他：“你这样拼命图个啥？”他说：“我是共产党员，为国家办事还要图啥啊！”

沁河杨庄改道指挥部设在县城南大街 24 号，也就是武陟黄沁河第一修防段的办公区内。总体负责此项工程的是河南黄河河务局代局长李献堂，河南局各个机械化施工队都投入了工程施工。李献堂当时就住在武陟一段职工宿舍楼，他的房间在我父亲的隔壁，他们在工作中结下了深厚的友谊。因为父亲工作繁忙，抽不出时间回郑州老家，李献堂还专门派秘书去看望了我爷爷，并捎去了两瓶酒。

工程指挥部的食堂设在武陟一段院内一座老式蓝瓦房内，指挥部的领导和工程技术人员都凭饭票排队买饭，做饭的李师傅是省二级厨师，菜炒得很好，炒肉片三毛钱一份儿，红烧肉两块五一份儿。指挥部当时有两辆车，一辆北京吉普，一辆三菱双排。听父亲讲，车辆主要服务到新乡、郑州办事的同志。领导和技术人员往返工地都是步行，虽然工作艰苦繁重，但每个人脸上都洋溢着快乐和幸福的笑容。

移民搬迁的同时，新左堤施工协调也在紧张进行中。为控制工程质量，

沁河杨庄改道机械化作业

指挥部成立了由游学勤、刘于礼和我父亲参加的质量管理小组。当时是机械化作业起始阶段，没有现成的模式，他们就自己动手，制定了规范要求，组织 20 多名技术人员设立了 3 个质检小组，每天深入工地，晚上室内分析，经常工作到 12 点。时常有负责协调的领导们到我们家来，他们议论的话题都是关于施工方面的。

我弟弟当时上高中，到了暑假，父亲让他去做临时工，用平板车从沁河老堤上的仓库把铅丝网片送到新左堤工地。每个网片两毛钱的运费，到了星期天，我也跟他一起去。虽然辛苦，却也很快乐。

荆振华：那年俺村整体搬迁

外人总会觉得奇怪，俺村紧靠武陟县城西，为啥叫东关村？其实，俺村原来在武陟老城的东关，1939 年，县治从沁河西边迁到东边的木栾店后，俺村和老县城都成了农村。1982 年，沁河杨庄改道时，俺村和老城、南关、西关这几个村都搬了出来，俺们原来住的地方成了沁河河道。搬迁时，俺村是这四个村中人口最多的，搬迁的困难也最大。

搬迁前，俺村住在老城东门外。按过去的说法，内为城，外为郭，城门外为关，因此我们村就叫东关村。如今的河道内有两个门心杆，靠左岸那个门心杆向北二三十米，就是当年东门口的位置。

出老城东门，向北沿着护城河有一道街，街西是护城河，街东侧的一排人家属于一队。出东门向东是一条大道，俺家在这条大道的南侧，距离东门只有三家。大道两侧的人家都属于俺们二队。向东二三百米远有个十字路口。十字路口向东是三队，路的尽头是沁河堤；十字路口向南的南大街住着四队、五队，沿这条街出村后，顺着沁河堤经过俺村的南洼地，一直通到童贯、马蓬、方陵、草亭；大队部在十字路口的西北角上，向北过了大队部有一条小路，只能过小平车，汽车、马车过不去，这一带住的人家也属于一队。沿着向北这条小路，走到尽头就到了沁河堤根前，绕过桥头的主席台就是沁河老桥。

搬迁前，俺村周围到处是苇坑，最不缺蒲草与莲蓬，耕地大多是盐碱地。南边方陵、草亭的人都说，“有闺女可不敢嫁那碱坑”，就是说俺村哩。俺村方便耕种的地，都在沁河滩。1982 年，沁河改道时，占俺村地最多，因此搬迁难度最大。

沁河改道的事儿早在 1978 年就有动静。我当时在生产队当会计，有五、六年了，还参加了房屋统计的工作。当时一听说让搬迁哩，有办法的人就赶着盖房子，多数人也没经济能力，只能干着急。结果，上面知道走漏了消息就说不搬了，村上人也就消停了。

1980 年时节，通知大队干部、生产队长和会计到老城开会，县里、公社的干部开了个动员会，安排搬迁的事。规定了统计期限，要求统计每家有几间房，瓦房还是草房，院里搭小棚也按草房算；多少棵树，小树还是大树，情况都要统计清楚，过了期限，新盖的房不给赔偿。

当时还是计划经济“三级核算，队为基础”那一套。各个生产队由队长、会计负责统计上报到大队，大队把情况汇总后再往工程指挥部报。

1981 年春节一过，搬迁就在眼前了。俺村除去工程占地，只剩两块地。南洼的一块在沁河改道后右岸的桥头，北滩一块在新左堤与老左堤之间。两块地都不理想。

县领导带着公社、大队干部另找地方。他们先到宁郭公社的田塘农场看，县领导答应给俺村 1700 亩耕地，又划了 300 ~ 400 亩庄基。大队干部晚上回来召集群众开会，介绍过那边的情况后说：“他那地‘坷垃’比咱南洼的还多！”那时，群众种地最怕打‘坷垃’，‘坷垃’这东西，“湿时是泥蛋，干时是铁蛋，不湿不干是皮蛋”。再说也太远，群众都不同意过去。

大队干部找县领导汇报后，县领导说：“宁郭的确太远啦，恁村人也在城边住惯啦，考虑群众情绪，你们搬迁到县城东吧。”这次划定的地方在马曲东、小岩西、党校以南。大队干部过去一看，这一带到处是荒沙岗、槐树，人钻到槐园里面瘆得慌。风沙一起，做饭不敢揭锅。大队干部回来一说，群众还是不愿去。

沁河杨庄改道获国家质量奖

大队干部汇报后，县领导说："不行，你们就搬南洼吧。"大队干部说："南洼是个布袋底，沁河分洪淹得最厉害。"县领导说："可以纳入工程，平地给恁垫两米半高。"大队干部还是觉得不满意，和群众商量，群众提出搬到北滩。大队书记荆发才说："北滩夹在新、老堤中间，今后县城只会往东发展，不会往西发展，这可是块'死地'，往后村里可没发展的空间！"群众都坚持要搬到北滩，大队干部又反复和各生产队商量，达成一致意见，最终报到县里，县里也同意了，就是现在我们住的地方。

去向确定后，紧张的搬迁工作就开始了。当时，工程建设指挥部要求汛前旧房要拆完，新宅基的主房要立起来。大队部、学校等公共设施都是找的施工队，各家各户只能找亲戚靠朋友，各人想各人的法儿。因为补偿费掌握在集体手中，当时规定 7 月 1 日前旧房拆完，少拆一间扣一间的钱，因此群众都不敢怠慢。俺家搬迁前共有 10 间房、7 口人，找亲戚帮忙完成了拆迁，并在新划庄基上盖了 5 间瓦房，到第二年，才盖了东厢房。俺全村用了不到 100 天的时间，赶在汛前搬迁结束了。

1982 年杨庄改道工程建成后，俺们新东关村的地势比老堤外的木栾店高几米，而且紧靠着坚固的新左堤。说句自私的话，沁河无论是右岸分洪还是左岸决口，都影响不到俺村，俺村算是搬到了个安稳的地方。

虽然俺村紧邻着武陟城西，但俺村还叫东关村。

谢保恩：我和妻子参加沁河杨庄改道工程

我家是治河世家，父亲谢忠德清末时在山东菏泽当过河兵，参加过黄河上很多次堵口工程。1946 年，黄河花园口堵口时，父亲是长夫队第八队队长，花园口堵口成功后，他们留驻花园口堤防，随后参加人民治黄队伍。1949 年，父亲参加了沁河大樊堵口，工程结束后，他来到新组建的新乡第三修防段。

我就出生在这样的治河家庭。

1962 年 8 月，我在武陟县拖拉机站参加工作，当时只有 18 岁。同年年底，我参军入伍。1968 年，我复员回到武陟拖拉机站，组建了自己的家庭，学会了汽车修理。

1979 年，黄河上开始组建机械化施工队，同时开展大招工，到 1980 年，全河共招收 8053 名职工，其中 95% 的人员分配到了施工队。1979 年，我调入新乡修防处施工大队，我的妻子荆秀英也在当年大招工中来到施工大队上班。我们当时的家在庙宫，我仍然从事车辆修理工作，由于水平高，被选拔为运输队修理班长。

新乡修防队施工大队下属有运输队、铲运队和铲链机队。队伍组建后，我们首先到兰考参加大坝施工，然后就赶上了沁河杨庄改道工程。在以往的堤防建设中总是人山人海，人背肩扛。而杨庄改道工程是黄河上第一次全面实施机械化工程施工。工程由省河务局全面负责，当时省局代理局长李献堂一直坚持在施工一线，省施工队和安阳、濮阳的施工队全被调过来参加会战。虽然工程场面很大，但参战的人员只有 900 来人，这与过去大复堤的情况有很大不同。

机械化作业虽然有很大优势，但也有薄弱环节，当时领导总结制约工程的两大因素：一是移民，二是机械维修。老城、东关人民群众对工程高度支持，3 个月内完成了搬迁。工程建设指挥部在施工人员中开展了红旗设备竞赛，机械维修是工程建设的关键一环，作为车辆维修人员，我深感责任重大。

运输队共编为 8 个班，七班、八班是修理班。我们一共有二十来个人，负责运输队 12 台车的维修工作。因为都是新车，没有太大的机械故障，但有了问题，修理人员得随叫随到，及时排除故障。我作为修理班长，别的同志完不成的维修任务，到我这里得“扫尾”。这也逼迫我加强学习，刻苦钻研技术，确保现场完成车辆维修，不让一辆车到大修厂维修。

当时，国家刚开始改革开放，虽说延续着计划经济的模式，但还会为施工人员发放补助费进行激励。我们机械修理班的奖励、补助和机械完好率挂钩，因此，大家工作积极性很高。我除了每月 42 元的工资，还能领到二三十元补助。当年，十几块钱就能请几个人在饭店吃上一顿饭，因此大家对收入都很满意。我们当时吃住在工地，住的是帐篷，省河务局统一给我们配发了碗筷，工作、生活环境虽然艰苦，但大家精神愉快、热情高涨。

我们运输队负责的是新左堤南端筑堤工程，前期主要是运土搞基础工程，后期是从山上运输石料加固堤坝。整个工程在 1982 年 7 月中旬基本结束，随后开展一些收尾工作。可没等我们完全撤离，1982 年就来了沁河 4130 立方米每秒的洪水。我们建设的工程经受住了考验。

在施工过程中，我们接触到东关、老城的村民，大家都非常支持这次改道工程，认为工程增加了他们的安全感。特别是 1982 年洪水过后，群众都说，

杨庄改道工程全面完工后的图景

黄河上出“神人”了，称赞杨庄改道工程真及时。

工程结束后，新乡施工大队被评为先进集体，我们修理班被评为先进单位，我个人也荣立了三等功，并于 1982 年 9 月被选派到水利部参加了为期 3 个月的修理业务培训。

我的妻子当年也奋战在工程施工现场。她在后勤部门，开始时住在原东关村没拆完的一所学校里，后来也住帐篷。她娘家就在木栾店和平街，时常从工地回娘家吃饭，路过沁河老河身的沙地时，她总喜欢光着脚走，结果还把脚气治好了。

这就是我和妻子共同参加过的沁河杨庄改道工程。

杨汉昌：我见证了沁河新右堤的诞生

1981 年 3 月，我调入武陟黄沁河第二修防段任副段长。报到的第二天，段长陈文儒说：“沁河改道工程开工了，你到新右堤建设工地去吧！”我愉快地服从了领导安排，带着工程队的李队长到工地去了。

工程在我来到之前的 3 月 14 日已经开工，当时各施工队都已开始施工作业，工地全是机械，自己从来没有见过这么多机械，周围的群众也都来看稀罕。当时工地全部职工只有 900 来人，如果还是传统的施工方式，至少需要 2 万人。

我们单位主要负责新右堤建设的协调。工程开工后，移民工作同时进行，为了方便群众搬迁，在西关、南关、东关三条老路上预留三个路口，并在背河沿堤设立便道，沟通各个路口。工程开始没多久，安阳施工队在西关一带挖出了大量古墓，我们根据工程指挥部的要求，组织人力进行保护。文物部门的人过来，我们就交由他们保护了。

我们的指挥部住在一个村子里，自己单位开设的伙房，伙食还算可以。我和职工吃住在一起，每天晚上都开会，总结当天的工作情况，虽然很辛苦，但大家都认真工作，职工也都听指挥。

当时是改革开放初期，指挥部对施工单位实行承包合同管理。负责新右堤施工的有省局施工队、安阳河务局施工队和新乡黄河河务局施工队。当时工人中叫得最响的口号是“多劳多得”，各施工队都有一套考核定额和奖励的办法，尤其是年轻工人的月工资还不到30元，补助比工资还多些，充分调动了职工的积极性。干劲儿一鼓再鼓，产量一增再增。

进入4月后，工程指挥部将工作重点转移到质量控制方面，工程技术重点是控制上土的厚度、土的含水量等因素，保证了工程质量。我们督促各施工队设置洒水车，在运土路上洒水，同时，机械碾压前也适当洒水。

5月，新右堤初步有了规模，天气转暖，就从上到下发动职工大干快上，赶工程进度。尽管工地条件差，工作艰苦，但广大职工们能连续施工，干部职工始终保持着饱满旺盛的情绪。根据天气炎热的情况，调整工作时间，改善伙食，保障开水供应。

麦收前夕，正是大干快上的关键时刻，职工遇到了需要回家收麦的实际问题。特别是一些自己上班、家在农村的“一头沉”人员。为解除职工的后顾之忧，除了开会强调工程的重要性，工程指挥部先后到职工家中慰问，帮助解决收麦的实际问题。这时，工地又出现了施工补助降低的谣传，我们反复向职工强调政策不变，并通过工程指挥部，及时兑现了5月的补助，稳定了队伍。

危机度过后，职工恢复了工作热情，新右堤建设也进入了扫尾阶段，我们又在职工中深入开展了“五讲”“四美”和学雷锋活动，批判“一切向钱看”的思想。

1981年6月28日，沁河新右堤工程竣工，为当年破除废弃的老右堤、利用新河道行洪创造了条件。工程竣工这天，副省长崔光华到工地检查工作，慰问了工程建设者。

新右堤竣工后，我们在新右堤上加了备防土牛、备防石，完成了植草、临河堤坡打硪和新建5座防汛屋的任务。

黄河大宫切滩导流抢险

◎成　刚

河南黄河处于黄河的中下游交汇段，其中设防河段达464公里，黄河的“豆腐腰”段主要是指这一段，地理位置特殊，河道形态复杂。由于其下游河段河床高悬地上，河势主流游荡多变，在洪水或主流变化冲击下，黄河防洪工程（尤其是坐落在沙土基上的河道工程）和滩岸时常出现险情，一些较大险情、重大险情严重危及防洪工程安全和黄河滩区安全。

在各级党委和政府的领导下，黄河职工和沿黄军民众志成城，顽强拼搏，战胜了历年洪水险情，确保黄河岁岁安澜。同时，在与洪水险情的斗争中，勇于创新，积累了丰富的抗洪抢险经验，并创新发展了治河和防汛抢险技术。大宫切滩导流抢险就是改变“阵地抢险防守”，而采用“调虎离山”的抢险新方法，成功解除因畸形河势而造成重大工程险情的一次经典探索。

黄河大宫控导工程位于北岸新乡市封丘县的黄河河道内，是控制河势主流的一处河道节点工程。自2002年小浪底水库建成运用后，河床在受清水冲刷下切的过程中，该工程河段河势主流发生较大变化，2004年汛期，主流受大宫控导工程前滩唇影响，一改河水东流流向，而出现折向南岸开封河滩的横河，使开封王庵控导工程上首滩岸向南快速坍塌，至2005年汛前，距南岸滩区村庄柳园村房屋已不足200米，并越过王庵控导工程-14垛向东坍塌168米，形成封丘大宫至开封王庵大的“Ω”形畸形河势，造成王庵控导工程-14垛被水三面包围受冲。为遏制河势恶化，保滩护村，2005年

5月下旬至6月上旬，在王庵控导工程直线上首1500米的朱厂村滩地紧急修建了6个垛，意图遏制河势向西、向南发展，挑流向东北，沿规划流路发展。2005年9月下旬，黄河中游连续降雨，渭河、伊洛河、沁河等多条支流同时涨水，黄河花园口较长时间维持2500立方米每秒左右流量过程，5月，紧急抢修的朱厂村滩地6个垛遏制了河势向西发展，没能阻止河势向东南发展，河势主流持续坍塌柳园村北滩地，至10月上旬，塌滩距离柳园村北边民房不足百米，深入王庵控导工程背后300多米，又在柳园村北的滩地坐湾，形成新的、小"Ω"形畸形河势，进一步危及柳园村民房安全，同时造成王庵控导－9坝至－14垛联坝背河200多米连续出现险情，抢险不断。

针对这样的河势险情，黄委、河南黄河河务局组织专家现场勘查，并召开会商会，会上提出了多种抢护方案，包括应急抢修工程方案和裁弯取直方案等，裁弯取直方案就是在大宫控导工程前滩地上开挖引河，引导大河主流改变方向，消除目前的畸形河势。会上专家普遍认为，应急抢修工程方案因河势主流已远离治导线，在滩岸应急修建工程不能改变现有河势，也不会长时段靠流、发挥作用，利用效率低。专家研讨意见认为，裁弯取直方案更符合实际，不过，没有成功案例可以尝试。黄委副主任、黄河防总办公室主任廖义伟和黄委防办主任张金良、副主任王震宇也发表了赞同尝试的意见。裁弯取直方案存在三个难题，第一个是黄河没有成功例子可循，开挖引河的位置、宽度和深度不易确定，也就是说，开挖量大，工程量太大，短时间内难以完成；开挖量小不能起到引流效果。还有就是黄河冲淤转换迅速，开挖后是否会快速发生淤积，导致引河淤堵，使裁弯取直失败。第二个是由于黄河主流经常摆动，两岸滩地也会随主流摆动发生变动，一岸形成滩地，则另一岸将失去滩地，此段两岸滩区群众有隔河不种地的习俗，主流摆动形成的可耕滩地在哪一岸，由哪一岸群众耕种，裁弯取直将使北岸封丘县滩区一千多亩嫩滩地变迁到南岸，远期可能更多。虽然是河道治导线内（河槽内）的嫩滩，但北岸封丘县群众调解工作的难度非常大。第三个是前期降雨较多，滩地松软，泥泞不堪，施工难度大。鉴于以上难题，当时没有作出最终决策。

10月9日，河南省委副书记陈全国到开封市检查指导防汛工作，下午在王庵控导工程召开现场会，开封市主要领导、黄河防总办公室、河南黄河河务局的有关领导参加，会上分析了河势险情的发展趋势，达成尽快改变目前这种畸形河势局面、归顺流路的共识，黄河防总办公室和河南黄河河务局提出了裁弯取直、解除开封柳园村和王庵工程险情的方案，陈全国副书记在听取汇报后，同意裁弯取直的方案，并提出了具体要求，要求限时完成抢险施工任务。

会后，黄委、黄河防总办公室也随即确定由河南黄河河务局负责编制裁弯取直实施方案并组织实施。河南黄河河务局立即进行安排部署，赵勇局长组织研究决定成立大宫至王庵河段切滩导流会战指挥部，指挥部下设方案技术组、施工组、物资设备组、安全生产组、宣传组和后勤保障组等。王德智副局长为指挥长，李国繁（时任河南黄河河务局建管处处长）任常务副指挥长，刘培中（时任新乡黄河河务局副局长）、成刚（时任河南黄河河务局防办副主任）、耿明全（时任河南黄河河务局总工助理）为副指挥长，我（成刚）兼任施工组组长，耿明全兼任方案技术组组长，李荣贵（时任河南黄河河务局人劳处副处长）任安全生产组组长，刘建峰（时任河南黄河河务局水政处副处长）任物资设备组组长，濮华林（时任河南黄河河务局机关党委副书记）任宣传组组长，宋自义（时任封丘河务局局长），由新乡、开封、郑州、焦作、濮阳河务局组织抢险队伍，分别由吕锐捷（时任新乡黄河河务局副局长）、闫国杰（时任开封黄河河务局总工）、董小五（时任郑州黄河河务局副局长）、张渊龙（时任焦作黄河河务局局长助理）、王伟（时任濮阳河务局副局长）带队参加施工会战。为抢时间，采取一边编制裁弯取直实施方案，一边开展施工组织和准备等。考虑施工现场泥泞、滩区地下水位高，人工或挖掘机类直接开挖很容易出现翻砂鼓肚、挖不下去的情况，地下水位以下很难开挖，为此，技术组设计采用了泥浆泵挖槽施工技术。同时，为减小调解工作难度和具有一定的裁弯比，并兼顾较小开挖施工工程量，耿明全总工助理会同技术组技术人员在反复计算、分析比较和实地查勘基础上，将引河位置选在了紧邻二滩滩沿的北侧，设计引河断面尺寸为 100 米 ×6 米，长度 850 米，并及时上报黄委防办同意。施工组立即根据初步确定的裁弯取直大致方案，进行引河开挖施工准备，进行“三通一平”等工作；局防汛办公室工作人员连夜通知传达抢险施工指令，调度泥浆泵开挖机组、发电机组等主要施工设备、人员、物资进场。

我 9 日在王庵工程参加现场会后，即随王德智副局长坐船进入大宫工程前滩地查勘现场，筹划施工布置，这时，封丘河务局的宋子义局长也紧急赶往现场。到滩上一看，情况比预想的更糟糕，连绵的秋雨把滩地变成了大片小片的沼泽，进滩交通道路短时间难以修好，设备通过陆地进滩已无可能。查勘不到一个小时，已夕阳西下，这时王德智副局长因身体不舒适离开，我和其他同志作了进一步的查勘。查勘完现场后，天已擦黑，按照王德智副局长“不离开工地” 的要求，踏着泥泞的滩地便道走到大宫工程班，在工程班吃过晚饭后，同局防汛办公室周念斌主任通报了工地情况，提出了设备进场的意见，当晚就住在工程班。因为是临时在此休息，缺铺少盖，蚊子又多，还好，当时天还不是很凉。

第二天，在工程班吃过早饭后就来到施工现场，选择设备从水路进滩的靠岸地点。上午 10 时左右，刘建峰副处长从南岸打来电话，说郑州局已有设备到达南岸码头，开封局也已备好船只，问如何进场。这时，北岸进滩道路尚不能马上修通，挖掘机类施工机械还不能进场，暂无法修建临时码头，经与刘建峰副处长商量，因要抢时间不能等，先将设备装船运来再说。约一个小时左右，运设备的船来到北岸滩地，因滩岸松软，还不时坍塌，数吨重的轮式发电机组卸船较难。经与船工商量，可试用船用桥板将设备卸下，在电话征得王德智副局长同意后，两边多人辅助终将设备卸下。同时看到，由于桥板窄，存在设备偏斜、滑入河中的风险。随即与防办设备调度人员联系，通知局防汛物资储备调配中心，紧急采购加工制作宽桥板送往工地。下午四点左右，局防汛物资储备调配中心将加工制作的宽桥板运至工地，开封局在调运设备时还带来了一台 50 拖拉机（大、宽轮，比较适应在泥泞沼泽地行走）

机头作为牵引工具留在了工地，虽部分设备还需要推拉人扛，但也基本解决了设备从水路进场问题。

与此同时，方案技术组耿明全总工助理等同志也于10日上午到达工地，查勘河势，测量地形，确定开挖引河线路，为进一步编制完善实施方案采集现场数据。到11日，65台套泥浆泵、35台套发电机组等设备已全部集结就绪，并进行了机械设备调试，2000人的抢险施工队伍也已到位。经过封丘县、乡政府和河务部门的共同努力，再加上秋收刚过，涉及当地群众滩地的调解工作也做通了。后勤保障组将指挥部的帐篷搭起，各抢险施工队伍也将随队伍进场带来的帐篷、锅灶支起，各施工队伍、指挥部全体成员吃住在工地，施工准备基本就绪。在工地吃前几顿饭时，苍蝇特别多，端起碗就有黑压压一片苍蝇围过来，需要一只手赶撵，一只手吃饭。后来，时间长了，也可能是人员、设备多了，苍蝇也就少了许多。

12日，按照预先设定的引河开挖线路开展了前期工作，进行了任务分工、施工安排和安全生产教育等，并进行了预开挖。同时，方案技术组编制的实施方案也已完成，在黄委领导的关注下，黄总办电〔2005〕238号正式下达了裁弯取直任务，要求“就地抢护，控制塌滩，对岸切滩，导溜王庵”。13日，按照黄河防总办公室的指令，发电机、电机、泥浆泵沿850多米长的引河线路一字排开，伴随着机器轰鸣、泥浆飞溅，大宫裁弯取直会战正式开始。同日，国家防总办公室和黄委领导来到现场指导慰问，看到施工行动迅速、组织紧张有序、抢险队员满身泥水奋力拼搏、气势高昂，给予了充分肯定。

裁弯取直引河开挖按照实施方案总长850米、宽100米。为防止开挖时大河水流塌滩进入引河，上下游两头分别预留50米暂不开挖施工，等到最后再开挖两头。引河按上首深4.5米、下首深6米的比降开挖。引河两侧边坡按上口宽100米、底宽90米，防止脱坡。引河开挖基本完成后，在上游施工的新乡黄河河务局和下游施工的郑州黄河河务局施工队主动请缨，承担两头预留的开挖任务。考虑防止引河打通后泥沙淤积引河，两头各留10米挡水格堤采用错时爆破手段打开，即两头格堤爆破间隔数分钟，经王德智副局长与驻豫某部队联系，驻豫某部队也迅速派出80余名解放军战士承担爆破任务。为防止爆破前格堤被提前冲开，还将格堤（尤其是上首格堤）从滩岸边后缩，新乡施工队伍还调来并安装了开挖设备小船，将格堤到岸边的引河部分挖通。

经过6天的昼夜连续奋战，到18日引河开挖已全部完成，下午王德智、李国繁、周念斌等指挥部全体成员集聚现场做了最后安排，并协助部队连夜埋装了爆破器材。19日一早，全体施工人员撤离现场到安全范围，由部队实施爆破。10时整，随着两声爆破声响，数十米高的两股泥柱腾空而起，引河两头挡水格堤成功引爆。同时，为配合及促进裁弯取直引河发育，根据水流传播时间，黄委防办调度小浪底水库提前加大泄量，在引河过流时保证裁弯河段大河流量在2000立方米每秒。

格堤爆破后，指挥部有关成员驱车迅速来到现场（引河开挖施工期间封丘河务局已将道路修通），到达现场后首先看到的是引河过流湍急，并向两边快速展宽，经实测，30分钟不到，大河已分水，以320立方米每秒的流量从引河流过。由于引河是侧向分水引流，大河分流通过90度弯曲进入引河，在引河进水口门自然形成螺旋流，在流量不断增加、引河拓宽的过程中，引河进水口门南岸滩嘴受大河、引河双面夹击冲刷而快速坍塌后退，而北岸滩嘴在进口螺旋流作用下而淤积顶出，在引河入口北岸形成滩尖顶流，引河口门出现向东南推移和淤积情况，引河过流出现衰减，大有淤死迹象。王德智副局长及有关人员在现场发现这一紧急情况后，及时、迅速调集在工地待命挖掘机快速挖除引河口门北岸顶出的滩嘴，使之后退速度大于口门南岸滩嘴冲刷后退速度，促进引河正向引流；同时，安排扰沙船（装有大功率吸泥设备的船）在进水口门处扰沙破坏螺旋流形态和疏导淤积泥沙，辅助刷深口门。通过上述一系列的“切滩导流”综合措施，不仅及时扭转了引河淤积萎缩的不利局面，还促进了引河发育，使过流能力逐渐增大，至10月22日，引河宽度从100米扩展至300米，过水流量达1600立方米每秒，分流比为70%，原主河道逐渐萎缩，王庵控导工程险情得以缓解，南岸柳园村等村庄受冲的威胁消除，塌滩坐湾得到有效遏制。

切滩导流、南岸存在及工程险情解除后，大河流量恢复到正常小流量过程，引河也逐步塑造出相应的多条宽浅小水流路，同时，引河出口向南也发生了较大偏移，引河出口的原河道更加宽浅，河心滩堆积、出露。2006 年 2 月，受引河出口河心滩顶托的影响，已发展成东南西北方向的引河出流沿老河道逆流又一次钻入王庵工程上首“Ω”形湾内。3 月初，因春灌和上中游冰封开河影响，大河流量增大，流势变急，王庵工程及其南面柳园村房屋又出现受冲出险的威胁。但此时的河势弯道比较小，远非切滩导流前危急河势的威胁。为彻底改变此处不利河势，河南黄河河务局研究决定，充分吸取 2005 年 10 月裁弯取直的经验教训，采用挖掘机、扰沙船在该河段北岸切滩导流、疏通河槽、引导主流。为提高疏导效果，还由局建工集团从别的单位调来了 2 台长臂挖掘机参加施工。

2006 年 3 月以后，我按照局里安排到省直党校学习，耿明全总工助理和防办技术科刘红卫在现场指挥施工。其间周末休息时间，周念斌主任派我到现场参加施工两次，在现场看到，当时的弯道两边已比较窄，大约有 200 至 300 米，曾同耿明全同志商量，若能再次开挖引河导流，将有可能彻底归顺该段河势，因有前次开挖引河的经验，再加上当时现场的条件也比较有利，再开挖引河导流，位置、路线更易选择，工程量和施工难度都要小得多。不过，因滩地的调解问题多等因素（当时已有少数滩区群众到工地要求解决滩地问题），该想法暂时搁置。

后听耿明全同志介绍，虽然在挖掘机和扰沙船相互配合的疏导，南岸险情没有出现大的恶化，河势有好的变化，但远非期望的效果。3 月 26 日，该处大宫工程前滩地因向东不断被切挖和冲刷，当河头顶冲处的弯道滩地宽度仅剩 140 米时，耿明全同志经过现场再三查勘与河势慎重分析，选定河头顶冲、出口老河道顺畅的滩地作为第二次裁弯取直的引河线路，并与封丘河务局宋自义局长现场协商，征得王德智副局长同意后，抓住时机，调集 2 台挖掘机开挖了一条长 140 米、宽 2 米、深 2.2 米的新引河，新引河出口与

1000余米的老河道连通，新引河进口向西南迎流，并在上游预留15米的挡水堰。新引河开挖自3月26日夜里10点开始，挖掘机开挖土直接堆积在新引河两侧，3月27日凌晨3点结束。稍作休息，在早上6点30分，利用挖掘机挖开预留的新引河进口挡水堰，河水进入新引河，初始水深仅有0.2～0.4米，两台挖掘机在新引河北岸来回寻挖影响过流，因水泡坍塌而落入新引河的土体。30分钟后，新引河中的涓涓细流快速发展成湍急水流，宽度迅速发展到10米、水深1.0米以上。在之后的过程中，新引河刷深扩宽更加迅速猛烈，27日上午10时，新引河扩宽至150米，平均水深达4.0米以上，新引河分流比达到70%以上；至4月1日，引河宽度已达390米，大河已完全按照预期流路归顺，彻底改变了该段河势的不利局面。当时有新闻报道称，四两拨千斤，大河人工腾挪2000米，创造了黄河下游河势归顺和“调虎离山”抢险的成功案例。

由于黄河下游河势有一湾变、湾湾变的特点，也就是说，上下游的河势相互影响较大。该段河势归顺后，受此影响，下游张庄、古城等两处多年的畸形河势在当年的黄河调水调沙中也自然裁弯取直，整个河段河势得到全面改变和归顺，首次影响当年调水调沙后下游高村站，同流量水位下降约0.4米。

大宫切滩导流成功，不仅解除了南岸塌滩掉村、危及防洪工程安全的危险，也对调整归顺下游不利河势发挥了重要作用，开创了下游人工主动引导主流、改变河势的先例，在修建工程、控制河势的基础上增添了人工疏导河势的经验，创新了抢险和治河技术，彰显了黄河人在各级党委、政府的领导支持下，顽强拼搏、敢于创新、敢于胜利的精神。

四十载沧桑话沁河

◎温小国

1982 年 8 月 2 日，沁河发生了百年一遇的超标准洪水，洪峰流量达到 4130 立方米每秒。这场洪水给沿河百姓带来了巨大损失，时至今日，每当提起那场惊涛拍岸的洪水，经历过的人们仍不免露出恐惧的神态。四十年过去了，沁河发生了怎样的变化，它还会不会再出现那么大的洪水，再有大洪水到来，有没有控制手段？作为一位沁河下游抗御那场大洪水的亲历者和黄沁河修防管理工作的参与者，认为很有必要对上述提问做出解释，回顾一下四十年来沁河的沧桑巨变。

沁河是晋豫两省流域内百姓赖以生存的母亲河。千百年来，温顺时它小鸟依人，忠诚地为人类提供服务，造福百姓；发怒时它浊浪排空，屡屡对沿河生灵实施粗暴掠夺，危害一方。让时光回到四十年前，这里仅以上游的山西省沁水县与下游的河南省武陟县为例，看看那场洪水的肆虐与疯狂。

1982 年 8 月 2 日，是一个令沁水人民刻骨铭心、永远难以忘怀的日子。这一天，沁水县发生了一场特大洪水，县城几乎遭遇灭顶之灾。8 月 19 日出版的《晋东南日报》以“洪水无情人有情——沁水县抗洪救灾纪实”为题，详细介绍了沁水军民抗洪救灾的情况。

早在 1982 年的 7 月 8 日和 9 日，沁水就遭遇了狂风暴雨和冰雹的袭击，最大的冰雹直径达 3 至 5 寸[①]，重约 1 公斤。特别是城东的 9 个公社（现在

① 1 寸 =3.33 厘米，下同。

的乡），损失更为惨重。从 7 月 29 日开始，沁水县再降暴雨，全县更大范围受灾。

关于这场洪灾，1987 年出版的《沁水县志》是这样记载的：

“8 月 2 日，连降暴雨，总降雨量达 411.4 毫米。县城街道水深两米，全城被淹。县河（沁河的一条支流，流域面积仅 168.3 平方公里）水深 13 米，最大洪峰流量为 2920 立方米每秒，相当于历史最大流量 1918 年的三倍。据油坊水文站核定，这是三百多年来罕见的洪水，全县 21 个公社社社受灾，涉及 293 个大队（村），占大队总数的 86%。因洪水死亡 30 人；经济损失总值达 1 亿 1 千多万元。”

虽说县志上只有这短短几行字，但已足以令人感受到其背后的残酷景象了。要知道，1981 年沁水全县的财政收入也不过 307.8 万元，洪灾造成的经济损失，几乎是这个数字的 40 倍！经济上的损失可以估量，这场洪灾给全县 20 万人民造成的精神伤害就难以评说了。许多精神创伤至今难以平复，笼罩在一些家庭的阴霾至今难以驱散。

洪水给上游造成了巨大灾难，从五龙口出山的滔滔洪流，进入下游 90 公里防洪河段后，更是惊涛拍岸，凶猛异常。

那年 7 月 29 日以前，沁河沿岸还是严重干旱，骄阳似火，秋作物都旱得低下了头。7 月 28 日，我和武陟一段（现武陟一局）防办的几位同志到小董乡的一个村检查群防队伍的防汛准备工作情况，赤日下的老百姓还在发着“庄稼都旱死了，还检查什么防汛？”的牢骚。怎料到 7 月 29 日至 8 月 2 日，伊洛河、沁河流域和黄河三门峡以下黄河干流区间就普降大到暴雨，局部降特大暴雨。中心区降雨量沁水县城达 411.4 毫米，润城站达 345 毫米，杨柏、横河、董峰等地达 600 毫米，五龙口站达 377 毫米。连续几天的大暴雨使防洪进入了异常紧张时期。在沁河武陟站出现洪峰前 2 小时，黄河花园口站出现了 1958 年以来的最大洪水，洪峰流量达 15300 立方米每秒，形成了黄沁并涨、全线吃紧的局面。

原新乡地区黄沁河防汛办公室，在当年 8 月 10 日向新乡地区防指报送的《战胜黄沁河两次洪峰情况的报告》中是这样表述的：

“……8月1日20时，五龙口出现2700立方米每秒入汛以来的首次洪峰时，沿沁各县都很重视，因为这是沁河20多年来未曾发生过的大洪水，各级防汛指挥部立即召开会议，研究分析当地河势工情，进行全面检查，做好临战准备。8月2日10点，接到五龙口4200立方米每秒洪水预报后，地防指立即决定，沿沁各县党、政、军、民立即上堤防守，各县接通知后，行动都很迅速……武陟沁南五车口堤段，堤防较薄弱，部分堤段低于设防标准8公寸①，洪水时五车口上下近1000米，发生漫溢1.5寸左右的险恶局面。在这十分紧张的情况下，立即组织人员抢修子埝……在洪水到来之前抢修了高1米，顶宽1米，长17公里的子埝……使2日21时小董站洪峰安全下泄，避免了洪水漫溢，保证了堤防和沁南人民生命财产安全。”

武陟站实测洪峰流量达4130立方米每秒。沁河以防御武陟站20年一遇4000立方米每秒洪峰为防御标准，这是清光绪二十一年（1895年）以来发生的最大洪水（调查洪水）。

解决沁河下游超标准洪水的手段是利用沁南滞洪区和沁北自然分洪区分滞洪水。下游偏下的沁南滞洪区民众一面全力抗洪抢险，一面紧急撤离。由于正在实施的杨庄改道工程增大了行洪断面，通过沿河军民的奋力抢护，在右堤部分堤段洪水位超过堤顶21厘米且险象环生的情况下，武陟县的沁南滞洪区没有启用，避免了一次大灾难。位于下游偏上的沁阳市沁北自然分洪区内，出自太行山仙神河、六阳河、逍遥河、安全河等支流产生洪水流量约790立方米每秒。这些洪水与沁河洪水共同形成沁北自然滞洪区滞蓄洪量约0.2亿立方米。滞洪区平均水深0.6 ~ 0.9米，最大水深1.6米，损失惨重，幸无人员伤亡。

针对沁河的这场超标准大洪水，曾有人做出这样的概述：重灾在上游，惊恐在下游。

① 1公寸=1分米，下同。

沁河治理写新篇

洪水过后，国家立即启动了沁河右堤加高加固工程。随着杨庄改道工程的完成，沁南滞洪区将不再承担滞洪任务。四十年来，先后两次对下游险工和引水涵闸进行了除险加固与改建；晋豫两省也积极筹措资金，在干流上游建设了张峰水库、河口村水库等大型控制性工程。如今，沁河洪水掌控由人，肆虐泛滥已成为历史。

史料记载，从公元237年至1948年的1712年中，沁河就有117年293次决溢。中华民国的短短37年间，就有19年决溢，计48次。人民治黄以来，国家先后对千疮百孔、低矮破败的沁河堤防进行了3次加高加固，对秸料埽险工进行了石化，对遗留下来“民建民管”的砖石涵闸做了加固与改建。经过第一次大复堤后，1954年8月，沁河发生了3050立方米每秒的洪水，这是有实测资料以来的第二大洪水，在人民政府积极组织下，沿河军民奋力抗洪，保证了沁河的安澜。随后又进行了第二、第三次复堤，把沁河的防御标准提高到4000立方米每秒。在堤防安全超高达到标准后，于20世纪70年代开始至80年代结束，对堤防普遍进行了3遍压力灌浆，消除了堤身隐患，提高了堤防的抗洪能力。

历史上的沁河险工都是在被动抢险后形成的，人民治河以后，对遗留下的秸料埽险工进行了石化改造。鉴于当时国家的财力，八十年代以前进行三次大复堤时，对已经石化过的险工仅做了“戴帽”加高，这样做的结果就形成了工程“头重脚轻”且结构杂乱无章的局面，一旦遇到大洪水，极易出现重大险情。进入八十年代后，先后对下游四十多处险工做了统一改造，拆除部分重力式坝、垛、护岸，统一了内外边坡，对比较稳定的坝、垛、护岸进行边坡平扣与水泥砂浆勾缝，以增强抗洪能力和减轻管理强度。随着时间的推移，工程老化是一种不可抗拒的自然现象。险工土石结合部水土流失造成的边坡塌陷、块石间的勾缝体脱落、根石走失等现象时有发生，对工程安全构成了威胁。

沁河的引水灌溉有着悠久历史。早在秦代，先民们就在五龙口修建了“以枋木为门，以备蓄泄”的枋口堰，开启了引沁灌溉的历史，由此而得名的五龙口灌区，也随着各王朝的兴衰而兴衰，最多时可灌溉济源、沁阳、孟州、温县、武陟五县数十万亩良田。明清以后，沁河逐步有了堤防，五龙口灌区也在不断萎缩，地处下游的沁阳、温县、武陟等县难得沁水之利。特别是清后期至民国时期，士绅豪强可以随意扒开堤防，建闸引水。据光绪年间《武陟县志》载，仅在武陟县境内就有各村私建的引水闸十余座。这些水闸抗洪能力极低，遇到大水，因倒闸引起的决口屡见不鲜。

党和政府十分重视沁河防洪存在的这一“先天隐患”，在国家经济十分困难的五六十年代，先以“民办公助”形式，对这些遗留的涵闸做了改造加固，在临河修筑临时围堤以策安全。为保证防洪安全，进入八十年代后，沁河涵闸改建列入了国家计划。根据引水需求确定涵闸规模，逐步将这些老旧涵闸改建成钢筋混凝土结构或混凝土底板砌石洞身结构。只可惜改建后的涵闸因沁河断流次数增多与基流减少，以及河道无序采砂造成河床下切等因素，除少数涵闸可以少量引水外，其余大多成了“摆设”，未能发挥其应有作用。

尽管遗留下的村建涵闸有些已经不能发挥作用，但所在村百姓对它仍有一份情结，把它看作是祖宗留下的“私产”，舍不得将其拆掉。从防洪安全角度出发，堤防上多一个引水口门，就多一处安全隐患。为了将失去效益的涵闸拆除，河务部门做了大量工作，说服沿河乡村百姓以防洪大局为重，服从规划安排，拆除或合并效益不好的涵闸。

为全面解决沁河下游防洪存在的突出问题，2008 年，黄委会在《黄河流域防洪规划》中，明确提出要加高加固沁河堤防。2015 年，国家发展和改革委员会批复了《沁河下游河道治理工程可行性研究报告》。2016 年 7 月，史上投资规模最大的沁河下游防洪治理工程拉开施工序幕。工程从济源五龙口至武陟白马泉，涵盖堤防、险工、涵闸、堤顶道路等所有项目。在原有防洪工程基础上，加高、帮宽堤防 31.3 公里，改建、续建、加固险工 38 处，拆除重建涵闸 22 座，拆除封堵涵闸 12 座，维修加固涵闸 1 座，总投资达 9.01

亿元。

经过河务部门和参建单位3年多的辛勤劳动，工程于2020年4月全部高质量完成，彻底解决了堤防断面不足、险工破损、穿堤建筑物老化等影响防洪安全的问题。2021年7月，沁、丹河洪水并涨，武陟站洪峰流量达1510立方米每秒，9月27日，更是达到2000立方米每秒，为1982年以来最大洪水。沁河下游防洪治理工程凭借过硬的工程质量，通过了凶猛洪水的“初验”。

在沁河防洪方面更值得一提的是上游干流建设的两座大型控制性工程。张峰水库与河口村水库的建成，让放荡不羁的沁河水变成掌控由人、造福人民的清源。

沁河在山西境内一路奔走363公里，途经沁源、安泽、沁水、阳城4县。流域年均降水量600毫米，是山西省的相对富水区，其流域几乎覆盖了晋城市的整个版图。张峰水库是一座以城市生活和工业供水、农村饮水为主，兼顾防洪、发电等任务的大型水利工程。工程位于沁水县境内的沁河干流，控制流域面积4990平方公里，库容3.94亿立方米。工程建成后，平均每年可向晋城市供水2.07亿立方米，可有效缓解晋城市经济社会持续、稳定、健康发展与用水的矛盾，为山西省新能源和工业基地建设提供水资源保障。

早在1958年，晋东南行署就提出了建设张峰水库“引沁入丹”的设想。然而，受“三年自然灾害”的影响，这一设想一度陷入窘境。时过10年之后的1969年，开发沁河再次被提上议程。又经过10年的争取，国家计委于1978年将张峰水库列入国家建设计划，张峰水库首次正式开工建设。到1980年，完成投资8000万元。然而，受国家压缩基本建设的影响，枢纽与灌区工程于1980年、1981年先后停缓建，水库建设搁浅。

1982年，沁河干流发生特大洪水，直接经济损失高达2.5亿元。

距首次提出“引沁入丹”设想40年之后的1998年，山西省委、省政府审视晋城地区的用水紧迫状况，重新提出张峰水库尽快立项上马的要求。2003年，国务院批准工程项目建议书。张峰水库走过了近半个世纪的坎坷路。

在张峰水库建设的履历表上，有一组数据记录着其成长过程：2004 年 11 月 17 日，水库工程奠基；2005 年 6 月 10 日，枢纽主体工程开工建设；2007 年 9 月 22 日，输水总干线主体工程全面开工；2007 年 10 月 24 日，水库大坝全面封顶，具备下闸蓄水条件；2008 年 3 月 22 日，枢纽工程通过水利部蓄水验收，可适时下闸蓄水；2010 年 5 月 21 日，输水总干线全线一次通水成功。

2010 年 6 月 25 日的《中国水利报》这样记载：

“孜孜甘泉出沁河。5 月 21 日，张峰水库输水总干线末端蓄水池的进水口，一股清澈的水流喷涌而出，完成了输水总干线一次通水成功的使命！沁水润泽州，晋城人盼了半个世纪的梦想终成现实，至此，每年可从沁河调水 7000 万立方米进入泽州盆地的输水目标实现了。”

从 20 世纪 70 年代开始，沁河断流就成了“常态”，武陟站有的年份在主汛期也没有过流的记录。索取在增加，资源在萎缩，在这种情况下，沁河不断流成了奢想，下游的数十座涵闸无水可引，人们只能望河兴叹。河流的全部意义在于水，没有水的河流只是一个丑陋的存在。汛期要防洪，汛后无水引。沿河百姓有一个共同期盼，就是期盼河口村水库尽快上马。

早在 1956 年，河口村水库就开始了前期规划设计工作。由于种种原因，规划设计工作几上几下，经历了漫长的拉锯战。已故的河南黄河河务局原局长叶宗笠先生，从学校毕业就分配在该水库做前期规划工作，直至退休，也未看到水库上马。1982 年，沁河超标准洪水发生时，叶局长已任河南黄河河务局副局长，他太懂得河口村水库对于沁河防洪的重要性了。2005 年 7 月，河口村水库筹建处成立，标志着河口村水库正式进入实施阶段。得知消息后，老局长兴奋难耐，找到我的办公室对我讲，期盼一生的愿望终于要实现了。

河口村水库位于河南省济源市黄河一级支流沁河最后一段峡谷出口处，控制流域面积 9223 平方公里，占沁河流域面积的 68.2%，是一座以防洪、供水为主，兼顾灌溉、发电、改善河道基流等综合利用的大（2）型水利枢纽工程，总库容 3.17 亿立方米。建成后的河口村水库将进一步完善黄河下游防洪工程体系，与已建成的小浪底、三门峡、陆浑、故县水库5库联合调度，对提高黄河下游防洪安全起到重要作用，将沁河下游的防洪标准由20年一遇提高到100年一遇，保证南水北调中线总干渠穿沁工程100年一遇的防洪安全，为济源、焦作两市经济社会可持续发展提供每年1.28亿立方米的水资源支撑。

河南省“十二五”重点建设项目，被列入国务院172项节水供水重大水利工程之一。2011年7月，主体工程开工，10月19日，大坝围堰截流，实现当年主体工程开工、当年截流的目标；2013年，导流洞下闸封堵；2014年9月，水库初期下闸蓄水；2015年12月，主体工程完工；2016年10月，全部工程完成。河口村水库投入运行以来，在关键时点削峰蓄洪，有效保护了下游群众的生命财产安全、减轻了黄河防汛压力。同时，保证了沁河不再断流，发挥了显著的社会经济效益。

精准调度，掌控由人

众所周知，“七下八上”是黄河防汛的关键时期，即人们常说的主汛期。2021年却是一个特殊年份，不知老天是要“检验”上游已建成的控制性枢纽工程，还是要“检验”才竣工且尚未来得及验收的下游防洪治理工程？刚刚进入7月中旬的7月11日，沁河及其支流丹河就发生了1982年以来的最大洪水，在主汛期过后，又接着经历了一次漫长的“华西秋雨期”，流域上下游同时开展了艰苦卓绝的抗洪斗争。

2021年7月10日至11日，晋城地区发生强降雨，沁河、丹河、蟒河等河流洪水暴涨，累计最大点雨量窑头水文站达351毫米。位于晋豫交界处的拴驴泉水文站是河口村水库的控制站，11日8时12分，测得流量为1.0立方米每秒、10时流量为17.34立方米每秒、12时流量为39立方米每秒、12时36分流量为226.20立方米每秒、13时24分就达到最大洪峰流量3800立方米每秒，洪水从起涨到峰值，仅仅用了48分钟。山里泉站最大洪水发生时，其上游20余公里的润城站13时12分流量仅有57.0立方米每秒，说明该场洪水是局部发生的，主要发生在冶底河、梨川河与江河等小支流，与上游来水无关。

丹河是沁河的一级支流，流域面积3152平方公里。白水河是丹河的支流，河道长仅61公里，位于青天河水库的下游，水库对其无控制作用。7月11日，晋城地区发生强降雨，白水河东坡水文站洪峰流量达1820立方米每秒，致使当地数人死亡失踪，白水河上的太焦铁路8号桥被冲垮，通信中断，线路中断运行36天。丹河山路坪水文站是丹河入沁的控制站，7月11日前，河流干涸无水，11日15时54分，该站出现1170立方米每秒洪峰，是1957年以来的最大流量，排建站以来第四位。

丹河入沁口距离河口村水库仅有31公里河长，这场突如其来的暴雨洪水若没有该水库控制，山里泉站13时24分的3800立方米每秒的沁河洪水，势必与15时54分的1170立方米每秒丹河洪水相遇。可以想象，那时武陟站一定会重现“82·8洪水”的惊险场景。河口村水库经受了建库以来的最大考验，12日7时，库水位高达247.03米。由于出库流量按300立方米每秒控制下泄，武陟站13日洪峰流量仅为1510立方米每秒。

2021年8月下旬至10月中旬，受短波槽东移南下和副热带高压异常偏强、偏西共同影响，导致黄河中下游连续发生了7场强降水过程，三花间连续降水总天数达到32天，降雨量较常年同期偏多1.5倍。黄河中下游汛情持续至10月中旬，花园口水文站在4000立方米每秒以上历时达570小时，在4800立方米每秒左右历时约470小时。

10月3日至7日，张峰水库上游沁河流域发生强降雨过程，入库洪峰流量达1450立方米每秒。10月7日，库水位上涨到760.51米，超防洪高水位0.73米。为了最大限度减轻下游灾害，管理者严格执行水库调度运行计划，结合河道运行及水雨情变化情况，组织专家和技术人员会商分析、科学研判、实时调度，连续迎接了三场洪水。调洪过程惊心动魄，仅利用5000万立方米的调洪库容，就调节了6亿立方米的洪量，保证了下游人民的生命财产安全。

河口村水库控制着沁河近70%的流域面积。在这次“华西秋雨”过程中，严格执行黄河防总调度指令，实行拦洪削峰，拦蓄洪水6.98亿立方米。自9月26日17时起，按1800立方米每秒下泄。9月27日15时，武陟站洪峰流量达2000立方米每秒，刷新了1982年以来的洪峰纪录。在河口村水库管理者的精心调度下，分时段安全排泄洪水5.16亿立方米，为保障南水北调中线穿沁工程供水安全和沁河下游的防洪安全起到了决定性作用。

如果说人们称赞河口村水库在调节7月中旬沁河洪水中是“战功首现”，那么，在迎战2021年“华西秋雨”过程中，张峰水库、河口村水库更是发挥了巨大作用。同时，河口村水库参与黄河洪水联合调度，对控制黄河下游洪水起到了积极作用。

面对严峻的秋汛形势，黄河沿岸各级政府和黄委广大干部职工，严格执行党中央、国务院的部署，锚定“不伤亡、不漫滩、不跑坝”的防御目标，强化“四预”措施，科学部署、主动防御，上下游、左右岸、干支流统一调度、合力抗洪。应对9月中旬渭河、伊洛河、沁河洪水，实施中游水库联合调度，将花园口站洪峰流量由天然状况下的8560立方米每秒，削减至3780立方米每秒；在秋汛洪水防御关键时期，在确保大坝和库区安全的前提下，最大限度挖掘陆浑、故县河口村水库的运用潜力，精准调度小浪底水库，将两次花园口站超10000立方米每秒天然洪峰流量，削减至4800立方米每秒，最大削峰率达58%，大大降低了洪水对下游防洪工程和滩区安全的威胁，实现了不伤亡、不漫滩、不跑坝的防御目标。

四十年弹指一挥，四十年沧桑巨变，古老的沁河正以崭新的面貌呈现在世人面前。在习近平总书记“绿水青山就是金山银山”的理念指引下，上游大力开展植树造林和一系列生态保护工作，尽快让沁河“水质好起来、水量丰起来、风光美起来”。下游已经建立了完整的沁河防洪工程体系，两岸堤防真正成了“防洪交通线、生态保障线和文化风景线”。我们有理由相信，沁河的明天一定会更加美好。

濮阳黄河迎战“96·8”洪水记忆

◎柴青春

黄河“96·8”洪水虽然流量不大，花园口、高村、孙口水文站流量分别仅有7600立方米每秒、6200立方米每秒、5540立方米每秒，但水位表现特别高，高村、孙口水文站洪水位分别仅比黄河“82·8”洪水位低0.126米和0.09米。通过迎战“96·8”洪水，充分暴露出在迎战洪水准备、后勤保障、迁安救护组织等方面存在的诸多不足和问题，也积累了不少的经验。

省领导亲临濮阳督战

1996年8月5日14时，花园口水文站发生7600立方米每秒流量洪水后，濮阳市各级普遍认为，该流量级洪水处于漫滩临界流量，若加强生产堤薄弱堤段防守，就能防止洪水漫滩，确保滩区不受损失。为此，各级都在全力动员部署生产堤防守工作。当天晚上9点左右，省委副书记宋照肃等领导突然来到濮阳。

迅即，濮阳县分了三个组进行准备。第一组负责安排部署迎战洪水工作，将省领导的指示迅速传达到位；第二组负责连夜买床铺、炊具到坝头腾房子、安排吃住、准备会议室；第三组负责准备汇报材料，并务必在第二天7点前定稿交主要领导。

我被分到了汇报材料准备组，当时材料怎么写、重点写什么，认识不统一，因时间紧，就决定几个人先分开写，然后拼到一起，最后由县委、县政府两办主任修改把关后交县领导。经过各方几次修改，后来到凌晨4点才定了汇报稿。

第二天上午8点30分左右，宋照肃副书记来到坝头防汛前线指挥部主持召开会议，会议先由濮阳县汇报。濮阳县汇报不到10分钟，就挨了批评，不让汇报了，因为汇报的都是基本情况。宋照肃副书记说，我们是来督导抗洪救灾的，时间紧迫，无关的内容就不用汇报啦，你们给我说一说濮阳县黄河滩区哪些村的避水台最好和最差，我要马上看。这时在座的人员都回答不上来。突然有人说，河务局具体负责此项工作，他们清楚。当时因会议室小，县河务局等有关部门人员都在外面旁听。经这个人一提醒，马上就从会议室跑出来几位领导找河务局的人说，快点，宋书记问你们问题咧。县河务局人员一听，谁都不想进会议室，怕挨批评。这时又有领导点名叫我（当时我任分管防汛工作的副局长）进会议室回答问题，其实我只知道濮阳县习城乡某某村避水台最好，至于最差的在哪里，我也说不很准确，说不知道也不行，怎么办？我就说，濮阳县习城乡某某村避水台最好，且离坝头很近，路也好走，咱先看好的，然后再看差的吧。宋书记说，好，马上走，由你带路。

我一上车就和习城乡领导联系，说省领导要看你乡某某村最好的避水台，还要看最差的避水台，你马上在什么地方等并带路。结果，宋书记看了最好和最差的避水台后很满意，至此陪同的市县领导们才松了一口气。

午饭时，宋照肃副书记和县领导都叫我一起吃饭，其实我很清楚，宋书记是想吃饭时多了解些情况，县领导是怕吃饭时再问问题答不好挨批评。在吃饭的时候，宋书记又问了几个问题，我回答得都不错，受到了表扬。省领导在坝头共住了大概一周时间，县领导一般都叫我陪着宋书记活动。到后来几天，省领导要求在食堂吃便饭，基本上就剩我自己陪他吃饭了，其他领导都不陪同了。

从省委副书记宋照肃督导濮阳抗洪抢险救灾工作中，使我深刻认识到人们对“96·8”洪水认识不足、备汛工作不扎实，是造成抗洪抢险救灾工作被动的主要原因，同时，作为一名基层河务部门干部一定要精通防汛业务，否则，就当不好地方行政首长的参谋。

防守黄河大堤

由于对“96·8”洪水认识不足，造成各级行政首长匆忙上堤防守。当防守堤防的大部分行政首长看到这么大的洪水时都很恐慌，主要原因一是未见过这么大的水，心中无数，且当时堤身单薄；二是汛前准备不充分，不知道干什么；三是省委领导坐镇，反复要求严防死守大堤，谁的责任堤段开了口，就追究谁的责任。因此，防守堤防的大部分行政首长都很恐慌，工作也很乱，互相埋怨发脾气，一级吵一级，乱给坝头防汛前线指挥部打电话，请示如何办。

这时，我给县主要领导当“参谋”，大堤是防花园口水文站22000立方米每秒流量标准的，现在不到8000立方米每秒流量，不要惊慌，只要防守得当，大堤是不会出问题的。县主要领导就对我说，为了稳定人心，确保大堤不出问题，给你一天时间到堤上跑一遍，给他们讲一讲，指导指导，鼓鼓劲儿。结果濮阳县60多公里大堤，我跑了整整两天。因为县乡领导都很着急，没有主心骨，我和几个技术人员每到一个乡镇，他们都不让走，叫我们举办培训班、出主意、想办法，如何巡堤查险才不出问题等，我们都一一做到了。

记得有一次在大堤上，正好碰见两位县行政首长不让我们走，叫我们给群众讲一讲巡堤查险技术。几位技术人员就给群防队伍讲了巡堤查险技术，我讲了守好大堤的责任和重要性。当时因为大堤上人多，我就站在越野车车顶上讲。我说，大家只有做好巡堤查险，才能及时发现险情，才能将险抢住，确保大堤不决口。你们都是黄河背河村的老百姓，大堤决口对于你们来讲就是灭顶之灾，这正是叫你们背河村群众守大堤的原因。防守大堤的群众听了以后还真见效。

从各级行政首长防守黄河大堤工作中使我深刻认识到，汛前对各级行政首长进行黄河防汛抢险知识的培训是十分必要的。

濮阳县南上延控导工程抢险

在“96·8”洪水期间，濮阳县南上延控导工程 –1 坝、–2 坝因受大溜顶冲，发生重大险情，有抄工程后路的危险。我奉指挥部命令第一时间赶到抢险工地，组织人力、物力进行抢护。但仅2小时后，洪水就漫了滩，致使整个工程成为孤岛。当时困到抢险工地的人员有河务局三个工程班（其中一个是女子班），还有炮兵某部大约一个连的解放军。领导干部有我、一名局长助理和部队孙营长。

由于洪水已漫滩，船只都忙于迁安救护，造成抢险工作十分艰难。一是水陆交通和电力、通信中断；二是抢险柳料不足；三是能吃的东西全部吃光；四是大雨不断，抢险人员未带雨具。

面对艰难困境，大部分抢险人员出现了畏难和厌战情绪，纷纷要求放弃抢险。如果放弃，后果将不堪设想。怎么办？我先对部队孙营长说，险情就是命令，抢险就是打仗，在未接到撤退命令时，擅自撤退是要承担政治责任的。现在抢险工地上数咱两个人的级别最高，如果放弃抢险，就是咱两个人的责任。孙营长认为我说得对，就同意了继续抢险。

接着，我又做通了女子班班长的工作，还召开了党员会，要求在关键时刻，党员必须冲在最前头。通过多方做工作，增强了大家克服困难的决心和信心。

为解决抢险柳料不足问题，我安排 50 名解放军蹚着水，上树砍柳枝。为解决吃饭问题，我通过部队的电话联系到县领导，由当地乡镇通过东明黄河大桥用绳子系着篮子往下送馒头、火腿。经过两天两夜的奋战，终于将险情抢住。后来，抢险事迹还登在《黄河报》上。

从濮阳县南上延控导工程抢险中使我深刻认识到三点比较重要。一是在洪水漫滩、控导工程形成孤岛之前，一定要在工程班备足生活用品和抢险所需的基本物料。二是洪水漫滩后，保证水上交通和通信、电力畅通十分重要。三是在最困难的关键时刻，要善于与各方沟通，统一思想，坚定信心，并要充分发挥共产党员的先锋模范作用。

郑州花园口“96・8”黄河抗洪抢险纪实

◎秦新国

光阴似箭，日月如梭，惊心动魄的郑州花园口“96・8”黄河抗洪抢险转瞬已过去了25年，我作为当时花园口黄河抢险组织者之一，亲自参加了那场历时十多天的抗洪抢险。同时，我还作为惠金局（惠金黄河河务局的简称）主抓宣传的干部，负责联系媒体，报道防汛情况。我带领多名通讯员，深入到各个抢险点，记录了惠金局广大干部职工、解放军高炮旅指战员、各级领导干部、沿黄村民面对险情，科学决策，运筹帷幄，沉着应对，积极部署，落实责任，强化担当，勇闯难关的许多感人事迹。我们的及时跟进报道，被《河南日报》《郑州晚报》《黄河报》、河南广播电台、郑州广播电台等多家媒体及时刊登和播报。

“96・8”抗洪抢险结束后的第二年，我被调到郑州黄河河务局。虽然离开了那片热土，但我的心仍然留在了花园口，我忘不了那撼人心魄的“96・8”抗洪抢险的壮丽场面，忘不了那可歌可泣的抗洪群体，更忘不了花园口那群可亲可敬的黄河人。穿越时空的隧道，我的记忆又带我回到了1996年……

巨浪滔天，惊心动魄

黄河苍茫，源远流长，九曲十八弯，博大而久远。曾淌过无数的悲壮，也流过无数的激昂，郑州市北郊的花园口，犹如一颗闪光的明珠，镶嵌在黄河下游南岸首段。

1996 年盛夏，在这里演奏出了一曲荡气回肠、惊心动魄的壮歌，郑州惠金河务局的干部职工，经历了一场震撼心灵的考验。8 月 5 日，黄河花园口站出现了第一号洪峰，流量 7600 立方米每秒，水位 94.73 米；8 月 13 日，黄河花园口站第二号洪峰接踵而至，流量 5520 立方米每秒，水位 94.09 米。特别是第一号洪峰水位表现异常偏高，创有水文记载以来的最高纪录，河道行洪最窄处仅 100 多米，大浪奔腾咆哮，以排山倒海之势、雷霆万钧之力倾泻于各险工坝头，黄河用大手笔让黄河人领略了什么叫“铺天盖地”，拉开了悲壮激烈的人与洪水大决战的帷幕。

自 7 月 21 日起，惠金河务局开始在南裹头连续进行抢护。8 月 4 日，南裹头再次出现较大险情，持续到 8 月 5 日 14 时，一号洪峰到达花园口，南裹头险工坝前头根石严重走失，坝体出现较大裂缝，坦石下蛰，土胎外露，经 7 个多小时奋斗抢护，仍未奏效，险情十分紧急。

晚 9 时，惠金河务局防汛指挥部果断决定：调动大型机械设备，增派人员支援南裹头抢险，在副局长李老虎同志的带领下，抢险队员火速奔赴南裹头，装载机、自卸车、发电机、照明设备、抢险料物迅速到位，投入抢险战斗。

这是一场规模空前的恶战。天黑、风高、浪大、雨猛，小山似的巨浪蜂拥般地劈向南裹头坝头。根据上级“严防死守”的命令，抢险工作在高速度有秩序地进行，坝前头 1 号位由装载机、自卸车等大型机械抛散石，坝侧 2 号位由人工抛铅丝笼，前头 3 号位有测量洪水的水尺，由抢险队员抛散石抢险。

记不清有多少人的手被磨破，数不清有多少人的手脚被石头砸伤，心灵的呼唤交汇成一个共同的心愿：“人在大堤在！”在共同战胜大自然的目标下，黄河人这支吃苦耐劳、能征善战的钢铁之师，用他们的血肉之躯演奏出了一曲惊天地泣鬼神的“黄河大合唱”。

与此同时，惠金局正协助地方政府在来潼寨村、前孙庄村，组织基层干部民兵，抢运粮食和贵重物资，转移老弱病残和妇女儿童。由于惠金局水情传报及时，运筹决策准确果断，地方政府高度重视，人民群众积极配合，子弟兵舍身救助，才使沿黄村庄人民的生命财产免遭损失。

当迁安救护工作胜利完成之时，传来了花园口险工、马渡险工首战告捷的喜讯。此时，唯有南裹头险工抢险还在恶战之中。机械的轰鸣声和劳动的号子交汇在一起，雨水和汗水交融在一起，党旗在坝头飘扬，冲在前的都是共产党员。南裹头险工坝前有一棵大柳树，树的迎背水位差高达 1 米左右，坝前水深十几米，3 立方米的铅丝笼抛下去，打个滚儿就不见了。自 4 日开始的抢大险已持续了 4 天 5 夜，险情仍未被控制住。为了尽快控制险情，惠金局立即决定采用加大抛笼体积的方法，防止石料走失，并指令太阳能设备厂立即焊制长 3 米、宽高各 1.5 米、体积 6.75 立方米的钢筋笼，焊成后随即运往工地。

9 日上午 10 时，装满石料的大钢筋笼被装载机推入水中，首批 12 个经投入使用后，取得了明显的效果。之后，南裹头险工历经 20 多天的鏖战，终于战胜了肆虐的洪水，取得了抢险的成功。

团结战斗，运筹帷幄

汛情就是命令！

面对黑云压顶、风卷涛飞的黄河浊浪，郑州市惠金局领导集体团结战斗，运筹帷幄。

在彻夜灯火通明的惠金局防汛指挥部，所有工作人员日夜工作，电话、传真、电台 24 小时向四面八方发出防汛指令，同时，又在接受着上级下达的各项防汛指示，这里是惠济、金水两区政府黄河防汛工作的参谋部，是郑州郊区“96·8”洪水防汛抢险指挥调度中心。

在这里，神色凝重的惠金局负责人朱太顺同志，已连续几天几夜没有合眼，此时，一份份汛情传真电报，不断传到他的手中。

“马渡险工 27 坝大溜顶冲，根石塌陷 35 米，坦石不断下蛰，请速派人增援！”

“大堤2公里处，暴雨过后塌方严重，塌方处距临河水位只有0.8米，情况紧急！”

“5日凌晨，通往保合寨的防汛路已冲断多处，保合寨守险人员与外界交通中断。”

“5日1时30分，保合寨控导工程联坝漫顶过水，洪水继续上涨。”

“速调冲锋舟支援荥阳、武陟，撤离被洪水围困群众。”

“南裹头险情继续发展，请速增援。”

“河南省委书记李长春同志、省长马忠臣同志马上到花园口视察黄河防汛工作。”

“郑州市委书记、市长前往花园口检查黄河防汛工作。”

…………

朱太顺，这位武汉水利电力大学治河专业的研究生，基层工作经验丰富，业务娴熟。他一面有条不紊地处理着各种防汛指令及汛情，一面果断决策，沉着冷静地部署着防汛抢险的每一个细节……

就在这场洪水中，朱太顺同志的老家封丘被淹，家中房屋进水达1米多深，大部分财产被洪水浸泡，年迈的父母离家远走外乡，他平常虽是有名的孝子，此刻，也不能为父母尽孝分忧。

副局长郭建军同志是由黄委会下派惠金局锻炼的年轻干部，一上任，便遇到了十多年不遇的大洪水，面对险情，他无所畏惧，及时赶赴金水区防汛责任段，现场指挥抗洪抢险，二十多个昼夜，他坚守一线，一扫领导机关的雅士风度，换之戎马铁戟的武将剽悍。

副局长李老虎同志，长年战斗在防汛治黄第一线。“96·8”洪水期间，哪里有险情，他就出现在哪里。他的老母亲卧病在床，可他无法恪尽孝道。连续二十多天，他带领工程技术干部奋战在抗洪抢险第一线。

副局长崔润田同志已年近60，可他以身作则，为了保障后勤供应，站好最后一班岗，他度过了许多不眠之夜……

中央领导、省市领导，对黄河抢险工作高度重视。

8月1日，省长马忠臣、副省长张以祥、省政协主席林英海、副主席刘玉洁，在有关领导陪同下，检查了惠金局抗洪抢险工作。

8月4日，省长马忠臣、副省长张以祥、黄委会主任綦连安、市委书记王有杰、市长朱天宝前来花园口察看洪水演进情况。王书记、朱市长听取了局领导的汇报，并到花园口险工、东大坝下延工程察看河势工情。

8月5日，省委书记李长春到花园口将军坝、东大坝察看一号洪峰河势工情，对抢险工作做了重要指示。

8月12日，国家防总成员、财政部副部长李延龄到花园口、南裹头、马渡险工检查黄河防汛工作。

8月15日，国家防总副指挥长、水利部部长钮茂生到花园口检查黄河防汛工作。

就在一号洪峰即将到来的4日晚上，朱太顺同志在防办指挥部署各项工作。24时，洪水涨至6130立方米每秒，预报继续上涨。他想，中午将军坝已开始靠大溜，且坝坦着溜，此时，该坝着溜情况肯定更加严重，而坝坦长时间着溜，对工程威胁很大，是防汛抢险的新问题。虽然已派3名中层干部带领一部分职工昼夜巡坝查水，但他还是放心不下，先后于5日凌晨3时和5时，两次到将军坝以及邻近坝岸查看河势工情，做到了心中有数……

8月5日早上6时，郑州黄河河务局局长王德智同志火速赶至花园口，察看了将军坝河势及南裹头险情。王局长，这位性格刚毅，对治黄事业有着高度责任感的领导干部，自进入汛期以来，全身心地倾注到防汛工作中来，对各项工作抓得更实更细。在“96·8”抗洪抢险中，他夜以继日，废寝忘食，呕心沥血，率先垂范。

上午8时，王局长在惠金局朱太顺同志的陪同下，迅速赶赴来潼寨，与地方政府、解放军某高炮旅，共同组织指挥大堤内的北来潼寨村村民的迁安救护工作。300多名解放军同志发扬连续作战的作风，经过十几个小时奋战，用沙袋筑起了一道1米高、2米宽、2000多米长的护村围堰，挡住了滚滚而来的黄河水。战士们累得汗流浃背，一个个像泥人一样，虽然水米未进，但斗志昂扬，高唱革命歌曲，那情景实在令人感动。

惠金黄河河务局领导集体，在抗洪抢险中发挥了战斗堡垒和领导核心的作用，率领全体共产党员，带领全体职工，团结一致，科学决策，运筹帷幄，勇闯难关，取得了“96·8”抗洪抢险的决定性胜利。

风雨同舟，砥柱中流

连日的暴雨、直线上涨的水位，像高擎在黄河人头上的利剑，使每一位职工都为之心悬。全体中层干部自8月4日起，24小时留守，他们早已将个人的事情置之度外，把防汛抢险当作自己的唯一使命。各部门密切合作，协调一致，快速反应，哪里有险情，他们就冲向哪里。

防办主任张玉山同志，心中的弦时刻都绷得紧紧的。防汛指挥中心，作为各级行政首长的参谋部，及时准确为领导决策做好参谋。在“96·8”抗洪抢险最紧张的日子里，他通宵达旦地在办公室工作。防办的每一份汛情、每一份险情，都关系重大，处理有误，将影响整个防汛工作。在他的带领下，防办的同志组织分工严密，忙而不乱，紧张有序，出色地完成了各项任务。

8月5日黄河花园口第一号洪峰过后，为确保黄河安全，迎战可能到来的更大洪水，按照上级要求，惠金局紧急部署对靠河险工进行根石加固。自8月7日至15日，工务科科长邵水山同志、副科长赵小成同志，带领工程技术干部，昼夜奋战在抗洪一线加固根石。仅马渡险工两公里多的战线上，就有各种大型机械50多台套、民工1500多人参战。施工现场机声隆隆，人声鼎沸，技术人员指挥得力，工地一片热火朝天。8月13日，国家防总成员、财政部副部长李延龄同志视察马渡险工，深深为之动容，他高度评价了黄河职工不畏艰苦，团结奋战，确保黄河安澜的无私奉献精神。

邵水山、赵小成两位同志，都是年过50岁的人了。为了确保防汛任务的完成，他们渴了喝点凉水，饿了啃个干馒头。由于连续作战，加之各工地卫生条件差，赵小成同志和一些工程技术人员出现严重的腹泻、呕吐，他们却带病坚持工作。8 月 12 日下午，赵小成同志从马渡险工回来，实在支撑不住，才到医务室看病，当一瓶吊瓶刚输一半时，他得知第二号洪峰到来的汛情，这位模范共产党员、黄委会和郑州市劳动模范，立即拔掉针头，奔赴险工，安排防守工作。

邵水山同志的家距单位只有几百米远，他坚守在抗洪抢险一线，直到 8 月 18 日根石加固全面完成，他才回家换衣服。

财务科在汛前就为抢险做好了充足的准备。大汛期间，各种物资发放及时准确，仓库、油库、机修班、车班的同志随叫随到，召之即来，来之能战。每次出险，都能在极短的时间内，调配好车辆，将抢险物资运到目的地，科长申志杰同志在洪水最猖狂的时期，一直战斗在抢险一线，哪里有险情，哪里就有他的身影。

通信科的同志们，为了保障汛期通信畅通，熬过多少夜，流了多少汗，谁也说不清，为解决电话串音问题，他们在高温下连续工作 15 个小时。河南至山东的郑济线有 12 路载波，是黄河防总联络山东黄河防汛的主干线，郑州至开封的郑开线有 10 路载波，是河南黄河防指指挥联系下游各河段黄河防汛的主干线，通信科长李金富深感责任重大，他带领全科的同志们风雨夜巡杆查线，工作通宵达旦。为了保障惠金局防办汛期通讯畅通，他带领技术人员，按照上级指令，将惠金局市话线和黄河网三条微波线全部接到防办，接着，在河南黄河河务局通讯处郝正民主任的果断决策下，从郑州市局调来三路载波，确保了汛情的及时传递。

在惠金局全力以赴抗洪抢险的同时，荥阳市的黄河滩区农田全部被淹，王村乡近千名群众被洪水围困，经全力救援，到傍晚仍有部分人被困在水中，接到救援传真已是晚上 7 时 40 分，科长申志杰带领防汛值班人员仅用 15 分钟，就把冲锋舟、救生衣、救生圈等救人器材全部装上了大卡车。同志们争先恐后要去救人，看着连日奋战的同志们依然斗志昂扬，科长深深地感动了，他说：“大家别争了，我挑几个人，剩下的留下。”说着带了司机周传民、冲锋舟驾驶员顾双囤和干警孙业民，4 人一同赶往荥阳。

天黑路滑，一路颠簸，不过，他们仍比预定时间提前半个小时赶到目的地。当时，天正下着瓢泼大雨，4 人迅速卸下冲锋舟，装上救生工具，驾舟冲向茫茫的滩区。他们拿着手电筒，在汪洋中一片一片地搜索，一遍一遍地呼喊，听到声音马上驶过去。就这样，一直到凌晨，才完成了救援任务。返回的路上，他们才想起，昨晚的饭还没吃呢！此时，寻呼机又响了："武陟生产堤决口，速去救援。"洪水无情人有情，危险之中见真情。他们又踏上了新的征程。

花园口将军坝，地理位置特殊，防汛责任重大，是各级领导视察黄河的必到之处。据有关资料表明，将军坝根石最深处达 23.5 米，洪水期间，中层干部郭兴文、王新喜负责花园口美化段巡堤查水工作。8 月 7 日 8 时 40 分，徒步查险一夜的两位同志，发现受大溜顶冲 4 天的将军坝，上跨角至坝前头根石走失，出险长度 15 米，体积约 200 立方米。

接到险情报告后，朱太顺同志带领机关干部职工 80 多人火速赶赴现场，并紧急调动大型机械进行抢险。郭兴文、王新喜两位同志不顾疲劳，请求和大家一起抢险，经过 5 个多小时的冒雨抢护，将军坝终于化险为夷。惠金局所辖黄河南岸大堤 0 至 6 公里，是堤防工程中最薄弱的堤段。这段大堤修建于 1970 年冬季，土质疏松，碾压不实，沙土与胶泥冻土层混合夹杂，堤身宽度较窄，临水坡度陡，獾狐洞穴经常处理经常出现。暴雨过后，各种天井、洞穴、塌陷随处可见，较大的有 40 余处。最大一处塌陷位于大堤 2 公里处，长 10 米、宽 6 米、深 5 米，体积达 300 余立方米，范围达堤身的二分之一，塌陷底部距堤脚只有 1.6 米，距洪水水位仅有 0.8 米，防守形势相当严峻。

为确保该段大堤安全，自 8 月 4 日起，惠金局与地方政府密切配合，昼夜巡堤查水，科长王自力、科员王建民和另外两名技术人员，靠坚强的信念和责任心，连续几天昼夜不停地巡堤查水，在十多里[①]的泥泞路上，清晰地留下了他们一行行坚实的脚印。特别是王自力同志年近花甲，两鬓斑白，湿热的天气、蚊虫叮咬、长距离跋涉，他全然不顾，熬红了双眼，人也生了病，

① 1 里 =500 米，下同。

自始至终坚守在一线。

8月5日上午，朱太顺同志赶赴2公里处，惠济区四大班子领导也赶到现场，共同部署抗洪抢险。古荥镇发动沿黄5个村的500多名基干民兵上堤防守，随时准备投入战斗。

8月8日，惠金局组织人员、物资、机械，全力以赴投入修复了0至6公里严重雨毁的堤防工程。

久经考验的黄河人，用他们一颗坚实的心，筑起坚固的黄河堤防。

无私奉献，众志成城

惠金局所辖堤防长32.14公里，其中险工长26.46公里，占全堤线的82%。“96・8”大洪水，使惠金局堤防全线偎水，河道工程频频出险，惠金局全体职工在“96・8”抗洪抢险中，谱写了一曲高亢的奉献者之歌。

一号洪峰过后，地处黄河滩区的保合寨控导工程陷入了一片汪洋之中，方圆9平方公里，仅剩下保合寨守险班驻地这一孤岛，野兔、蛇、鼠纷纷窜来，通往外界的道路全部被洪水冲断。

班长宋禄成是个有勇有谋的带头人。他们沉着冷静，一面按时通过电台向惠金局上报河势工情，一面组织人员对险工班的房屋、发电机、电台、防汛物资、饲养的牛羊进行妥善安置。当他从电台群呼中得知，外地数千名群众被洪水围困时，立即请求防办将配给他们的冲锋舟拨给救援队去营救群众。在生与死的关头，他们放弃了最后一条走出孤岛的路。

几天以后，蔬菜和粮食吃光了，他们就抓鱼、逮兔子，用盐水煮熟充饥。每天的河势、水情、工情都通过电台按时报到防办。又过了几天，每天只能吃到一顿饭。保合寨守险班的同志们用他们的生命，演奏出了一曲动人心魄的壮歌。

15天后，工会主席王东岳同志带着粮食和蔬菜去看望他们。王主席第一句话就说：“你们辛苦了，我代表党组来看望你们。”这些在洪水面前没有过丝毫犹豫和退缩的七尺[1]汉子，此时却热泪盈眶。惠金局领导对宋禄成及其险工班在洪水中坚守15天进行了赞扬，他们却说："我们是黄河职工，应该这样做。"多么好的职工，多么朴实无华的语言啊！

在惠金局还有一支能打硬仗的"红色娘子军"——险工管理女子班。她们是由40多名女职工组成的。花园口将军坝抢险，她们参加抛石，几十公斤重的石头搬起来就走，很多在旅游区游览黄河的游客，看到此景感到难以置信。更拿手的是她们编铅丝笼的技术，由于频繁出险和根石加固，铅丝笼需要量剧增，库存越来越少。局里将编织铅丝笼的重任下达给了女子班。在35摄氏度的高温下，在露天工作场地上，女工们手握6号铅丝，交织拧合，衣服被汗水湿透了，脚被铅丝划出了一道道血痕，手上磨出了血泡。女工马冬梅右手被蜂蛰后，肿到了胳膊；女工张培英发高烧，但她依然坚持工作，用自己的双手为黄河防洪编织着坚固的笼网。

"96·8"洪水肆虐之时，正值中小学生放假期间，许多家长少则十几天，多则二十几天回不了家，几十名中小学生或投亲靠友，或被家长锁在家中。方便面、快餐面是孩子们共同的常食食物，黄河防汛抢险是他们日记中使用最多的字眼。

南裹头险工水尺点是黄河下游南岸观测水位的第一个点，位置重要，数据要求标准高。8月6日下午，洪水将该点水尺冲走了，惠金局防办即刻派人安装新水尺。

下午6时，郭建军副局长带领宋海燕、秦新国、黄雷、薛喜发等同志迅速赶到测点、引点进行测量，水流湍急，风大浪高，水深达十多米，而水尺位置刚好被一棵大柳树遮挡，经几次辗转倒镜均告失败。

一定要保证南裹头水位观测点尽快报水！他们决定实施最后的方案。几个人手拉手将一个人送到树上，其余几人分别在水中、水旁坡上靠尺，其危险程度非常大。通过转倒镜，在夜幕降临之时，新水尺终于启用了。

大洪水考验了黄河人，黄河人战胜了大洪水。"96·8"抗洪已作为历

[1] 1尺=33.33厘米，下同。

史被铭记，抗洪的英雄群体用碧血丹心铸成的黄河长堤巍然屹立。也许岁月能改变山河，但历史将证明，无私奉献的共产主义精神永远不会失落；也许时间能冲淡记忆，但绝不会忘记黄河人用热血谱写的时代颂歌。

人民不会忘记，历史不会忘记——“96·8”永恒的岁月。

黄河兰考蔡集控导工程抢险亲历记

◎祖士保

2003年8月下旬至10月上旬，黄河中游出现连绵不断的“华西秋雨”，造成历史上罕见的黄河秋汛。受此影响，黄河下游河南、山东河段经历了长时间的洪水考验，黄河主河道不断南移，大溜持续顶冲蔡集控导工程上首32至35坝，出现根石走失、坦石大面积下蛰入水等重大险情，严重威胁兰考、东明黄河大堤和滩区12万群众的生命财产安全。10月初，我受河南黄河河务局黄河防汛指挥部办公室委派，作为兰考蔡集抗洪抢险宣传报道组成员，经历了抗洪抢险从最为艰难的“弹尽粮绝”、驻豫部队增援，到紧急转运抢险物资、修复控导联坝道路等重大战役，直到10月15日，险情才得到基本控制。在蔡集抗洪抢险取得全面胜利后，又对河南黄河河务局抢险指挥部人员进行了重点采访，记录下河南黄河河务局精心组织兰考蔡集控导工程保卫战的整个过程，撰写了多篇通讯报道在新闻媒体发表。现将有关情况记述如下。

一

黄河自1982年发生15300立方米每秒洪水以后，连续20多年没有发生流量超过1万立方米每秒以上洪水，人们似乎忘记了洪水的凶猛，开始侵占河流领地。仅焦作、郑州、新乡、濮阳沿黄4市在河道内种植的片林就有108处，总面积达 17 万亩，严重挤占了行洪河道。5 月 30 日，黄河防总（黄河防汛抗旱总指挥部的简称）向晋、陕、豫、鲁 4 省发出《黄河河道行洪障碍清除令》，一场最大规模的河道清障行动打响。我跟随河南黄河河务局督查组奔赴河南黄河沿线，跟踪报道阻水片林清除进展情况。截至 7 月 2 日，共清除严重影响行洪的阻水片林 2.67 万亩。

在河南黄河下游沿岸紧张清除片林之际，2003 年 8 月下旬，多年不曾谋面的"华西秋雨"悄然生成，黄河中游伊洛河上，灵口、卢氏、陆浑三站先后出现有实测资料以来的最大洪峰。河南黄河 400 多公里河道 128 处险工、控导工程以及沁河 160 多公里堤防 50 处险工，成了险情频发、警报四起的抗洪前线。

8 月 27 日，以沁河五龙口水文站出现 680 立方米每秒洪水为起点，沁河猛浪拍岸，北金村堤段 66 米长的堤坡坍塌，北孔村河段出现斜河，临河外滩发生二次坍塌，主流直冲大堤。河南黄河河务局紧急调动焦作、郑州、新乡、开封等市 6 支黄河防汛专业机动抢险队连夜奔赴抢险现场，焦作市委、市政府动员上万军民，冒雨奋战三天三夜，终使沁河重大险情得到控制。

蔡集抢险

受花园口站2500立方米每秒洪水长期浸泡和河势变化影响，9月11日深夜，新乡大宫控导工程严重塌滩。面对突如其来的险情，河南黄河河务局紧急制定了抢修2道坝、9道垛的抢护方案。河南省防汛抗旱指挥部黄河防办紧急调动新乡、濮阳、焦作、开封等9支专业机动抢验队支援封丘大宫抢险。新乡市委、市政府和军分区领导亲临现场坐镇，5000军民顶风雨踩泥泞历经17个昼夜的协同作战，一道道抢修的坝垛在洪水中依次生成，大宫险情得以遏制。

与此同时，在新乡顺河街、大张庄，郑州枣树沟、裴峪，开封东控导、王庵，焦作马铺、老田庵，濮阳南上延，到处惊涛汹涌、险情不断。作为河南黄河抗洪抢险的急先锋，河南黄河15支专业机动抢险队600多名抢险队员驾驶150多台（套）大型抢险设备，凭着技术过硬、反应快速、机动灵活的优势，昼夜奋战在抗洪抢险一线。

二

蔡集控导工程位于兰考县谷营乡姚寨村西部，共建成联坝3500米、丁坝35道，其作用是理顺河势、控导主溜，保护河南兰考县及山东东明县低滩区村庄、群众生命财产和黄河大堤安全。

9月上旬，由于长时间、同流量级洪水的集中冲刷和受河心滩的影响，蔡50集河段出现畸形河湾，造成32至35坝持续受大溜顶冲，直接威胁工程整体安全。9月15日，蔡集河势急剧变化，主溜快速向南移动，9月17日17时塌至生产堤，20时，滩区生产堤被冲决。

9月18日凌晨，兰考谷营乡黄河滩区一处生产堤与蔡集控导工程28坝上跨角相连处决口，洪水从蔡集控导工程35坝上首低洼处进入滩区。到9月24日，口门宽度已发展到58米，滩区水深0.5至1.5米，通往蔡集控导工程的道路全部中断，工程四面环水，成为2003年入汛以来河南黄河发生的最大险情。

形势紧急，河南黄河河务局紧急调动开封第一、第二黄河专业机动抢险队水上抢险队、开封县河务局抢险队，连夜集结，以精良的装备和强大的突击力量，与先期抵达的兰考县河务局抢险队一道，固守兰考蔡集控导。

9 月 30 日，通往滩区的道路全部被冲断，兰考北滩、东明滩区平均水深 2.9 米，最大水深达 5 米，12 万群众被洪水围困，1.95 万亩耕地被淹，损坏房屋 9738 户、36191 间，倒塌房屋 1733 户、4252 间，直接经济损失 7.55 亿元。

10 月 1 日凌晨零时，河南黄河河务局副局长王德智、开封黄河河务局局长崔武等涉水进入蔡集控导工程，以先期坚守的开封黄河抢险队为依托，迅速成立起河务部门的抗洪抢险指挥体系。

10 月 2 日中午，我与河南黄河河务局宣传科工作人员于澜焦急等待了 3 个多小时，才乘兰考河务局派来的冲锋舟到达蔡集控导工程抢险现场。孤岛上工程联坝道路泥泞不堪，抢险车辆碾压出深深的车辙。我们带着采访设备，深一脚浅一脚，朝驻扎着几座军绿色帐篷的坝体走去。前期进驻工地的河南黄河河务局秘书科副科长翟红雨看到我们，便热情地迎了上来，递上抢险队员的标准午餐——几个凉馒头和两包榨菜，还有两瓶矿泉水，解决了我们的午饭问题。

我们在现场看到，蔡集控导 33 至 35 坝持续受大溜顶冲，迎水面至圆头的坦石裹护大面积下蛰入水，连续出现根石走失、坦石下蛰险情，坝面储备石料被迅速消耗，整个抢险工地出现了人少、料少、设备少的“三难”局面。在这关键时刻，河南黄河河务局、开封黄河河务局迅速制定了抢护方案，河南黄河河务局副局长王德智靠前指挥，精心使用每一立方米石料。同时，急令濮阳、开封两支水上抢险队予以支援。水上设备到达后，立即安排从东坝头码头紧急调运防汛物资，并对各坝防守任务做了分工，对于连续出险的 33、34、35 坝，加强出险工程根石探测，及时发现险情，按预案搞好抢护。

为补充抢险力量，河南省防汛抗旱指挥部又紧急请求驻豫部队进行支援。10 月 2 日至 3 日，开封市防指派遣的武警总队 120 名官兵抵达抢险现场，会同先期到达的战士，在衣衫单薄的情况下冒雨抛笼加固。

10月4日，在蔡集控导工程33至35坝上，奋战着身穿橙色救生衣的紧急赶来增援的驻豫部队500余名官兵。他们在河务部门抢险技术人员的指导下，冒雨与险情搏斗，踏着泥泞抢运石料，扎铅丝笼、抛散石，抢修道路。战士们大多是新兵，已连续奋战4个多小时，个个满脸汗水，衣背湿透。

35坝坝首前方近百米宽的口门，600多立方米每秒的洪水从这里流入滩区，巨浪咆哮着向35坝坝体压过来，在坝前形成巨大的漩涡。为确保抢险不间断，同时保证超强体力劳动的战士们得到休息，在技术人员的指导下，部队官兵分5个连队轮流作业。为节约石料，抢险队员和官兵们改变了战术，把散抛石装入铅丝笼整体抛投，并沿坝体临水面每隔1.5米左右集中放置铅丝笼，形成坚固的垛体，来抵御洪水猛烈的冲刷。在最艰苦阶段，部队官兵和抢险队员们饿了，吃点凉馒头、咸菜；困了、累了，就在铅丝网中、乱石堆旁稍稍打个盹儿。

由于联坝道路泥泞不堪，抢险运石只能靠挖掘机、装载机前拉后推，满载石料的自卸车艰难地运行到出险坝段，依靠人工与装载机、挖掘机配合抛

兰考蔡集抢险

笼、抛石。在石料将尽的情况下，河南黄河河务局两支水上抢险队驾驶 5 艘自动驳船，顶风冒雨从禅房码头调运石料 280 立方米，供抢险使用。

11日晨6时，开封市防汛指挥部组织的1000多人的群防队伍，冒着风雨，驾驶着数十台奔马车，满载石子、柳料、竹板等料物，踏着泥泞赶赴筑路现场。经过两个昼夜连续奋战，成功抢筑出一条长达 8 公里的抢险道路。兰考县防指组织 300 多名群众，驾驶 48 辆农用三轮车、4 台大型机械设备，担负起 3.5 公里控导工程联坝的守护修复重任，确保了抢险料物调运畅通无阻。

在狂风暴雨和烈日炎炎下，河南黄河河务局抢险人员与部队官兵一道，昼夜奋战，共装铅丝笼和柳石枕 5000 多个，修复道路 3500 多米，在咆哮的洪水面前筑起了一道坚实的屏障，挡住了洪水的冲击；坝体边蛰边抢，由守点到守面，逐步稳固了坝基，截至 10 月 15 日，曾经险象环生的蔡集控导工程险情得到基本控制。

据统计，在整个工程抢护过程中，共抢险 315 坝次，用石 31600 立方米。抢险次数之多、用石量之大，在黄河抢险史上实属罕见。

三

蔡集险情、灾情引起党中央、国务院高度重视。10 月 5 日，时任国家领导人作出重要批示，要求采取措施，全力组织抗洪抢险，确保被围困群众的安全，努力减少损失。

10月6日，河南省政府成立了以省委常委、常务副省长王明义为指挥长，黄委会副主任苏茂林、河南黄河河务局局长赵勇及省军区、驻豫部队、水利厅、开封市委负责同志为副指挥长的蔡集控导工程抢险救灾指挥部。

10月7日，河南省委书记李克强，黄河防总总指挥、河南省省长李成玉，黄委会主任李国英等领导乘冲锋舟抵达蔡集工程抢险现场指导工作，看望慰问部队官兵和抢险队员，了解抢险和滩区迁安救护情况，对确保蔡集工程和黄河堤防安全作出科学分析研判。

根据省委、省政府领导要求，兰考抢险救灾指挥部迅速提出了“三手并用”的抢险方案：一是死守蔡集控导，确保工程的安全；二是疏浚河道，改变河势，减少洪水对蔡集控导工程和口门的压力，为抢堵决口创造条件；三是在适当时候抢堵决口。

为保护黄河防洪工程和滩区群众生命财产安全，王明义与苏茂林等坐镇抢险一线，反复研究制定抢险救灾方案，风雨无阻、夜以继日地指挥抢险救灾工作。黄委、河南黄河河务局领导和专家多次赶赴现场指导抢险救灾，组织专业抢险队严防死守。

黄河防总果断决策，实施四库联调，减轻下游防洪压力。驻豫某舟桥部队 300 多名官兵在口门西侧抢修了临时码头，运输抢险物资，帮助滩区群众安全转移。武警部队则承担起转移迁安受灾群众和装卸防汛物资的重任。

经过军民 20 多天的奋力拼搏，守住了 35 号坝，保证了控导工程安全，为兰考蔡集攻坚战取得全面胜利奠定了基础。

10 月 25 日，国务院副总理回良玉来到兰考蔡集控导工程抢险现场，代表党中央、国务院向抗洪军民表示亲切慰问，强调要进一步加大力度，调动方方面面的力量，夺取防汛抢险救灾工作的全面胜利。随后，抢险救灾指挥部作出堵复串沟口门的决定。

10 月 28 日 6 时，串沟口门堵复战役正式打响。在开封、新乡市委市政府的积极配合下，河南省防指成员单位共同努力，1500 名部队官兵、300 余名河南黄河河务局技术骨干、近万名沿黄群众参加了滩区口门堵复战役。经过 7 个昼夜连续苦战，10 月 29 日零时，强堵口门成功。11 月 14 日，实现口门彻底闭气，险情得到完全控制。肆虐滩区一个多月的洪水重归原来的主河槽，持续一个多月的黄河兰考段抗洪抢险取得了决定性胜利。

鼙鼓催征号角起

——我所经历的 2021 年黄河秋汛洪水防御工作

◎李　锟

2021 年 9—10 月，黄河中下游经历了新中国成立以来最严重的秋汛。之所以说是“最严重”，指的是此次秋汛，8 轮秋雨连番登场，黄河干流 9 天内出现 3 次编号洪水；黄河支流伊河、洛河、沁河都发生了有实测记录以来同期最大洪水，汛情特殊，极为罕见。在此期间，河南黄河河道洪水连续 24 天维持在 4800 立方米每秒左右的量级。作为河南黄河河务局秋汛防御宣传组的一员，我亲身经历了这场秋汛，记录下其中点滴，是为并肩奋战了 30 多天的河南黄河人留下难忘的记忆。

在武陟感受沁河大水

8 月下旬以来，黄河中游发生了 8 次强降雨过程，雨区主要集中在泾河、渭河、汾河、沁河和伊洛河，累计面雨量 396 毫米，较常年同期偏多 2.3 倍。

按照原定计划，9 月 26 日至 29 日，河南黄河河务局将在局属单位召开黄河文化建设推进会，其中重要的一项任务就是对重点黄河工程进行观摩。局领导、局属各单位分管负责同志及办公室主任 30 余人，先赴豫西，随后准备次日去焦作。

作为会议组织者，我们还没有意识到洪水的严重性。26 日傍晚，大家刚刚到达吉利区，就接到消息，当日 18 时，河南黄河河务局启动防汛岗位责任制，沁河洪水形势不容乐观。大家的心头猛然一紧，2021 年是个多事之年，“7·20”特大暴雨的阴霾还未扫去，从 8 月 22 日起，新一轮强降雨再度袭来。带队领导当机立断，会议取消，参会人员就地解散，奔赴岗位防大汛。

27 日一早，在赶回郑州的过程中，路过武陟，我们在杨庄改道纪念亭稍作停留。当天早上 8 时，沁河武陟站的流量是 1870 立方米每秒。杨庄改道纪念亭就建在沁河边上，站在杨庄改道后的沁河大桥上，洪水滔滔，流速极快，一派汪洋恣肆。这段被称为河南黄河河务局“神来之笔”的工程，让参会人员感慨万千，40 年前的一幕跃上心头。

沁河下游河道堤距宽一般在 800 至 1200 米，唯武陟木栾店 700 米长的卡口段堤距宽仅 330 米。汛期一旦在此决口，后果不堪设想。党的十一届三中全会后，随着改革开放的迅速推进，黄河治理开发呈现出新局面。1981 年 3 月，河南黄河河务局开始实施杨庄改道工程（因工程右岸起点在小杨庄），

沁河洪水

神奇的是，1982 年 8 月主体工程刚完工，沁河下游就发生了 1895 年以来最大的一次洪水，工程经受住了考验。仅避免分洪就减少经济损失 1.5 亿元，是改道工程投资的 5 倍多。

时间凝固了

9 月 27 日，黄河 2021 年第 1 号、第 2 号洪水先后出现，河南黄河防汛Ⅳ级应急响应提升至Ⅲ级。这个时刻，我感觉时间几乎凝固了。

当晚 9 时，党组书记司毅铭到省应急厅参加全省防汛工作视频调度会议。晚 11 时，司毅铭主持召开紧急防汛视频会商会，会议传达了省委书记楼阳生、省长王凯和常务副省长周霁的有关批示精神、水利部防御黄河洪水专题视频会商会议精神、黄委防汛会商会议精神、全省防汛工作视频会议精神，并对黄（沁）河当前水情信息进行了通报。要求各级一要加理工程巡查，二要排除一切隐患，三要强化沟通联系，四要做好临战准备，五要注意收集资料，六要及时会商研判。

点亮长河

紧接着，罕见的秋汛持续至国庆期间，黄河洪水向下游演进，河道长时间大流量行洪，控导工程面临考验，滩区防守压力增大，黄河秋汛洪水防御形势严峻。河南黄河6000余名在职职工严阵以待，5次启动全员岗位责任制，放弃中秋、国庆休假，确定防守重点，加强应急值守，做好黄河大堤、引黄涵闸、控导工程以及生产堤巡堤查险和防守工作，发挥党员先锋模范作用，动员各方力量抓细抓实各项措施，筑牢黄河安澜的铜墙铁壁。

时间是每一次重要节点最忠实的记录者。9月27日，河南黄河防汛应急响应提升至Ⅲ级。29日21时，局长张群波从党校学习返郑后，直奔原阳双井、毛庵控导工程查看河势、工情、巡堤查险及险情抢护情况，慰问坚守一线的干部职工和群防队员。30日凌晨，以原阳黄河河务局为指挥部召开河南黄河防汛会商视频会议。

在河南黄河的历史上，2021年秋汛绝对要记下深刻的一笔。一是秋雨过程多、雨量大。二是洪水洪峰高、洪量大，黄河干支流洪水并发。潼关站最大洪峰流量8360立方米每秒，为1934年以来同期最大；花园口站发生1996年以来最大洪水；河南省伊洛河、沁河最大洪峰流量分别为2970立方米每秒、2000立方米每秒，来水分别为多年同期的5.7倍、5.9倍，均为1950年以来最大。三是调度目标多、难度大。小浪底、故县和河口村水库运用水位均创历史新高，陆浑水库运用水位接近历史最高蓄水位。四是河道流量大、历时长。黄河干流濮阳卡口河段水位达到滩唇高程，漫滩风险始终存在。五是防守任务重、险情多。受大流量、长历时洪水持续影响，河道工程险情多发频发，累计出险2439次，抢险用石52.71万立方米，为多年均值的3倍。在防守防洪工程的同时，也要对黄河滩区内219公里生产堤进行防守，任务繁重。

迎战秋汛期间，河南黄河河务局每日召开防汛会商会，研判水情变化情势，部署防御措施。党组书记司毅铭、局长张群波多次深入一线，查看河势、工情、险情等情况，指导工程抢护，督导秋汛防御工作。其他局领导分别带队，驻守责任段开展工作。各级主要负责人认真履行第一责任人职责，全部上岗到位，靠前指挥，对分包责任段进行现场指导督导；机关职工也下沉一线，补充巡查力量。

为迎战黄河秋汛洪水，从细节着手，从每一个风险点排查，加大巡查力度，按照河务职工和群防人员 1∶3 比例落实巡查人员，逐坝段落实责任人，开展 24 小时不间断巡查，确保险情第一时间发现、第一时间抢护。对偎水堤段和靠河工程开展全面排查，及时发现隐患，提前对隐患和薄弱堤段进行除险加固。及时向地方行政首长汇报辖区汛情、险情，加强与应急、气象等部门的沟通联系，一旦发生险情，充分发挥行政首长作用，确保抢早、抢小、抢住。6 支机动抢险队集结待命，做好人员、料物、设备准备，一旦发生险情，即可快速出动、高效处置。严格实行“1 ＋ 6 ＋ 26”24 小时视频连线会商机制，做到第一时间报告、第一时间会商，高效统筹安排。

纷至沓来的媒体

在我的工作手册里，清晰地记下了这样一段话：

面对接踵而来的黄河 2021 年第 1 号、第 2 号、第 3 号洪水，河南黄河河务局全面启动应急宣传报道机制，宣传组在局党组的正确领导下，坚持围绕中心、服务大局，奋战在一线的通讯员用真挚情感、鲜活内容、生动形式，讲好河南黄河故事、传播河南黄河声音，在第一时间创作了一大批优秀新闻作品。自 9 月 26 日至 10 月 27 日，全局在省部级以上主流媒体发布河南秋汛防御各类新闻 266 篇（部），在其他媒体发表各类新闻稿件 800 余篇，舆情监测 373 条，无负面舆情出现，为秋汛洪水防御工作营造了良好舆论氛围。

2021 年秋汛宣传工作，让人难忘。从 9 月 26 日起，我就不断接到来自各方媒体的电话。从《人民日报》、新华社到《河南日报》、河南电视台，包括水利系统、黄委系统媒体，对接、陪同媒体，秋汛期间，我跑遍了六个市局，也跟很多记者结下了难忘的友谊。回顾这次秋汛防御宣传，感觉有三点深刻体会。

巡堤查险

一是加强策划，主流发声。积极对接中央及省级主流媒体，创新形式，营势造场，主动挖掘新闻素材，先后参与并配合了中央广播电视总台《中国之声》栏目采访、《人民日报》等10余家媒体的采访报道活动；中央电视台《朝闻天下》《新闻直播间》《正点财经》《今日环球》栏目、中央人民广播电台《中国之声》、中央人民广播电台驻河南站等中央级主流媒体先后对河南黄河秋汛防御工作进行了报道；新华社播出《黄河下游大流量洪水仍将持续 河南全力应对黄河秋汛》《河南全力应对黄河秋汛》等新闻报道；《河南沿黄各地全力以赴保安澜》《洪水仍持续 全力保安澜》《河南黄河河务部门：近期黄河水深流急 请远离河道》纪录片第一时间在河南电视台多频道播出；《711公里黄河长堤上的坚守故事》《黄河秋汛正在进行时，下游河段的“防守”上强度了》等稿件先后被人民网、腾讯新闻、澎湃新闻、网易新闻、《光明日报》《大河报》《河南日报》、学习强国等媒体转载。

主流媒体用文字、视频、图片、动画等多角度、多层次、多手段展示了河南秋汛防御工作，刊发重点宣传稿件、视频266篇（部），网络点击率达百万次，50 余家媒体转载了河南河务局的相关报道。这些报道在及时回应社会关切的同时，也讲述了河南黄河职工的感人事迹，树立了良好的外部形象，形成宣传规模效应。

二是拓展形式，善用媒体。自 9 月 27 日起，宣传报道组在河南黄河网、河南黄河电子政务开设《拼在一线》《守护安澜 祝福祖国》《党徽闪耀 党旗飘扬》专栏，刊发各级应对秋汛新闻消息、通讯、视频、图片，得到积极响应。尤其是紧跟新媒体平台发展动向，河南黄河微信公众号先后组织推出《豫黄速览》《媒体聚焦》《防汛群像》《旗帜引领》《影像黄河》等栏目，累计发布新闻 200 余篇、视频 78 部，总点击量突破 6.6 万，为全局秋汛防御工作营造了良好的舆论氛围。

三是打组合拳，亮点频出。宣传应急反应机制进一步完善，明确了统筹协调、分工负责、上下联动的工作机制。下发《关于加强近期防汛宣传工作的通知》，加强汛期新闻发布程序，组建由各单位、部门宣传人员参与的河

黄河先锋党支部旗帜高高飘扬

南黄河宣传工作群，及时沟通协调汛期宣传工作。发动各级通讯队伍明确宣传重点、积极报送信息、及时拍摄资料，各市县局宣传热情高涨，对大河上下全力防御秋汛洪水进行全方位、多角度的综合报道。

《河南日报》头版以《黄河狭窄处的“人墙”》为题特别报道了濮阳台前县白铺护滩工程的防守工作，10 月 15 日，《濮阳日报》以《黄河秋汛急 万人战犹酣》为题，整版图文报道了濮阳黄河秋汛洪水防御工作。《人民日报》发布的记录郑州一线中层干部孙广伟守河故事的《夜访“守河人”》被中国水利、澎湃在线等多家媒体转载，郑州广播电视台发布的《他们闻汛而动 守护黄河安澜》讲述了青年职工许光楠坚守一线的事迹。同时，由郑州黄河河务局通讯员制作的微视频《直击枣树沟控导工程防守一线》在《黄河报》抖音号上发布，并取得 278.3 万的点击量及 2.2 万的点赞量，在当前总作品数中排名第一。新乡黄河河务局拍摄 40 余部高质量视频，在河南卫视《新闻联播》《大象新闻》、学习强国等多平台播放。焦作黄河河务局在地市级以上媒体发布新闻稿件 60 余条。各级通讯员积极行动，在新闻舆论传播力、引导力、影响力上实现了新突破，全方位展示、报道黄河洪水防御新动态，为黄河秋汛防御攻坚战提供了强有力的发声渠道。

凌晨督查的感动

晚上 11 时，郑州柳林高速口，两辆车会合之后，就向黄河马渡险工疾驰而去。

这是 10 月 18 日的深夜，室外温度接近 3 摄氏度，寒风呼啸。这场多年未遇的黄河流域罕见秋汛，使河南黄河已经高水位运行 21 天，且还将持续多日，未来一段时间将是黄河险情高发期，防汛形势极为严峻。

我所在的车上，有司机小蘅、机关党委专职副书记濮华林，还有就是河南电视台新闻中心的两位记者王瑞麟和申健了。一路上，濮书记对二位颇有些耳提面命的味道，交代着各种注意事项。

其实，今晚的目的很明确，就是按照省领导的安排，和河南省防汛指挥部第二督导组一道，采用“四不两直”方式，对郑州、开封两地黄河秋汛防御工作进行暗访，王、申两位记者，就是这场暗访的记录人。

从开封黑岗口到兰考东坝头，我们的车跑了将近一个半小时，时间已近凌晨2时了。

东坝头的名气很大，这几年建设的也很是气派。而我们走近的时候，发现这里失去了往日的平静与祥和。风大浪急，坝上也是一派繁忙的景象。电力部门架设的照明线路和照明设备灯火辉煌，确保夜间抢险安全，自卸汽车、备用铲车、挖掘机、运输车正在待命，群防队伍巡堤查险忙个不停。

在坝上，我们见到了兰考县政协主席吴长胜，他也是今年黄河防汛指挥部副指挥长。刚刚攀谈，他就说：“2003年，蔡集抢险我都亲身经历了，今年能够再次参战，算是老兵了。”一下子把大家的思绪拉回到18年前，是啊，那也是场罕见的秋汛！当年8月下旬，黄河中下游降水不断，水位陡涨，黄河兰考段主河道向南岸滚动严重。9月12日和20日，黄河兰考段蔡集控导工程出险，导致山东、河南黄河滩区100多个村庄的10多万群众被

根石探摸

洪水围困。全省军民万众一心，众志成城，于 10 月 29 日凌晨 0 时实现合龙，解除了洪水对黄河大堤的威胁，确保了黄河大堤安然无恙。

“蔡集就在谷营镇，我在那里当过党委书记，情况是再熟悉不过了。”2003 年秋汛，蔡集抢险，吴长胜曾经亲身经历。“我当副县长的时候，负责的就是农业、农村和黄河防汛工作，今年各级各单位牢固树立了‘一盘棋’思想，我最大的感受就是‘政府领导、应急统筹、河务支撑、部门协同、群防群控’的黄河抢险机制确确实实落实得很到位，控导工程不垮塌、生产堤不决口、滩区不漫滩、人员不死亡的目标一定能够实现。”这是一位黄河防汛“老兵”，从他坚定的话语里，我们感受到的是踏实，是稳固，一如黄河大堤，稳稳站立。

身边奋战的同事

10 月 1 日，国庆节当天，见到刘玉成的时候，他有些心事重重。“明天水利部黄河秋汛防御工作指导组就要来郑州，我被局里派去当联络员，有点忐忑……”我打趣道：“见的都是部领导，服务好就行啦，这方面你有充足经验。”刘玉成表情严肃：“虽然参加工作时间不短了，不过，这么多年从事的都是水资源管理、工程管理和安全生产工作，险情抢护见得少，咱们局的工程还没有跑遍，做联络员，还得多熟悉情况才行哩。”

时间一转就是将近二十余天。在这二十余天里，全局 6000 多名在职职工放弃休假，和沿黄军民一起，始终坚守在河南黄河千里堤防，我们都是一样忙得晕头转向，除了在朋友圈里偶尔见他发点河边抢险的视频，也没有多问什么。

22 日晚上，我值夜班，到食堂吃饭，刚坐下，就被他喊住。“哈哈，回来了！你这高兴样，看来这联络员干得不赖！”一上来，我就问他。刘玉成一脸兴奋：“走的时候还是满腹心事，现在回来了，大河里水也落了，收获可是不小！”

第二天，我的微信上，就传来了他的秋汛感受，连文字带表格，长达几千字，让我有些吃惊，在惊异的同时，我也透过他的笔触，再次对这次河南黄河秋汛防御工作的变与不变有了更为深入的体味。

在河南黄河南北两岸来回跑了二十天，让刘玉成记忆犹新的事情还真是不少。焦作市武陟县推行“三长三班六有”黄河防汛工作机制。县防指下设防线长、防段长、组长，形成了“三长”指挥体系，确保指令畅通、一抓到底；防线长、防段长实行 AB 岗，一人忙时由其他县乡级干部顶班，各责任组组长和值守人员，实行“三班”“四轮”防汛值守制，有效解决了厌战心理和疲劳作战问题；通过自身防护有保障、及时清滩有措施、巡堤查险有日志、应急救援有工具、抗洪抢险有机械、现场指挥有标识等“六有”举措，确保人员安全、应急有力。

濮阳台前河务局白铺护滩工程克服靠河时间短、抢险加固少、坝体基础浅、御水抗冲刷能力差的情况，10 月 2 日，技术人员在巡查时及时发现险情及时处置，河地协同，迅速成立临时党支部，充分发挥基层党组织的战斗堡垒作用，全体党员干部不畏严寒不惧风雨，通过抛投柳石枕、铅丝石笼，

装捆铅丝笼

抛散石形成四个笼墩，持续观测，并对出现的墩蛰部分继续加固，实现了抢点固线的目的，全力确保了秋汛洪水安全过境。

“这次秋汛防御，连公交车都开上了大堤，你说这算不算河地融合的亮点？”刘玉成说，“兰考县委副书记、县政协主席等领导坐镇黄河防汛前线指挥部，全力支持黄河防汛抢险，县交通运输局落实 15 辆公交车作为防汛值守点，为夜间巡查人员提供御寒场所，他们还新调度落实 20 辆全新自卸车，投入除险加固。大家一条心，共同防御黄河秋汛洪水，达到了不分你我的境界。”他深有感触。

谈及这次秋汛防御，我们深刻感受到，关键时刻，指挥中枢的指挥真是神来之笔！省防指指挥长 4 号令和省防指 53 号明电的下发，明确河南黄河抢险机制和安排活动板房轮班值守，要求做好迁安救护准备等工作，成为秋汛防御战役的关键一招。此外，10 月 7 日，省局迅速部署制作《河南黄河河务局防汛安全明白卡》，这张涵盖巡坝查险、抢险加固、后勤生活等内容的明白卡，一天之内即完成对所有下沉一线人员的发放和签署，有效促进了岗前安全培训，确保了忙而不乱，整个防御秋汛期间，河南黄河一线值守和抢险人员 1.5 万余人未出现任何生产安全事故，为“不死人、不漫滩、不跑坝”防御目标实现奠定了基础。

在他发给我的表格里，共有 136 次巡查记录。河南沿黄 6 个地市、21 个县（区）的 74 处河道工程、生产堤、护滩，他们跑了 136 遍。数字是枯燥而又朴素的，这些数字背后是河南黄河人的付出与奉献。最近，我们在编辑一本这次秋汛的实录，一名基层职工用《水归槽 剑入鞘 人还家》作为标题。我想，这标题所叙述的，不正是河南黄河人共同期盼的么？

在原阳黄河河务局，我听说了一则“手绘地图”的故事。

第五次全员防汛岗位责任制启动后，对于毛庵控导工程运行班班长、已经 53 岁的王喜战来说，原本定于国庆回家的计划又得取消了，而患肾癌的妻子却需要定期前往医院复查。最近一次复查预约的时间是 9 月 30 日。妻子常年在家务农，没有单独出门的经验，对于手机导航等软件更是一窍不通，

护滩抢护

但是复查又不能误了，怎么办？王喜战想了许久，在巡坝查险的间隙，拿起笔纸，一张图文并茂的“地图” 出来了：长途车到站后，向西出发走大概50 米到 102 路公交车站……到大学路口向北步行 300 米西大门进、一楼挂号、上六楼找泌尿科、去急诊科对面小平房去做 CT ……听完这则故事，黄河人的坚守与奉献，让人动容。

张春峰，武陟小董班组班长，自 2021 年汛前黄河调水调沙至今，在沁河堤上驻守了近 100 个日夜，从未厌战，他说：“咱就是干这个活的！”

赵延温，言语不多、行且坚毅，从南贾险工、南王险工，到现在的东关险工，2021 年汛期，几乎把险工点驻守了一遍。

古来战，防汛一线的“老大哥”，值守点距离嘉应观班组近 10 公里，每天骑着自行车往返数次，风吹雨淋不言苦，“这算什么，都是咱分内的事！”

一个个或熟悉或陌生的名字，让这场秋汛洪水防御，有了更为暖心的温度。

余　绪

这次秋汛，除了上述提到的宣传大丰收，我们还完成了“三个一”，也很值得一提。秋汛期间，驻守开封一线指导秋汛防御工作的姚自京一级巡视员，在返回郑州开会期间，召集宣传组讨论下一步工作，要求我们完成秋汛宣传三项任务。他意味深长地说：“搞好秋汛防御宣传工作很重要。现在秋汛还没结束，但我们还是要统筹谋划好宣传的各项总结工作，尤其是要做好‘三个一’：出版一本书，全方位记录这次秋汛的全过程；拍一部纪录片，用视频形式展示迎战的情况；发一篇通讯，用文字温暖在一线奋战的河南黄河人。”

我们迅速行动起来，在做好常规宣传的同时，坚决把这三件事做好。在时间紧、任务重的情况下，作为执行主编，我用了 37 天的时间，做好了《战洪图——2021 年河南黄河秋汛防御洪水纪实》的编辑、统稿等工作，确保了样书在秋汛总结大会上发放。最后，这本书于 2021 年 12 月由黄河水利出版社正式出版，是全河最早出版的秋汛读物。

这本书以纪实的形式，全面、客观地记录了 2021 年河南黄河防御秋汛洪水的全过程。收入书中的各类文章，既有工作部署、大事实录，又有媒体记者和基层通讯员撰写、拍摄的新闻消息、通讯、短视频，还有感谢信、倡议书、表彰文件等，真实、生动、感人，再现了河南黄河干部职工与时间赛跑、与洪水搏击、与严寒较量、与极限挑战，拼在黄河防汛最前线的身影。

此外，我还集思广益，五易其稿，撰写了电视片《精兵劲旅战长河》的脚本。电视片在秋汛总结大会上播出后，反响强烈。广大职工看到秋汛期间奋战的镜头，在感动的同时，也为参与这场秋汛防御而自豪。

在秋汛的一篇稿子里，我这样说：“岁月不居，时节如流，在这个深秋的季节里，更让人深深体会那种忙碌与充实。看着平静的郑州，夜幕行将褪去，黎明也要到来，繁华与忙碌的都市，会因为我们各自的努力而更加出彩。”作为一种难忘的经历，我与河南黄河人共同感动，共同走过。

润泽中原

混沌源头银汉高，奔流决荡浪扶摇。
波征万里宏图路，涛破千山绝世翘。
泻瀑惊雷声磅礴，连云沧海水遐辽。
龙腾赤县更天地，气贯长虹造舜尧。

哺生华夏至功高，涛举千桅旗帜摇。
输血长流滋硕果，拍天激浪壮英翘。
虹桥都市明珠灿，古漠川原锦绣辽。
巨瀑豪情同唱凯，五洲仰首望轩尧。

——李坚《黄河颂》（叠韵二首）

黄河者，世界河、中原河也。其长为全球之五、灾为寰宇之冠、含沙万河第一，文明、文化绵延不绝乃世界唯一也。攸关黄河命脉，中原是为核心之地。古都八居其五，尽占天时地利之要。农耕节气二十四，亦渊源于天下之中也。“得中原者得天下。”“治天下者治黄河。”借他山之石，堤防工程标准化；收险段之效，偪束顽症豆腐腰。其下游之地上河，安然无恙矣！

——王国钦《黄河赋》（节选）

对话第一代治黄人：人民治理黄河的改天换地

◎游学勤 口述　吴祖波 郭雅婷 游静红 整理

我小心翼翼地翻开一份珍贵的档案资料，那一页页泛黄的纸张，依稀可见岁月侵袭的印痕，手绘的蓝色表格登记了带有传奇故事的数据，一枚枚勋章彰显了一名共产党员对党的忠诚，东西南北的工作经历传递了治黄工作者对事业的执着，这一切也记载了中国共产党领导人民治理黄河取得的丰功伟绩。

满怀敬仰之情，我拜会了新中国第一代治黄人——新乡黄河河务局离休干部游学勤。年逾九十高龄的老人，精神矍铄，身体硬朗，谈到黄河，说起工作，如数家珍，仿如昨日般记忆犹新，可谓是新乡黄河的“活词典”。

遍地哀鸿满城血，无非一念救苍生

游学勤出生在黄河北岸素有“水布袋”之称的范县，祖祖辈辈过着自给自足的农耕生活，饱受水灾、蝗灾、旱灾、兵灾、匪灾等天灾人祸，童年记忆充满着疑惑，看不见希望。

解放前，受生产力发展水平和社会制度的制约，黄河防洪工程薄弱残缺且年久失修，自然决口不断；再加上时局动荡，黄河两岸经常作为主战场，交战者战况不利便决堤放水、以水代兵。“天灾已经让老百姓苦不堪言，人祸更是雪上加霜”，亲历了动荡年代的老人向我讲述了土匪扒决大堤，日军轰炸黄河堤坝，国民党炸险工、杀害河工、扒开贯台圈堤和贯孟堤等累累罪行。

1946年，对于古老的黄河，是开启新纪元的一年。这一年，冀鲁豫解放区成立了黄河水利委员会。随后，冀鲁豫行署和黄委会提出了“确保临黄，固守金堤，不准决口”的方针，开启了人民治理黄河的崭新篇章。谈到这里，游学勤老人的情绪激动起来：“黄河归故、解放区复堤抢险都是党带领人民群众完成的，这在过去根本就是不可能的！国民党为了维护自己的统治，以水代兵，说淹哪儿就淹哪儿，根本不管老百姓的死活，国民党兵匪简直与日军无异！”随着老人的娓娓道来，我切实感受到了中国共产党与国民党的鲜明对比，更加认识到只有中国共产党才能救中国，只有中国共产党才能把黄河的事情办好。

游学勤老人向我讲起自己参加工作之初，尤其是支援刘邓大军渡河那一段往事，记忆犹新，历历在目：“1947年4月27日，中央军委命令冀鲁豫军民预备船只，支援刘邓大军强渡黄河。地处冀鲁豫解放区的范县相应成立了黄河河防指挥部，组建了水手大队和水兵连。我初中毕业后在边区当过民兵教师，和民兵们一起参加训练，县里成立黄河河防指挥部后，我被调到指挥部水兵连，分派到李桥渡口支援渡河。当时，国民党军白天飞机轰炸，刘邓大军只能在晚上渡河，我白天当保管登记发放物资，晚上和船员一起挖船坞、接船、铺路，帮助解放军强渡黄河。6月的黄河岸滩地面含水量大、土质松软，加上多人踩踏成了泥浆，老百姓便拆了自家的门板用作铺垫，解决了部队登船的困难。”1947年6月30日夜，刘邓大军12万人以孙口为中心，开始在东起东阿、西至濮县300余里的河面，冒着敌人的枪林弹雨，实施正面强渡，经过三个晚上，一举突破上有飞机轰炸、对岸有重兵把守的黄河天险，揭开了人民解放战争进入战略进攻阶段的序幕。

渡河后，刘、邓首长签发嘉奖令表彰黄河各渡口员工协助大军过河之功绩。随后，黄河河防指挥部改编为平原省河务局石料运输队，游学勤因为表现出色被留在运输队工作，一人身兼保管、文书、售票员三职，自此拉开了他与黄河形影不离的人生序幕。“刚参加工作时，白天黑夜吃住都在队上，离家只有二里地却基本上没有回过家，当时从没有觉得苦，觉得这都不算啥。”随后，他追随解放大军南下，逆河而上，投身治黄工作，并于 1948 年 5 月光荣地加入了中国共产党。

七十四年，弹指一挥间，硝烟散去，物换星移。如今，早期的李桥渡口已换了新颜，传统的轮渡码头成了浮桥，昔日的天堑已变通途，只有一座青灰色纪念碑，刻勒了水兵连战士的名字和感人事迹。“这些是曾经和我并肩而战的人”，指着照片上的名字，老人满怀深情地说，“渡河的时候不少水兵牺牲在船上，渡河后国民党又进行了报复性轰炸，又没了不少村民，他们舍生忘死，不畏流血牺牲，明白了只有跟着中国共产党，才能摆脱黄河天灾人祸不断的过去，才能拯救水深火热的劳苦大众，他们和解放军战士一样，都是人民的英雄。”说到这里，老人脸上满是敬仰之情。

筚路蓝缕创业艰，兴利除害开新局

刚刚成立的新中国，百废待兴，黄河中下游堤防普遍荒废失修、残破不堪，战沟埠道、防空洞、水沟狼窝遍布堤身，抗洪能力很差。经过几年的建设，积累了一定的经验后，新中国确定了“除害兴利，综合治理开发”的治河方针，使治黄由单纯防洪走向全面治理。当时，采取抽槽换土、修补残缺、修筑堤戗、捕捉害物、翻筑隐患、植树种草等措施，同时，发展引黄灌溉，兴利于民，推动沿黄人民群众积极参与防汛工作。

新中国成立前后，游学勤先后辗转到西北黄河工程局、河南黄河河务局、黄委会工作。因工作需要，1964 年，游学勤举家从黄委会下沉到武陟第一黄沁河修防段（时属新乡修防处管辖，简称武陟一段）工作，“接到组织的调令，我可以说是没有迟疑，不讲条件，说走就走，携家带口就出发了，当时的干部都这样。”老人憨厚地笑着说道。

位居中原腹地的武陟县，北依太行，南临黄河，自隋代置名武陟。该县地处黄河中下游分界点，是黄河“铜头铁尾豆腐腰”的“腰”部，也是黄河花园口站发生超过22000立方米每秒设计标准以上洪水时的固守堤段，防汛位置十分重要。武陟嘉应观，是武陟治河文化最直接的遗存，是新中国引黄灌溉第一渠——人民胜利渠的建设指挥部，“也是我们冬天集训的地方，这儿是一片热土啊，每当走过嘉应观，看着渠首，描摹着想象着四五十年代武陟人民自力更生、艰苦奋斗的群像，就觉得心潮澎湃，就感觉有使不完的劲儿”。

上任后，为尽快了解武陟一段的工程情况，游学勤带着老伴儿做的粗粮咸菜，每天骑着自行车在50余公里的堤段奔波，与技术人员深入一线普查工情、险情。“那当时的工程是怎样的呢？”我不禁问道。“那时候啊，坝上土牛残缺不全，备防石被土完全覆盖，堤坡上荒荆野蒿丛生，堤顶道路是黏土平整的土路，如果有风雨，那自行车还得推着甚至扛着。”

“必须夯实武陟一段的工程基础，才能做好抵御洪水的准备。”游学勤组织人员到博爱修防段参观学习，带领一线职工一起修土牛、清杂草、挖坑植树。为了提高树木成活率，他与职工们一起去堤角下的水沟里担水，“当时我们还组织了劳动比赛呢，大伙都干劲十足，热火朝天”，说到兴奋处，老人情不自禁地挥起手来，仿佛回到了当时的工作场景之中。

“当时不光职工们干劲足，职工家属也是巾帼不让须眉，她们搓麻绳、植树，为黄河建设做着力所能及的工作。我老伴儿也在其中，记得她曾在植树时不慎扭了脚从坡上滚下来，用凳子撑着身体挪着往前走也要坚持干。”

经过全段干部职工及家属的共同努力，堤防面貌很快得到改善，规整的备防石、排列有序的行道林、棱角分明的土牛、平顺的堤坡也都纷纷呈现。据当时博爱修防段的郭段长说：“武陟一段的人干劲儿真大，在老游的带领下，时间不长，都快超过我们了……”我想象着当时前辈们比学赶超的场景，感到激情澎湃，钦佩不已。

六七十年代，武陟一段工程建设任务十分繁重，老人和全段干部职工一道积极忘我投身到放淤固堤、河道整治、复堤培修等工程建设中去。

武陟白马泉堤段在 1958 年洪水时，出现管涌 48 处，常年在堤背形成约 10 亩的沼泽地，即使在干旱年份，仍有渗水，堤防安全受到严重威胁。自 1970 年至 1982 年，开始对武陟白马泉背河堤段（桩号 68+469 — 78+200）放淤固堤，计长 9.731 公里，放淤固堤共完成建筑物 104 座，耕地 1571.81 亩，作围堤土方 74.8 万立方米，自流落淤 259.06 万立方米，提高背河地面 3 米左右，至今未再发生渗水现象。

1973 年河道整治工程全面铺开，武陟董宋南滩驾部工程，当时用柳石进占方法修筑丁坝，在水深 14 米急溜中施工，采用坝前排船抛桩柳架（高桩 7 米，重 1 吨）缓溜措施，克服施工难度，取得进占的效果。截至 1979 年汛前，共修建联坝 3830 米、丁坝 24 道、垛 8 座，护岸 8 段，投资 754 万元。

为了确保黄河安全，自 1974 年又开始进行黄河下游第三次大修堤。武陟一段第三次复堤培修自 1976 年开工于 1977 年完成，施工桩号为 68+469 — 83+950、86+900 — 90+432、78+950 — 81+250，完成土方 183.8219 万立方米，投资 280.575 万元。这次复堤培修是仍以架子车运土、拉坡机拉坡、拖拉机碾压为主的半机械施工。经过一代人的多年努力，初步建成了黄河防洪工程体系。

在游学勤的讲述中，那是我难以想象的人拉肩扛的岁月，也是战天斗地的时代。老人与他的同事们和千千万万沿黄干部群众一道，在黄河岸边、古堤之上谱写了人民治理黄河的壮丽创业诗篇。

改革风来满目春，自强不息谱新篇

党的十一届三中全会后，黄河上下沐浴着改革开放的春风，插上机械化的翅膀，黄河治理开发步入快车道。“神来之笔”的杨庄改道、“化险为夷”的北围堤抢险，就是游学勤和他的同事们，这些普普通通的治黄人共同参与创造的治黄传奇。

1981年3月，为解决沁河木栾店河段堤防标准不足及急弯卡口阻水险势等问题，确保沁河下游防洪安全，防止沁、黄并溢危及华北平原，杨庄改道工程正式开工。游学勤当时已经到新乡修防处任副主任，组织上考虑他在武陟工作时间长、熟悉情况，就派他进驻指挥部，承担杨庄改道移民搬迁任务。

“杨庄改道工程实施的难点之一，就在于做群众思想工作，因为当时沁河经常断流，群众说不怕来洪水，就怕引水困难，对工程有排斥心理，不愿配合工作组开展工作”，老人回忆道。我不禁问道，当时是怎样解决这个矛盾的，老人讲：“就用笨办法啊，我们当时啊，是包家到户，一家一家地做工作，耐心地给群众讲原因、讲政策，经过和县政府、新乡地区行署、省政府的共同努力，开工后仅用三个月时间，就完成了移民搬迁。”

1982年6月，杨庄改道工程基本结束，8月2日沁河就发生了百年一遇的洪水，武陟小董站洪峰流量为4130立方米每秒，六、七天内洪水急剧上涨，基本与右岸大堤持平，在原卡口处由330米展宽到800米的情况下，五车口一段洪水仍超堤顶0.2米。如果没有杨庄改道工程，五车口分洪口势必分洪失败或发生漫溢，将淹没沁南5个乡镇、17万人口、16万亩耕地，仅直接经济损失就达1.5亿元，是杨庄改道工程投资的5倍多，“可以说工程收到了立竿见影的奇效”，老人庆幸地说道。

沁南的老百姓交口称赞：“共产党真是能掐会算，神啊，就知道要来大水，及时进行了杨庄改道，避免沁南决口，避免了灭顶之灾。”1984年9月，沁河杨庄改道工程荣获国家优质工程银质奖。

武陟黄河北围堤西起京广铁路桥北端，原系花园口枢纽工程左侧围堤，1963年枢纽工程闭闸破坝泄洪后，成为一处重要的护滩工程。1983年8月3日，在黄河花园口站8370立方米每秒的中常流量下，由于铁桥以上南岸桃花峪坐湾，加之河心生滩，迫使80%水流直冲北围堤幸福闸前的老滩。险情发生很突然，至8月9日，原有200至1500余米的滩地，大面积坍塌后，距北围堤最近处仅剩12米。

北围堤一旦失守，将危及滩区16万群众、20万亩耕地安全，直接影响郑州黄河公路桥筹建工作。史料记载，康熙六十年（1721 年）八月，黄河曾在马营决口，1983 年的洪水正处在当年决口的流路上。“一旦过了北围堤，洪水将沿着马营决口的流路直冲黄河大堤，引起顺堤行洪，后果不堪设想。”听到这里，我也跟着紧张起来。

北围堤告急！50 多岁的游学勤再次奔赴一线，53 天里吃住在抢险现场。“当时您身体吃得消吗，我听您女儿说您有腰疼病”，我问道。“长时间泥里水里的，犯病不奇怪，当时大家都鼓着一口气，腰疼得直不起来我就拄着柳树干，不过我这点儿病可算不上个啥，人家解放军官兵们顶风冒雨连续奋战，人人手上打起血泡、磨破手指，不少人被砸掉指甲、嘴唇溃烂，在石料上、柳料上打个盹儿接着干，才叫辛苦呢。还有好多同志，困倦难挡、极度疲劳，手脚都不听使唤了，一块小石头都能把人绊倒。”就在这样的情况下，大家仍然坚持战斗，用汗水筑起一道“堤坝”。9 月 3 日，经过广大军民 30 多个小时的连续搏斗，重大险情终于被遏制。接下来的十几天里，军民协作全力进行抢护加固，至 9 月 15 日，抢险取得了决战胜利。

杨庄改道是改革开放后全国兴起的大江大河治理开发高潮的一个缩影。北围堤抢险是人民治黄以来规模最大的一次抢险，是治黄工作者和沿黄军民共同抗击洪灾的又一场胜利。巨大成绩的背后，得益于无数治黄工作者几十年兢兢业业打下的坚实基础；几代治黄人的默默奉献，为轰轰烈烈的社会主义现代化建设提供了防洪安全保障。

黄河永著安澜颂，留取丰功昭后人

2019 年 9 月 18 日，习近平总书记主持召开黄河流域生态保护和高质量发展座谈会，总结了在党中央坚强领导下，沿黄军民和黄河建设者在水沙治理、生态环境、流域发展上取得的举世瞩目的成就，提出了建设“幸福河”的总体目标和“重在保护、要在治理”的战略要求，为做好新时代治黄工作指明了前进方向，提供了根本遵循。

如今，已至鲐背之年，倍受组织关爱，在家安享晚年的游学勤老人，仍然关心党和国家大事。他向我历数国家领导人对治黄的关心，从毛主席1952年视察黄河时强调的“要把黄河的事情办好”，到习近平总书记发出的“让黄河成为造福人民的幸福河”的伟大号召，难掩一名治黄人内心的幸福和自豪，说道“咱们黄河又迎来了新的春天！”

自1946年以来，人民治理黄河经过了光辉历程，黄河治理开发与管理成绩斐然，也不断迎来新的使命和挑战，“一茬儿接着一茬儿干，现在建设‘幸福河’是你们这一茬儿人的使命”，老人欣慰而饱含鼓舞地说道。

七十五载春秋，却已是老去了整整一代人，当年的第一代治黄河工，在世的也已是耄耋之年，身倦鬓白，然而忆起当年的艰难，至今也不曾有丝毫的惧怕，仍是老骥伏枥的慷慨与激昂。正如游学勤老人所说：“我们的付出不是牺牲，不是吃苦，而是恰逢其时，何其有幸。”

在我们的采访中，老人多次提起他心目中的英雄——牺牲在国民党炮火下的河工、不畏天险强渡黄河的刘邓大军、舍生忘死抢险的解放军指战员、不顾凶险支援抢险的沿黄群众。“要珍惜当今的幸福生活，没有党的领导，黄河不可能有今天的成果，新社会的黄河与旧社会的黄河那是改天换地的差别！”在这样的讲述中，我感受到了老人朴实的人生观，他从不觉得自己工作干得有多好，认为成绩都是大家干出来的；也不觉得自己生活有多苦，感觉日子一天比一天好。

焦作人民治黄事业的初创时期

◎郭世恩 王法星 口述　杨保红 整理

中国共产党领导的人民治黄事业，开始于应对国民党政府在花园口堵口。1946 年 2 月，晋冀鲁豫边区政府决定在菏泽成立黄河故道管理委员会。当年 5 月，该委员会改称冀鲁豫区黄委会，下设近 20 个修防段，组织故道沿线群众开展大复堤。较晚解放的焦作地区人民治黄事业，则是发端于堵复沁河大樊决口。

郭世恩：沁河源自山西省，在武陟县注入黄河。民国时期沁河下游的沁阳、武陟均设有管理汛段。位于武陟县城西北 10 公里沁河北岸的大樊，历史上决口频繁。

抗日战争胜利后，中共太行第四专区党政军机构由山西陵川迁往焦作，管辖陵川、沁阳、博爱、修武、获嘉、温县、武陟等县和焦作市。1946 年 10 月，国民党军反攻，中共太行第四专区党政军机构北上太行山。1947 年夏，洪水暴涨，又将大樊口门冲开。大水循东北方向，漫武陟、修武、获嘉、辉县、新乡等县，挟小丹河夺卫河入北运河，泛区面积约 400 平方公里，受灾村庄 120 个，受灾民众 20 多万人。我家住在武陟县东圪垱店村，年少时随大人们到焦作拉煤，目睹过大樊决流泛区的景象。

中共太行第四专区武陟县民主政府多次抢堵大樊决口，均因国民党军队的破坏而未能堵住。1948 年 10 月，中共太行第四专区所辖各县相继解放，专区党政军机构迁回焦作。中共太行第四专署、武陟县政府决定堵复大樊口，武陟县县长张平给冀鲁豫区黄委会发函，请求堵口，太行第四专署也派人到冀鲁豫黄委会驻开封办事处商讨堵口事宜。冀鲁豫黄委会最终决定派韩培诚协同太行第四专署、武陟县政府组建大樊堵口工程处。

王法星：我当年是韩培诚主任的通讯员，知道韩主任不少故事。他是山东省长清县人。1938年参加革命工作，同年，加入中国共产党，曾任区长、县长、公安处长。1948年，任黄河水利委员会第一修防处（简称第一修防处）主任。

1948年7月，第一修防处所辖东明高村险工发生重大险情。当时，东明县黄河北岸是咱们解放区，黄河南岸未解放。当时黄河两岸的抢险，咱们都维护着，东明出险是在南岸出的。南岸出险以后，韩培诚亲率职工抢险50多天。正抢险的时候，敌人攻上来了，咱们就赶紧想办法撤退。撤退的时候，韩培诚领着他当时的警卫员李广成，还有两个民兵爬到大堤上阻击敌人。他们一打枪，敌人进攻的速度就慢下来了，救职工的船就开往黄河北了，没有受到损失。韩培诚随后让李广成跟随民兵撤退，自己则泅水回到了黄河北岸。这件事当年在晋冀鲁豫解放区传为佳话。

大樊堵口是人民治黄后第一次组织堵口，冀鲁豫黄委会非常重视，从所属修防段抽调干部随韩培诚到武陟来。1949年2月，冀鲁豫黄委会调整下属机构，以大樊堵口处为第五修防处，设置秘书科、工程科、供给科，管辖武陟沁河修防段、温沁博修防段。秘书科长田绍松是沁阳县人，后来当过黄委会水文局的局长；工程科长赵又之是东明县人，此前是第一修防处工程科的副科长；供给科长刘述贞是山东菏泽人，此前是第一修防处财务科副科长。

郭世恩：韩培诚带来的大多是山东人，一律穿着紫花布衣帽。新组建的大樊工程处中，也有一些来自太行四专署、武陟县政府的干部，这些人多数是山西籍，他们跟武陟本地人一样，都穿着黑衣白褂。

大樊堵口主要用的料物是木桩、麻绳和树梢、玉米秆。玉米秆都是附近几县的群众送来的，当时收料不是给钱，而是给小米。市面上流通的除了老人民币，还有“冀票”，100元只相当于现在的1元钱。当时粮食紧缺，老百姓都愿意要粮食，不愿意要钱。

2月20日，堵口工程动工，光到场的民工就有2000多人，我也是其中之一。我当时19岁，在堵口工地负责抬土，每天发给8斤小米。当时天气还冷，工程处还发了傅作义部队的棉衣给大家。记得当时的沁河大堤也就二、三米高，到处都有残缺。堵口时，沁河水势很大，把柳枕推进去就没影了。现场捆枕做埽的工程队是从花园口过来的，工程队员都参加过国民党政府组织的花园口堵口，解放后他们被共产党集体接收，成了人民治黄队伍的一支重要工程技术力量。堵口现场分东、西两个坝头，两边各有一个工程队。记得工程队长有李建荣、谢忠德，其他还有好几个队长。

工程队中配有政工干部，山西籍干部安孝兰是工程一队的指导员，政工干部还有杨成仁、张传溪。工程队员大多是穷苦人出身，政工干部动员他们加入共青团、共产党。工程队长们过去薪金很高，他们内心深处还是有些顾虑，有的人被接收时隐瞒了自己的籍贯与职务。不过，他们工作都很积极，第五修防处的领导也很信任他们。他们因为参加过花园口堵口，对堵复大樊口信心十足。

3月20日堵口合龙后，遇到阴雨天，民工分散，土和料物两缺，以致第二天口门又被冲决。华北水利委员会为此批评冀鲁豫黄委会，要求追究责任以教育干部，提高工作人员责任心。第五修防处为此进行了深刻检讨。冀鲁豫黄委会派驻开封办事处主任赵明甫、工务处长马静庭和有经验的工程师徐福龄来现场指导。

第二次堵口从4月1日开工，徐福龄一直坚守在工地，负责技术指导。经过一个月的紧张施工，5月2日，600多米宽的大樊口决口合龙，沁河水回归河道，广大黄泛区群众得以重建家园。华北水利委员会为此通报表扬第五修防处，四专区还派来了戏团唱戏庆祝。堵口合龙后，天气转暖，我们都换上了单衣。

王法星： 大樊堵口完工后，1949年5月，第五修防处迁小董办公，住的是原来武陟县抗日民主政府办公的地方（县政府已搬往木栾店）。当月，按黄委会命令将沁河修防段扩建为三个：温县徐堡以上两岸为第一个修防段，驻沁阳；徐堡以下北岸为第二修防段，驻武陟渠下村；徐堡以下南岸为第三修防段，驻武陟岳庄村。当年 7 月，组建武陟黄河修防段驻武陟小庄、温陟黄河修防段驻武陟驾部村、原阳黄河修防段驻大宾村。这 6 个修防段都归第五修防处领导。1949 年 8 月，在原冀鲁豫区基础上设立平原省，省会驻新乡，太行四专区更名新乡专区，驻焦作。当月，平原省河务局成立后，第五修防处归其领导，同时，将沁河第一修防段改为沁阳沁河修防段，第二修防段改为博陟沁河修防段，第三修防段改为温陟沁河修防段。

我当时作为韩培诚主任的通讯员，时常辗转于新乡专区各县黄沁河沿岸。1949 年 9 月 30 日，大雨倾盆。温县县长肖华在我住的茅草庵里头，向太行四专区汇报沁河险情后，专员告诉他：明天在北京天安门举行开国大典。当时，正是抢险的紧要关头，河务部门和县区干部在工地庆贺。10 月 1 日，新中国成立后，第五修防处改受新乡专署、平原省河务局双重领导。

郭世恩：我在大樊堵口后转正了，因为有小学文化，被安置到沁河第二修防段工作。当时还没土改，也不问家庭成分，发了身灰色粗布军装，给了个碗，让跟着吃大锅饭，这就算参加工作了。转正后，我是供给制人员，每天只发 6 斤小米，比之前还少了 2 斤。大樊堵口期间，所有人员都住在大樊村里，工程结束后，沁河第二修防段移驻武陟县渠下村，住的是政府没收国民党军团长云华峰家的院子。

1949 年麦收过后，股长赵鲁民对我说："汛期马上到了，你是当地人，想办法弄匹马过来吧。"我就到附近几个村子寻找，最终用 1500 斤小米换来一匹马，那是段里的第一匹马。

当年 8 月，我们沁河第二修防段改称博陟沁河修防段，搬往木栾店，当时办公设施简单，一条船就连人带东西从小董拉过来了。上船前，各人挑个人的东西。扁担一头是铺盖，一头是床，山东人挑着一点也不吃力，我因为不会挑担，出了不少洋相。

进驻木栾店南大街后，博陟沁河修防段在路东，用两户人家的院子办公，据说这是姓赵人家的房子。当时，每个修防段都设有工程队，我们段的工程队住在南大街路西一个院落。当时，办公的桌子不够用，我们还借了桌子来用。进木栾店前，我们统一换了洋布服装，当时，县政府的人穿得五花八门，见我们的服装整齐统一都很羡慕。

当时的段长多数是县级干部，配备枪支、通讯员。我给刘明朗段长当通讯员时，时常跟他一起上堤。他骑自行车，我骑马，等他骑累了，我就把马换给他。我还帮他背着手枪。熟识的人见我骑马背枪，还以为我在河段是大干部哩！

王法星：1949 年黄沁河抢险胜利后，10 月 24 日，第五修防处在小董搭台唱戏，庆祝黄沁河安全度汛。庆祝会后不久，第五修防处领导派山东阳谷人杨文卿、山西武乡人张晋武和我这个武陟当地人一起去接收嘉应观，准备把单位搬迁过去。我们三个人穿着傅作义部队的军服，挑着面粉和小米，日行 60 里来到嘉应观。

半路上，我们迎面遇到沁声中学从嘉应观往木栾店搬家的骡马车，车上除公私杂物外，还有供桌等庙产。来到嘉应观后，我们与学校领导联系办理交接，制止了带走庙产、公物的现象。随后，我们自己动手砌补了倒塌的西院墙。第五修防处 10 月进驻嘉应观后，将沁河博陟修防段分为武陟、博爱两个沁河修防段，将武陟黄河修防段与原阳黄河修防段合并为一个修防段。

1950 年 6 月，又将武陟原阳黄河修防段分为武陟、原阳两个黄河修防段。1950 年 9 月，第五修防处更名为新乡修防处，韩培诚任主任，田绍松任副主任，驻地仍在嘉应观，管辖 7 个修防段：温陟黄河修防段驻武陟驾部村、武陟黄河修防段驻詹店、原阳黄河修防段驻原阳大宾村、沁阳沁河修防段驻沁阳县、博爱沁河修防段驻博爱县、温陟沁河修防段驻武陟岳庄村、武陟沁河修防段驻木栾店。

1951 年 10 月，武陟黄河修防段、武陟沁河修防段合并为武陟黄沁河修防段，以原沁河段段长刘明朗为段长、原黄河段段长刘汉章为副段长，驻地在武陟县城木栾店南大街。

新乡修防处后来逐步管辖到封丘、长垣两县的黄河修防，1986 年根据河南省行政区划调整，相应成立焦作黄河河务局后，武陟、温县、孟州、沁阳、博爱和济源的黄沁河管理机构都划归焦作黄河河务局领导。

金堤河水事纠纷协调和干流近期治理回忆

◎王福林

金堤河是黄河下游的一条支流，地跨豫、鲁两省，金堤河地区的水事纠纷，由来已久，且错综复杂，既有防洪的矛盾，又有排涝的纠纷；既有灌溉用水之求，又有行政区划之争，可谓是华北地区水事纠纷的缩影。

新中国成立后，为解决金堤河地区的水事纠纷，中央有关领导和水利部、民政部、石油部、黄河水利委员会等部门，都曾做过不少协调工作。为解决边界水事纠纷，1964 年，国务院还调整了行政区划，为金堤河统一治理创造了有利条件。这次区划调整并不彻底，高堤口以下跨金堤的村庄划归了山东省，当时规定地随人走，而这些村庄的土地大部分在金堤以南，约 0.9 万公顷。另外，范县、莘县、台前、阳谷县界犬牙交错。1965 年，水电部批准疏浚金堤河，河南省对金堤河进行了全面治理，金堤河流域的水事纠纷得到缓和。

1987 年 7 月 22 日，水电部部长钱正英遵照李鹏副总理的指示，会同河南省政府和石油部领导，对黄河北金堤滞洪区的防汛问题进行现场调查研究。当濮阳市提到金堤河防汛问题时，钱部长当场提出，要适当调整金堤河治理的近期工程项目，减少工程量和投资，以促其实现，并要求南小堤南移，根据现状适当调整河线及省区界限，水从边界走，减少纠纷，方便管理。同时，指示成立金堤河管理局。

1988 年 3 月，金堤河治理被列入黄淮海平原综合治理开发项目后，山东省聊城地区于9月向水利部提出要求恢复原彭楼引黄灌区解决鲁西贫水区缺水问题。12月28日，在河南省农村工作会议期间，黄委邀请河南省水利厅、濮阳市以及濮阳县、范县、台前县的领导就金堤河治理及彭楼闸引黄向山东送水二事交换意见，并说明水利部已初步研究了金堤河的“设计任务书”，表示基本同意，要求黄委就金堤河治理及彭楼引水问题一并和河南、山东两省协商，待两省达成协议后再批“设计任务书”。1989年1月，黄委分别同河南、山东两省协商研究由彭楼闸向山东莘县送水方案，初步商定了9条意见。

为协调豫、鲁两省水事纠纷，黄委遵照水利部领导的指示，于1989年1月上旬在开封召开会务会议期间，研究决定成立金堤河管理局筹备组。3月2日，庄景林副主任主持召开会议，宣布金堤河管理局筹备组正式成立，由我任组长，成员有张凌汉和乔新智，初期就我们3个人。筹备组成立后，按照黄委领导“一边筹备，一边工作”的指示，一方面抓机关建设、选址征地、规划设计和搜集资料等工作，另一方面则以较大的精力投入豫、鲁两省水事纠纷协调工作。

1989年6月12日，金堤河管理局筹备组和濮阳市政府及有关部门负责人座谈，就金堤河治理和彭楼闸向山东送水广泛交换了意见。6月14日，金堤河管理局筹备组又和聊城地区行署及有关部门负责人就金堤河治理问题进行座谈，听取了他们对金堤河治理的意见和对彭楼闸向山东送水的要求。8月12日，黄委及金堤河管理局筹备组和山东省政府及水利厅、山东黄河河务局负责人进行座谈。山东省领导阐述了山东省对金堤河治理的意见和从彭楼闸向聊城西部送水的要求。座谈后，山东省人民政府于8月19日向水利部提出了山东省对金堤河干流近期治理工程的书面意见。8月23日，金堤河管理局筹备组又和河南省水利厅负责人进行座谈、协调。随后，河南省水利厅组织有关人员进行了认真的研究，提出初步意见，并向省政府作了汇报。8月31日，河南省人民政府《关于金堤河治理意见》报送水利部。

1989年11月6日至10日，水利部在北京召开了第一次“金堤河干流近期治理工程和彭楼引黄入鲁输水工程协调会议”。参加会议的有黄委、河南省水利厅、濮阳市水利局、山东省海河流域治理指挥部、山东省水利设计院、聊城地区水利局等单位人员，金堤河管理局筹备组由我和乔新智参加。水利部何骏总工程师参会。会议为协调两省水事纠纷做了不少工作，但终因南、北小堤标准等问题存在分歧，没有达成协议。豫、鲁两省第一次协调会议后，山东省人民政府就金堤河治理和彭楼闸送水问题于当年 12 月 1 日向水利部发了加急传真电报，提出了 7 条要求。黄委会收到电报后，对 7 条要求进行了认真研究，并与山东省政府就传真电报交换了意见。

1990 年 3 月，根据豫、鲁两省意见，为尽早达成协议，金堤河管理局筹备组按水利部领导指示，对金堤河治理和彭楼引黄入鲁两项工程的有关问题，拟定了 9 条原则意见，并于 4 月上旬，先后和河南、山东两省水利厅交换了看法，取得了比较一致的意见。在此基础上，水利部于 4 月 17 日在北京召开了第二次“金堤河干流近期治理工程和彭楼引黄入鲁输水工程协调会议”。会议由计划司司长陆孝平和黄委会副主任庄景林主持，参加会议的有河南省水利厅、山东省海河流域治理指挥部、山东省水利厅、黄委会设计院（现为黄河勘测规划设计研究院有限公司）等人员，金堤河管理局筹备组由我和乔新智参加。会议经广泛协商，对有关问题本着上下游兼顾、互谅互让、团结治水的精神，达成了一致意见，通过了会议纪要，并指出，金堤河干流近期治理和彭楼引黄入鲁输水工程，是黄淮海地区农业开发的重要工程，实现两项工程是河南省濮阳市和山东省聊城地区人民多年的夙愿，希望两省共同努力，团结协作，做好地方群众工作，不失时机地促使其早日实现。会后，山东省人民政府复函水利部，原则同意协调会议上取得的一致意见。并表示，将以积极的态度，促使这两项工程早日实施。河南省濮阳市人民政府和范县人民政府对北京第二次协调会议纪要则有不同意见。范县人民政府提出 4 个方面的建议，濮阳市人民政府也向河南省人民政府递交了 4 条意见。对此，金堤河管理局筹备组于 7 月中旬与河南省水利厅交换了意见，统一了认识，并提出了协调设想。8 月 1 日，我们与濮阳市座谈了对会议纪要的意见，并阐述了水利部和黄委会对金堤河治理和彭楼送水的主导意见，介绍了第二次协调会议情况和会议纪要产生的背景。8 月 2 日，我们又到范县，听取了县人大常委会、县人民政府对金堤河干流治理和彭楼引黄入鲁工程的意见。河南省水利厅也于 8 月 15 日到濮阳市，16 日到范县，听取了对会议纪要的意见。8 月 17 日，水利厅和濮阳市共同起草了向省政府的“汇报提纲”。8 月 25 日，河南省人民政府复函水利部关于金堤河治理的意见，复函中对彭楼送水工程没有表态。

为促使两省尽快达成协议，1990 年 12 月 15 日，水利部向河南、山东两省发送了《关于征求对彭楼引黄入鲁输水工程设计任务书意见的函》。1991 年 1 月 3 日，黄委正式通知成立金堤河管理局。同时任命我为金堤河管理局副局长，张凌汉为办公室主任，乔新智为工务处处长。

金堤河管理局正式成立后，遵照水利部、黄委的指示，继续深入进行协调工作。1991 年 3 月，豫、鲁两省先后复函水利部，对彭楼引黄入鲁输水工程设计任务书提出了意见和要求。同年 5 月底，水利部组织有关单位对“彭楼引黄入鲁输水工程设计任务书”进行了审查，会议对引黄入鲁输水线路布置、输水规模、干渠断面和比降设计、跨金堤河交叉建筑物型式、渠道两侧清淤和护堤用地、工程管理、工程投资等提出了审查意见。7 月 17 日，山东省人民政府致函水利部，对金堤河干流近期治理和恢复彭楼引黄灌区向山东送水提出了较多的意见和要求。

1992 年，金堤河管理局 8 次到山东、5 次到河南，耐心细致地进行协调工作。8 月，金堤河管理局提出《关于金堤河干流治理和彭楼引黄入鲁工程的协调意见》，征得河南、山东两省原则同意后，11 月下旬，向水利部汇报了协调工作进展情况。遵照水利部领导指示，水利部计划司编制了两项工程的“项目建议书”和草拟了《两省一部关于报送两工程项目建议书的函》。

1993 年 2 月 5 日，水利部计划司遵照部领导“上半年做好前期工作，为下半年开工做好准备”的指示，与黄委交换了“项目建议书”的有关事宜，并布置黄委设计院抓紧编制可行性研究报告，要求 6 月底前完成。还提出要成立有权威的领导组织——金堤河治理领导小组，黄委对水利部要有承包协议，两省对黄委会也要有承包协议，跨省供水要有协议。

遵照水利部领导指示，金堤河管理局将草拟的《两省一部关于报送两工程项目建议书的函》请河南省政府会签。2月11日，李成玉副省长签字“同意”。2月12日，河南省水利厅对“项目建议书”提了3条意见。

河南省领导同意后，我又赶赴济南，将《两省一部关于报送两工程项目建议书的函》请山东省政府会签。但直到2月16日，山东省并没有在“项目建议书”上签字，另致函水利部，对会签件关于金堤安全与金堤河排水出路、金堤河南北小堤标准、彭楼引黄入鲁灌溉工程投资、彭楼引黄入鲁专线输水渠道等4个问题提了4条意见。

我们及时向黄委和水利部汇报了山东省的意见。水利部计划司随即给杨振怀部长写了书面汇报材料。1993年2月21日，杨振怀部长在《关于金堤河干流近期治理工程和彭楼引黄入鲁工程投资安排意见的请示》上批示：“彭楼引黄关系向河北衡水地区输水，希将豫、鲁、冀的问题统一考虑，扩大引水规模，建成后由黄委、海委联合建立机构进行管理，请周部长、何总研处，请黄委、海委考虑。”

根据这一指示，海委派人进行调查研究，黄委安排设计院做可行性研究，金堤河管理局也组织人员赴邯郸、邢台、馆陶、莘县、冠县考察，收集资料，研究引黄入冀的线路。在调查研究的基础上，黄委会组织金堤河管理局和设计院进一步分析论证，认为，从彭楼引黄入冀是不可取的。金堤河管理局及时将此意见报告水利部。

1993年3月，钮茂生出任水利部部长。4月20日，水利部何骏总工程师对《关于金堤河干流近期治理工程和彭楼引黄入鲁工程投资安排意见的请示》提了4点意见并请钮部长酌定，钮部长于当天批示同意。

我们在得知这一消息后，就立即组织人员赶赴北京，4月29日至30日，我们与水利部计划司规划处共同对《金堤河干流近期治理工程和彭楼引黄入鲁灌溉工程项目建议书》作了进一步修改。5月3日，我再次赴济南，向山东省副省长王建功作了汇报，与山东省水利厅和聊城地区水利局的领导及工程技术人员再次进行了座谈协调。经过艰苦工作，王建功副省长于 5 月 5 日在草拟的《关于报送金堤河干流近期治理工程和彭楼引黄入鲁灌溉工程项目建议书的函》上签字，原则同意，另附几点意见。这几点意见主要还是关于北金堤安全与金堤河排水出路问题、金堤河南北小堤标准问题和彭楼引黄入鲁输水渠道问题，以上意见作为备忘录，提请水利部考虑，要求在下一阶段设计中予以考虑。

5 月 6 日，我们又马不停蹄赶赴北京，请水利部领导在会签稿上签字。5 月 13 日，山东省政府在正式文件上盖章。15 日，河南省政府在正式文件上盖章。16 日，我们及时送会签件请水利部盖章。17 日，便将“两省一部”（河南省、山东省、水利部）会签的《关于报送金堤河干流近期治理工程和彭楼引黄入鲁灌溉工程项目建议书的函》送交国家农发办（国家农业综合开发办公室的简称），申报立项。

1993 年 5 月，前后 20 天时间，我们一直穿梭于北京、郑州、济南之间，行程万余里，终于使“两省一部”达成了一致意见，协调工作取得了彻底的突破。这是新中国成立 40 多 年来豫、鲁两省在金堤河水事方面达成的一项重要协议，在金堤河治理史上具有深远的意义。

“两省一部”项目建议书上报国家农发办后，为了促使工程尽快立项，我们又有针对性地做了五项工作：一是请河南、山东两省向国家农发办反映金堤河的问题，迫切要求早日立项。随即，河南省、山东省有关领导均向农发办提了尽快立项要求。二是在 6 月 26 日，给当时的全国政协副主席钱正英写信，报告豫鲁两省已经对金堤河干流近期治理工程和彭楼引黄入鲁灌溉工程中的主要问题取得了一致意见，“两省一部”会签的项目建议书已报送国家农发办。恳请钱主席再一次过问此事，发挥影响，使两项工程早日立项，以便早日动工。三是在 7 月 18 日至 19 日，国务委员、国家防汛抗旱指挥部总指挥陈俊生来濮阳检查黄河防汛工作时，我们抓住机会向他反映了金堤河存在的问题，反映两岸干群迫切要求治理金堤河的心情，也报告了“两省一部”会签的“项目建议书”上报国家农发办，恳请敦促早日立项，使两项工程早日上马，以改善流域农业生产条件，保障油田安全生产，振兴流域经济。四是1993年汛期，金堤河流域中下游地区连续出现三次大的降雨过程，普降大到暴雨，局部地区发生了自1963年以来的特大暴雨，累计最大降水量达485毫米，致使大片良田积涝成灾。面对流域造成的灾害，我们积极宣传金堤河治理的紧迫性、必要性。五是我们邀请国家农发办和水利部的有关领导来金堤河视察。为了组织好这次视察，我们分别劝说濮阳、聊城两地市领导，以大局为重，汇报灾情、反映要求治理金堤河的迫切心情，不提分歧。9月14日至18日，农发办、水利部有关领导到濮阳，听取了金堤河存在问题和大水遭灾情况的汇报，视察了灾情严重的农田和油区。这次视察效果很好，18日结束考察回到北京，20日国家农发办就以〔1993〕国农综字第146号文批复两省一部会签的“项目建议书”，批准立项治理金堤河。

至此，立项治理金堤河，实现了流域内广大人民多年的夙愿。沿河广大干群欢欣鼓舞，奔走相告。山东电视台、《大众日报》、聊城电视台、《聊城日报》、濮阳电视台、濮阳广播电台、《中原油田报》《河南日报》等多家新闻媒体报道了这一好消息。

1993年10月25日，山东省人民政府致函水利部，请求扩大彭楼引黄入鲁工程规模。1994年1月10日，水利部函复山东省人民政府，对扩大彭楼引黄入鲁引水规模、引黄入鲁跨金堤河立交工程、金堤河排水出路、南北小堤标准等意见进行了解释。并指出，现在最紧迫的任务是要根据国家农发办的批复精神，以豫、鲁两省和水利部共同上报的项目建议书为基本依据，本着团结治水、互利互让的原则，抓紧开展“可研报告”等前期工作，促使金堤河干流治理和彭楼引黄入鲁工程能顺利实施，早日发挥效益。

1994年2月21日，山东省人民政府又致函水利部，再次请求扩大彭楼引黄入鲁工程引水规模，希望穿北金堤建筑物的正常输水能力增加到50立方米每秒，加大到80立方米每秒。3月12日至17日，水利水电规划设计总院和水利部计划司组织有关单位在河南省濮阳市对黄委设计院编制的“可研报告”进行初步审查。山东省代表在会上对“可研报告”提出了重大修改意见。接着。山东省人民政府又于3月25日致函国家农发办和水利部，对“可研报告及其初审意见”提了5个方面不同意见和要求。黄委、金堤河管理局对山东省的意见和要求进行了认真研究并向水利部报告，水利部于5月20日至21日组织有关单位，对山东省的意见和要求又进行了认真讨论研究，并形成了“讨论纪要”。6月6日，黄委副主任庄景林受水利部领导委托，带领水利部规划计划司、水利水电规划设计总院、黄委设计院、金堤河管理局等有关人员去济南，与山东省进一步交换意见，对山东省提出的意见和要求一一作了解释和解答。

7月4日，山东省人民政府又致函国家农发办和水利部，对两工程可行性研究报告再次提出8个方面意见。同年11月1日至3日，在北京水利水电规划设计总院召开了“可研报告”审查会议，对黄委设计院修改后的“可研报告”进行了认真的审查，山东、河南两省代表都在会上发表了一些意见和要求，尽管在某些方面还存在分歧，但大家都本着团结治水、互利互让的原则，基本同意了“可研报告”。至此，金堤河水事纠纷协调工作胜利告一段落。

从1989年金堤河管理局筹备组成立开始，金堤河管理局在水利部和黄委的直接领导下，为协调豫、鲁两省金堤河地区水事纠纷做了大量艰苦、细致的工作，终于使豫、鲁两省在“治河”和“送水”两大问题上取得一致意见，实现了金堤河地区人民多年的夙愿。

会战温孟滩

◎高建海

1994年的冬天，好像来得特别早，进入11月，沥沥不断的细雨和刺骨的寒风一起向人们袭来。中旬，上级决定集中全省局各施工单位会战温孟滩，并作为政治任务下达各单位。11月18日，主管工程的副局长及工务科长向我下达了上级布置的工程任务，第二天，我们三人一早从开封出发直达孟县，在那里住了一夜。次日，我们来不及看一眼孟县的风光就直奔工地，到了工地，眼前的情景让人惊呆了。

放眼远望，像条巨龙似的邙山横卧在黄河南岸，终日雨雾蒙蒙，奔腾的黄河水紧贴山体向东一去不返，北岸，一望无际的荒草有两米多深，看不到村庄、看不到人烟、看不到树木，只有一条还没有竣工的施工小路，像受了伤的小蛇一样，弯弯曲曲、凹凸不平地躺在荒草中间。这里距最近的村庄有18里，离县城也有40多里，除了几个零星的施工人员，再难见到其他人，这就是我们的工地，这就是我们的战场。在这里，凡是能想象到的困难都能出现，恶劣的自然环境和艰苦的生活条件，时刻考验着我们每一位职工。天气也好像专门与我们作对，经常是雨雾蒙蒙，几十米外视物不清，霜露透过帐篷滴下的水珠能把被子打湿。有细心的人统计了一下，整个12月只见到太阳4次，大家戏称，这里是被太阳遗忘的角落。条件虽然艰苦，我们的职工却在这里创出了奇迹。

为圆满完成上级下达的施工任务，局党组决定从机关、工程队抽调部分人员充实到施工队，11 月 25 日，先头班 8 位同志一早就在荒草中间用翻斗车轧出一条排管线路了，一天取得排管 60 根（直径 300 毫米 ×6 米，重 300 多斤）、卸管 40 根、接管 20 根的好成绩，连续工作了 10 多个小时，这在全队是前所未有的。26 日，接到命令后的二班，冒雨将工地施工的三台泥浆泵、600 米排泥管及发电机组、工棚、电缆等，从 5 米深的作业坑中拉出装车，前后仅用 9 个小时，工效比原来缩短一半，并连夜从开封运往孟县工地。短短的 10 天工夫，我们将 4 部发电机组、1 组加压泵、1 部油罐车、12 台泥浆泵、1500 米长直径 300 毫米排泥管、3000 米长 4 寸排泥管及机械配件、生活用具、80 多名职工从 400 多里的开封全部安全运到工地，并安装调试完毕，进入生产状态，这期间所遇到的困难可想而知。

12 月 3 日正式投入生产，当时正值隆冬，常常阴雨连连，雪花纷至，全队职工发扬敢打敢拼的“硬骨头”传统，经常跳进冰冷刺骨的水中作业。12 月 7 日，1 台泥浆泵出现故障，一班长二话没说，赤身跳进半米多深的冰水中作业 27 分钟，排除了故障。生产正常了，他却冻得浑身又红又紫，感冒几天，同志们看在眼里，干劲儿倍增。由于天气太冷，清水泵时常被冻死，各班就拆开上盖，用热水将冰块浇化继续生产，四班长因连续在水中作业时间太长，生病高烧 39 摄氏度，仍坚持带班生产；三班长因水源不足无法生产，急的直跟队长闹情绪，水源解决后，全班如猛虎下山，奋起直追；二班发电机出现故障，班长带领全班在纷飞的雪花中维修机器，手冻红了吹口热气，脚冻麻了围着机器跑几圈，抖一抖身上的雪花继续工作。一周的任务四天完成，经全体职工 29 天的艰苦奋战，克服了种种意想不到的困难，超额 5000 立方米、第一个提前两天完成了上级下达的第一期施工任务，被河南黄河河务局誉为“一支善打硬仗的施工队”。

阳春二月，寒冬接近尾声，本应是和风拂柳、草木峥嵘的景象，可在这里却狂风肆虐、黄沙弥漫。乍暖还寒，生产和生活的艰难难以尽述，简陋的帐篷被大风掀起，几乎撕碎，没法做饭，更没法吃饭，端起饭碗，很快就灌进一层黄沙，职工们通常只能在风声渐息、黄沙稍定后的晚上才能吃上一顿安稳饭，这样的夜晚实属难得。尽管如此，我们发扬乐观主义精神，工作中，在水里一干就是十多个小时，班与班之间自觉开展劳动竞赛，职工们自编了几句顺口溜“滔滔黄河倚邙山，荒草茫茫不见边。施工队里众好汉，竞赛战场温孟滩。”二月的温孟滩，劳动的热情如日中天，尤其是淤区管理，难度更大，没有土打围堤，我们就用木桩、木板、塑料布在一米深的泥水中造一条千米长龙。工作条件虽然艰苦，但大家的热情很高，不叫苦、不叫累，藐视困难苦为乐。由于长时期在水中作业，职工们的腿上、脚上皱得像蛇皮一样，裂开道道血口，就这样，也没有一个人先想到自己，而是相互关心，队长让班长休息，班长让职工休息，职工又让队长休息，让来让去，谁也没休息，我们的思想政治工作转化成了巨大的劳动热情。一班长家中有急事，两次捎信让他回去，他就是不肯；二班副班长爱人有病，让其回家照料几天，他只把当月工资捎走就算了事，队领导得知此事后，命令他们回家 5 天，可他们往返 800 多里，3 天就回到了工地，直到工程全部结束。在二期工程中，全队齐心协力，提前 25 天完成工程任务，超定额 9.4%，上级在工程验收时，对我们的工作十分满意，并决定以我们的工程质量为标准，对各兄弟单位进行验收，使我们感到莫大的欢欣与骄傲。

20 多年过去了，温孟滩再也不是当年荒草丛生的荒漠之地了，听说在政府的关怀下，早已建成了现代化的移民小康村，可那里是我们 82 名职工战斗过的地方，也是我们取得荣誉的地方。想念你，给我们留下美好回忆的温孟滩。

濮清南引黄工程的建设历程

◎张进才 口述　张建军 整理

我当过第一濮清南引黄灌区南关管理段副段长、段长，亲身经历了濮阳引黄事业从无到有、从小到大、从建到管的发展过程。40年的工程和配套建设，3条濮清南引黄灌渠像3条巨龙，由南向北，横卧在濮阳辽阔的土地上。从3条干渠分出的一条条支斗农毛渠，组成了一个功能完备的引黄灌溉体系，如同一根根血管，把富含营养的黄河水输送到万亩良田，浇灌出一个又一个丰收年。

濮清南渴求黄河水

濮阳市是河南省最缺水的地区之一，人均水资源占有量只有全国人均水平的1/10，河南省人均水平的1/2。水资源短缺严重制约着濮阳工农业生产和整个国民经济的发展。

濮阳市金堤以南为黄河冲积平原，历史上自然灾害频繁，春旱秋涝，涝后又旱，旱涝交错，农业产量在偏低水平徘徊。从1965年至1978年的14年间，濮阳县金堤南9个乡因干旱造成农业连年减产，其中10年几乎绝收。最严重的1978年，绝收面积4.4万亩，减产面积21.9万亩，干旱受灾面积占总耕地面积61.3万亩的42.9%。严重的干旱制约着濮清南（濮阳县、清丰县、南乐县的统称）地区经济的发展，也是压在我们水利人心坎上的一块大石头。

金堤以北的濮清南广大地区属于纯井灌区，3个县靠开发地下水灌溉。20世纪70年代以来，中等干旱年用水量已达到6.31亿立方米，实际可供水量只有4.65亿立方米，每年缺水1.66亿立方米。由于没有外来水源，地下水大量地开发利用，水位埋深持续大面积下降，局部出现浅碟形埋深下降漏斗，出现“井越打越深，泵越换越大，水越来越少”的恶性循环现象。1974年12月26日至1978年12月26日4年的地下水位平均值显示，井灌区水量均呈逐年下降趋势，濮清南金堤以北地区人民群众强烈要求引黄回灌补给水源。

黄河过境濮阳168公里，在濮阳市境内是高高在上的“悬河”。从濮阳县渠村乡引黄口到南乐县河北界高程差达14.8米，由南向北引黄输水，全程自流没有一点儿问题。引黄灌溉补源，是全体濮清南人民的共同期待。

第一濮清南引黄工程

金堤以南被濮阳人叫下堤，是引黄灌溉的效益区，金堤以北则是补源区。改革开放以来，党和政府十分重视发展引黄灌溉。第一濮清南金堤南总干渠于1979年规划建设，长34.7公里，干渠6条，支渠5条，总干渠兼有向金堤以北补源区输水的任务。

总干渠从渠村引黄闸引水，向西北于桩号0+900处折向北经西南寨、南湖、关寨，于安丘西北入沉沙池，经沉沙后，在杜锁城村北入原丰收干渠，至金堤河南岸止。该渠桩号23+776（子岸乡北、西掘地南）以下利用原水屯沟河道扩挖而成，形成水屯沟和输水总干渠共用渠道的局面，水屯沟的涝水则通过金堤河倒虹吸退水闸排入金堤河。

濮清南抗旱补源工程，是利用马颊河及其支沟引蓄外水补充地下水源之不足，防止地下水大幅度下降。1982年11月16日，河南省计划委员会对濮清南抗旱补源工程设计任务书批复，补源规模限于金堤北马颊河两侧，近期灌溉30万亩，引水流量30立方米每秒，年引水不超过50天，全年引水总量12亿立方米，主体工程有新建二号沉沙池，扩建总干渠，兴建金堤河交叉工程等。1983年，完成了沉沙池退水闸和进口公路桥、1号条渠土方、1号枢纽及渠村公路桥等项工程。

1984年，成立了濮阳市濮清南抗旱补源工程指挥部，副市长赵振乾任指挥长，农委主任侯茂生，市水利局局长孔德明、副局长杜森山及濮、清、南三县各一名副县长任副指挥长。三县水利局施工队等单位进行施工。9月下旬，第一濮清南输水总干渠动工，主要完成了3号枢纽、4号枢纽和新建各级桥16座，翻修延长桥8座，维修4座桥梁及管理房等。1985年，由省水利厅施工二队承建金堤河倒虹吸工程。1986年，完成了总干渠扩挖土方75万立方米、2号枢纽节制闸、渠道衬砌护岸等。当年，总干渠、马颊河全线通水，引来上亿立方米黄河水。至1990年，主要建筑物及干支沟渠配套大部分完成，1991年，补源面积达到26.2万亩，粮食亩产343公斤，比1978年增加195公斤。

建设第一濮清南工程的那些年，吃住在工地，条件艰苦。在工地上都是打地铺，下面铺的是麦秸，大冬天的，大家伙儿挤在一起睡，也是挺暖和的。

20世纪90年代，渠村引黄灌区作为中国河南省沿黄地区农业综合开发水利工程项目，利用世界银行贷款，对正常灌区和补源区进行了大规模的配套建设，灌区基础设施建设上了一个台阶，引黄效益连年上升。进入21世纪，渠村引黄渠区又进行了续建配套和节水改造，对总干渠进行了防渗节水衬砌。当前，第一濮清南总干渠全部实现了防渗节水衬砌，建筑物配套基本完善，海通节制闸、庆祖节制闸等主要站点已经初步实现了信息化和自动化控制。

第一濮清南输水总干渠由两部分组成：一是渠村灌区总干渠，南至渠村引黄闸，北到金堤河回灌闸，全长35公里，设计灌溉面积49.63万亩，设计引水流量100立方米每秒。经过多年续建配套与节水改造，过水流量最大达到68立方米每秒。二是金堤以北到南乐平邑闸，全长62.5公里，设计补源面积59.5万亩，这段的输水工程主要通过马颊河将黄河水送到濮阳县北部和清丰、南乐、华龙区的中部，为下游补充了地下水和灌溉用水。

为解决黄河水泥沙含量大、渠道淤积这个棘手问题，我们按照“先沉后输、水沙分离”的引黄供水思路，多年来利用黄河背河洼的盐碱地、废坑塘兴建了10座沉沙池。实施引黄放淤措施以来，效果明显。第一濮清南总干渠每年携带泥沙约120万立方米，平均近70%沉淀在池里，有效缓解了引黄干渠淤积问题。以往“夏秋水汪汪，冬春白茫茫；风吹白粉起，就是不打粮”的盐碱地和“祖祖辈辈只听青蛙叫，不见庄稼长”的废坑塘变成了良田。

第一濮清南引黄补源工程前后兴建了10座沉沙池，自1984年以来，取得了社会效益、生态效益和经济效益多赢的效果。正在运行中的第十座沉沙池占地2188亩。站在沉沙池围堤上放眼望去，黄河水在这里缓缓流过，一片片的芦苇迎风摇曳，俨然一幅美丽的湿地风景画。

退休前的十几年里，我一直管理着金堤南引黄工程，沉沙池是管理的重点。多少年了，每天早起，我养成了绕沉沙池走一圈的习惯，巡查堤防和锻炼身体两不误。

第二濮清南引黄工程

1986年，濮清南中部用上了黄河水后，我还没来得及喘口气，就被派往参加濮清南东部引黄工程建设大会战去了。

濮阳第二濮清南工程是在总结第一濮清南工程经验的基础上兴建的。工程总干渠南至濮阳县南小堤，北抵南乐县永顺沟、韩张镇，全长83公里。其中，金堤河南43公里为南小堤灌区，总干渠设计引水流量50立方米每秒。金堤河以北到清丰县六塔乡的黄龙潭闸长8.8公里（第二濮清南总干渠），引水流量30立方米每秒。北干渠自黄龙潭向北到永顺沟止，全长38.6公里。

1987年，濮阳市成立南小堤补源工程指挥部，组织濮阳、清丰、南乐和市区民工近6万人，完成总干渠和西干渠土方152万立方米，建桥闸16座。1988年1月，河南省黄河河务局完成金堤进水闸（濮阳柳屯）的扩大初步设计，同年，6月建成通水。濮阳县完成输水总干渠下段（即南小堤灌区的一干四支渠）14.6 公里，扩建土方和建筑物施工，做土方 26 万立方米，建桥闸 28 座，市投资 390 万元。1988 年冬，清丰县上民工 21 万人，完成北干渠上段 22.28 公里，做土方 130 万立方米，建桥闸 48 座，市投资 471 万元。1989 年冬，清丰、南乐两县完成下段 16.32 公里，做土方 8.3 万立方米，建桥 23 座。当年建成黄龙潭枢纽闸，北干渠全线通水，市投资 86.4 万元。引水能力 15 立方米每秒。1990 年至 1991 年，省投资 890 万元，市投资 445 万元，建成过金堤河倒虹吸、金堤河拦河闸等主要建筑物及干支渠建筑物 34 座（全干渠共修桥闸等 159 座）。有效蓄灌补源面积达到 10 万亩。部分地区地下水位开始回升。

第三濮清南引黄工程

濮阳市的历届领导对引黄工程建设都非常重视，第一、第二濮清南引黄工程建成后，并没有停下前进的脚步，而是把眼光投向更加干旱的濮清南西部沙地。在各级党和政府的领导支持下，1990 年 11 月，濮阳水利人开始兴建第三濮清南工程，我有幸参加了该工程的建设。

第三濮清南引黄蓄灌工程是为解决濮阳市西北部沙区严重缺水、生产生活条件恶劣的状况而建设的水利工程。第三濮清南引黄蓄灌区位于濮阳市西北部，耕地面积 63.8 万亩。该区属于黄河故道，地势高，沙丘、沙垄起伏，风沙土占全区面积的 70% 左右，是濮阳市农业生产条件最低下、环境条件最恶劣的地区之一，也是濮阳市最缺水的地区。

第三濮清南蓄灌区第一期工程，从马颊河上的马庄桥闸（桩号 17+100）引水，利用原顺河沟开挖加大，沿原顺河沟向西加入五支，在顺河集西北转向北，沿加五支渠至阳邵乡节制闸，全长 38.2 公里，横贯马庄桥、王什、韩村、大屯、阳邵 5 个乡（镇），设计流量 15 立方米每秒，控制补灌面积 26.3 万亩。土方工程于 1990 年 11 月 3 日开工，共开挖土方 440 万立方米，该渠道于 1990 年 12 月 20 日全部完工。

第三濮清南引黄蓄灌工程第二期工程，金堤河以南渠线利用渠村引黄闸引水，与第一濮清南共用沉沙池和18.9公里总干渠，在总干渠3号枢纽前（总干渠桩号18+880处）向西分水，至打铁庄利用渠村灌区南湖干渠四支渠、高铺干渠加支渠，在岳辛庄东北过金堤河。金堤河以北总干渠线路过金堤河交叉工程后向西北经陵平和土垒头东、新习西、王助西，在王助乡西郭占北接入赵北沟，再往下是沿赵北沟向北接老大功渠和加五支渠，在范石村南转向东北入翟固沟，跨西西沟、元占沟，在张浮丘西北接黄河故道向北和东北方向至南乐县西邵乡乔崇疃（106国道）止。总干渠线路紧靠濮阳市西部边界，全长111.2公里。其中，金堤河以南34.2公里，金堤河以北77公里。蓄灌区设计流量25立方米每秒，控制灌溉面积63.8万亩。

第三濮清南蓄灌工程第二期工程自1998年10月6日开工，到1998年12月底工程全部建成。完成干渠从3号枢纽至清丰县顺河段长38.094公里的开挖，完成各类建筑物138座，完成土方463万立方米、混凝土及钢筋混凝土9850立方米、砌体6860立方米，实际完成投资4268万元。第三濮清南引黄工程输水总干渠自1998年12月30日正式通水。

1999年开挖了范石村闸至106国道桥段渠道。到2001年，已完成干渠111.1公里的开挖和整修，完成土方投资741万元，输水渠衬砌5公里；新建各类建筑物258座，完成投资7690万元。

3条补源输水工程完成之后，河南省最大的濮清南漏斗区中185.28万亩耕地用水有了根本性保障。

经过多年的续建配套与节水改造，3条濮清南工程金堤南总干渠全线进行了防渗节水衬砌，金堤以北总干渠也进行了清淤疏浚，建筑物也基本配套完成。在此基础上，又相继完成了引黄入内、引黄入大和引黄入邯等工程。2015年10月，引黄入冀补淀工程开工建设，一泓清流雄安去，千里长渠始濮阳。濮阳水利人的引黄建设提升到了国家战略的层面上，达到了前所未有的高度，成为濮阳水利人载入史册的光辉灿烂的一页。

黄河小浪底工程
温孟滩开发性移民安置工程回望

◎王渭泾等 口述　　杨保红 整理

1991 年开工兴建的黄河小浪底水利枢纽工程，涉及移民 20 多万人，分配给河南省的 16 万多人被安置在 30 多个县市。其中，集中安置在温孟滩的 4.46 万人是最大的小浪底移民群体。

情系民生的移民工程

河南黄河河务局原局长王渭泾：1990 年，河南省政府和黄委会提出在黄河温县、孟县滩区安置新安县大部分移民的设想。经国家计委（国家发展和改革委员会前身）组织反复论证，批准了相应的规划方案。

温孟滩移民安置区位于温、孟两县南部的黄河滩区，上距小浪底坝区 20 公里，下距京广黄河铁路桥 37 公里。西起 207 国道的洛阳黄河铁路桥，东至温县大玉兰控导工程以下 2 公里。东西长约 40 公里，总面积 53 平方公里。

安置区近 8 万亩土地，地势低洼，大部分是不适宜耕种的沙质土壤，如用于移民安置，一是要解决该区域的防洪安全问题，二是要解决土地改造问题。当时有人质疑，我们河南黄河河务局（简称河南河务局）没有承担大型工程，特别是改土工程的经验，难以完成这项任务。局领导班子经过认真研究，为了支持小浪底工程建设，锻炼施工队伍，毅然决定承揽这项情系民生的工程。

温孟滩黄河河道是典型的游荡型河道，河床宽浅散乱，河势游荡多变。如何规划流路，合理设置工程，是能否高质量完成整治任务的关键。建设期间，我们配合黄河水利科学研究院开展了河道模型试验。根据模型试验结果和以往河道整治经验，科学合理地确定了整治工程布局。温孟滩土地改造工作是一个更加严峻的挑战。安置区数万亩土地，不但要按设计要求淤垫抬高，地面耕作层还必须满足质量要求。大面积薄层放淤对河南黄河来说尚属首次，在国内外也缺少可供借鉴的经验。在黄河天然水流中，细粒能满足耕作层放淤要求的时段十分短暂，成为放淤改土的一大难题。我们和工程技术人员一道，在总结以往放淤固堤经验的基础上，不断探索，大胆实践，综合利用自流放淤、坑塘集淤、机械吹填、远距离输沙、机械改土等多种施工技术和工艺，最终向移民群众交出了高质量的可耕土地。

在建设过程中，我们调集全局施工人员 3000 多名（占当时全局人数的 1/3）、各种施工设备 1200 多台（套），精心组织施工。各参建单位相互配合，发挥黄河人特别能吃苦、特别能战斗的精神，扎营荒滩、风餐露宿，抗严寒、斗酷暑，历时 7 年，保质保量完成了工程建设任务。

防洪安全是首要

时任河南黄河河务局温孟滩项目办河道工程项目负责人赵仁荣：当年领导温孟滩移民安置工程的是时任河南黄河河务局党组书记叶宗笠（1995 年 8 月起不再任局长，只任党组书记）。1994 年 7 月，河南黄河河务局成立温孟滩移民工程领导小组，王渭泾副局长（1995 年 8 月起任局长，1997 年 8 月兼党组书记）为组长，赵天义副局长为副组长，具体主管项目。下设温孟滩工程项目办公室，郝国清为主任，负责工程的实施。温孟滩区治理工程分为河道工程与放淤改土工程两部分，我负责河道工程，刘月才负责放淤改土工程。

工程河道工程又分为河道治理与防护堤工程两部分，其中河道整治工程分布在黄河两岸，作用是缩窄河道、控导主流。南岸工程设防标准为当地流量5000立方米每秒时的相应水位加超高1米，涉及的工程有白坡、白鹤、花园、赵沟、裴峪等控导工程；北岸工程设防标准为小浪底设计流量10000立方米每秒的水位加超高1米，涉及的工程有逯村、开仪、化工、大玉兰。实际上就是对原有的控导工程续建，在当时的体制下，这些工程都由管辖的河务局负责。

我们初到温孟滩，看到的是沙石、沙坑连片，蒿草一人多深，大风刮起天昏地暗，飞沙走石，不仅无法开火做饭，有时甚至还会把简易工棚给刮倒。记得有一次进滩，我站在卡车上举着红旗，远处的人才能看到我的位置。

1993年10月3日，第一处河道工程裴峪控导工程下延19、20坝开工，11月15日，大玉兰控导工程下延35、36坝开工，当年，4道坝全部完工。之后历年都有安排，1997年，还对逯村、开仪、化工和大玉兰4处控导联坝实施了锥探灌浆。直到2000年，逯村、开仪、化工、大玉兰4处控导联坝培修加固附属工程完工，历时近7年的河道整治工程圆满结束。

防护堤工程的作用是防洪，保护移民安置区，设防标准为小浪底流量10000立方米每秒的水位加超高1.5米。主要是连接逯村、开仪、化工、大玉兰4处控导工程的南防护堤，折而向北的东防护堤。北侧以新蟒河右堤为北防护堤，从而形成一个闭合区域，将移民安置区保护起来。

1995年10月5日，施工处开始对开化段防护堤进行第一次铺工放线，11月24日，进行内部招标，12月2日，焦作黄河河务局承建段开工，12月5日，郑州段开工，因为土地补偿问题反复停工。

1996年10月6日，施工处开始对开化、化大、大下、东防护堤进行前期施工准备，开工后因群众阻拦，进展不顺。1997年后施工正常，东防护堤也于当年完成。逯开区防护堤于1997年10月开工，1998年4月土方工程完工。相关附属工程在1999年也相继结束，温孟滩工程项目办公室当年底撤离。

时任焦作黄河河务局项目办主任潘明发：我们焦作黄河河务局（简称焦作河务局）是最早进入温孟滩的，项目办起初设在孟县宾馆，后来挪到孟县河务局（孟县黄河河务局简称）西边的楼上。我是 1997 年过去的，当时项目办已在开仪办公，紧靠省局施工处有两间房，我跟两名技术员、司机住在那里。当年 6 月 9 日，我们从省局施工管理处接下大下区东防护堤的施工合同时，距离结束这项施工任务仅剩下 21 天了。要干完计划 40 天完成的任务，夺回失去的宝贵时间，确保移民当年安全度汛，生命财产不受损失，这份合同分量之重，可想而知。

焦作黄河河务局李国繁局长向省局表态：“这是一项市场经济条件下的政治任务，再大的困难我们也要拿下来。”为了赶回失去的工期，我们参加施工的沁阳、温县等河务局人停机不停，人歇机不歇，日夜不停地坚持施工。因炎热高温，机器连轴转，致使个别设备瘫痪。而新增加的地方上的机手，也因受不了这份罪，连人带机溜号。担任主攻任务的焦作市黄河工程局当时喊出了响亮的口号：“减人不能减效！”凭着黄河人高度的责任心，我们终于在当年 6 月 28 日提前两天完成了这项关键任务。

2000 年 10 月，河道工程完工，共建丁坝 100 道、垛 21 座、护岸 3 段，总长 13.6 公里。筑坝土方 254.9 万立方米、石方 66.5 万立方米；北岸新修防护堤 21.76 公里，联坝加固 20.94 公里，筑堤土方 188.35 万立方米。

土地改造的挑战

时任河南黄河河务局温孟滩项目办放淤改土项目负责人刘月才：放淤改土工程自西向东划分为四大区，即逯村—开仪区（简称逯开区）、开仪—化工区（简称开化区）、化工—大玉兰区（简称化大区）、大玉兰—下界区（简称大下区）。设计淤填工程量 1251.42 万立方米，改土工程量 726.91 万立方米。

放淤改土工程大体是由上游往下游推进的，分为放淤与改土两个方面。放淤主要是提高低滩区的地面高度，起初用的是黄河上比较成熟的放淤固堤技术，采取自流放淤的方式。1994 年 4 月 1 日，焦作黄河河务局在逯开区低滩区开始施工，一个多月完成围格堤、施工道路。7 月 20 日，在逯开区、开化区、化大区、大下区修筑 4 条引洪放淤渠道。8 月 6 日，在逯村、开仪两控导下首修建引洪口门，由于洪峰历时短、水位表现低、泥沙含量大，引洪过流不畅，未达到效果。

由于自流放淤收效不好，又改为泵淤。1994 年 9 月 10 日，焦作黄河河务局各施工单位船、泵淤设备开始投入生产。10 月 7 日，省局召集各市局负责人参加会议，王渭泾提出低滩区淤填土方要求，要求次年 6 月前完成。10 日，郑州、开封、新乡、濮阳 4 个河务局及河南黄河工程局陆续进场，投入生产。10 月 25 日，省局再次催促进场，各施工单位进场后，在 7 公里长的战线上，抽水机械一字排开都在施工。以往冬天不施工，但这次是 11 月开始施工，省局组织各市局的人员、机械过来，上了 1000 多人。主要是用对口抽，大家都在抽，时常抽不出水来。

11 月 14 日要求加快进度，年度完不成任务的单位，市县河务局局长检讨辞职。11 月 18 日，水利部副部长张春园视察，要求增加施工设备，加快进度，于 1995 年汛前完成逯开区低滩淤填任务。1994 年年底前，为了赶进度，采取从孟县北清风岭上拉土的办法，当年共完成土方 253 万立方米，水利部明传电报通令嘉奖。

时任焦作黄河河务局副局长赵子芳：我是 1995 年春节后进温孟滩工地的，当时施工区一片荒凉，草长得比人高。施工时要在竹竿上挂着红旗，推土机远照着红旗推土。有一次上级检查，前头有车带路，结果半路上走岔了，后头的车只好原路返回。还有一次是大风天，上级领导坚持要进工地，半路上风刮得啥也看不见，只好返回。直到 1996 年 9 月 20 日离开，我在温孟滩工地的两年时间里，感受最深的是放淤改土工程，而放淤改土工程最大的挑战，在于土地改造。

1995 年 6 月 25 日，逯开区低滩区淤改工程开工，这是淤改工程首次施工。按照要求，土地不但要按设计淤积抬高，地面耕作层还必须满足质量要求：

土壤中粒径小于0.01毫米的黏粒含量必须达到10%以上，否则，就容易出现漏水、漏肥等问题。

我们当时的说法是，把自己当作移民，不管用啥办法，必须保证沙土以上有30厘米厚的好土。

刘月才：改土的办法是汛期抽黄河表层水，因粗沙在下、细泥在上，上层水含泥量高，过了汛期，不能抽。大面积薄层放淤对我们来说尚属首次，在国内外也缺少可供借鉴的经验。在黄河天然水流中细颗粒泥沙能满足上述放淤要求的时段十分短暂，成为放淤改土的一大难题。

工程开工的第一、二年，解决改土土源主要采取混流泵、加压泵抽淤。然而，受黄河来水来沙的影响及远距离、长管道输送泥沙的制约，不仅远远不能满足工程施工进度的要求，而且在人、财、物等方面也造成了很大的浪费。尽管我们在实践中又摸索出了利用滩涂坑塘落淤放淤改土，但被动局面仍无多大改观。特别是“96·8”一场大洪水，一夜间全部坑塘被粗沙淤填之后，施工形势更是雪上加霜。

经过总结、试验、实地查勘、分析研究、咨询专家，我们推出了“一河二滩三岭”的新施工方案。“一河”，是通过改变泵的运用方式，从黄河中抢淤；“二滩”，是通过对嫩滩的全面调查，在第二年洪水到来之前把可集土源抢运到改土区；“三岭”，是为确保工程进度，不惜代价，远距离从孟州城北清风岭上取土。

我们在总结以往放淤固堤经验的基础上，不断探索，大胆实践，综合利用自流放淤、坑塘集淤、机械吹填、远距离输沙、机械改土等多种施工技术和工艺，解决了一个个技术难题。为加快土壤熟化，1996年3月，我们还在逯开区低滩淤改区试种了3300亩苜蓿，效果良好。

1997年4月，温孟滩移民安置区工程逯开高四区机械改土战役打响。地下水位高，我们就采取先开挖再回填的方式修筑施工道路；土壤含水量高，集土困难，调来了先进的D85型推土机；一次集土不成，就来第二次；干道浮土多，增加洒水次数；改土场浮土厚，影响施工车辆运行，调用抽水机洇地解决。在施工管理处的积极运作下，来自河南黄河的八家施工单位共调集 1200 多台大型机械设备（其中自卸车 868 辆）、2000 多人参加会战，仅用 45 天就完成机械改土 232.8 万立方米，大大超过了原定当年全年完成 140 万立方米的改土任务，打了一场漂亮的歼灭战。

1999 年 12 月，我们高质量完成了工程建设任务。共改土方 711 万立方米，淤填量为 1285 万立方米。温孟滩移民安置区河道工程及放淤改土工程 2003 年通过水利部的竣工验收，2005 年获得中国水利优质工程奖。

开发式移民典范

焦作市移民安置局局长胡卫军：温孟滩工程的成功实践，扩大了土地资源，改善了生态环境，保证了移民安置。移民工作于 1992 年正式启动，至 2001 年，完成了 31 个行政村、13314 户、43950 人移民搬迁安置任务；2006 年，完成了库周影响一个村 189 户、646 人的搬迁安置任务。

在移民搬迁安置过程中，焦作市政府坚持“建设与生产并举，生活与生产并重”的方针，采取“前期补偿、补助与后期扶持相结合”和“大农业安置”的办法，以“搬得来、住得下、安得稳、富得快”为移民安置工作目标，创造了开发性移民的新模式。

孟州市移民安置局计划安置科科长郭冬霞：为做好移民安置工作，孟州市成立了相关组织，进行了深入调研，制定了详细方案，加强了人员培训。孟州市移民安置局于 1993 年成立，1994 年，单位人员陆续到齐。我也是 1994 年来的，当时在办公室，整个单位只有十几个人。

孟州是黄河小浪底水利枢纽工程的重点安置区。移民安置共涉及当时的 4 个沿黄乡镇、20 多家市直单位、46 个行政村、422 个村民小组及多家企业、事业单位。安置区东西长 26 公里，占地 51896 亩。安置洛阳市新安县移民 19 个村、9516 户，总计 32188 人。安置人数占河南省移民总数的 40%，占焦作市移民总数的 70%。

移民安置工作开始后，全市上下视移民为亲人，以服务移民安置为己任，不讲困难，不讲条件，团结拼搏，共克难关。我们移民局的主要工作是打桩定界，结合省移民办、黄委会设计院给各个移民村分配耕种土地和宅基地。1995 年 4 月，一期移民安置工作开始，移民涉及新安县西沃、仓头、峪里 3 个乡的西沃、北村、盐西、塔地 4 个移民村，到 1997 年 7 月，完成居民点建设，安置移民 1953 户、6327 人。

1997 年开始二、三期移民安置工作，涉及新安县梁庄、寺上、寺村、竹园、陈湾、横山、云水、许庄、石井、王家沟、蒿子沟、小村，共 12 个村，后经省政府移民办调整安置规划，增加了高崖、晁庄两个村。到 2001 年 5 月，完成小浪底二、三期移民 14 个村、7374 户、25215 人的安置。

2005 年 8 月至 2006 年 6 月，完成小浪底库周影响人口 2 个村、189 户、646 人，圆满完成了省委、省政府交给孟州市的移民搬迁安置任务，并顺利通过了县级自验、省级初验和国家终验。

2006 年，孟州市移民安置区全面转入后期扶持阶段。主要任务是全面贯彻落实国务院《关于完善大中型水库移民后期扶持政策的意见》（国发〔2006〕17 号）精神，努力实现移民工作目标。在这一阶段，孟州市根据移民区经济发展实际，采取多种措施，积极开展移民农业技术和就业技能培训，帮助引导移民群众搞好生产开发。积极创新管理模式，及时化解各类矛盾和问题，促进了移民安置区的和谐发展、科学发展。

温县仓头村党支部书记李保林：我是 1992 年当上村支书的，2021 年 3 月改选刚退下来，见证了我们村移民搬迁、稳定发展、致富兴盛的全过程。

我们村原来隶属洛阳市新安县仓头乡，村子位于北距黄河干流 4 公里的畛河川内，东距小浪底大坝 40 公里。全村 11 个村民组住地都在淹没区内，按国家安排为二期移民。

1994 年，黄委会设计院和乡政府对我们村的公私财物实物普查后，从干部到群众，心情都很复杂。因为我们村是乡政府所在地，矿产丰富，学校等各类公共设施齐全，加上故土难离，担心搬迁到温孟滩后黄河水淹，村里人心浮动。

村“两委”广泛征集民意，找省里领导反映，想另找新的安置地。为此，我们先后到偃师、巩义、宜阳、孟津、义马等地考察，结果都不理想。1998年5月，在中牟新成立的一个乡找到一块安置地，但只能安置1500人，可我们村有2000多口人。最终还是选定具有安置容量和资源优势的温县招贤乡移民安置区。

1998年5月28日，接到河南省移民办关于仓头村安置去向的通知后，村“两委”会干部立即为村民发放了实物卡、补偿资金和其他补助，动员村民搬迁。

当年6月抵达温县招贤乡安置地后，发现分给的土地平整规范，村“两委”以花园式城镇布局为模式，详细规划了中心区、商贸区、住宅区、文化区、养殖及加工区。民宅仿照城市家属楼单元格局，统一规划为三室一厅，请专家结合钻探试压研究设计了科学合理的建筑样式。基础统一处理后，分配给农户自建或联建，到1999年6月底，共建成民宅732所。集体建设了村委办公楼、两座水塔、浴池、煤球场、农机场、面粉厂、中学、小学、幼儿园、医院、加油站、肉食品加工厂等18处公共设施。

村民搬迁从1999年年初陆续开始，按河南省移民办的奖励办法，依照搬迁早晚奖励给搬迁户100至300元不等。国家统一发给每户1240元，由村民自己租用运输车辆搬迁，过路过桥费全免。俺村在规定时间内建成了各家的住宅，加上村委会组织严密、奖励措施得力，1999年6月底，全村基本搬入新居。

我们村搬迁到温县后，经济发展步入快车道，村子里人才辈出。2019年，我们村借着温县建设党建综合体的良好契机，修缮整合了“顺满仓”党群服务中心、“香满仓”农家书屋、“乐满仓”文化活动广场、“爱满仓”幸福院，又建设了“福满仓”村史馆。

难忘的温孟滩移民工程施工

◎罗风少　整理

温孟滩移民工程位于左岸孟州和温县黄河滩区，上界为逯村控导工程，下界为大玉兰控导工程以下2000米，东西长约40公里，面积53平方公里，该滩地大部分在温县、孟州市境内，统称温孟滩。此工程虽已完工20余年，但在孟州治黄人心中，那是一段难以忘记的记忆。

时任孟州黄河河务局工务科科长李孟州：温孟滩移民工程全称是小浪底水利枢纽温孟滩移民工程，主要是因为小浪底修成之后，新安县6个乡52个行政村8万余人受影响。新安县是国家级贫困县，水土资源缺乏，县内安置移民的环境容量有限。因此除部分群众留本地，还有大部分群众移民到孟州、济源、洛阳等地，来孟州大概4万多人。

温孟滩逯村、开仪、化工、大玉兰4处控导工程联坝后，由于长期取用联坝后土源修筑防护工程及滩区排水、养鱼等原因，造成护坝地范围内，地势高低不平，沟坑低洼。为保证防护工程的安全及有利于耕种生产，需将4处控导工程联坝后到护坝（堤）地边界线处的土地进行淤填淤改施工。其中逯村、开仪、化工控导工程位于孟州市境内，大玉兰控导工程位于温县境内。逯村控导工程联坝后淤筑长度4000米，开仪控导工程联坝后淤筑长度4630米，化工控导工程联坝后淤筑长度5605米，大玉兰控导工程淤筑长度5960米。根据《河南黄河河道管理办法》，控导工程护坝地背河为联坝坡脚以外50米，按4处控导工程护坝地边界线，淤填、淤改的宽度为50至115米。

温孟滩工程施工前，孟州滩区共有全义农场、逯村农场、化工农场、县林场和河务局几个单位，仅有逯村和开仪两条4.5米宽的沥青路面满足防汛运料要求，其他全部为生产土路，整个滩区基本是杂草沙土地。当时，孟州局（孟州黄河河务局的简称）参与施工职工20余人，民工300余人，开了8个泥浆泵，4台发电机。

小浪底建管局（小浪底建设管理局的简称）把这项任务给了河南局（河南黄河河务局的简称），河南局刚开始把施工任务安排给了焦作市局，焦作市局就在孟州成立了焦作温孟滩施工管理处，开始时，焦作温孟滩施工管理处驻扎在孟州市宾馆，后来，由于任务太大，河南局成立了温孟滩施工管理处，组织各市局参与施工。

开始开工仅有逯开区，逯村到开仪这一段，这一段当时第一没设计，第二如何管理没经验，这个工程属于在什么都没有的情况下开工的。那时候，河南局抽我参与逯开区设计，在设计过程中，同步开始施工放线。当时虽然把滩区的土地已经分给各村，但是当时的老百姓根本不把滩区的地当回事儿，因为他们在滩区外面还有耕地。即便有一部分老百姓在这里种地，也是种得很稀很稀，草比较高，所以逯开区大面积是荒地杂草，那些草大概三米左右，芦苇、红荆等各种杂草都有，根本不通视（看不到远处）。在这种情况下，孟州局为了配合焦作温孟滩施工管理处干好这个事，租了一辆东方红推土机把围格堤位置杂草推倒，一直推到黄河边，弄出一条道，然后进行放线。由于地势不平、高差大，就是通视了，在一条直线上也看不到低洼地方。放线技术人员就拿着木杂和竹竿，竹竿有四、五米长，弄个旗，比如，一个人站到最北边，一个人站到黄河边，手里拿着对讲机，照着旗，你往西，你往东……指挥着。先使用东方红推土机铲一刀，然后，工程技术人员拿着测量工具，一百米、一百米地量，一百米一个点打个桩，编上号，全体职工就是这么干的，为后期取工程资料，算工程量做准备。

整个工程分河道工程和淤填改土。河道工程又分修丁坝（也叫河道整治工程）和修防护堤（也叫防护堤工程）两部分。淤填改土叫人工造田，也叫机械改土或者放淤改土。机械改土又分低滩回填和改土。低滩回填就是把现在逯开区移民防护堤到黄河边这一块土翻过来放到现在移民防护堤北边先垫起来，这一部分有两种施工方法，泥浆泵低滩回填和船淤。船淤是从河南局调过来四艘船开始干这件事，因为我懂些技术，所以让我当船长，带着几个人和分给孟州局的一条船进行船淤，这是低滩回填。低滩回填之后上面都是沙，通过在上面铺一层30厘米厚的二和土的方式改成适合种农作物的耕地，这叫改土。改土部分又分两块，第一个是从其他地方直接拉好土盖上；第二个是用水泵将含泥沙比较高的黄河水抽到改土区。当时，从河中抽水的任务是孟州局和沁阳局完成的，那时候由于黄河水上面有很多树枝杂草等杂物经常堵塞输水管道，我们经常下到河里清理杂物，保证水泵大流量出水。另外，出水口也经常被损坏，需要经常维护，保证清水及时排出。

施工中低滩回填逯开区最先开始，后来，整个河南局的各市局都过来了，一个局分七八百米宽，分了之后，逯开区的上首主要以船淤为主，就是挨着黄河边滩涂地抽泥沙，用绞吸式挖泥船施工，那个泵非常大，一个小时出三千多方水，船上机器是12个缸，船很先进，就是容易坏。当时，为了方便施工，局里给我配了辆摩托车，财务上借我一千块钱，装到我兜里，只要一说零部件坏了，从逯村直接骑着摩托车下洛阳买配件，大冬天，那不是冷，那叫真冷。但是当时年轻，不到三十岁，两个多小时就把配件买过来了。从长垣请的师傅一看到我就问，李科长，你去哪了？去买缸盖了？哦……在哪儿呢？在摩托车后面。你去哪儿买了？我说，去洛阳，骑摩托车去洛阳买了。那一冬天，我骑摩托车下洛阳十几趟。

当时船淤这里好一点，除了接管的时候，平时不需要那么多人，一说接管，虽说那管很重，一根管三十厘米粗，大概六米长，有将近二百公斤重，当时一给局领导汇报，局里派大卡车带人过来，一上午就接好了。郑州市局（郑州黄河河务局的简称）和新乡局（新乡黄河河务局的简称）还有三条船，他们接管就比较费劲了，就十几个人，八个人一根管，真是跟老船工一样拉着喊着口号，嘿嗨，嘿嗨，脚底下又高低不平，是真难。对孟州局来说，机淤是最辛苦的。机淤又叫泵淤，是先用高压水枪把一块硬滩地泥沙冲成浑水，然后用泥浆泵通过管道抽到低滩位置，管道一接就是几百米长，把浑水抽到低滩区，清水流走。施工人员全部住的帐篷，大冬天，当时的帐篷从逯村到开仪一个挨着一个，全满了。机淤需要两个条件，有电和有水，最大制约因素是水，受抽水距离限制，黄河水没法用，只能就近打水井抽水，从逯村到开仪大大小小大概打有几百眼井。刚开始还好，用着用着出现问题了，由于取用地下水太多，地下水位下降严重，水井全部报废了，还是大冬天，这没办法，重新加深打井，加深了之后还没有用，又不行了，三番五次打井，全部施工队都是这样。后来，就出现抢水，刚开始，改土这个位置的清水放走了，后来，不舍得放了，把它屯起来，抽回来二次利用，这样，临时解决了用水问题。

孟州局在施工过程中不仅搞好自己的施工，还要保证整个工程的安全并给兄弟单位搞好服务，能帮忙就帮忙，比如在搭石膏板房（简易房）的时候，石膏板房上面没有窗，没有门，孟州局就想办法帮忙弄了个门和窗。那时候条件有多苦，大冬天一刮西北风，整个黄河滩全是风沙，当时我领的那几个人，早晨醒来头上脸上全是沙，醒来为了防止沙子进眼睛里，都是先坐起来，摇摇头，再在脸上打打，这时候才敢睁眼。每天中午吃饭，你不要去讲究，做熟吃了就不错了，每一口饭吃着都是咔哧咔哧响。这个条件还好说，主要是遇到大风的时候，简易房要刮倒，一旦遇到大风，所有职工和民工就要坐在简易房一侧，肩膀扛着房，眼看要吹倒赶紧扛过来，最后真扛不住了，房顶被吹跑了。

时任孟州黄河河务局工程队副队长郑元林：我是 1995 年加入温孟滩施工的，当时我在机淤队，任机淤队队长，队员八人，后来王玉昆、潘剑锋、杨治义他们去了船淤队。那时，施工的时候真是风雨无阻，一天 24 小时不停，回家换洗衣服都是轮班的，住的帐篷是冬冷夏热。吃饭配了一辆农用三轮车来回城里买菜和面。当时，由于黄河滩区风沙较大，经常是大风卷着大沙，白天施工人员冒着风沙打脸，睁不开眼施工，有时夜间刮大风，炊具及帐篷都刮跑了，整个床铺上盖上一层厚厚的沙土，人脸都认不清，但我们的施工人员，不叫苦不怕累，不怕受罪，为整体施工质量及进度无私奉献着。记得有一天，风特别大，根本做不成饭，出去回城吃，走出去再走回来不知道要到什么时候，不敢浪费那么长时间。最后只能告诉局里，让局里送来吃的充饥。

机淤过程中有一次打塘坑，一百米宽，四五百米长，可能是因为选的位置距离黄河水太近，河水冲破土埂，一下倒灌到坑塘里，瞬间，整个淤区坑塘进水，本来往东流的黄河水向西流去，那时候，施工器械都在淤区，机淤的时候，泵是在一个不到两米宽、三米多长的小船上放着，等下面高压水枪把硬滩打稀之后，泥浆泵先通过二百米左右的输泥管把泥浆输送到加压泵，然后通过加压泵输送到淤区，等淤区沉淀完后，再把上面的清水抽走，因此在黄河水倒灌的时候，小船很容易被水冲翻，一旦翻倒，极有可能把人砸到底下出不来，可当时没想那么多，一心想着不能把设备冲走，全体干部职工和民工奋不顾身进行抗险堵口，最终，经过大家一起努力才成功打捞出设备，把开口处堵上。

在机淤的过程中为了防止输泥管被高含沙水堵塞，需要有人不停地在沿线拿着一根棍 24 小时敲打查验，一旦听着声音不对，及时处理。如果整根管堵塞，会很麻烦，有时候需要一天才能疏通。还有淤填区的土埂，由于进水口是一根直径 325 公分的大管道，速度很快，很容易把土埂冲开，因此也需要人 24 小时看守，水流到一定程度要及时把管移走。

孟州黄河河务局工管科职工潘剑锋：我在温孟滩施工的时候先是参加放线前的一个测量任务，当时，温孟滩的杂草比汽车都高，为尽快完成测量任务，孟州局全体干部职工不管男女老少全上了。我和张玉玲、杜增先一组，我们开着双排座的一个蓝色的工具车，上下班的时候，女的坐驾驶室，男的坐在车厢里。那时候，测量做大断面是从现在的林场到黄河边，长度大概是两公里左右，100 米做一个断面。因为做断面必须走直线，所以不管前面是草还是水坑、泥坑，都要想办法过去，这样一跑就是一整天。吃饭就带个锅，带些面条，在地下挖个坑，把锅在那一架，到该吃饭的时候下面条吃，筷子是就地取材，弄些杂草秆儿当筷子，大概弄了一个月。

后来就是打井，为以后泵淤工作做准备。因为泵淤的时候需要水，那一段时间天天骑着摩托车，看人家打井的情况。到真正施工的时候，我被分到了船淤队，我们有七、八个人，晚上睡觉搭个帐篷，用编织袋装四袋土，下面一垫，上面放一个二三厘米的床板儿，自己带被褥，这就是床。吃水是打的水井，因为井比较浅，水质非常不好。不过水井也是后来才有，开始的时候，连水井都没有，我们取船下面坑塘里的水或者是黄河里的水喝。一到晚上，泵淤的地方还有电，我们没有发电机没电，就点一根蜡。记得有一天刮大风，我们晚上坐在简易房里正商量明天怎么施工，外面风特别大，那风沙大的从头上下来，顺着我们的鼻梁两侧，像瀑布一样往下滑，我们看着还相互笑话对方。有一天更惨，晚上睡觉的时候，帐篷被吹走了，锅也给刮跑了。就这样，那时候我们也没感觉苦，心态还是比较乐观的，毕竟也年轻。

在施工的时候，泵淤虽然说辛苦，但还比较顺利。船淤是船经常坏，我记得有一次买船上的零部件，李局长（李孟州）中途为了赶时间，摩托车骑得太快，一下子栽到了滩区一个土坑里，爬起来骑上车就走，后来才感觉身上疼，一看摔了几块青。有一天，局里通知上面要来水，让我们想办法把船移到距离黄河边远一些，防止船被冲走。先是我们几个人想各种办法，没有移动，后来局里从孟津叫来的机动船也没有移动，眼看天要黑了，看着水势越来越大，就让局里全体人员来了，并且又叫来几辆拖拉机，打算借用涨水的浮力把船拉到边上，但因为船太大，还没有动力，我印象当中那船大概有100 吨，长 13 米、宽 6 米。最后实在不行，只能让岸上的人往船上送绳索加固船只。那时候因为没有小船，岸上人员有坐在浮桶上的，有在水里推着浮桶的，带着我们吃的和固定船只的绳索来到船上，通过多次水下作业，把船重新加固。为了确保船只安全，船上的人员继续在船上留守，因为那次洪水很大，一旦把船冲走，将会对下游造成不可估量的损失。我当时被留在船上，记得那天大概是夜里十点多，凌晨一点多开始下雨，一下下了大半夜，当时那船上除了一个能坐一个人的驾驶室，其他全是露天的，我们就以天为被、以船板为床，晚上蚊虫成群，但是那天睡得可香。还有一次不知道什么原因，黄河水倒灌，所有的坑塘都给淹没了，我们连夜抢救施工设备，弄了一夜才把东西打捞出来。

孟州局工地带队的领导先是时任副局长的卫国峰，卫国峰调到沁阳之后是杨天轩。施工队长有李孟州、杜安报和郑元林。泵淤杜安报和郑元林任队长，有郭胜利、张少友、宋春振。船淤李孟州为船长，有王建中、于忠祥、权胜利、霍文波、徐立新、张作栓和我。船淤结束后，杜安报、郑元林、张少友、王振松、王建中、宋春振和我坚持到最后。

时任孟州黄河河务局副局长杨天轩：温孟滩施工的后期，时任副局长的卫国峰局长调走之后，我接替他的工作，带领孟州局施工队在逯开区进行淤填后的改土，大概在那里待了半年时间。当时我们找了多家地方上的运输队，最多的时候有 30 余辆大型运土车从西面几公里外的岭上拉土。因为当时施工处对改土时的土质要求很严，必须覆盖 30 厘米厚的符合耕种的好土，可是附近没有充足的符合要求的土源，并且其他局也都在想办法就近找土源，我们只能多方协调从远处运。记得运来摊平之后发现土里面掺有渣料石，我们又组织全体干部职工一点一点把渣料石捡出来。在改土完毕后，孟州局又组织全体干部职工进行土质检测，发现不合格的用小三轮车重新拉土进行补填，确保施工质量一次验收通过。

时任孟州黄河河务局技术员行作贵：温孟滩移民工程施工，需要 4 ~ 6 寸薄皮输泥管道数万米，当时从山东泰安运到温孟滩工地，运费高运输难，我给时任焦作黄河河务局局长兼温孟滩移民工程指挥长马福照建议就地加工制作，既节省运费又能加快工程进度。领导同意后三天制作成样品，经检验质量完全达标。然后利用当地乡镇加工企业就地采购制作生产数万米，不但解决了工程急需，还节省了运输费用数十万元，受到了省市河务局的好评。

时任孟州黄河河务局水政科科长郭书岐：我 1971 年参加工作，1975 年去武汉水利电力学校深造，1978 年毕业，毕业后在孟县黄河修防段工务股工作。1987 年成立水政所，调任水政所所长。后来，孟县改为孟州市，修防段改成局，我任孟州黄河河务局水政科科长。温孟滩开始施工的时候我参加了施工放线。在温孟滩施工前，黄河滩区全是芦苇、老蒿、红荆等各种杂草，没法测量，也没有施工路。当时，孟州局就租用了一辆钢链车，车上插个红旗，我在前面带路，用了一个星期时间推出一条施工路。

那时候，黄河滩一刮风根本看不到人，在那里待一天，头上用指头都抠不动，头发全被泥土粘到一起了。中午，我们忙完就在滩里找些野蘑菇和野西瓜充饥。后来，省局下来施工方案，就把工程分工分段了，具体施工我没有参加。

我记得当时为施工处入住一线工地做准备，孟州局首先开工淤填开仪的房基台，施工处开始时住在孟州宾馆，后来住在孟州局现在的西楼，当时西楼刚刚建好。工程进行到将近一半的时候，施工处入住开仪班组。

根据分工，孟州局水政科主要负责温孟滩施工的外围安全和土地协调。那时，水政人员 10 个人有 2 辆摩托车和 1 辆长安牌小轿车，摩托车是个人出一部分钱，水政科出一部分钱买的，小轿车是二手车，车已经很破了，是经过返修之后给我们的，油门上不去，遇到沙地、坑地、洼地就走不成，出去一趟每次都要坏到路上，有时候正跑得好好的，说跑不动就跑不动了，在路上没少推车和修理。由于施工一线房屋紧张，我们白天工地巡逻，每天 24 小时手机开机，我带领科室人员随叫随到。那时候，孟州局各科室只有水政科有一个“大哥大”，是专门为这次施工巡逻准备的，让我拿着。直到现在，我还保持着 24 小时手机开机的习惯。

中间还有一件事就是在温孟滩施工期间，正赶上上游来大洪水，那天下午五点多，孟州局突然召集全体男女职工集合，赶往黄河滩。因为上游水来得突然，在黄河边施工的船和发电机、泥浆泵等机械都在工地。当时那条船很大，施工中三天两头坏，一坏就停一个月左右，实用性很低。由于施工需要船正停在黄河边的坑塘里，随时有被冲走的风险，洪水来之前就让人去移船了，但是牢固度达不到抗击大洪水。后来一看，上游来水太大，局里就紧急调拨人手去抢救施工物资。到了之后，水已经涨得很高，那次洪水水位异常偏高，怎么办，施工设备得抢回来，可看着那么大的水，大家都有些胆怯，这时候有人说，“共产党员上”，这一声喊在党员的带动下，大家都纷纷下水干活去了。我们负责打捞管，那天弄到大半夜才完工，谁知道第二天一早，水落下去了，那一片成了干滩。

焦作黄河河务局引黄供水回顾

◎李怀前 口述　杨保红 整理

我从小生活在黄河岸边，黄河水哺育了家乡人民。1981年11月，我在武陟第二修防段参加工作，成为一名治黄人。初上班就赶上人民胜利渠第四次引黄济津，亲眼目睹黄河水惠泽天津人民，我也为自己是一名黄河人而骄傲与自豪。然而，随着自己对焦作引黄供水情况的熟悉，尤其是自己2008年担任焦作黄河河务局（简称焦作河务局）副局长、分管供水工作后，心中也产生一些隐忧。

守着黄河缺水吃的尴尬

改革开放以来，焦作市经济社会迅猛发展，工业项目不断增加，城市逐步扩大，工农业用水量逐年猛增。由于过度开采地下水，形成了全省最严重的“青风岭地下水漏斗区”，生态环境日益恶化，人民群众工农业和生活用水越来越困难。全市水资源缺口在1亿立方米以上。然而，在严重缺水的同时，焦作黄沁河水资源开发利用却倍受“冷遇”。

焦作黄河河道长98公里，沁河河道长80公里。管辖的引黄闸门引水指标为5.55亿立方米（其中焦作市指标1.55亿立方米，新乡市指标4亿立方米），引沁闸门引水指标为3700万立方米（不含引沁灌区、广利灌区指标）。2008年实际年引黄水量4.1亿立方米，其中，焦作市引黄水量仅6000万立方米，无引沁水量，水费收入 502 万元。沿河县市中，只有温县引用黄沁河水进行补源、建设环城水系。孟州依靠引沁及地下水。武陟县城的城市用水、工业用水、农业灌溉都靠地下水，地下水埋深达 30 余米。

“守着黄河缺水吃”的局面制约了焦作经济社会发展。自己作为分管供水工作的焦作黄河河务局副局长，总觉得愧对养育自己的这片土地。尽快发挥引黄沁工程供水功能，为地方社会经济发展提供水资源支撑，促进焦作黄沁河供水事业发展，我们焦作供水人责无旁贷。在充分调研、科学论证的基础上，我们在 2011 年编制了《焦作引黄（沁）供水发展“十二五”规划》，绘就了焦作引黄沁工程的新蓝图。

给人民胜利渠道“动手术”

承载着光荣与辉煌的人民胜利渠，创造了半个世纪不冲不淤的奇迹。不仅灌溉着 80 多万亩农田，还曾四次参加过引黄济津。然而，黄河小浪底水库投入运用后，清水下泄，大河主槽下切，至 2010 年，花园口流量 500 立方米每秒已引不出水。不能正常引水，引起渠道淤积，穿堤渠前 11.3 公里内最大淤积深度达 1 米，进一步降低了过流能力。人民胜利渠“得病”了，灌区持续萎缩，难以满足新乡市城市供水需求。

我们通过与人民胜利渠管理局沟通协调，决定运用工程手段，为人民胜利渠“动手术”：一是先在桃花峪大桥上游开挖 1.2 公里引渠到沁河，再清淤 2.6 公里的沁河河道，将黄河水引到防沙闸，使引水渠缩短 4.2 公里，减少弯道，抬高水位 0.8 米。二是采用简易挖泥船清淤，一次将淤积物清理出河道，提高引水渠过流能力。

引水渠穿过黄河大堤后，在一号跌水处建有一处小型发电站，新磁灌区的引水口也在此处。干渠流量达到 5 立方米每秒时就要关闸，渠水经河床式电站向下游排泄。然而，这就造成了壅水，降低了过流能力。经过与人民胜利渠管理局协商，决定在干渠流量较小、引水满足不了灌区用水需求时，停止发电。

我们还协助人民胜利渠管理局，完成30立方米每秒的活动泵站建设，并为拟修建的简易式框架固定泵站提供了技术方案。

经过一系列的“手术”措施，人民胜利渠在大河500立方米每秒流量下，能够引出10立方米每秒的渠水，引水能力大幅度提高。

白马泉恢复引水工程破瓶颈

武陟白马泉闸始建于1971年，设计流量10立方米每秒，设计淤灌改造沙地1万亩，改种水稻1.5万亩，同时可以灌溉10.3万亩农田。然而，1986年以来，由于黄河主流南移，加上上游水库蓄水，黄沁河常年流量偏小，致使白马泉闸引不出水来，处于停灌状态。2009年，该闸被鉴定为四类闸。

2011年，白马泉闸恢复引水工程被提上议事日程。据调查，白马泉灌区渠系虽破损多年，但干、支渠及各类建筑物遗址尚存。采取必要的工程措施即可向武陟县城供水。建成后将有效减少地下水开采量、涵养地下水源，改善区域周边水土资源和生态环境。

2012年3月17日，焦作黄河河务局与武陟县政府签订经济转型发展合作框架协议，将黄沁河水资源开发利用作为合作的重要内容。当年11月22日，我代表焦作黄河河务局与武陟县政府正式签署白马泉闸引黄供水协议。协议本着“利益共享，风险共担”的原则，确定通过工程措施利用白马泉闸向武陟县城区供水。焦作黄河河务局作为建设单位，具体负责工程前期规划设计、招投标、施工管理和运行管理，武陟县政府负责工程占地赔偿，并给300万元预付款，由此拉开了白马泉引水工程的序幕。

为加快工程建设步伐，由华龙公司、安澜公司及三个自然法人出资800万元成立了金河水务公司，作为业主，具体负责工程招标、建设及运行管理。工程施工招标合同价为1800万元，工程占地赔偿费1000万元由武陟县政府承担。2013年9月，白马泉闸供水项目开工。

——防沙闸、高滩引黄渠道

按照工程建设方案，需在东安控导工程 34 坝后建引水口、防沙闸，开挖高滩引渠 828 米，清淤沁河渠道 2680 米。工程遇到的第一个难题就是高滩建防沙闸、开挖引渠面临不稳定流沙，而且地形多变。为此，我跟技术人员反复研究调整施工方案，解决了这一技术难题。

——蟒河改道工程

根据工程引黄入沁、提沁入渠的特点，为避免老蟒河污水汇入白马泉闸供水项目渠首，我们又实施了老蟒河改道工程，在东安控导工程上游 1500 米处开挖引渠 760 米，让蟒河水提前入黄。

——滩渠首闸和泵站安设

工程需要开挖调蓄池 150 亩，拆除老防沙闸，修建提水泵站（单泵流量 1 立方米每秒，扬程 7 米，共 3 台）。由于此处距离沁河主流较近，基坑较深，渗水严重，开挖难度大。为解决这一问题，我们采取增加降水井点数量与深度，昼夜施工，加快施工进度，解决了这一技术难题。

——1.5 米玻璃钢管穿越闸洞

渠首闸后，铺设内径 1.5 米钢筋混凝土管道 1237 米至白马泉闸。白马泉闸是四类涵闸，只能降低标准使用或拆除重建。拆除重建难以在短时间内完成，涵洞直接通水有安全隐患，用管道爬越堤防须经过防洪影响评价且投资较多，为此，我们在区域内首次实施了内径 1.5 米玻璃钢管穿越闸洞技术，避免了安全隐患与争议，解决了险闸涵洞过水问题。

穿过黄河大堤后，渠道沿原干渠铺设内径 1.5 米钢筋混凝土管道 1602 米，开挖新建渠道 1115 米至黄树沉沙池，利用 2500 米老暗渠进入瑞丰蓄水池，铺设内径 1.2 米钢筋混凝土管道 1040 米进入龙泉湖，铺设内径 1.5 米钢筋混凝土管道 94 米穿越朝阳二街、一街，清淤 471 米老渠道进入二干排渠。工程总长度 15000 米。泵站由黄河勘测设计研究院设计。

依靠创新意识和细致工作，我们创造性地解决了一个又一个难题，完成了项目建设。2014 年 3 月，主体工程完工试通水，随后，实现正常供水。

工程运行以来，实现了1000多天不间断供水，保证了江河、瑞丰两企业用水，为龙泉湖提供了足够的流动水源，改善了二干排水质，补充了地下水，促进了武陟县城水系的二次规划，将白马泉闸及西大原闸纳入城市水系主要水源工程；社会效益显著，同时，已实现水费收入近千万元。

在白马泉恢复引水工程的示范带动下，我们随后又建设了孟州恢复引水工程。同时，引黄沁入焦作、引沁供水也取得了一定成效，全面开拓了供水市场。虽然近年黄沁河引水成绩显著，但黄河总量与需求的矛盾越来越突出。焦作黄沁河供水工作在沿黄地市中排名还不靠前，引黄沁供水工作任重道远。

难忘的兰考标准化堤防建设经历

◎江　杰

总以为写回忆录是比较遥远的事情，在新闻、报纸或者著名人物、名流大家传记材料中零星感知过此类的素材和故事，自述亲身经历的治黄重大事件，对我这样一位资历尚浅、能力有限的普通治黄人来说，确实有点为难，搜肠刮肚之后认为，记忆深刻的当数兰考标准化堤防建设会战的经历。

按惯例，似乎故事开始之前，捋一捋凌乱的思绪是必不可少的程序，提到那段难忘的治黄经历，要从17年前那个气候诡异的暖冬深夜电话说起，谈到这个一生难忘的电话，就想多聊一聊自己的第一部手机。那个时候还没有智能手机，手机刚从城市和年轻人当中普及，记得那时候流行的是翻盖、滑盖手机，直板大屏幕手机应该还在实验室中孕育，如果配置上镶嵌一个30万像素的摄像头，简直是身份地位的象征。

“是江杰吧，我是张效会，局里晚上开会研究决定抽调你和机关部分年轻同志支援兰考标准化堤防建设，今天比较晚了，明天上午单位集合去工地，有困难吗？”浑厚又略显疲惫的嗓音一听就明白，电话是开封黄河河务局（开封黄河河务局的简称）张效会副局长打来的，时间也正如他所言，墙上的挂钟时针接近零时。“没问题张局长，我按时到单位集合”，睡眼惺忪的我瞬间清醒了许多，平时算不上聪明机灵的我，仓促中落实了深夜领导的电话。后来听说，局领导研究工作晚上开会是常态，以至于办公室主任除了组织好会议议题，还要考虑晚上领导和同事们饿了怎么办，开封特产兴盛德花生和点心就这样堂而皇之地摆上了会议桌。

这时的开封黄河河务局机关，表面上平静、有条不紊，实则一场建局以来规模最大的一次工程建设会战早已打响，只是当时身为一般职工的人感受不是那么强烈罢了。2003 年 4 月，河南黄河标准化堤防建设在郑州邙金段展开试点。2004 年 1 月 15 日，黄河水利委员会下达“军令状”：要求河南黄河河务局 2004 年 4 月 30 日前，全面完成邙金段标准化堤防建设；2004 年 12 月 31 日前，全面完成河南黄河第一期标准化堤防主体建设任务。一个个时间节点，催人奋进，也压迫人的神经，真正的压力估计只有当时主政开封黄河河务局的领导感受最为强烈吧。

冬日暖阳

2004 年初冬的某天上午，我们几位年轻同事乘坐单位安排的车辆，在下了高速公路，穿过村庄，又转入黄河大堤堤顶道路，越过了无数输沙管、护坡之后，到达兰考县西军张楼村项目部驻地。我们几个还没来得及欣赏一路风景，回味车上几个人聊的正酣的和谐气氛，简单办理完报到手续，就被分配好了住所和任务。项目部设在一处民房内，由于人员较多，房间不够用，临时将我和 4 个同事分配住在项目部后院角落的一间民房内，由于房屋常年不见阳光，一开门，一股霉味扑面而来，至今仍记忆犹新。床是单位在县城集中采购的行军床，上面是竹板，四周是用钢管焊接而成的，刚开始还挺好，乍一看挺平整，可时间一长，折叠床链接处的突出严重变形，晚上睡觉不时发出吱吱扭扭的响声，随床配发的还有棉被褥、一件绿色军大衣、一套不锈钢快餐杯，为了方便夜间施工值班，又配了一个神器——充电手电筒。就这样，又一次回到了集体生活，过上了吃大锅饭的峥嵘岁月。

简单安顿好后，我们随工地负责人到工区认领任务。记得那天天气特别好，感觉不到一点冬天的阴冷萧瑟，暖和的像秋天一样。初到施工现场，感觉工地的生活并没有同事宣传和自己想象得那样糟糕，摆脱会议、文件案牍的劳心，一下子回归大自然，自由地沐浴在阳光下，从事着虽说有点艰苦，倒也不用劳心费神的体力活儿，有一种幸福感偷偷的涌上心头。根据领导安排，我们两个人一组，临时成了开封工程公司的编外员工，工作任务是负责黄河大堤桩号兰考152段施工组织任务，具体包括巡查输沙管线安全、组织引导车辆加固淤区围堰、发放外调土车辆运输票据、协调工地机械车辆等。

随着工作的深入和工程施工进度的加快，工地艰苦的一面逐渐呈现出来。首先面临的困难是气候的变化，像没有一个春天不会来临一样，没有一个冬天会缺席迟到。两周过后，气温骤降，阴沉灰蒙蒙的天气，凛冽的西北风裹挟着工地扬起的风沙，我们开始了喝风吃土的日子。由于施工力度加大，工程施工进度也较以前明显加快不少，淤区围堰在脚下层层加固加高，施工道路延伸至远方，输沙管道日夜奔腾不息，向淤筑高程一步步逼近。工程进度快速推进的同时，我也在公司技术人员的指导下，从技术“小白”逐步熟悉了水利工程土石方施工技术方案，学会了分部工程、单元工程划分和质量评定等专业知识，初步了解了各类进场工程机械的功能、性能和型号等施工现场管理情况。这些亲身实践得来的知识至今让我受益匪浅，为顺利完成基本建设项目竣工审计、重大项目跟踪审计、企业项目效益审计和补救工程专项审计奠定了坚实的基础。其次是后勤保障能力上的不足和问题逐渐暴露出来，由于大量人员被不断输送到工地，机关除了综合部门人员和职能部门留守人员，年富力强的青年职工几乎都被派驻到了工地，最基本的伙食保障都成了问题，有时值了一夜的班，天亮交接完工作回驻地已经过了饭点，要么无饭可吃，要么只剩残羹剩饭，碰到这样的情况难免会感到憋屈，后来在领导的关心下，生活保障问题改善了不少。

雪中坚守

在工地坚守了一个多月之后，元旦的脚步越来越近了，此时大家已经完全没有了初来时的兴奋，都盼望着早点回去，工作闲暇之余时常对工程公司的领导和技术人员抱怨一番："本职工作年度目标任务干不成，来工地给公司打工……"我也开始怀念自己那凌乱的宿舍，开始期待书店街、鼓楼夜市的繁华与热闹，开始思念多日不见的亲人朋友，现在想，如果当时移动网络和微信等即时通信工具能像现在这样普及，当时在工地的寂寥也会减轻不少。

伴随兰考标准化堤防大会战的展开，整个兰考下界段一下子喧闹起来。省局的领导来了，各处室的业务骨干也来了，会战指挥部就在会战标段中央处安营扎寨，帐篷群外大堤上施工车辆人员川流不息，帐篷内昼夜灯光通明，领导和技术人员了解着最新的进展，部署攻坚克难的方案，疏通最难的堵点。兄弟单位的工程人员和抢险队也来了，带着最强的阵营和装备，支援开封标准化堤防建设，以保证年底前如期完成工程建设任务。一时间，施工现场机械轰鸣、战旗招展，由于大型车辆的增多，时不时出现荒郊野外堵一堵车的奇观。

在最关键的冲刺时刻天公不作美，2004 年 12 月 24 日夜至 25 日，鹅毛大雪整整下了一天两夜，顶着漫天飞雪，指挥部组织人员清扫积雪，保障施工车辆畅通，在泥浆泵旁生火以防机械上冻，施工人员抱着水枪站在齐腰深的泥浆池中昼夜奋战，昔日繁忙的工地也被迫放慢了脚步，淤区被皑皑白雪覆盖，都仍在顽强地生长，堤顶也被冰雪掩盖，分辨不清平时往来的交通路口。由于天气恶劣，夜间值守也只能暂停，只能白天做一些力所能及的工作，心情突然放松了不少，再也不用在漫长的冬夜，在双脚几乎冻僵的情况下步行丈量工区长长的围堰，再也不用在饥寒交迫中返回驻地。雪停之后，元旦也到了，为了迎接 2005 年全河工作会议召开，兰考标准化堤防建设指挥部吹响了"冲锋号"，发出了总动员号召，迅速在工地掀起劳动竞赛和施工高潮，虽然施工条件恶劣，但是大家热情高涨，各标段、各工区铆足了劲儿，不甘落后，你追我赶，一派百舸争流的劳动竞赛景象。

时代凯歌

经过近百日的会战，各标段、各工区基本完成主体工程任务，经受了全河工作会现场的检阅，达到了预期会战效果，领导们松了一口气，坚守工作的建设者们也终于迎来了凯旋的日子。与分批定点投放不同的是，单位给派了一辆宇通中型客车接大家回家，一路上看着刚刚淤筑的堤防、整齐划一的行道林，放飞的心情让整个车厢充满了欢声笑语，记不清是谁的提议，大家唱起了歌，凯旋的歌声一下子抚慰了大家期盼回家的心。只可惜当时手机拍照不像现在这么方便快捷，没留下有纪念意义的影像，只有这些美好的回忆。

随着治黄工龄的增长，对治黄业务也有了更为全面深入的学习和认识，兰考标准化堤防建设的经历也成了人生中一笔难得的宝贵财富。经过近三个“五年计划”的接续努力，于2020年年底，黄河下游标准化堤防全线建成，工程措施短板得以补齐，为防洪保安全提供了坚实保障。深刻认识到标准化堤防建设是关乎黄河岁岁安澜，长治久安的大事，是为达到“堤防不决口、河道不断流、水质不超标、河床不抬高”的黄河治理目标，也是国家从中华民族伟大复兴的高度对黄河保护治理事业作出的重大战略决策部署。通过对黄河堤防实施堤身帮宽、放淤固堤、险工加高改建、修筑堤顶道路、建设防浪林和生态防护林等工程，构建黄河防洪保障线、抢险交通线和生态景观线，形成标准化的堤防体系，确保黄河下游防御花园口站22000立方米每秒洪水，构造维持黄河健康生命的基础设施，达到人与自然环境的和谐。

我所参与的开封段黄河标准化堤防原堤防长87.67公里，计划工程总投资10.17亿元，共分为放淤固堤、险工改建、防汛道路、其他建筑和管理设施等工程建设内容。该工程于2002年9月开工，2005年4月现场施工全面完工，是黄河开封段投资规模最大、标准最高的治理工程，共完成土方4356万立方米、石方8.66万立方米，植树141万株。经积极组织申报，开封黄河标准化堤防工程，荣获2007年中国水利工程优质（大禹）奖，为全国12项获奖水利工程之一，也是河南黄河河务局范围内当年获此荣誉的唯一一项工程。

党的十八大以来，党中央着眼于生态文明建设全局，明确了“节水优先、空间均衡、系统治理、两手发力”的治水思路，黄河流域经济社会发展和百姓生活发生了很大的变化。2019 年 9 月 18 日，习近平总书记在黄河流域生态保护和高质量发展座谈会上发表重要讲话，发出了“让黄河成为造福人民的幸福河”的伟大号召。黄河流域生态保护和高质量发展上升为重大国家战略，开启了协同治理黄河的“大治时代”。

乘借新时代黄河水利发展的东风，河南黄河迎来新的阶段，承担起更加重要的使命担当。围绕重大国家战略项目落地，大河上下积极践行习近平总书记生态文明思路，一系列生态保护和修复项目正在落地，黄河标准化堤防建设也迎来升级版，其中，建设黄河生态廊道是推进黄河流域生态保护和高质量发展的重要任务。黄河生态廊道以增加黄河两岸生态“绿量”、提高森林质量为主攻方向，以增强沿黄森林水源涵养、防治水土流失、防风固沙等生态功能为重点，高标准建设河、坝、路、林、草有机融合的生态体系，积极打造集生态屏障、文化弘扬、休闲观光、生态农业于一体的复合生态长廊。如今，在开封黄河黑岗口生态修复绿化景观工程观景台上，这个集生态景观、防洪保安、娱乐休闲等功能于一体的生态绿化景观工程，北靠黄河，南邻黑池，已成为开封当地的知名网红打卡地。在建设过程中，科学选取适合本地生长的泡桐、雪松、柳树、国槐等树种，对黑岗口进行系统生态修复。项目建成以来，先后接待浙江、重庆、内蒙古等地 300 余批、3 万余人次前来考察参观。

17 年弹指一挥间，治黄工作也迎来从“要把黄河的事情办好”到“让黄河成为造福人民的幸福河”的变化，黄河带给我的那些成长路上的曲折、喜悦和烦恼已渐渐成为记忆。而今，在亲身见证了黄河的巨大变化后，想起那些过往，有汗水、有泪水、有收获，更多的是为人民治黄事业贡献一份力量的骄傲与自豪。面对黄河流域生态保护和高质量发展重大战略机遇，秉持生态优先、绿色发展理念，在河南黄河这片沃土上，一幅高颜值、高质量、写满幸福的生态长卷正迎风铺展。唯愿能为黄河多做贡献，唯愿母亲河安澜常在。

遥望当年岁月

◎田明松

2021年是中国共产党成立100周年，也是习近平总书记在黄河流域生态保护和高质量发展座谈会上重要讲话发表2周年，还是党领导人民治黄75周年。站在两个一百年历史交汇点上，百感交集，思绪万千，遥想起当年的治黄岁月，温孟滩、大论坛等往事仍历历在目……

2009年12月，全国水利行业技术技能论坛在湖北丹江口举办。我作为一名黄河基层职工有幸参加论坛，源于与温孟滩结下的不解之缘。

温孟滩移民安置区，是黄河小浪底水利枢纽工程中最大的集中连片安置区，涉及河南省焦作市温县、孟县黄河荒滩53平方公里，安置库区移民4万余人。

为给移民提供一个基本的生产、生活环境条件，从1994年开始，河南黄河河务局采取施工措施解决安置区的防洪安全问题和土地改造问题。我当时在温孟滩工程中就是从事土地改造施工的。土地改造分为放淤与改土两个方面，放淤改土工程是由上游往下游推进，自西向东划分为四大区，即逯村—开仪区（简称逯开区）、开仪—化工区（简称开化区）、化工—大玉兰区（简称化大区）、大玉兰—下界区（简称大下区）。设计淤填工程量1251.42万立方米，改土工程量726.91万立方米。

放淤、改土工程主要是利用陆地泥浆泵组、移动泥浆泵站等机械设备抽取黄河水沙，将11.65平方公里低、洼滩地吹填抬高，不致黄河水浸渗发生内涝返碱。同时，为了把移民区的沙荒地改为适宜农作物生长的宜耕地，利用黄河水沙资源中含有氮、磷、钾等多种元素，将吹填的低洼地连同高滩需要改造的沙荒地22.18平方公里，盖淤厚0.3米，达到作物耕植层要求，再经过作物种植熟化和农业综合措施，培植肥力、增加产量、提高经济效益。这种大面积、薄层盖淤改良土壤，当时在国内外尚属首次。

温孟滩工程施工期间，我当时在郑州黄河河务局船舶修造厂工作，主要从事机械制造。1994年，我奉命组建工程施工队，并到温孟滩工程逯开区现场考察学习。当年9月，在逯村坝头上，我们看到各施工单位的陆地泥浆泵组设备安装在坝头上，连接管线一字排开在7000米长的战线上抽淤填土，大家都在抽，时常抽不出水来，施工效果不好。

经实地考察后，我们发现了陆地泥浆泵组应用中的缺点。陆地泥浆泵组是在固定基座上安装吸泥关键设备——泥泵机组的。其布局主要考虑汛期设备的安全，施工生产放在了第二位，一般布置在较高位置。在温孟滩工程中，无论距离远近，一律布置在坝头上，故管线过长，投资规模较大，排距较远，生产效率低且不利于排泥场的看护与现场管理。施工中一旦遇到大的洪水，就得赶紧撤离，洪水过后，重新安装，增大了劳动强度，浪费了黄金时机，极不适应汛期施工的特点。

我们根据温孟滩工程当时的施工条件、地理位置对施工设备的要求，发挥单位机械制造优势，自行设计建造了移动泥浆泵站。移动泥浆泵站为两浮箱船体结构。船首安装吸泥装置，船体中部与尾部安装1套吸泥关键设备——泥泵机组，采用型号6135柴油机为动力，通过120A型号齿轮箱，驱动型号250ND-22-30泥泵工作。

1995年6月，移动泥浆泵站建成后，即投入温孟滩工程逯开区汛期包淤施工。我们将2台泵站布置在距包淤工段最近的河道上，泵站定位后在尾部连接5节浮桶管道，浮桶管道由接岸胶管与陆地输泥管连接，输泥管线接至排泥场。泵站启动运转后，将汛期黄河泥浆浓度较大的河水吸排至淤区。待沉淀后，将淤区内的清水排出，留下淤土，达到土地改良的目的。

泵站流量为每小时800立方米，泥浆浓度由河水含泥量决定。当我们测得泥浆比率在10%以上时，生产率可达每小时80立方米以上。其他指数正常，运行性能良好，泵站距排泥场仅150米。排距的缩短，使之与排泥场首尾呼应，给排泥场的管护与施工现场管理带来了方便。在汛期洪水不能持续的情况下，历经60天间断运转共完成抽淤土方12万立方米，包淤面积达40万平方米，极大地提高了生产效率，取得了良好的效果。

移动泥浆泵站的应用，有效地解决了防汛与施工的矛盾，既保证了设备安全，又改善了汛期施工条件，克服了排距远、效率低、成本高、劳动强度大、反复拆装等不利施工因素，为保证工期、提高工效，抓住有利战机，发挥了巨大作用。该段工程曾被河南黄河河务局领导称赞为样板工程。

移动泥浆泵站的成功应用，引起了河南黄河河务局施工管理处的高度重视，并对泵站的改进提出了建设性意见。

我们将移动泵站由组合式改为整体式，由单泵组改为8泵组，变柴油机驱动为电机驱动。附属设施与原泵站相同。岸上配备网电或轮式发电机组，施工中如遇特大洪水、淹没上岸时，迅速拖走，既能保证设备安全，又方便快捷。

经改进的多组泵站，体积小、动力大、效率高，开发了泵站的极大潜力。

1996年随着开化、大下两区吹填工程的相继结束，移动泥浆泵站在温孟滩工程中大规模的推广应用提上了议事日程。河南黄河河务局施工管理处决定在开化、大下两区包淤工程中，投入12台多组移动泥浆泵站并采用明渠放淤集中施工的方案，取代了过去陆地泵组远排距单管线抽淤方案。

1997—1998年，开封黄河河务局、郑州黄河河务局下属10个施工单位在温孟滩工程开化、大下两区汛期包淤施工中推广应用了改进后的移动泥浆泵站。在两区施工的应用中，运转正常、效果良好，各项指标均达技术要求。当年施工在汛期洪水极短的时间内完成抽淤土方150万立方米，包淤面积达500万平方米，抓住了有利时机，提高了生产效率，充分显示了泵站的巨大威力，比使用陆地泥浆泵组远距离管线抽淤至少提前3个汛期，为工程按时完工提供了有力保障，并为开封黄河河务局、郑州黄河河务局赢得100万元工程奖励。

移动泥浆泵站在温孟滩包淤工程中，显示出了它的显著特点。一是节省人力、材料和费用。二是生产效率高，适应施工季节性强、工期紧迫的需要，有效改善防洪与施工条件。三是便于拆卸安装与陆地转移运输。

移动泥浆泵站在温孟滩移民安置工程中，发挥了巨大作用，为各施工单位创造了良好的经济效益，为机械改土提供了丰富宝贵的土资源，为移民营造了良好的土地，使移民过上了安居乐业的生活，取得了巨大的社会效益，并于2000年获河南黄河河务局科技成果奖。2001年获黄委科技成果奖。

1999年，在山东省微山湖行洪清障工程中，因天气干旱，导致湖中缺水，挖泥船被迫停工待水，一直等到过了汛期，也无法复工。为此，我们建议山东疏浚工程处项目部将施工区域所有河道封闭，使用多组移动泵站向施工区域蓄水，直至浮起船舶并保持施工需要水位，为该工程的完成提供急需水源。

2002年长垣河务局（长垣黄河河务局的简称）建设长垣县水源厂时，采用了多组移动泵站辅助施工。2003年后，我们为中牟、长垣河务局等单位改造了移动泵站。

移动泵站通过了实践的检验和实战的考验，充分表现出了其不可比拟的优越性和先进性，合理地利用了现有的机械设备，最大限度地提高了设备的使用率，在水利工程建设过程中得到了充分的发挥，受到了用户的一致好评和肯定，为企业承接工程拓宽了渠道，扩大了经营范围，既适应于沿黄两岸围滩造地、兴建台庄、吹填筑堤等工程，也适应地方抗旱排涝、提水灌溉等用途，在当时发展前景非常广阔。

纵观三年来温孟滩三区包淤的情况，均因汛期短暂，当年无法完工，需待来年汛期补淤或实施机械补土，方能完成任务，延长了工期，增加了费用。而前期吹填工程，在黄河滩上开挖了大量池塘，汛后即沉积大量淤泥，这是一个非常宝贵的土资源，如能开发利用，当年即可完成包淤任务。

为此，结合我在挖泥船上的工作经验，2003年将单组移动泵站进行改型。

将固定吸泥装置改成升降装置，即可挖取水下土方；船体上增设前后左右四部绞车，各绞车配置钢丝缆与固定锚，左右绞车工作时，起左右横移摆动作用，前后绞车起前后移位作用；配备小锚艇，作为辅助工具。

改型后的移动泥浆泵站，具有挖泥船的功能。无论汛期，还是非汛期都可施工，能有效地开挖水下土方，达到当年汛期完成任务的目的。也适应于地方小河道疏浚与沿河吹填工程。

2009年2月，水利部印发了关于征集水利行业技术技能论坛论文的通知，广大水利技术工人踊跃投稿，共征集到符合要求的论文200多篇。经专家评审，共评选出优秀论文102篇。我以《移动泥浆泵站在施工应用中的改进与推广》优秀论文获奖者和高级技师的双重身份，在同年12月出席了在湖北丹江口举行的全国水利行业技术技能论坛。

举办全国水利行业技术技能论坛，当时在我国水利行业尚属首次。其目的在于交流技术技能成果，推动水利行业技能人才开发，促进水利行业高技能人才成长。论坛召开期间，与会代表30多人相互交流，共同学习，我代表黄河职工走上论坛讲台做交流发言。

论坛期间，我向水利同行传递了黄河声音，弘扬了黄河精神，展现了黄河人锐意进取、科学治河的风采。同时，我也聆听了同行们的精彩演讲，不仅让我开阔了眼界，也让我结交了朋友，使我不虚此行，载誉而归，受益终生。

无论是温孟滩的大会战，还是水利部的论坛，随着时间的消失都已远去，成为历史。但在我的内心深处，时常地怀念它，曾经在那里奋战过的人、在那里发生过的事、在那里待过的岁月，无形中悄无声息地、未曾间断地影响着、指引着我，让我几十年如一日，扎根基层，奉献治黄！

引黄稻改振兴了原阳经济

◎李成邦

原阳县属河南省新乡市，地处豫北平原，南临黄河，背面是佘河通道，地势西南偏高，东北偏低，属黄河冲积平原，东接封丘，西临新乡平原示范区、获嘉，北靠新乡、延津，南与中牟隔河相望，历史悠久，文化灿烂，人杰地灵。

我生在原阳，长在原阳，见证了原阳近几十年的可喜变化。穿堤引黄涵闸建设、引黄稻改助力原阳经济发展，造福原阳人民。

引来黄河水，沙丘盐碱变良田

原阳韩董庄、柳园、祥符朱穿堤引黄涵闸功不可没。在我的记忆中，黄河大堤以北二十余公里内除村庄外，全是盐碱荒地，上大王庙（大董庄）、下大王庙（堤东）、越石、祥符朱、赵张庄、大三李历史大堤决口老口门堤根处水塘连片，决口形成的祥符朱潭面大，水深达 9 至 10 多米，鱼虾繁多，芦苇茌草一眼望不到边，毕张潭水面很大，水深数丈和地下水连接，名气很大，当时由部门动用五台大型抽水机，连抽数日也没抽干潭中水，一到夏季潭水上涨，四处漫溢，淹没土地。听老人传说，有毕张潭淹滑县之说，当时，潭中由一水沟与天然渠连接，流入延津境内。当时，夏季下雨时水连片，杂草芦苇丛生，荒凉成片，冬季盐碱遍地如下雪霜。由于耕地盐碱化严重，种不成庄稼，当地家庭居住的是土坯房，吃的是黑馒头稀饭，没有菜，穿的是廉价衣，温饱没保证，当时的写照是："冬春白茫茫，夏秋水汪汪；遍地蛤蟆叫，出碱不出粮；要想教出粮，必须压碱荒"。为改变这一现象，给人民幸福，党和政府兴修水利工程，引用黄河水淤地压碱，改良土壤，进行引黄稻改，使盐碱地变成米粮仓。

引黄稻改，盐碱地变成米粮仓

引黄稻改不是喊口号，需要智者去探索、去实践，经查资料，原阳堤北引黄稻改建的第一座穿堤引黄闸是韩董庄闸，韩董庄穿堤引黄涵闸位于原阳县临黄大堤公里桩号100+500处，1967年7月竣工，1968年运用防水，设计流量为25立方米每秒，加大流量38立方米每秒。由于该闸修建年代较早，涵洞较短，渗径偏小，已不能满足堤防防洪标准，故进行改建。改建工程于1987年10月15日开工，1988年9月10日竣工，1989年3月10日通过验收，移交原阳县河务局管理。该闸设计灌溉面积30万亩，可灌溉祝楼、原武、城关、福宁集、王杏兰、阳阿等乡村，受益面积36万余亩。

第二座是祥符朱穿堤引黄涵闸，祥符朱穿堤引黄涵闸位于原阳县临黄大堤桩号137+500处，该闸于1968年10月开工，1969年6月竣工。设计正常引水流量30立方米每秒，加大流量38立方米每秒。由于该闸修建年代较早，涵洞较短，渗径偏小，已不能满足堤防防洪标准，故进行改建。改建工程于1986年11月25日开工，1988年7月20日竣工，1989年3月10日通过验收，移交原阳黄河河务局管理。该闸设计灌溉面积30万亩，可灌溉太平镇、梁寨、路寨、齐街、郭庄、陡门、大宾乡村，受益面积达20余万亩，为灌区11个乡的农业发展提供了灌溉条件，在改造灌区背河洼、盐碱地，发展引黄种稻方面取得了显著成效。

第三座是柳园穿堤引黄涵闸，该闸位于原阳县临黄大堤公里桩号114+977处，该闸于1985年12月破土动工，1986年12月竣工，1987年7月通过验收，移交原阳黄河河务局管理。设计流量30立方米每秒，加大放淤冲沙流量 38 立方米每秒。该闸设计灌溉面积 23 万亩，可供城关、福宁集、黑羊山、王杏兰、大宾、阳阿、路寨等乡村浇灌用水，每年平均向新乡水厂供水 350 万立方米，并担负原阳黄河大堤中段的淤临、淤背供水的任务。2000 年，原阳黄河河务局管理人员进行科技创新，研制了操作简便、显示直观、能自动记录数据资料、实时进行监控的涵闸自动化监控系统，当年 10 月，在该闸投入使用，为黄河水资源精细调度提供了技术支撑。

三座穿堤引黄涵闸建成投入运用后，原阳引黄稻改步入新篇章。我记得年引水量最多的能达 4 亿多立方米，通过几十年的引水压碱，近闸部分乡村区域淤土厚度达 1.5 到 3 米，为压制盐碱地反碱起到了良好作用，为当地经济发展、盐碱地变米粮仓提供了刚性保障。

引黄稻改给原阳带来的巨大变化

引黄稻改的成功一定要说说乔永庆书记。他被誉为“引黄稻改的创始人”“原阳大米之父”“水稻书记”，他 1938 年 7 月出生于河南省原阳县韩董庄乡贺厂村。1956 年加入中国共产党，1965 年任原武公社党委书记，1975 年任原阳县委副书记，1980 年任中共封丘县委副书记、封丘县政府县长，1989 年任新乡市人民政府副秘书长。从事革命工作近 40 年，1965 年至 1975 年 10 年期间，乔永庆同志担任原武公社社长、主任、书记。原武由于地处黄河故道的特殊地理位置，土地盐碱化非常严重，地貌坑坑洼洼。“冬春白茫茫，夏秋水汪汪；遍地蛤蟆叫，出碱不出粮。”。当时流行的这个顺口溜形象地描绘了原武的真实情景。乔书记到任伊始，便带领党委一班人深入到农村调查研究，他走遍了全公社的 6 万多亩土地。根据原武土地盐碱化严重、种粮收成极低的状况，乔书记上跑省城、地委找水利、农业方面的专家求医问诊，下乡广泛征求意见，决定引黄稻改。首先在原武南关试种水稻 600 亩，当年亩产达到 450 斤，稻改初获成功。到 1973 年，原武水稻种植面积达到了近 5 万亩，这时候，水稻亩产已超千斤。多数地块实行稻麦两茬种植，小麦亩产达到 700 斤，彻底解决了原武人民的温饱问题，并由缺粮公社变为有余粮的先进公社，由“三靠”公社（吃粮靠统销，花钱靠救济，治病靠免费）变成了“地成方、树成行，排灌畅通无阻挡”的豫北小江南，成了河南省的一面红旗。为纪念乔永庆，当地政府在原武镇东关玲珑塔东侧新建了功德纪念碑。

引黄稻改的巨大成功，盐碱地变成了米粮仓，为原阳的经济振兴注入了新的活力，水稻种植在全县大面积推广。经查《原阳县志》记载，1985 年水稻种植面积达到 24.77 万亩。其中，原阳水稻“黄金晴”被誉为“中华第一米”，种植 6811 水稻也是稻中极品，可以和黄金晴相媲美，产出的大米香甜可口。就在原阳水稻种植区产出的大米也不一样（没有技术参数），我吃过的原阳大米和亲耳听老乡说，原阳几个主产区水稻产出的大米香甜口感好，直接用黄河水浇灌出的水稻产出的大米要比井水浇灌的好吃多了，只是听说和个人感觉。

通过引黄稻改，引黄压碱压沙，改良土壤，使堤北的盐碱地变成了米粮仓，以前颗粒绝收的盐碱地，变成了引黄稻改后秋麦两季丰产丰收好良田，收获季节麦浪万里，稻田金黄，十里飘香。通过引黄稻改、改良土壤，给原阳人民带来了良好的经济效益，农民过上了幸福生活，建起了新楼房（有的在县城购置商品房），购买了小汽车，穿起了新衣裳，以前“冬春白茫茫，夏秋水汪汪；遍地蛤蟆叫，出碱不出粮”的写照已一去不复返了，不过，我们一定要知道，幸福的生活来之不易，如果不坚持“节水优先、空间均衡、系统治理、两手发力”的新阶段治水思路，必将带来灾难，我们必须掀起大保护大治理高潮，要想为黄河母亲做点什么、干点什么，让黄河更健康，为人民带来更大福祉，我们应该反思。

黄河标准化堤防建设亲历记

◎刘月才

当你来到河南郑州至开封黄河岸边，看到长达159公里的黄河大堤宛如一条巨龙屹立在黄河南岸，堤顶道路平坦顺畅，临河防浪林郁郁葱葱，四季观赏林美观整齐，淤背区数百万株绿化苗木和一片片草坪生机盎然，你会有一种“车在林中行，人在画中游”的感觉，这就是集“防洪保障线、抢险交通线、生态景观线”综合功能于一体的黄河标准化堤防。

河南黄河南岸标准化堤防工程是关系郑州、开封经济社会可持续发展的民心工程，是确保黄河长治久安的保障工程，是改善沿黄地区生态环境的工程。

我作为河南黄河南岸标准化堤防工程的质量监督项目站站长，全面负责工程建设全过程的质量监督工作，严格履行监督职责，确保高质量建设标准化堤防工程。

一

黄河安危，事关大局。1998年长江发大水后，党中央、国务院立即做出了《关于灾后重建、整治江湖、兴修水利的若干意见》（中发〔1998〕15号），明确指出：“抓紧加固干堤，建设高标准堤防。”对于黄河一级堤防工程，提出了按高标准加固干堤是百年大计。堤防要能防御新中国成立以来发生的最大洪水。重点地段的堤防要达到能防御百年一遇洪水的标准，堤顶要设置防汛公路、照明设备和通信设施等。

2002 年 7 月 14 日，国务院以（国函〔2002〕61 号）批复《黄河近期重点治理开发规划》，明确提出全面加固黄河下游堤防，加快河道整治，建成高标准堤防。

按照中央和水利部指示，黄委正式提出“建设标准化堤防，确保防洪工程安全”，即通过对黄河堤防实施堤身帮宽、放淤固堤、险工加高改建、修筑堤顶道路、建设防浪林和生态防护林等工程，构建黄河防洪保障线、抢险交通线和生态景观线，形成标准化的堤防体系，确保黄河下游防御花园口 22000 立方米每秒洪水，构造“维持黄河健康生命”的基础设施，达到人与自然环境的和谐。

黄河标准化堤防工程是“三条黄河”建设的重要组成部分，是维持黄河健康生命、打造母亲河健康体魄的重要手段之一。为了尽快发挥堤防建设的整体效益，黄委研究决定，在黄河下游防洪工程建设的思路方面进行调整，对堤防工程项目要集中连片一次建成。据此，河南黄河河务局根据两岸堤防情况，综合考虑，集中建设，选择南岸郑州至开封堤段长度为 159 公里的堤防作为首期进行标准化堤防建设的堤段。

河南黄河标准化堤防工程是造福于河南人民的一项伟大工程，不仅为黄河防汛提供了坚实的安全屏障，而且美化了环境，装扮了黄河，实现了人水和谐相处，也将促进沿黄经济社会的发展。它使人们对母亲河有了崭新的认识，其现实意义和长远意义都是无法估量的。黄河标准化堤防建设对河南是个难得的历史机遇，必须及时抓住、抓紧。各级、各部门务必树立长远观念和全局意识，紧紧抓住这一大好机遇，尽快完成南岸建设，争取北岸工程早日上马。

黄河标准化堤防工程是新时期实施治黄规划、提高堤防防洪能力的一项重大举措，对进一步完善黄河防洪工程体系，确保黄河安澜，促进沿黄区域社会经济的可持续发展具有十分重大的意义。其基本标准是：堤顶帮宽至

12 米，堤顶硬化宽度 6 米，堤顶两侧各种植一行风景树，堤肩种植花草；平工段临河种植 50 米宽防浪林；背河为 100 米宽淤区，淤区高程与 2000 年设防水位平，淤区成品后种植适生林。按照此标准建成的黄河大堤，将极大地提高黄河下游堤防的防洪能力，极大地促进区域社会经济的可持续发展。

二

2003 年 4 月，黄委主任李国英在黄河花园口进行工作调研时提出，河南黄河河务局要用一年的时间完成邙金段标准化堤防建设，至此，河南黄河河务局展开试点建设，正式拉开了标准化堤防建设的序幕。2004 年 1 月 15 日，黄委主任李国英与河南黄河河务局局长赵勇签订了标准化堤防建设“责任状”，要求河南黄河河务局 2004 年 4 月底前全面完成邙金段标准化堤防建设；2004 年 12 月底前，全面完成河南黄河第一期标准化堤防主体建设任务。

在不到一年的时间内，要完成建设项目 88 个，土方 5000 多万立方米、石方 20 多万立方米，搬迁安置人口 1.6 万人，拆迁房屋 45 万平方米，永久性征地 1.8 万亩。工期紧、标准高、拆迁难。这一切，还必须在保证防汛安全、实施调水调沙的前提下进行，河南黄河人肩上承担着沉重的压力。

然而，一诺千金，军令如山。“责任状”签订之后的第三天，河南黄河河务局就成立了标准化堤防建设领导小组，赵勇局长任组长，全面负责标准化堤防建设，局班子成员分片包干；成立了标准化建设现场工作组，李国繁副总工任组长，负责协调、调度等工作，力求在最短的时间内把问题在现场解决。同时，河南黄河河务局党组出台了《河南黄河标准化堤防建设实施意见》，对组织建设管理机构、建立分级管理责任体系、参建队伍选择原则、严格建设管理程序、工程进度部署、奖惩实施办法等，做出了明确规定。

河南黄河河务局适时提出了标准化堤防建设必须把握的“六个保证”：

一、工期保证。按照黄委下达的任务期限开展实施各项工作。倒排工期，优化方案，跟上、靠上促开工、抓进度。

二、质量保证。一手抓进度，一手抓质量，认真落实建设单位负责、监理单位控制、施工单位保证和质量监督机构监督相结合的质量管理体制。主动邀请质量监督和检测机构前来检查指导。

三、责任保证。严格区分建设、监理、施工三方责任，明确任务，实施责任追究办法。

四、程序保证。严格工程施工和基建管理程序，尤其是对于新堤的修建，从程序上把好质量关。

五、资金保证。完善各项管理制度，加强对基建资金的使用进行审计和监督，确保资金安全，提高资金使用效益。

六、安全保证。加强安全生产教育和宣传工作，工地设置了醒目的安全生产标志牌，安排了专（兼）职安全生产员，实行施工和监理人员持证上岗，并切实加强施工车辆的安全管理，要求文明施工，安全施工。

河南黄河标准化堤防建设任务时间紧，任务重，难度大，各级河务局负责人住在施工现场，协调解决施工中出现的各种问题，多措并举强力推进工程施工。各级河务局领导班子成员统一思想，始终把标准化堤防建设作为一

河南黄河标准化堤防

项政治任务来对待，大家心往一处想，劲儿往一处使，变压力为动力，按照班子成员责任段的分工，我们克服重重困难，积极协调各方关系，强力推进。为全面完成标准化堤防建设任务，经常加班加点工作，节假日、礼拜天也不休息，甚至带病坚持工作。

工程建设伊始，河南黄河河务局就确立了建设全河一流工程的总目标，组建了一支政治、业务素质较高的工程建设管理队伍；严格按照招标投标的规定，坚持“公开、公平、公正、廉洁、择优”的原则，成功选择了优秀的参建队伍；采用了将征地补偿资金直接支付给物权人的办法，圆满完成了征地拆迁任务。

在工程建设过程中，围绕安全、优质、文明、高效、廉洁等目标，制定并实施有效的奖惩制度，开展劳动竞赛；突出合同管理，优化工程变更程序，强化投资控制。同时，狠抓廉政建设，完善制约机制，工程建设自始至终严格遵循法制化、规范化的要求，杜绝腐败行为的发生，保证建设任务的顺利完成。

自2004年春节开始，郑州惠金至开封兰考河段长达159公里的大堤上，数千名职工冒着严寒酷暑，着手描绘波澜壮阔的标准化堤防建设画卷，一场事关黄河安澜的三大战役打响了。

首战惠金

惠金之战率先打响，郑州惠金段标准化堤防自2003年4月展开试点建设以来，部分堤段标准化堤防已初具规模，由于受多种因素的制约，截至2003年年底，仍有12个标段的前期工作正在全力攻坚。在短短的100多天时间内，要确保扫清困扰工程施工的各项前期工作，完成12个标段500多万立方米的土方、18道坝改建和全部生态景观线的建设任务，难度之大，超乎想象。建设者们知难而进，2004年春节前夕，各路精兵强将开进了花园口堤防，伴着节日的鞭炮声，相继拔掉一个个困扰工程施工的“钉子”。为了如期完成建设任务，选择了跨越式的工作方式。倒排工期，科学管理，优化施工方案，完善质量管理体系，全力攻克一道道难关。仅仅用了三个多月，便一举完成。2004 年 4 月 28 日，惠金段标准化堤防建设首战告捷，为全河树起了第一面旗帜。

再战中牟

挖压征地，移民搬迁，历来就是工程建设的“头号难题”。在中牟县局，这个“头号难题”曾经使标准化堤防建设举步维艰。1454 户移民搬迁的任务，涉及 3 个乡镇 17 个行政村。房屋拆除面积之大、人口搬迁之多，均为全河县局之最。沿岸群众的切身利益和急如流火的建设工期，像两道并行的铁轨沉重地压在建设者的肩上。为了排除工程困扰，河务部门通过努力工作，取得了当地政府的大力支持。有关乡村制定明确的责任目标，建立拆迁奖罚制度，层层分解，狠抓落实，终于攻克了一座座堡垒，将移民拆迁工作推入了快车道，为顺利施工铺平了道路。为强化领导力量，中牟标准化堤防建设自 5 月上旬转入攻坚阶段后，郑州黄河河务局主管副局长就长期驻在施工一线，协调工程施工工作。同时，市局党组成员、副局长按照防汛值班安排，坚持每天联系落实中牟段标准化堤防建设情况，必要时每天晚上到一线督促检查解决问题；郑州黄河河务局所有中层干部通信工具保持 24 小时畅通，做到随叫随到，服务标准化堤防建设。现场工作组集中精力投入标准化堤防建设，每天吃住在工地，协调督促工程进度和质量，及时逐标段落实人员、设备、时间、工程量等目标，帮助参建各方解决难题，加快建设进度。2004 年 12 月 20 日，完成中牟标准化堤防建设任务，再战告捷。

决战兰考

河南黄河南岸标准化堤防施工任务最为艰巨的是兰考段，2004 年汛期受天气和地势影响，一度严重积水，取土场地被淹，施工道路中断，使本来就很紧张的施工形势变得更加严峻。面对突如其来的变化，河南黄河河务局紧急派出工作组，现场指导排水，及时调整工序，尽快恢复施工正常秩序。2004 年 10 月，标准化堤防施工到最后攻坚阶段，困难重重，河南黄河河务局党组决定成立兰考黄河标准化堤防建设会战指挥部，王德智副局长任指挥长，商家文主席、李国繁副总工任副指挥长，集中所属 5 个市局的优势“兵力”，举行兰考大会战。一支3000多人组成的施工大军，浩浩荡荡，带着500台大型机械设备和600套泥浆泵，进驻兰考会战现场。河南黄河河务局抽调20多名县处级领导干部和10余名大学生常驻兰考黄河标准化堤防建设工地，直接参与工程施工，协调处理施工过程中存在的问题。骁勇善战的黄河将士操起装备精良的施工器械，在黄河滩上，掀起了此起彼伏的竞赛热潮。施工过程中，广大建设者勇于创新，积极采用新技术、新机具和机械化施工设备，成功解决了一系列高难度课题。“这里阳光明媚，这里空气新鲜；这里车轮滚滚，这里机器轰鸣；这里充满生机，这里充满希望；这里蕴含着黄河人的梦想，这里就是黄河标准化堤防。”这是兰考标准化堤防大会战的生动写照。王德智指挥长，商家文、李国繁副指挥长带领有关人员，顶风雪，冒严寒，昼夜指挥施工，强力推进黄河标准化堤防建设。2005年4月28日，施工单位团结一致，奋力拼搏，完成了兰考段黄河标准化堤防建设任务，三战连胜。

河南黄河一期标准化堤防建设前期工作、建设攻坚的每一个过程，都受到了水利部、黄委、河南省委、省政府、郑州、开封两市及沿黄5县（区）各级党委、政府的高度重视和支持。水利部部长汪恕诚等领导来到河南黄河标准化堤防建设施工现场，调研工程建设情况。黄委主任李国英等领导在项目推进的各个关键时期，多次过问建设情况，并多次深入建设一线，果断进行科学决策，指导工程建设顺利开展。河南黄河河务局局长赵勇把标准化堤防建设任务作为中心工作来抓，多次到工程施工第一线检查指导工作；河南黄河河务局副局长王德智、张柏山等多次带领有关部门人员深入郑州、开封黄河标准化堤防建设一线进行调研，组织召开施工协调会议；还派出工作组进驻郑州标准化堤防工地，成立标准化堤防建设工程指挥部，和一线施工管理人员吃住在一起，随时掌握施工第一手信息，及时处理相关问题，为工程施工出谋划策，鼓舞士气，稳定“军心”，最终实现标准化堤防建设如期完工。

我作为质量监督项目站站长，带领项目站质监员，始终坚守在标准化堤防工程建设第一线，按照国家法律法规、水利部、黄委的规范规程技术标准，

绿色长堤

严把工程施工质量关，采取质量“飞检”的方式，对参建各方的质量行为和工程实体质量进行监督检查，强化工程建设全过程的监管，发现问题及时通知有关单位予以整改，从而确保了黄河标准化堤防工程质量。

三

河南黄河南岸标准化堤防建设经过来自全国各地近万名建设者 500 多个昼夜苦战，不论是拆迁的艰难，还是施工环境的种种不利，都没有动摇近万名建设者的信心和决心。各市县河务局局长放弃所有的节假日，一直奔波在黄河标准化堤防建设各个标段，各级河务部门的干部职工，发扬焦裕禄精神和兰考的抗洪抢险精神，为黄河标准化堤防建设的顺利实施，不讲回报，不计名利，无怨无悔地奋战在各自的工作岗位上，在黄河标准化堤防建设过程当中得到了生动的体现和发扬。他们在与时间的赛跑中把握了主动，团结一致，奋力拼搏，采取超常规措施，强力推进工程建设进度，交上了一份不同寻常的优异答卷。

众志成城，势不可挡。2005 年 4 月 28 日，河南黄河南岸郑州至开封总长 159 公里的标准化堤防全线建成，比黄委要求汛前完成提前了两个月。

共完成土方6178万立方米，石方25万立方米，植树240万棵，完成投资14.65亿元。河南黄河一期标准化堤防建设前顶宽不足12米的146公里堤防堤顶宽度达到12米，没有放淤固堤的44公里堤防以及淤背区顶宽不足、高程不足的97米堤防加宽至100米，达到2000年设防水位。抢险交通线在郑州至开封宽度12米的堤顶修建了6米宽硬化道路，与堤下公路连通，形成抢险车辆迂回调度线；生态景观线在堤顶两侧种植行道林，堤肩种植鲜花，堤坡植草皮，同时，还在大堤100米宽的淤背区内种植生态林木，在坡脚以外10米宽的地块种植杨柳林。如今，110多万株的防浪林、230多万株的淤背区生态林已构筑成沿黄河大堤生态林带。至此，坚固的防洪保障线、畅通的抢险运输线、壮美的生态景观线，已从计算机中理想的“三维动画”变为活生生的现实，为郑州至开封1600多万人民筑就了一道融防洪、抢险与观光于一体的生命防线，也为维持黄河健康生命、奋力实现中原崛起，增添了一笔浓墨重彩。

河南黄河南岸标准化堤防建设的完成，是河南治黄的一次历史性跨越。它进一步完善了河南黄河防洪体系，大大提高了工程的抗洪能力，确保了郑州花园口至开封兰考东坝头这一被国务院明确为黄河防洪重点堤段的防汛安全，不仅成为郑州、开封两市防洪安全的屏障，而且成为贾鲁河、沙颍河以东，涡河、沱河以西，淮河以北约2.8万平方公里区域、1600多万人民生命财产的重要屏障，使世世代代为黄河洪水所苦的沿黄人民，朝着“黄河安澜”的理想迈出了一步。同时，它改善了两岸的抢险交通现状和生态环境，为河南境内增添了一道亮丽的风景线，为当地优化投资环境、综合开发、集约化经营创造了条件，促进了沿黄区域社会经济的发展。

提前两个月完成河南黄河南岸标准化堤防工程建设任务，是河南治黄建设史上一个新的里程碑，也是践行“维持黄河健康生命”的一面旗帜，对于河南治黄事业将产生深远的影响。实践证明，河南黄河河务局的领导班子是有战斗力的，河南黄河河务局的职工队伍是一支特别能吃苦、特别能战斗、特别能奉献的队伍，是无愧于黄河“铁军”称号的。在工程建设过程中，广大职工充分发扬了“团结、求实、拼搏、奉献”的黄河精神，创造了一个又一个奇迹，涌现出了许多先进人物和动人事迹，谱写了黄河工程建设史上的新篇章。

河南郑州、开封标准化堤防工程先后被评为2007年度、2008年度中国水利工程优质大禹奖，实现了河南黄河治黄史上的新突破。河南黄河南岸标准化堤防工程，犹如一座无言的丰碑，镌刻着近万名建设者的心血和汗水，承载着黄河安澜和实现沿黄地区经济社会可持续发展的庄严使命，昭示着黄河人对维持黄河健康生命的赤诚和追求，让黄河成为造福人民的幸福河打下了坚实的基础。

河南黄河抗旱浇麦纪实

◎刘　天　口述　　马平召　整理

我是刘天，河南黄河河务局水调处副处长，于1994年参加工作以来，先是在防办从事防汛管理工作，2002年，河南黄河河务局成立水调处时，主动申请到水调处工作，具体负责河南黄河水量调度及抗旱调度工作。记忆最深的是2009年冬春连旱，河南黄河河务局举全局之力，科学调度，确保沿黄抗旱用水，为当年河南沿黄粮食丰收做出了巨大贡献，同时，也是河南黄河河务局水调处成立以来，第一次启动防汛抗旱应急机制，全局水调队伍经受了考验，锻炼了队伍，为以后河南黄河科学调度提供了宝贵的经验。

2009年，河南省冬春连旱，遭受了新中国成立以来最严重的旱情，全省连续一百多天无有效降雨，小麦受旱面积达4350万亩，占麦播面积的56%，严重干旱870万亩，占受旱面积的20%，黄苗或死苗的面积达65万亩，其中沿黄灌区受旱面积达1272万亩，占全省受旱面积的29%。严重的旱情，当时受到党中央、国务院和省委、省政府的高度重视，河南黄河河务局（简称我局）当时按照省委、省政府“抗旱浇麦保丰收”的各项工作部署，把抗旱浇麦作为全局工作的重中之重，启动应急预案，全局上下，齐心协力，采取有力措施，科学应对，全力以赴投入沿黄地区抗旱浇麦工作。

举全局之力，确保省委、省政府抗旱浇麦工作部署落实到位

一是周密部署，全局动员。春节后第一天，我局就召开局属各河务局参加的全局抗旱紧急会议，动员、部署抗旱浇麦工作，动员各级河务部门站在讲政治的高度，站在确保河南夏粮丰收和国家粮食安全的高度，充分认识做好抗旱引水工作的重要性，把抗旱浇麦作为当前工作的重中之重，采取有效措施，确保河南沿黄灌区抗旱浇麦用水。

二是强化领导，明确责任。按照省委、省政府的部署，我局成立了由时任局长牛玉国、副局长周海燕带队，水调、供水、防办等部门的业务干部组成的抗旱浇麦第 13 督导组，迅速深入抗旱浇麦一线，督导焦作、济源抗旱浇麦，督导组跑遍了两市各县和重点乡镇，深入田间地头，实地查看墒情、苗情，访问群众，了解旱情，询问浇麦情况，指导当地及时灌溉、科学灌溉。在督导组认真督导下，圆满地完成了省委、省政府交付的督导任务。

三是协调配合，合力抗旱。我局把确保黄河水资源供给作为工作的重中之重，加强领导，精心组织，细化分工，落实责任，抽调水调、防办、供水、办公室等部门成立了抗旱浇麦保丰收领导小组，财务处、科技处、信息中心、服务中心等多部门联动，局属各级河务局成立抗旱浇麦领导小组，确保领导、组织、责任、措施四到位。省、市、县河务局上下齐心，全局形成了强大的抗旱合力。

科学调度，确保引黄抗旱浇麦用水

为保证引黄灌区用水所需，我局认真研究、超前谋划，主动应接、全面统筹境内黄河水量，采取多种措施应急抗旱调度。

一是科学决策，全力组织水源。我局多次组织相关部门对沿黄旱情及需水情况进行调查摸底，科学分析应急抗旱用水需求，准确向黄委上报河南抗旱引水计划，积极向黄委申请加大小浪底下泄流量。黄委视旱情发展分别

启动蓝、黄、橙、红色预警，先后 7 次加大小浪底水库下泄流量，由起初的 290 立方米每秒，加大至 1000 立方米每秒，该下泄流量是多年同期均值的 3 倍以上，有力地保证了河南抗旱用水水源。

二是精心分析，科学调度。充分利用雨情、墒情、水情、农情、河情等信息，分析沿黄灌区实际需水、引渠实际引水能力、灌区跨区供水能力，制定 5 日滚动用水计划、强化实时调度，积极调配引水指标，使河南引水指标保证率达 100%。

多措并举，引黄抗旱浇麦取得阶段性胜利

一是深入一线，强化督导。为多放一方（立方米）水，多浇一亩田，时任局长牛玉国和副局长周海燕等局领导多次带领相关单位、部门负责人和专家小组，深入各引黄灌区和引黄涵闸进行现场督导，要求确保引渠畅通。各级河务部门的领导和工作人员，全力以赴，蹲点包片，奋战在抗旱浇麦第一线，确保抗旱浇麦工作卓有成效。

二是及时会商，研究对策。抗旱期间，我局实行周会商和紧急会商制度，及时分析旱情变化，研究对策，分阶段安排有针对性的抗旱措施，实时指导各灌区开展抗旱浇麦工作。派出督导组、专家组、技术小组赶赴沿黄灌区各引水口门，实地查勘引渠状况，为引渠开挖提供技术支持。

三是注重信息收集，提供决策依据。密切关注旱情和灾情的发展趋势，统计沿黄灌区旱情、墒情、灾情等信息，每日及时编发抗旱工作动态。积极与黄委、省政府及防汛抗旱指挥部、沿黄灌区联系，及时通报抗旱动态，为抗旱决策提供依据。

四是强化引黄工程管理，保障引黄正常运行。加强引黄工程运行管理，检修引黄闸门，启动涵闸远程监控系统进行监督管理，保证引黄工程正常运行，确保引黄用水引得出，供得上。

五是提供技术支撑，加大引渠清淤力度。2008 年 12 月，我局根据河势

变化及各引黄取水口门状况，制定了2009年河南黄河引黄工程防淤减淤实施方案，确定了引渠清淤的技术指标。抗旱期间，分析各涵闸不同流量级下引水能力及现状，指出清淤是解决引水困难的关键，并派出督导组、专家组、技术小组赶赴沿黄灌区各引水口门，为引渠开挖提供技术支持。为提高引黄工程引水能力，各级河务局自筹资金，投入大量人力物力，对引黄渠道进行清淤开挖。共投入人力1700余人次，出动设备130多台，清淤引渠12.16公里，清淤土方35.32万立方米，投入资金近420万元，其中，大概清淤费用327余万元，闸门检修、抢修费用约90万元。

六是积极开展跨区供水，扩大抗旱浇麦面积。立足现有引黄灌溉工程，挖掘引黄灌溉潜力，力促跨区供水，延伸灌溉范围。对跨区供水的引黄工程，加大引渠清淤力度或重新开挖新的引渠，增强引水能力、扩大送水距离。在水量调度中，调配引水指标，保证跨区供水闸门的引水指标，确保闸门全部开启，大流量、远距离输水，最大限度扩大供水量，努力扩大浇灌面积。

取得的成效

面对严重的旱情，河南黄河河务局采取一切措施，调动一切力量，全力开展抗旱浇麦。关键时期，开启全部引黄口门，为抗旱用水提供保障，该时段抗旱开启的引黄口门数、日引水流量、引水总量、抗旱浇灌面积均创20世纪70年代以来同期之最。

抗旱期间共开启引黄口门38处，所有引黄口门开启至最大程度，多年未用水的于店闸也开闸放水；全省引黄工程日引水流量由最初的30立方米每秒，达到最高302.47立方米每秒，引水能力提高10倍以上；1至2月，共计抗旱引水6.93亿立方米，比国家批准的年度计划多引水1倍以上；抗旱浇灌面积达885万亩（含滩区110万亩），我省沿黄所有中度以上干旱面积均浇灌一遍，比去年第一轮春灌浇灌面积多1倍以上；补源面积342万亩，比往年补源面积增加1倍。大旱之年，滑县、内黄、周口、许昌、民权、杞县、通许、尉氏等地用上了盼望多年的黄河水。

取得的经验

2008年10月，省政府未雨绸缪，召开了河南黄河水资源开发利用座谈会，深入分析了开发利用黄河水资源的重要性、紧迫性，对黄河水资源促进沿黄灌区农业发展的作用进行了明确定位，对加快河南黄河水资源开发利用进行了安排部署，引起了沿黄各地的高度重视，为赢得这次抗旱工作取得全面胜利打下了基础。出现旱情后，省委、省政府及时部署抗旱工作，统一思想、提高认识，把抗旱浇麦放在工作的首位，当作中心任务来抓。沿黄各级政府充分认识到做好抗旱引水工作的重要性，迅速掀起了引黄抗旱浇麦高潮，确保了打赢抗旱浇麦夺丰收这场硬仗。

那次大旱，使我们进一步清醒地认识到，黄河水资源是沿黄区域工农业生产的重要保障，不过，引黄管理机制亟待创新。

当年抗旱用水高峰时，河南省引黄流量最大超过300立方米每秒，日均流量240立方米每秒，日均放水量2000多万立方米，相当于每天放空一座中型水库。据当时河南省防汛抗旱指挥部统计，抗旱期间全省各类水库共放水9.73亿立方米，河南引黄水量8.6亿立方米，引黄水量在抗旱浇麦中起到了不可替代的作用。

长期以来，引黄灌溉能力未得到充分发挥，引黄灌区有近千万亩耕地没能充分利用黄河水，另有近千万亩适宜发展引黄灌溉的耕地尚未用上黄河水。制约用水的关键在于改革目前的引黄管理机制，建立政策引导机制，调动沿黄各地各级引黄用水的积极性。一是制定引黄补源工程规划，充分利用黄河水补源。要充分利用沟、渠、坑、塘及湿地、洼地，回补地下水源，冬蓄春用，丰蓄枯用，充分发挥其涝季蓄水、旱季供水的功能。二是建立政策引导机制，调动农民用水的积极性。抗旱督导中发现农民有靠天等雨的倾向，主要原因是浇灌成本高，由于抗旱成本高，造成收益降低，影响了群众抗旱浇麦的积极性。建议积极向国家争取农业用水国家财政直补政策，充分调动农民种粮用水的积极性，切实促进黄河水资源的综合有效利用。三是灌区配套设施亟待加强。当年抗旱期间，河南省引黄工程全部开启，日灌溉面积最大达 30 万亩，累计灌溉 885 万亩次（含滩区 110 万亩），补源 342 万亩。引黄工程在抗旱浇麦中发挥了不可替代的重要作用。罕见的旱灾让我们再次清醒地认识到引黄工程依然是河南沿黄灌区农业的命脉，但同时也暴露出灌区水利基础设施严重“透支”和配套设施不足的问题。引黄灌溉工程老化失修严重，运行能力差，灌溉设施不配套，渠道完好率较低，不能充分发挥工程的灌溉效益，导致一些沿黄灌区抗旱行动无法迅速有效展开，实际引黄灌溉面积远远达不到最初的设计标准，出现守着黄河，麦田却迟迟浇不上“救命水”的现象，引黄设施建设仍在路上。

南水北调中线沁河倒虹吸工程见闻

◎李　新

中国南水北调工程是中国史上体现人类智慧的一个伟大的国字号工程。“南水北调”的构思是毛主席在1952年视察黄河时提出来的，凭借着几代技术人员及施工人员的努力，克服重重困难及阻力，终于将这一重大工程完成并投入运用。笔者曾与这一工程的部分建设者近距离接触，他们发扬了“团结、务实、开拓、拼搏、奉献”的黄河精神，以思想过硬，技术过硬，质量过硬誉满各个施工工地，笔者被他们不怕吃苦勇于奉献的精神所感动，当年写下了《美丽的事业》一文，发表在2011年9月2日的《中国南水北调》报上。今天想起亲眼目睹和感受到的一切，依然激动不已赞叹不已。

沁河倒虹吸工程位于河南省温县沁河大桥下游300米处的沁河河道内，是南水北调中线总干渠的关键性工程，确保此施工工程顺利度汛是首要任务之一。

河务局领导7月3日去此工地了解、督查度汛情况，笔者有幸也到了工地，近距离地接触了工地的建设者，作为一名旁听者，我为此工地建设者们的无私奉献及敬业精神所感动。当我们的车到工地时，项目经理许庆伟已经等在现场了，他热情地带我们到了施工现场。

夜里一场暴雨把工地浇了个透湿，那些重型的施工设备不见了踪影，工地上静悄悄的，远处多台挖掘机和大型土方设备静默着，泥泞的路上有戴头盔的施工人员穿着胶靴艰难地行走。

雨依然在下，我们尽管换乘了工地的越野车，但车还是在泥路上左扭右拐的打滑，让我们着实领略了雨中施工道路的难行。

看着被雨冲的刚刚修复的沁河左岸大堤条条沟壑，我们的心情很沉重，工地上任何一项工作都是与经济效益挂钩的，这场雨不知又给工地带来多少万元的经济损失呢。

再看，那已修建成的沁河倒虹吸预应力钢筋混凝土涵管静静地卧在河道以下 26 米处，为了度汛的需要，三个进水口已用白色的沙袋围堵了起来，许经理介绍说，只要雨停了，会马上用不渗水的土工织布及土封口，涵洞里面也用钢支架做了支撑，度汛是没有任何问题的，然后，又看了其他一些辅助工程的度汛准备情况，最后，我们才随许经理进了项目部的小院子。

南水北调中线穿沁倒虹吸工程项目部就设在原来的沁河大堤养护班的小院子里，这里我来过多次，这次却感受不同，小院儿里整洁清爽，一排排的平房门口挂有小牌子，上面写有“技术部”“管理部”“财务部”等字样，院子里还设有工程的介绍及宣传栏，里面有工程人员写的随笔，其中一篇《美丽的事业》吸引了我，只见文中这样写着：“来到黄河建工集团已经三个月了，在工地上，日日看着大家辛勤的工作，混凝土浇筑、钢筋钢绞线安装、土方回填……每一天，工地上都是机器轰鸣，人声鼎沸，晚上的基坑里更是灯火通明，装模板、降排水、铜止水、橡胶止水……辛勤的努力没有白费，国务院南水北调办看到了我们的成绩，一块块奖牌挂上了黄河建工集团沁河倒虹吸工程项目部会议室的墙上：2010 年‘奋战 100 天，全面完成目标任务’劳动竞赛一等奖、南水北调工程建设‘安全生产管理优秀单位’‘南水北调中线干线工程河南直管（代建）项目百日大干劳动竞赛优胜单位’‘2010 年度河南黄河施工企业优秀项目部’……历史已铸就了集团公司全面腾飞的基础，使命正激励着我们阔步前进。”看完这激情的文字，我想这一定是一位新来的建设者，他（她）把施工工地描绘得那么生动，把建设者的艰辛劳动描述成“美丽的事业”，这是一颗多么纯洁的心灵，没有对金钱的膜拜，没有对仕途的担忧，没有对生活的抱怨，有的只是对建设的追求。通过他或她的心声，我感受到了新一代建设者的精神追求和老一代建设者的奋斗精神，这是怎样的一群人？他们为南水北调工程付出了怎样的艰辛和努力？

带着疑问，我走进了项目部会议室，立刻被这小会议室的布置惊住了，没想到，在这远离城市的穷乡僻壤，在这沁河河畔，竟然有这么现代化的整洁的会议室，正面墙上有各项奖牌，有河南省副省长刘满仓与项目许经理握手的照片，对面墙上是公司集团的会议制度及各种章程，左右墙上有天气晴雨表及施工进度表，中间放了会议桌。看到这精心的布置，我立马感受到工地领导者工作作风的严谨及工作秩序的有条不紊，望着正与局领导热烈交谈的许经理，我肃然起敬。他是沁河倒虹吸工程的总负责人，不高的个子，黑黑的脸膛，稀疏的头发，是那么的普通，普通的像大田里的一棵红高粱，他那炯炯的眼神，说话底气十足的声音都显示了他中年人的成熟干练及智慧，此时的他侃侃而谈，我想，工地的一切都装在他心里了。

在领导一行看一些文件之际，我趁机问许经理，你把此项工程看成啥？他爽朗地笑笑说：“我把工程当成自己的孩子。生孩子不容易，养孩子更难，咱们都是过来人，李工，您能理解我这样的比喻吧？”我是母亲，已到知天命之年，当然理解作为母亲对孩子的那种刻骨铭心的爱和养育孩子的艰辛，他把爱孩子的感情用于工程建设，运筹帷幄，精心指挥，严格执行各项工地制度，难怪这个项目能有那么多殊荣。

我指指墙上的各种奖牌说：“许经理，能讲讲这些奖牌后面的故事吗？”他笑着说：“只要领导有时间，我愿意说给你们听。”领导说：“讲讲吧，时间来得及。”

“那就从省长与我握手那张照片说起吧。”我点点头，于是他讲了起来。

那是2010年11月中旬，工地所在的焦作地区普降强度60年一遇的暴雪，积雪深达40毫米以上，工地全被大雪覆盖，他站在工地上，眼望一片银白世界，心想，南水北调工程是国家的重点工程，不能等待，不能把宝贵的时间浪费掉，于是立刻组织施工人员进入工地，先清理积雪，然后，各项工作便很快地运转起来。

11 月 17 日，河南省副省长刘满仓到南水北调中线工地视察，事前没有通知任何人，直奔这里，只见工地上车来人往，机器轰鸣，一派繁忙的施工景象，刘满仓副省长很是满意，上来紧握许经理的手说："目前你们是雪后最先开工的一家，是先进的，希望以后你们工地各项工作都走在前面，都是先进。"他还说，施工单位应该向黄河建工集团学习。临行前，刘满仓副省长动情地向现场施工人员说，这是一项至关重要的工程，大雪过后，黄河人的施工队伍最齐整，施工现场气氛最热烈，你们为河南人争了光，为黄河人争了光！

许经理的话语充满了自豪，我也被他的话语所感染，为他们感到自豪和光荣，我说："你是当家人，我应该好好写写你。"他忙摆手说："李工，可别写我，工地上从上层，到中层，到施工人员，都很优秀，都很敬业，都把工地当成了自己的家。你看小宋，就把工地当成了家，本来周末她可以回家看望孩子老人的，离家几十公里，老公还有车可以接她回去的，可她不走，舍不下这里的工作呀。"他指着我身边的小宋感慨地说。

小宋是 20 世纪 70 年代末的年轻母亲，苗条的身材，白皙的面庞，大大的眼睛，文静中透着贤淑，她有一个 8 岁的孩子，有一个温暖的家，但是为了这份"美丽的事业"，她毅然离开温馨的家和需要她照顾的孩子，最早进入工地，每天努力地一丝不苟地做着全工地各种指标的统计报表工作，面对那些枯燥的数字，她认真细致，两年来从没出过差错。此时的她，听到许经理表扬自己，脸红红地说："应该的呀，这是我的职责。工地上的人都明白自己的任务职责。再说，人生一辈子能有机会参与到国家的工程里锻炼自己，是福气。"这朴素的话语里透着她对人生观价值观的认知，令我对她刮目相看，小宋对许经理说："您看技师王植明、施工技术部的宋波、电工张运生工作都很出色呀。"

许经理又给我讲了他们三个人的"出色"表现。

技师王植明是中共党员，他虽然文化水平不高，是工人，但他却认真学习技术，解决了倒虹吸洞身钢绞线张拉问题。一般钢绞线张拉都是直线进行的，但倒虹吸涵洞内是波浪形的，钢绞线每节管身就有420束，重38吨，共67节，钢筋张拉技术的难度很大，如果解决不了这个问题，就会延误工期，影响工程质量。面对这个难题，王植明师傅发扬党员的模范带头作用，认真学习有关规程规范和技术要款，想方设法，攻克技术难关，为工程正常施工赢得了时间，保证了施工顺利进行和工程质量，得到了领导和大家的好评。

宋波是施工技术部的部长，年轻有为，不到三十岁，工作认真负责，这两年正是他结婚生孩子的黄金时期，但为了工作，婚假和陪产假没休够天数就急匆匆地返回工地参加施工。

张运生师傅是工地的电工，他除了保证工地用电不出任何问题，还自动坚持每天打扫院内卫生，给大家创造洁净优美的生活环境。他每天总是提前到工地巡视，主动为施工人员做好施工前的各项准备工作，基坑深26米，他总是夏顶烈日、冬抗寒风，爬上爬下的忙碌在工地上，哪里需要，哪里就有他精神抖擞的身影。有时，夜里下大雨，他同许经理一样睡不着觉，担心工地被雨冲了出问题，便与许经理一起冒雨到工地巡视。不管啥时候啥环境，只要工地需要他，他立马就到。

许经理介绍说，工地一个季度评一次优秀职工，他们三个人每次都被评上。

许经理还给我讲了其他奖牌后面鲜为人知的故事，比如，2010年项目部曾获“奋战一百天，全面完成目标任务”劳动竞赛一等奖，南水北调工程建设“安全生产管理优秀单位”“南水北调中线干线工程河南直管（代建）项目百日大干劳动竞赛优胜单位”等，他的话语里充满了自豪感和对工地人员的赞赏及爱意，我不禁问他：“您用什么办法，让您的队伍如此昂扬向上，始终保持在先进行列呢？”许经理很动情地说：“以人为本呀。我们的职工都明白，南水北调是迄今为止规模最大的调水工程，能够参与建设这国字号的工程施工，人人都倍感自豪。我们始终发扬‘团结、务实、开拓、拼搏、奉献’的黄河精神，以创建精品工程为目标，平时狠抓管理创新、技术创新，不断挑战自我，攻克难关，我们的队伍思想过硬，技术过硬，质量过硬，所以我们的工地从来没出过安全和质量问题，施工进度一直保持领先地位。”

我又问：“年轻人这么多，工地生活艰苦，你有没有组织他们搞娱乐活动？”许经理哈哈大笑说：“年轻人的心思俺摸得透，为了愉悦他们的心情，建了乒乓球室、卡拉 OK 室，办公室有电脑，可以上网。他们团支部还举办诗歌朗诵比赛等活动。我有一个原则，只要是对大家身心健康有益的活动，在不影响施工进度完成工程进展的情况下，我都大力支持，有时我也参加。”“许经理唱的《北国之春》可好了。”小宋笑着补充。

不知不觉，一个多小时过去了，望着许经理和在座的各位工地领导及技术人员，我想，有这样一个高素质的把工程当成孩子而“精心养育”的领导，有这样一支敬业的技术队伍，有这样一批有爱心把工地当成家的施工人员，这个工地无愧于文明工地、样板工程，在“国字号”施工企业的竞争中，他们一定会一直名列前茅。

望着外面的雨，我问许经理，下雨耽误了工期，如何弥补？他说：“领导放心，只要下午不下雨，我就先去修路，十几台挖掘机立马到工地施工，夜里加班，赶三天，工程进度就撵过来了。”

望着他坚毅的面庞，我仿佛看到暮色中，工地夜灯闪烁，机器轰鸣，一场新的工程施工战斗，在许经理和他们班子的带领下又打响了……

现在的南水北调工程正发挥着它的作用，为祖国大建设贡献了水源，这与当年黄河人艰苦奋斗创造的优质工程是分不开的。

长河作证

冰泮黄河柳作烟，
忽看新涨浩无边。
飞涛汹涌警千里，
卷浪弥漫沸百川。
两岸晓迷红杏雨，
一篙春棹白鸥天。
临流会忆登仙事，
好借星槎拟泛骞。
——明·林云涵《黄河春涨》

记锥探压力灌浆技术发明人靳钊

◎靳士亮 口述　张孟伟 整理

靳钊是俺的父亲，是封丘黄河修防段（今天的封丘黄河河务局）修防工人。他因创造了用锥探灌浆技术解决黄河堤防隐患问题，受到了毛泽东主席亲自接见并合影。

俺爹弟兄5人，俺爷爷靳宗文和俺大伯父靳荣给民国时期的治黄机构领导人赶大马车。俺四伯靳修曾被冯玉祥将军委任为封丘的河务总兵（相当于今天的县级河务局局长）。俺弟兄5人，只有我在黄河上打临时工，后转正成为治黄工人。俺爹是1949年4月，经濮阳籍修防段干部董秀合介绍，招入封丘黄河修防段，成为工程队队员。这也许和他曾经在河务机构工作有关系。

发明锥探及锥探压力灌浆的起因

黄河下游河段因国民党长期统治，河道荒乱，堤线多沙，獾洞狐穴没有清除，大堤千疮百孔残破不堪，一过洪水，即遭溃堤，两岸群众受尽苦难。据资料显示，仅1949年汛期就发生漏洞险情780多处，管涌、塌坡等险情2400多处。险工埽坝先后出现下蛰、坝身塌陷等险情2290多处。下游堤防漏洞之多、险情之重，可见一斑，防汛形势极其严峻。

鉴于以上情况，黄委会平原黄河河务局（1949年8月成立，平原省撤销后，

靳钊手持钢锥作现场表演。他在两个小木棍中间钻眼，将钢丝穿进去卡住，给大堤“扎针”，可以发现堤内大到薯窖，小到碗口的洞穴

该局合并至河南黄河河务局）提出了“消灭堤身隐患　巩固大堤　保证安全”的任务，请沿黄地方党委政府和修防处（段）想尽一切办法做好此项工作。堤防残缺、单薄，高度不够的明显之处，能够及时进行加固培修。对于堤身内部隐患，大家只能凭经验，按照留在外边的小洞口进行判断开挖回填，费时费工费钱，效率低，劳动强度大，施工效果差。

发明锥探及锥探压力灌浆的过程

俺家里人口较多，家境贫寒，为了谋生，俺爹经常到黄河滩里挖煤换粮糊口。为了在茫茫的黄河滩上找到洪水带过来的沉积碎煤，他不断摸索，发明了铁条探煤法，找煤又准又快。参加人民治黄工作后，他一心跟党走，全身心扑到工作上，除了出色地完成本职修防任务，为维护大堤安全，还抽空捕捉害堤动物。可是动物的洞穴往往不太好找，他从自己挖煤的经验与实践中得到启发，先试用铁条锥探，摸清了害堤动物的藏身之处，然后开挖捕捉，取得了较好效果。1949 年 4 月至 6 月，在贯台西大坝锥探了根石情况和河底土质情况，经验证，所摸索情况与实际情况均相符，就有了锥探大堤暗洞，消灭堤身隐患的想法。

当上级任务提出后，在封丘黄河修防段段长陈玉峰同志的大力支持下，开始了锥探隐患的试验工作，通过锥墙头、锥土牛、锥水沟浪窝，摸索出了锥洞穴的方法。1950 年 4 月，在王芦集正南大堤上锥出了第一个洞穴，宣告了锥探技术的诞生，成了锥探的创始人。在该段锥出大小洞穴 1822 个，平均合 39 米堤段就有洞穴一处，对消灭大堤隐患、提高大堤抗洪能力起了很大作用，取得了很大成绩。起初，试用了铁锥打眼灌干沙的办法，这样，虽然能灌进去一些，但是和堤身老土结合不牢，效果不太理想。最后，改用锥探灌浆的办法，往堤身洞穴里灌进去稠泥浆，充填结实，和四周土层结合得很牢固。这就开创了堤防灌浆消灭隐患的先例，为此后搞好这项工作闯出了路子，创造了有名的靳氏锥探法。

在锥探施工过程中，他不等不靠，积极探索，努力创新，发明了平板四轮灌浆车，在灌浆效率上比原来用的铁车提高了 5 倍。研制的独木双轮运沙车不但轻便省力，而且延长了运沙斗的使用寿命，提高了灌沙效率。

为了使锥能穿过硬土层和适应不同深度的隐患探查，他把锥探工具由小锥改成了大锥，由短锥改成了长锥，先后试验改进了 20 多种不同规格的锥头，对不同的土层使用不同的锥头，大大提高了钻探效率。

消灭堤身深层隐患需用 11 米锥，原用锥短（6 至 7 米长）需要接长。开始叫小炉匠接，每接一杆要花费 0.5 元，接得粗细不匀，不但不好使，也易折。接着，用铜焊仍折断，30 杆锥就折断 7 杆，不仅影响工作效率，而且危险性很大，有两次把衣裳扎烂了，如扎到头上，就会危及性命。俺爹听说厂门口有名一铁工三厂的工人回来，就牺牲了休息时间，耐心地向他学习，用学会的技术来接锥，并将接锥技术和锥头打造方法耐心地传授给群众，结果在半个月当中就培养出了会打锥头的工人。

为了增加锥头的锋利度和耐久度，俺爹把锥头表面挂上生铁淬火锻打，不仅光滑，而且省力，原锥头每个只能打 800 到 900 眼，而穿上钢衣后，每杆一次能打 1500 到 1600 眼，提高使用率近一倍。

推广与应用

1951 年用大小两种封丘锥探，对临黄大堤普遍锥探了两遍，并对堤湾、李庄、朱寨、清河集、厂门口、陈桥、杨楼、中城、滦城、于店、大功樊庄以及曹岗 12 个险工重点进行了复查，共锥探 477.02 万眼，消灭隐患 1206 处。1961 年又将太行堤重点锥了一遍，没有发现隐患。

1951 年 5 月，锥探技术在封丘已经成熟，并培养出一批技术工人（民工）。该技术通过河务局首先推广到开封、郑州两段（由封丘的工人到那里作技术传授），至 7 月，又传授到濮阳、濮县、寿张、范县、长垣等县。到 1952 年 5 月，通过黄河水利委员会将锥探技术推广到河北省的永定河、白沙等河

黄河大堤上人工锥探的场景

流。10 月，推广到广东省的西江、高要、北江、会州、东江、汕头、潮安、韩江，湖南的卓江、胡毫河，湖北的东荆河等流域。从此，封丘创造的锥探大堤工作经验，在数省的河堤上，普遍传播和推广，消除了大堤千疮百孔的隐患。

听俺爹说，在十三陵水库发现隐患，经过灌浆，体积近千立方米。如果没有被发现，则后果不堪设想。到天津查找堤防隐患时，一位市领导不信，以打猎为由让俺爹离开施工现场，然后组织人员对所探隐患部位进行开挖，果然见测点隐患，该领导竖起大拇指，连声称赞，深为佩服。

取得的成效

封丘的锥探工程（包括锥探压力灌浆）共进行了三个阶段。自 1951 年至 1962 年为第一阶段，在这一阶段所使用的工具，由小锥到大锥，由短锥到长锥，对临黄大堤普锥了两遍，对 12 个重点进行了复查，共发现并消灭隐患 1206 处。自 1970 年至 1975 年为第二阶段，这一阶段是人力打孔，用机械压力灌浆法，除普钻一遍外，还进行了重点复锥，共发现并消灭隐患 3762 处。1983 年又开始了第三阶段，此次施工打孔压力灌浆全部机械化，在 4 个月的施工期，共锥线长 4.49 公里，发现隐患 225 处，平均每公里有隐患 50 处，每 20 米堤线即有一处隐患。1951 年至 1983 年间，仅新乡就完成锥探 1238.45 万眼，消灭隐患 23516 处，可以说，此技术为黄河防洪保安全作出了巨大贡献。

因此，1950 年俺爹就获得了 500 斤小米奖励，先后被评为河南省劳模、全河首届劳模。1956 年 4 月，赴京参加全国农、林、水战线劳模表彰大会，受到毛泽东主席及其他党和国家领导人的亲切接见，并合影留念。而这张照片我们没有见到，只有我侄子靳清河 1993 年在北京历史博物馆看到过。

我的治黄回忆

◎靳振杰 口述　冯秋霞 整理

我叫靳振杰，今年57岁，现在武陟一局（武陟县第一黄河河务局的简称）养护公司上班。我出生在一个普普通通的黄河职工家庭，生在黄河边，长在黄河岸，从一个职工子女到一名黄河职工，我见证了黄河基层单位职工生产生活条件的沧桑巨变；焦作治黄事业快速发展，如日升月恒；黄河职工生产生活条件大大改善，发生了翻天覆地的变化。

我的父亲是一名治黄人，听父辈讲，当时他16岁参加工作，最初河务局修防队在原阳县一个村驻扎。1949年9月，黄河水利委员会对第五修防处管辖区进行了划分。1949年10月，平原省人民政府成立了第五修防处，受新乡专署和河务局领导，管辖沁阳、温县、博爱、武陟4个沁河段，温孟、武原2个黄河段，共6个修防段。从那时起，我父亲阔别家乡，辗转到七八十里外的武陟庙宫（嘉应观）施工大队上班。当时家里穷，唯一的出行工具就是一个人拉的平板车，父亲每次上班都是准备一些干粮、水和简单换洗衣物，与他一起的同事背着行囊走路去上班，最快2天才能到达单位，三、四个月才回家一次。1968年，也就是我五、六岁时，我父亲才有了他工作生涯中首个交通工具——“二八杠”凤凰牌自行车。五六十年代，当时结婚最好的置业物件就是“三转一响”，一辆“二八大杠”的自行车绝对堪比豪车。父亲从学车反复摔倒到骑车带着我四处转，脸上洋溢的笑容至今回想起来，依然那么清晰，街坊邻居和小伙伴的夸奖和羡慕，使幼小的我为有这样的父亲而感到自豪！我的记忆中，父亲总是穿着一套已经洗得发白的帆布工作服，脚上穿着一双黄色帆布鞋，骑着他耗费“巨资”买的自行车，穿梭于原阳与武陟两地，回家的间隔也由数月缩短为一个月一次。由于路途远，父亲工作忙，家里大小事全压在我母亲一人身上。我有兄妹5个，我七、八岁时就开始帮母亲干活，抬水、捡柴、烧锅，弟兄三人随母亲去干农活，只为能挣半个工分，那时，每月我家在村里总是挣工分最少的，生活仅靠父亲一个月十几元的工资维持。在我15岁时，农活已从集体挣工分到分段挣工分，以定量挣工分方式，干多少农活就拿多少工分，我们兄弟三人就拉着平车去地里割麦子等，挣得工分比过去多，兑换粮食也多了，生活慢慢好起来。

1983年11月，新乡黄河第五修防处将施工大队分为铲运机队、运输队和灌注桩队，我父亲被安排到铲运机队，听他讲过去在黄河堤防加固项目施工时，黄河淤区的围堤是靠几十名施工人员用铁锹筑起来的，黄河险工是靠人力派车拉石料的。当时，一根杠子、一把锹、一把铁锤、人力卡车、肩背人抬，直到1983年，施工装备才改为拖拉机，这些就是我父亲当时黄河基层单位的家当和真实工作写照。

1986年，新乡修防处划分为焦作修防处和新乡修防处。我父亲所在的新乡黄河修防处铲运机队划归焦作修防处管理，更名为焦作市黄河修防处建筑安装队。

53岁的父亲，为了照顾瘫痪在床的奶奶，照顾一家老小，向单位递交了提前退休申请，由我接替他继续完成治黄事业的请示报告。当时我22岁，听到父亲这个决定后，我的内心是激动的，父亲是我的骄傲，他的治黄一生，我看在眼里，从他给我们讲述的1982年防洪抢险、堤坝工程建设中，我深切体会到这份工作的神圣使命和责任，同样也激励着我愿意成为其中的一份子，传承继承好父辈们为治黄事业艰苦创业、勤俭节约、顽强拼搏的精神。

记得那时是1986年12月1日，我只身一人背着铺盖卷儿等简单的行装到当时的焦作市黄河修防处建筑安装队报到，那时，单位办公地址还在庙宫，办公场所非常简陋，几排青砖瓦房，远远望去，那样简单、朴实、素静。当时我还是一名临时工，工作内容就是看大门。一年后，我才转为正式工，被安排到铲运机队看油库，那时，队里有三四十辆红旗牌拖拉机，每天我的工作就是做好拖拉机耗油登记。1988 年，我被安排开拖拉机，主要是给大堤加宽和堤坝施工拉土，也是从此以后，开启了我与机械“人机合一”的一生。

1991 年 1 月，焦作市黄河修防处建筑安装队更名为焦作市黄河河务局建筑安装处，1993 年，迁址武陟县城。我也由开拖拉机改为开挖掘机，那时，挖掘机牌子我记得可清楚，是“老上海”。为了学习开挖掘机，我从零基础开始学习，向老师傅学习，当时哪儿有手机、电脑，我们全靠看书、请教师傅、自己钻研的。

1995 年 2 月，经省局批准撤销焦作市黄河河务局工程处、焦作市黄河河务局建安处，成立了焦作市黄河工程局。1996 年，随着挖掘机的更新换代，我开上了“小松牌”挖掘机。

工作 30 年来，我跟随单位住过工棚、睡过帐篷，历经了老龙湾大堤加宽工程、兰考标准化堤防大会战、原阳机淤工程、武陟堤防工程、共产主义闸、南水北调焦 1–3 标等大小工程。

我记得 2003 年 6 月，烈日炎炎，酷暑难耐，当时老龙湾大堤加宽工程正处于火热赶工中，我和大家挤住在帐篷里，白天苍蝇围，晚上蚊子咬，没有睡过一个囫囵觉，尤其是挖掘机内没有空调，烈日下，驾驶舱温度始终保持在 50 摄氏度以上，为了工程的进度和质量，汗流浃背的工作状态就成了常态，每天一干就是十几个小时，一直持续到凌晨两三点，早上趁着温度不高，就又爬进挖掘机驾驶室内，只为趁着凉快赶进度、保工期。当时，没有一个人叫苦、叫累，我和同事们就这样扛过了酷暑的夏季，9 月，顺利完成施工任务。

2004 年对治黄人来说，注定是不平凡的一年，也是值得治黄人铭记的一年。一项功在当代、利在千秋的伟大工程——黄河标准化堤防建设全面展开。

工程量之大前所未有，困难大如天。面对这一历史性挑战，当时，焦作黄河河务局张伟中局长要求必须克服任何困难，完成兰考标准化堤防建设。该项目由焦作市黄河工程局负责，该局余胜江局长在面对施工条件差、人才匮乏、机械设备不足等诸多问题时，没有畏缩，没有借口，而是坚定信心，知难而进。余局长给我们开了动员会，机关除了女同志，男同志无特殊原因，必须全部参加。当时我母亲68岁，偏瘫不会动、不会说话，正在医院住院，身边不能离开我的照顾。当我接到去参加兰考标准化堤防大会战的通知后，内心是复杂的，经过反复思考后与妻子商量，妻子说："孩子还小，母亲住院也离不开人，看能不能跟领导说一下，晚几天再走……"那段时间，工作和亲情的重担同时压向了我，不过，一想到我们的施工进度直接影响着下游数十万人民群众的安危，我毅然决定舍小家为大家，立刻收拾行囊坐上了去兰考的汽车，将年迈患病的母亲和孩子一并托付给妻子，投入到兰考堤防大会战中。

在那些难以忘怀的日日夜夜，市局张伟中局长多次来工地给我们加油鼓劲儿，余局长每天奔波在30余公里的黄河大堤上，哪里任务重，就奔向哪里；哪里工作有困难，就出现在哪里。从解决工程建设前期工作中存在的问题，到工程顺利开工；从标准化堤防建设大会战的全面打响，到工程建设的全面完工，他没有休息过一个节假日。尤其是兰考标准化堤防建设大会战掀起高潮的日子里，为促使工程按期完成建设任务，甚至在他的血压再次升高、医生再次叮嘱一定要住院治疗的时刻，他硬是坚持现场办公。许多参加兰考大会战的同志都被他这种负责、忘我、献身的工作热情深深感动。当时，一位不知名的运土车司机说过这样一段动情的话："余局长，真是头'老黄牛'呀，带病还坚持与我们一起抗战，我们再累也无话可说啊。"在工地的那几个月，经常雨雪交加、昼夜不停，施工进度却容不得丝毫延迟，我们只有争分夺秒，利用一切可以开展施工的时间操作机械抢修工程，加固堤防。那时，我和其他同事吃饭在挖掘机驾驶室里，累了就趴在方向盘上休息。在大家的不懈努力下，2004年12月底，高标准完成了兰考标准化堤防建设施工任务。

其实最令我深感自豪的是，2008年5月12日，四川汶川发生地震后，根据黄委《关于调用抢险设备和人员参加抗震抢险的紧急通知》，我和成海涛等 5 名同志主动请缨赴四川参与救灾。5 月 19 日，我有幸成为黄河防总第五机动抢险队中的一员。当时黄委原主任李国英，给我们千叮咛万嘱咐，一定要注意安全，平安归来，然后，将队旗交付给时任焦作黄河河务局副局长李怀前的手中，我和其他战友面向队旗，向党组织作出庄严宣誓，一定履职尽责，出色完成抗震抢险任务，为四川人民和党组织交上完美答卷。

我们这支抢险队共有 82 人，携带大型设备 22 台（套），这也是河南黄河河务局紧急调集的第三支机动抢险队，我负责驾驶挖掘机，主要承担清理障碍物、疏通河道等任务，我的另一个同事成海涛负责驾驶平板车，主要负责物资运输保障工作。当时的四川，大地震颤、山河破碎，地震造成的河道堵塞形成了许多堰塞湖，对周边居民的生命财产构成严重威胁。我们冒着余震、泥石流、山体滑坡和灾区疫情的巨大威胁开赴灾情最严重的绵阳、绵竹两地区。当时驾驶挖掘机的我，说不胆怯是不可能的，四川地势较低，而且周围几乎都是山，地震后，狭窄的山路被石头、树木等阻断，我们需要一边清理山路障碍物、一边预防山体落石。在抗震救灾中，我的主要任务是抢险救灾、河道疏通和对多个堰塞湖导流渠的挖筑。记得有一次，我正在对堰塞湖导流渠进行挖掘填筑时，突发三、四级余震，当时我牢牢抓紧方向盘，调整状态继续完成填筑任务。在为期一个月的抢险救灾中，生活条件非常艰苦，甚至一连几天每天只能吃一顿泡面。

晚上，与我的同事成海涛聊天时，他给我讲述了一些在运输物资中发生的感人故事。那时，他的车上装载很多方便面、火腿肠等食物，路上，看到一群灾民背着行囊带着家人逃亡，其中一位白发苍苍的老人带着孩子，孩子嘴巴都干裂了，看到这个画面，他的内心是疼痛的，因为这个孩子跟他的孩子年龄相仿，他怎能这样看着孩子忍饥挨饿，停下车，他将车上的方便面和火腿肠分给他们，孩子奶奶的眼泪瞬间夺眶而出，连声说谢谢，并让孙子跪下给他磕头，感谢恩人。之后，还有一位妇女背着孩子艰难走路，那求助的眼神、对生活无望的步伐，让我的同事再一次停下车，将一箱方便面递给她，用微薄的爱让她重新点燃生活的希望，在那次抗震救灾中，感人的事天天在上演，这些越发激励着我们，不忘初心、牢记使命，帮助四川灾民渡过难关。

6月6日晚7点，我和40名专业机动抢险队员，冒着疫情、余震、泥石流、山体滑坡等险情，在经历了20天艰苦卓绝的攻坚战斗后，圆满完成抗震救灾任务归来，河南黄河河务局副局长李国繁代表省局党组在焦作迎接我们，我和队员们刚下车便被热烈的掌声包围，大家纷纷伸出双手，与我们握手或拥抱。省局李国繁副局长向我们致以最崇高的敬意，并和焦作黄河河务局负责人亲手为我们披上了红花和绶带。在这次抗震救灾中，有的战友火线入党，对我而言，它成了我人生中最值得骄傲和自豪的事，这份荣耀始终伴随着我，不论过去或将来，我都会将这份精神世代传承下去。

时光飞逝，如今，我已在焦作治黄路上走过了30多个春秋，从刚参加工作的新乡黄河修防处建筑安装队到焦作黄河工程局、焦作鑫河工程有限公司、焦作市黄河华龙工程有限公司鑫河分公司，到现今武陟第一黄河河务局。30年时光，30年巨变，对我个人而言，从刚上班的40元工资，到如今的5000余元工资，我是30年来幸福指数提升最直接的受益人。从治黄发展历程而言，今天的黄河早已告别了传统依靠铁锹、锤头、人背肩扛的时代，实现了由传统治黄向现代治黄的巨大转变。无论你是身在市县级河务局，还是施工企业、基层班组，办公设施及活动场所都发生了巨大变化，办公大楼宏伟亮丽，职工宿舍宽敞舒适。无论是英俊潇洒、神采奕奕的治黄青年，还是热情大方、美丽动人的黄河女工，都充分展现着黄河人英姿飒爽的精神风貌；黄河一线的职工操纵着维修养护机械，美化着堤防，施工人员开着挖掘机、推土机等设备，绘制了一幅人机合一的施工图。办公大楼内工作人员操纵着电脑、敲打着键盘的工作场景，成为一道靓丽的风景线。今天的黄河，现代化的交通运输工具、大型工程机械、治河管理器械和优越的办公条件，早已取代了昔日的人背肩扛和手工操作，治黄工程建设速度不断加快，工作效率成倍增长，员工的精神面貌和工作环境发生了巨变……

回想往事，历历在目。过去那些头戴草帽，拉着地派车、身扛铁锹、大锤，饱经风霜的“黄河工”形象，对后人来说可能已成历史，却深深扎根在我的记忆里，赶不走、抹不去、忘不了……

忆“石姑娘队”参加渠村分洪闸大会战

◎王建忠 口述　谷长风 王姝晴 逯 伟 整理

我叫王建忠，辉县人，生于1948年9月8日。

1977年，我在辉县革委会（革命委员会的简称）工作。3月12日下午，我突然接到一个电话，让我立即到县委传达室，说有紧急任务安排。当时我正在山上修水库，一听有紧急任务，就立即下山往县委传达室赶。等我来到传达室的时候，天已经黑了。县革委会副主任李灿在等我，他说，是郑书记找你，你一直不来，他等不上你，就走了。郑书记就是郑永和，原是我们辉县的县委书记，当时任水电部副部长。我问李灿，郑书记找我有啥事，这么急火火的，他说：“是濮阳县渠村有施工任务，让你先去现场看看，一会儿，汽车二队有车往那儿送石子，你就坐送石子的车连夜出发。”

那天下着小雨，我也不知道具体啥任务，就坐着送石子的车去了濮阳渠村。当时的路是土路，泥泞不好走，我们到渠村闸施工指挥部招待所的时候，已经是第二天凌晨2点了。

第二天，施工指挥部的人领我去看现场，他指着一片黄河滩说：“你们县的工作点儿在那儿，就把指挥部也设在那儿，吃住自理。”

我一看那地方，就是一间房，四周是泥板，顶棚是牛毛毡，其他啥也没有了。这时候我才知道，郑书记叫我来的任务是支援渠村分洪闸的修建工作。

和我们一起来支援修建渠村闸的还有安阳地区的林县和滑县，通知是各个县上400名男民工，滑县和林县都按上级指示上够了人，辉县是“石姑娘”

队的125名“石姑娘”作为主力军，又配备了125名男青年，总共上了250个人。主要是当时辉县的水利建设正是用人之际，全县民工都上了水库建设第一线。由于人员紧缺，时任水电部副部长郑永和，亲自点辉县“石姑娘”队到濮阳挂帅参战。

“石姑娘”队是郑永和原来在辉县当县委书记时一手创建的，这支“石姑娘”队是辉县水利战线上的一支女子大军，她们独立修水库、架桥梁、打山洞，曾经轰动海内外，成为媒体关注的对象，后来，成为妇女界学习的榜样。

我和刘桂青带着人马来到渠村后，郑永和副部长亲自到现场作战前动员，他说：“渠村分洪闸是中央的重点工程，是为了保护黄河流域人民的生命安全，当黄河花园口出现特大洪峰时，现在修建的渠村大闸就可以为其分流泄洪。现在，工程进度缓慢，如果闸基在汛期到来前不能完工，一旦洪水猛涨，修了半年的工程就会被洪水冲垮，功亏一篑。希望‘石姑娘队’的125名队员和辉县的125名男青年，发扬辉县人民干得好的艰苦奋斗精神，在工地当

部分“石姑娘”在大闸前留影

好带头兵，给全工地的民工们做表率，争取在汛期到来前把闸基建好。”

大家见老书记对他们如此信任，纷纷表示：“我们一定听党话，跟党走，在渠村大闸工程上当好‘排头兵’！”

当时，郑书记让我担任工程指挥长，让“石姑娘”队队长刘桂青当副指挥长。那时条件太差了，吃住都是问题。我们在滩地上用两根粗一点的竹竿，把一头拴在一块儿，另两头埋到地下，架一排人字形，上面用帆布一搭，就成了帐篷，这就是住的宿舍。我们 250 人共分 4 个排，每排搭 1 个帐篷，每个帐篷里住 60 多人，没床，就一块铺板，人睡在上面。因为帐篷是三角形的，中间还能站起来人，稍微往两边就得弯腰，甚至爬着进去睡觉。帆布搭在竹竿上，时间长了，把帆布都戳破了，帆布上净是窟窿眼儿，到处漏雨。到后来 6、7 月，天一热，更没法住，里面像蒸笼。我们只好又在帆布底下加了一层油毛毡，能隔点热，还防雨。

工地没有吃水井，刚去时喝的用的都是黄河水，黄河水澄清后看着挺清，把毛巾往水里一放，毁了，毛巾立马被染成黄色，再也洗不净了。我一看这不行，立马组织人挖了口“井”，说是井，其实就是一个深坑，从深坑里取地下渗漏出的清水喝，比澄清后的黄河水卫生。

开始不知道，我们参与施工的渠村闸是保证黄河下游防洪安全的重点工程，投资 8000 多万元，当时在全国来说，投资都是很大的。工程一旦启用，要淹 4 个县，保 4 个省。水电部和当时的河南省革委会牵头，由水电第十一工程局施工，时任水电部部长钱正英指定副部长郑永和主抓。我们在渠村施工的 110 多天里，郑永和副部长多次到工地查看指导，和我们一起拉车，还专门给我写过 2 封信，对施工中的关键环节和注意事项进行指导。

这项任务，对于我们辉县人来说是艰巨的，因为施工中，滑县和林县都是 400 个人，三个人一辆车。可辉县只有 250 个人。不管人多人少，分任务都是按县分，工作面一样大，担任的都是运送混凝土生料和熟料。往搅拌机前运石子、沙、水泥的时候，我们都是一个人一辆车，自己装车自己拉；运送混凝土是一男一女两个人一辆车拉。

为了赶上和超过外县人的工程进度，“石姑娘”和男青年喊出了“多拉快跑，不叫机器停一秒”“真革命假革命，拉车途中看行动”的口号。

也因为这些口号，大家使出了浑身劲头。不管是重车还是空车，他们拉着车，都是一溜小跑，从来没有走过路。有一天下班，“石姑娘”队队长刘桂青突然发现自己的腿发肿，她在腿上按了一下，一按一个坑儿。这才知道，她的腿跑肿了。她又问其他人，结果姑娘们说：“我们早就发现了，上班前，我们的腿正常，下班的时候，腿就肿了，歇一下就好。”

初春，大家是穿着棉衣拉着混凝土跑着往坝基上送，出了一身又一身的热汗，棉衣浸湿了又暖干。夏天的时候，太阳把黄河滩烤出一道道裂缝，烤的人难以忍受，但我们施工队的年轻人还是跑着拉车送料，汗水流了满身，湿的就像刚淋过一场大雨。为了解暑，炊事员不停地往工地送绿豆水，送得快，喝得也快。供不上喝的时候，离水管近的人抓起管子对着嘴就是一气猛喝，离水管远的人渴得受不了，就着水桶，吹吹漂在上面的灰尘，把头栽进桶里一气喝个饱。喝饱了水，拉起车又是跑，那情形，就像上足了发条的机器人。

我是指挥长，看到大姑娘、小伙子在工地上一个个都是拼命干，感动的不知如何犒劳他们。总是问问这个想吃什么，问问那个想吃什么。春天的时候，也有人给报自己想吃的饭，可是到了夏天，再问他们想吃什么饭，他们报的都是绿豆汤。

为了让大家吃得好，我把每天的伙食费从最初的八毛钱涨到两块钱，还专门安排从辉县运来一车猪，为大家改善伙食，补充营养。当时两天吃一头猪，隔一天炸一顿馍片。大家一看，顿顿饭里都有肉，干得更加起劲儿。

在施工期间，难免有生病和出事的。有个“石姑娘”拉着车正跑，一个洋钉从脚底穿透了脚面，她拔出洋钉，找到工地卫生员抹了一下红药水又去装石子。后来，脚肿得像个发面馍，领导让她歇，她咋都不歇，她说，不能拉车了就装车，要不咋有脸去吃饭。

施工中，有个“石姑娘”跑去问我，啥时候回家。我说，想回家呀。你去猪圈里查猪吧，啥时候把猪圈里的猪吃完了，咱就啥时候走。她真的跑去

部分“石姑娘”在黄河边留影

猪圈里查猪，一查还有二十多头。当时工地上是两天吃一头猪，二十多头猪不就还得吃四十多天，她一下子没有了回家的希望，就跑到黄河边大哭。我是后来才听说她害了痢疾，当时班长让她歇，她不歇，肚疼不能跑，就去装石子。这个‘石姑娘’可真坚强，硬是从施工开始干到结束，没有请过一天假，一直干了三个多月。

我们辉县的人真能干，可也累得不行，想歇时就盼着停电或是机器出故障。一见停电或是机器出了故障，也不管地上的石子多硌人，坐着睡、站着睡、躺着睡，遍地都是人。不过，只要听到机器响，男的女的就像听到了冲锋号，你拉我拽、互相搀扶着站起来，拉起车就往机器跟前跑……

人只能鼓劲儿，不能泄气。中间停电放过几天假，我带着人回了辉县。离家近的当晚回了家，离家远的回不去，县委把他们安排到“三八招待所”住宿。没想到，第二天早上，生龙活虎的年轻人瘫在床上生了病，一个个起不了床了。当时我作了大难，工地只是停电呀，歇不了几天就得走。那时候我就想，你们可不能躺在这儿呀，得赶紧回家和家人见个面，要不，工程一上工，你们和家人连面都见不了就得走。

为了让他们能见到家人，我就用车把他们一个个往家送。送走他们后，我也有点发愁，心里说，这可坏了，瞧这一个个病歪歪的身体，要是开工时上不了工地可咋办？没想到，开工那天，有的一瘸一拐地来了，有的一副病态相，没精打采地来了。望着齐刷刷的熟悉面孔，我这心里直打鼓，病怏怏的还能干活吗？谁知一到工地，一个个看似弱不禁风的大姑娘、小伙子，劲头儿一下又上来了。两个人拉着一辆车，一天一百二十里的路程，一里不落地踮着脚跑，一天还是扣着八个半人的工。有人这样描述当年的劳动战场："在渠村的分洪闸工地上，石姑娘、小伙子为了给辉县争光，女人当男人，男人当骡子，带动了全工地施工队突飞猛进，汛期到来前胜利完工。"

这话说的一点不假。

当时外县人见我们都拼命干，有人就问："俺们一个月七十多块钱，你们这样干，一个月是不是得有一百多？"

我们的人说："俺们不挣钱，挣的是工分。"

外县人瞪大眼说："不挣钱干活恁拼命干啥？连累的我们也跟着受罪。"

那段经历，我终生难忘，他们疯狂地干活，有病也不歇，这是一种辉县人民干得好的信念，是我们的辉县精神，每个人的心里都有赶、帮、超的思想在，当时的工地大喇叭，整天广播的就是向辉县学习，向"石姑娘"学习。我在心里说，不敢夸他们了，也不敢再加油了，他们的劳动，已经突破了身体的最大极限，就像上足了"发条"的闹钟，再上劲儿，恐怕就要断了。我不时地提醒他们注意休息，特别是那 125 个没成家的"石姑娘"。

当然，有人夸奖也有人骂："瞧吧，辉县的兔孙们又上工了，他们一来，咱就没有安生日子过，要把咱们飙死哩。" 不过，我们拼命干的结果，就是提前完成了任务，带动了工地大干，给辉县人争了光。

要说报酬，根本不能和外县比。他们挣的是工资，一个人七十多块钱，我们辉县人挣的是工分。记得我们运送混凝土的报酬是一车料三两粮票，三毛钱左右吧，具体数字我也记不很清，只知道回来后，除了吃的和用的，还为辉县挣来了 21 万元工程款，16 万斤粮食。

当时，我们县的 125 个“石姑娘”和 125 个男青年，在渠村分洪闸的工程上，用三个多月的时间，突击了和外县 400 个男民工一样的工程量。任务结束后，大闸工地指挥部给我们发了面锦旗，上面写着“革命不怕苦和累，渠村大闸贡献大”。

完成任务回去后，大姑娘、小伙子，一个个脸晒得黝黑，头发都变红了。县委把我们当成功臣接进了“三八招待所”，进行了一个星期的慰劳。在这一个星期里，顿顿饭都是十几个菜，吃过饭，不是看电影、看戏，就是到山里旅游看风景，最后进行工作总结，所有参加濮阳渠村分洪闸工程的人员，不脱空地按特等、甲等、乙等模范，全部发了奖状。这在辉县历史上，是绝无仅有的。

丹心澎湃于大河之上

◎高璐瑶 整理

2021年是“十四五”的开局之年，更是中国共产党成立100周年。百年征程波澜壮阔，百年初心历久弥坚。寻访回忆的脚步，从上海石库门到嘉兴南湖，一艘小小红船承载着人民的重托、民族的希望，越过一个个急流险滩，穿过一次次惊涛骇浪，我们奋勇向前，迎着胜利的光芒迈进。

在党的灿烂光辉照耀之下，人民治黄走过了75个年头。在中国共产党领导人民治理黄河的这75年中，一代代黄河人秉承“团结、务实、开拓、拼搏、奉献”的黄河精神，坚韧不拔、自强不息，从峥嵘岁月到光辉历程，在治水实践中探索自然、把握规律，浓厚的家国情怀、无私的奉献精神和对黄河的深厚感情，激励着广大治黄职工为黄河保护治理事业接力奋斗。

入党初心韧如蒲苇，护河使命历久弥新。在这个重要的历史节点上，让我们敞开黄河记忆的闸门，拂去岁月的尘封，去探寻忠贞的初心。

记忆是泥土的味道

——如果说记忆是一种味道，那黄河人的记忆就是泥土味的。

我叫刘天才，是郑州黄河河务局的一名退休职工，跟黄河打了一辈子交道。现在虽然上了年纪，但跟现在的“80后”“90后”相比，精气神儿足着呢。回想起当年的峥嵘岁月，我总是不禁感慨良多。扎根基层，我将自己40年的光荣岁月献给了这条养育自己的大河，一点儿都不后悔！作为黄河的守护者，这辈子值！特别是想起自己年轻时工作那会儿，虽然累，虽然苦，可那时的我们总好像有使不完的劲头儿，那些冲锋在一线、战斗在一线的日子和情景依然历历在目，就好像刚刚发生在昨天，总让我不觉回想。

1971 年，我从黄河水利学校毕业后便被分配到中牟一线工作。每个年轻人上班之前，都对职业有憧憬，我也是一样的。可到了实地一看，大跌眼镜！1976 年，我在中牟工作的时候，和现在的工作环境和条件可差太多啦。当年，郑州黄河堤防建设水平还比较低，防洪抢险压力大，加上防洪工程体系不完备，堤防较薄弱。在受到洪水威胁的时候，治黄一线的职工们心里总是担心害怕。

因为各方面条件有限，每年一到汛期，尤其是工程出险，对每一个治黄人来讲，都是一个比较大的挑战。搬运全靠人力，包括抢险、加固根石、石料，都是从花园口石料管理站运石头。虽然现在难以想象，但那个时代有时还会通过船运，石头运过去后，靠人工背上去或者把石头往河里抛。过去的治黄工作者非常辛苦，不像现在各个县局都有工程队。他们的主要任务是抢险工作。水未到，负责工程整修，水一来，负责抢险加固，一个人顶两个人使。

还有一个有意思的现象，我一直记忆犹新。过去的黄河职工，如果碰到本村的村民从堤上路过，就扭过头不敢面对。你要问为啥？还不是嫌丢人呗。人家上班的整天干干净净在屋里办公，我们那时候每天跟石头、泥土打交道，鞋子上、衣服上，甚至头发上都是泥点子。大家都是刚上班的，要面子，就觉得老不好意思了，不像个上班的样儿。当时，根石加固作业全靠人工，搬运石料的时候为了防止石块磨损衣服，大家人手一块儿大帆布，一般都在前面撑成一个围裙，后面两个带子一绑，把石头搁里边儿。有的推着简易小板车往上搬石头，往出险的根石部位和走石部位里倒，当时就是这么一个状态，基本靠人拉肩扛。

记忆是洪水的涛声

——如果记忆有声音，那黄河人的记忆里充满了涛声。

1977 年的一天，我正在中牟县局防办值班。那次瓢泼大雨，不知疲倦地一直下，长这么大没见过那么大的降水量，洪水不断冲刷着河道和堤坝，我心里隐隐不安，感觉这次洪水跟以往明显不同，来势猛、落得快，含沙量大、水位高，仿佛脚下的大地都在颤抖，情况十分危急。

我们一抢险就是一两个月，从杨桥一直抢险到九堡，基本上吃住都在大堤。那次出险令我印象颇深，回想起来仍然阵阵后怕。当时的交通条件，不像现在标准化堤防柏油路面，以前一下雨全是泥泞路段，路面土质条件比较差，上面是一层黏土，一下雨就行进困难，尤其是抢险时，车开不动，人走都费劲。

当时抛散石、铅丝笼、抛柳枕等全都是靠人力完成的。根据防洪预案，河务局负责抢护，作专业技术指导，说话有分量。县里领导说了，防洪事关重大，尽一切努力满足抢险需求，缺人给你组织人，缺物资保证供应，他们大力支持，我们也有干劲儿，感觉自己是黄河职工，能为老百姓做事儿，可自豪了，能为人民实打实地战斗。

当时防汛值班靠的是摇杆电话，现在的娃娃们都没见过，还有接线员，就像影视片里那样。通信、交通、设备都比较落后，基本上靠人工。我们那个时候，必须拼尽全力。现在想起来当时的情景，好像就在昨天一样。那股子拼搏奋进的精气神儿，一张张积极向上的笑脸、一次次奋勇向前的抢险、一声声黄河号子、一双双忙碌奔波的脚印……实在是太多太多了。

记忆是阳光的气味

——如果记忆有气味，那黄河人的记忆鲜活又充满希望。

时代变啦，现在一旦出险都是机械化，自卸车、装载机，科技改变了工作，造福万代，真是一点不假。

通过观察和感受近几年治黄工作的发展和变化，我明显感受到，无论是刚入职的新同志还是已经退休的老同志，都能明确体会到工作和生活的多方面对比。从人民治黄这个角度来说，党和国家对治黄工作高度重视，加上沿黄各级党委和政府的正确引导，包括沿黄军民和广大治黄职工的共同奋斗，使得整个防洪体系得以完善。随着社会形势的变化和发展，郑州治黄工作逐渐形成了较为科学的管理体系。黄河上中游大型水库等水利枢纽的建设，使上游洪水对下游的威胁都在可控范围之内。

时光冲刷，岁月荏苒。没有共产党，就没有新中国。这话说得太对了。跟黄河打了一辈子交道，现在退休了，我去老年大学报了书法班，没事儿打打太极，学学新东西，充实一下，活到老学到老。

现在是黄金时代，治黄工作等待着年青一代进一步在实践中增加自己的技术才干，现在这些娃娃们都是受过高等教育的，在理论方面比较丰富，但在实践方面还需要提高。治黄工作包罗万象，跟很多专业都有共同之处，学经济的、学财务的、学工程的等，跟学水利的一样，都可以为治理黄河做贡献，找到好的切入点，就能事半功倍。

对于新一代的年轻人，我也喜欢跟他们打交道，感觉整个人都年轻有活力起来了。我经常跟他们讲，一个人的成长并不一定在本专业上有所作为，走上工作岗位后，才是真正的历练和升华。我以前是学水工的，在基层单位当过技术员，从事技术工作，后来，搞水行政管理，走向管理岗位了，重新学习，从头学起。现在赶上了一个好的时代，硬件软件都非常好，年轻人们一定要珍惜现在，勉励自己，提升自己，在治黄工作中发挥长处，历练自己，成长自己，在人生中有所作为，实现自己的人生目标。

后记

现在的黄河大堤早已不是刘天才口中那个黄土漫天、下雨难行的大堤了，今天的标准化堤防，人们不仅可以品读中华民族光辉灿烂的历史文化，而且可以饱览雄伟壮阔的水利工程和瑰丽的自然风光，感受秀美山川的良好生态环境。

新时代赋予了河南治黄人新的历史使命，在永葆安澜的新征程中，治黄事业迎来了前所未有的发展机遇。“团结、务实、开拓、拼搏、奉献”的黄河精神鼓舞着一代又一代的治黄工作者。

只争朝夕，不负韶华。重任在肩，使命必达。一代又一代的河南治黄人不辞劳苦、努力奋斗、笃定实干、砥砺奋进、忠贞不渝地坚守着共产党员的精神家园，将一片片丹心映照在滔滔黄河边，努力推动黄河流域生态保护和高质量发展，为建设造福人民的幸福河贡献黄河人的大爱、智慧和力量。我们伟大的母亲河一定能展现出长治久安、岁岁安澜的美好画卷，人与河流和谐相处的时代正在到来。

黄河岸边的守船人

◎冯少兰 口述　胡　晓 整理

1951年，我参加工作就在船上，当时我负责推舵驶船。可以说，我的大半生都和黄河上的船只紧密联系，和船一起守护黄河。

背石运料

当时航运队的主要任务是运石抢险治理黄河，1947年建队，1950年队部设在河南濮阳北坝头。到1959年，航运大队把队部由濮阳迁入郑州市北郊花园口。

航运队从1951年3月开始运输石料，主要从郑州花园口到台前丁庄，装船地在郑州花园口、开封柳园口、兰考东坝头、范县杨集，船工每日不停歇背石运料。

我生在黄河边，长在黄河边，长大后工作依然在黄河边。上班第一天，我就来到船上，我们平时吃住都在船上，当时的生活条件也十分艰苦。

出船的时候，我们都是直接舀黄河水，澄后吃水，不过我们也都习惯了，为了加快澄水速度，我们会带点柳树叶子放进澄水容器里，澄的黄河水总不会太清，在船上生活就是这样。因为出船时间不确定，而且离村庄都比较远，每次出船，我们都自备干粮。就着黄河水，吃点干粮，就是我们在船上的吃食。当时，我们也不讲究吃喝，能吃饱，喝上水，我们也就心满意足了。

船工就是这样以船为家，从来不敢有片刻停歇。虽然当时我们离家都不远，但是大家伙都是一年半载回一趟家。我们的家人都在黄河边安居，我们有责任保护他们。

我们船工都要背石头，我们背石头全靠人力，一天三背，上午、下午、晚上，每天上上下下无数趟，多少人的背被石头磨破，船只每运一趟石，黄河岸边都留下了我们深深的脚印，每背一块石头，都浸透了我们船工的汗水和鲜血。我们很多船工都被石头压弯了腰，落下了一辈子的病根。我们每年运石天数都在 280 天左右，辛苦程度可想而知，就这样，我们有时还完不成运石任务。1953 年，上级下达运输任务 2754150 吨每公里，结果年底，只完成了 2572409 吨每公里。到后期，机船开始使用，运输吨位的增加，运输途中节约了时间，每年运石天数均在 150 天左右。

后来，我又开始学习如何行船，背完石头接着行船。

我们行船，出发前大家都互相提醒，一定要多加小心，注意风向和河势情况。我印象中，记得有一次运送石头，我们开着木帆船，在行船过程中突遇大风，我们需要立刻将船帆降下，否则，会有沉船危险。但是，船帆被桅杆挂住，怎么也降不下来。凭着经验和果敢，我的一位同事立马爬上桅杆降帆，桅杆六七丈[①]高，看着他爬上桅杆，我们为他捏了把汗，就在他顺利到达桅杆顶、将船帆降下时，由于风太大，船帆刚一落下，他就从桅杆上掉了下来。最后，我的这位同事因为这件事，摔的耳朵失聪。

我们当时行船，上水（逆水行驶）时，全靠风力带动船帆。一旦遇到无风时，全靠人力拉纤、撑篙。夏天热的时候，大家伙光着膀子拉纤，纤绳把肩膀磨出一道道血痕，血痕见证了我们的船工的坚韧不拔。遇到船帆被大风撕裂时，也靠我们自己及时缝帆。下水（顺水行驶）时，速度较快，容易搁浅，由于黄河河势变化较快，如不及时移动，会造成长期搁浅的危险。在这种情况下，我们人全部都要跳下水，用肩扛人推挪动木船，夏天还好，一旦冬季来临，天寒地冻，冰水刺骨，我们很多船工都落下了病根，特别是膝关

① 1 丈=3.33 米，下同。

节、腰关节。行船中总会遇到危险和困难，有船搁浅的时候、绳断的时候，我们都凭借着经验和智慧一一解决了，运石从不间断。

因为我们日夜与黄河为伴，日夜琢磨行船驶船，我们敢说，没有人能比我们更懂得黄河，没有人能够比我们更懂得如何在黄河行船驶船，为治理黄河付出了我们这一代人的心血。

黄河河道复杂、不固定、变化莫测，不利于航运，航运队治理黄河以船只运石为主，1950 至 1964 年，航运队运石工具以木船为主，船只航行靠的是人力、风力。我们不但要拉纤、撑篙，还要背石头，木船航运时，常出现危险，不断出现翻船和溺死的现象。

当时我们船上流传着两首歌谣真实地反映了我们的船工生活。

第一首：

手中撑篙鞋跐破，
船走拉纤踩水行。
背石磨破背出血，
吃过晚饭再午歇。

第二首：

天不怕来地不怕，
就怕背石登曹岗坝。
上了一阶又一阶，
额上的汗珠脚上挂。

寒冬腊月，盛夏酷暑，我们终日背石运料，周而复始，年复一年，磨炼了大家的意志，也让沿黄群众看到了我们黄河人吃苦耐劳的精神。

抢险救灾

防洪、抢险、救灾是航运队治黄工作中的任务。航运队参加历次抢险，保护了黄河中下游人民群众的生命财产安全，在我的印象中，有几次抢险，令人动容。

1954年7月底，黄河水位上涨，涌向濮阳、东明、长垣三县滩区，田野、村庄顿时一片汪洋，航运队接到救护任务后，组织了三十多只木帆船分头赶赴灾区，8月底9月初，濮阳、东明、长垣三县滩区再次泛滥。这几个月我们四次抢险救灾，十几天日夜奋战，救人、救牲口家畜、救粮食等。抢险救灾虽然辛苦，但是我们有着强烈的使命感。

1956年6月，黄河忽然涨水，这次洪水来势早、凶猛，当时还未进入汛期，正是农忙的时候，长垣、濮阳又一次受灾。受灾的一些村庄已被洪水淹没，河面上漂浮着还未来得及收的庄稼。航运队接到救灾任务后，组织8条船赶赴长垣，组织15条船赶赴濮阳，救出灾民、粮食等，航运队船只到救灾之处深受群众欢迎。

1957年7月17日，长垣、濮阳、东明又一次出现灾情，这天天色阴暗，雨水连绵，夜里1点多，航运队接到救灾任务，船员们就立马行动，34条船连夜分头行动，赶赴三地进行救灾。经过十几天的日夜奋战，三地共救灾民上万人。

1958年7月，黄河流域连降暴雨，黄河水暴涨。当时我们还在郑州花园口运输石料，接到救灾任务后，夜里3点多，从郑州花园口启程，几十条木船顺水而下，第二天下午2点多，到达指定地点，救出灾民六千多人。

1982年8月，黄河花园口站发生15300立方米每秒的洪水，这是新中国成立以来的第二次大洪水。洪水进入范县境内，彭楼最高水位达到57.14米，滩区149个村庄被洪水淹没，人民的生命财产受到了严重的威胁。

航运二队、三队职工连续奋战三昼夜，救出遇难群众7700多名，抢运粮食3.3万多斤，救出牲畜300多头。高温酷暑，大家挥汗如雨，奋战十几天，都没有吃过一顿饱饭，饿了就盛一碗黄河水、半碗沙子，来不及仔细澄，但是大家毫无怨言，吃着黄河水，守护着黄河，我们的命运和黄河紧密相连。大家只有一个信念：守护黄河，确保安全。

在历次抢险中，航运队的船只发挥了重大作用，我们这些船工奋勇抢险，在历次抗洪抢险中所表现出的坚韧不拔的精神，深深感动了人民群众。

历史变迁

1947 年，刘邓大军强渡黄河，在范县杨集筹备人员、船只成立水兵司令部。

1950 年，原执行渡军支前任务的黄河河防指挥部撤销，水兵第二、第三大队合并改编为平原省黄河河务局航运第二大队，队部设在河南濮阳北坝头，职工 750 人。

1952 年，平原省黄河河务局航运第二大队改称河南黄河河务局航运大队，大队部仍设在北坝头。

1959 年，航运大队把队部由濮阳迁入郑州市北郊花园口。

1976 年，河务局航运大队取消，同时成立航运一、二、三队和船厂，三队一厂，直属河务局管理。航运一队和船厂在郑州花园口，航运二队在范县杨集，航运三队是本年 6 月从省交通厅接管过来的，有职工 160 多名，木船 12 只，三队队部设在兰考东坝头。

1979 年，河务局航运大队恢复，队部设在郑州花园口。河务局航运一、二、三队和造船厂交航运大队管理，有职工 590 名。

1982 年，我退休。1983 年我的儿子冯国义也加入了“黄河大家庭”。1983 年 8 月，航运大队再度撤销。航运一队、航运三队合并，划归开封黄河修防处管理，成为开封市黄河修防处航运队。

山旮旯里走出现代企业

◎靳克庆 口述 刘慧强 整理

20世纪70年代的辉县共山，山山相连，绵延不断。就在这漫山单调的岁月斑驳中，就在这蒌蒿满地、人迹罕至的山旮旯里，一座现代化的企业在这里孕育。在党的领导下，从一座小小的石料厂，乘着改革开放的春风，不断发展，不断强大。弹指一挥40年，经历了3次华丽转身，从山旮旯到辉县县城，再到新乡市区，在不同时期，担负不同使命，为新乡治黄事业发展稳定做出了企业贡献。

顺应时代 辉县石料厂应运而生

1998年，我到新乡市黄河河务局第一工程处（原河南黄河河务局辉县黄河石料厂，简称一处）工作，当时就一个字，穷。满眼没有新事物，建筑都是建厂初期的，破破烂烂的。当时，我心里非常感慨，任何事物的辉煌都经不起岁月的沉淀。1973年，顺应时代要求，扛起时代责任，辉县石料厂成立，走上了大干快上、人搬手抬的开山之路。机械短缺，人上；放炮打眼，人上；装车卸车，还是人上。没有劳保用品、没有科学的安全规程，就是依靠人力，依靠架子车，依靠人搬手抬，最原始的作业状态，辉县石料厂扛起了新乡治黄所需备防石的开采、运输任务。那是1977年，长垣至渠村窄轨铁路建成。辉县石料厂又承担起了向亚洲第一大闸渠村分洪闸采石、供石任务。到 1983 年，辉县黄河石料厂共计为新乡治黄开采、运输石料 38 万立方米，为新乡地区治黄事业的发展做出了自己的贡献。人无千日好，花无百日红。党的十一届三中全会召开后，市场对辉县石料厂的冲击很大，这个曾经承担着神圣治黄使命的“历史产物”逐渐走向没落。

临危受命　思路决定出路

那是 1998 年 3 月，我从水泥厂副厂长到一处任处长，那时候和现在可不一样。那时候一处还在山旮旯里，已经走下坡路了，空旷的大院里长满野草，北风能顺着只剩半个玻璃的窗户吹进屋内，屋里没有一点热乎气儿。原有 150 余名职工的企业只剩下数十名，好几个月没发工资了。一到单位，职工那看着我的眼神，到现在都忘不了。

咋办？面对这样一个情况，说实话，压力很大。那一夜，我基本上没睡。职工充满期待的眼神、组织的期望，让我下定决心，一定要把企业带出困境。

先摸情况。摸情况说简单也复杂，简单就是单位小、人少，内部情况好摸。复杂就是社会情况需要系统梳理，通盘考虑，工作量不小。摸了有半个多月吧，我感觉差不多了，就与当时的班子一起研究，果断决定将原来开山运石转为水利水电施工为主业，并向全体职工提出了“要敢于闯市场，适应市场，向市场要活干，向市场要收入”的口号。

思路有了，万事开头难。要人，没有。要钱，没有。要设备，没有。咋办？找领导支持、跑银行、求亲戚、告朋友、借资金、租设备、求技术员。真是“历尽千山万水，说尽千言万语，想尽千方百计，吃遍千辛万苦”。不过值得！2003 年，一处更名为河南华禹黄河工程局（简称华禹），也终于承揽了第一项工程——封丘荆隆宫防渗墙工程。

当时，时值盛夏。只要干工程的地方，就不是繁华的地方。在荒郊野外，蚊虫肆虐，住的是帐篷，喝的是黄河水。那时候，没有那么多讲究，为打好施工“第一枪”，我带头住在工地，与职工同吃、同住、同考勤、同劳动。

6月的天气，帐篷里潮湿闷热，休息的时间很少。火车跑得快，全靠车头带，看到有领导带头，职工的心气也就上来了，总共用时七十余天，干完了七个月的工程量。现在想想，当时都不知道是怎么干出来的。也就是在这个时候，华禹的领导班子形成了一个习惯，班子下一线。

同一年，长江汉水防渗墙工程施工。一到工地，就下起了雨，一下就是二十多天。小北风卷着雨水冰雹，打到身上可厉害。路毁了，党员上，铺石子、垫煤渣，干了几天，把施工急需的大沙、水泥、石料运到工地，整个下雨天一天工没停。当时就没考虑那么多，就是干，还要干好。就汉水一工地，挣了80万元。汉江护堤班还给了一面锦旗——“当代大禹”，哈哈，受之有愧啊！

2003年，我感觉是华禹很关键的一年。从我到任五、六年的时间，至少让职工看到了希望。特别是这一年，华禹从新乡黄河河务局第一工程处正式更名为河南华禹黄河工程局，同时也终于从辉县山旮旯里搬到了辉县县城。不容易啊！看着焕然一新的办公环境、看着职工从心底散发出的笑容，感觉受的任何苦、任何累，都值了。

“黄河铁汉”带出“黄河铁军”

原阳堤防机淤工程后，我感受到了危机。光靠内部市场还不行，还必须闯出一条新路来。调研、开会、研究，果断决定上桩基项目。集资、贷款，购置桩基施工设备，并提出了“上挂下联、广交朋友、优质取信、互惠双赢”的工程承揽理念。洛阳大桥，那是首次水中作业。打到35米深的时候，钻头卡住了。为了打捞钻头，干了四天四夜，没影响进度。最后参加施工的5个施工队，被奖励的6棵桩，华禹全包圆了，奖金就有4.8万元。

2004年11月，那是与中铁大桥局（集团有限公司）第一次合作，开封二桥桩基，沼泽地，施工难度大。没合作过，当时仅仅给了16棵桩，是参加施工队中工程量最少的。不服啊，在场的职工都是从苦日子里熬出来的，大都是退伍军人，不服输的劲头上来了。3个月后，全段88棵桩，华禹就干了52棵。大桥局高兴啊，就给了一面“黄河铁军、优质取信、友好合作、共同发展”的旗，也算是实现了“干一项工程、塑一座丰碑”的理念。“黄河铁军”就是从这个时候传出来的。2007年，新乡市直工委开展《新乡崛起中的共产党人》主题征文，单位以我为原型，撰写了《黄河铁汉》这篇通讯，由新乡市直工委推荐，刊登到了《新乡日报》上。

从2003年到2008年，是华禹快速发展的一个阶段。2007年，华禹从总承包贰级资质升级为水利水电施工总承包一级资质。同时，国家对大江大河整治投资力度加大，铁路、公路等基础设施建设力度加大，给华禹的发展积累提供了千载难逢的发展机遇。在这将近10年的时间里，华禹工程承揽遍布全国各地，参与了国家级、省级百余项社会重点工程施工。在郑州、洛阳、开封3座黄河大桥、石武铁路客运专线等30余个国家重点项目的桩基施工，累计完成30多万延米[①]，产值8000余万元。不说吃了多少苦，费了多少脑筋，花了多少精力，成绩总是喜人的。2007年，华禹在新乡市振中路488号，自主建成了2800余平方米的现代化办公场所，与三栋职工住宅楼隔空相望，完成了从辉县县城到新乡市区的又一次华丽转身。

党建引领　定发展中心

企业发展，光靠工程还不行。还要有一个目标、一个制度、一个核心。一盘散沙绝对干不成大事。坚持党建引领，突出党支部战斗堡垒作用，充分发挥党员先锋模范作用，才能推进企业的长远发展。就这样，我与班子结合公司实际，相继提出了“四定、三保、两挂钩”管理模式、“一个转变、两个打破、三个增长”体制创新、“项目成本控制”理念、提炼了“一切工作的出发点是为了提高经济效益企业发展、一切工作的落脚点是为了改善职工物质文化生活”的企业宗旨。我感觉，这些才是企业长远发展的有力支撑，才能推动企业进一步发展壮大。正是在这些企业理念的支撑下，华禹的队伍

① 非法定计量单位，是在某工程领域的一种计算价格时的长度计量习惯方式。

始终保持着昂扬奋进的姿态，心中只有一个目标，凝聚着发展的劲头，曾 3 次被水利部评为“先进集体”“全国水利系统优秀企业”等荣誉称号。我个人也连续两年被评为“全国水利系统优秀企业家”、黄委劳模。

总感觉人这一辈子很短，现在退休了，在家属院住着，每天能看着华禹的新发展、新变化，心里就很满足了。一代人有一代人的长征，我走完了我的长征路，不过，还是希望华禹能走得更高、更远。

目前的华禹，在历届班子的带领下，院内绿树成荫，办公区宽敞明亮，清新洁净，充满了现代化的办公气息。职工的收入节节提升，年人均收入从 2002 年的 6600 元到 2020 年的 9.5 万元，实现了跨越式的增长。医疗保险、失业保险、工伤保险、大额医疗保险、女工生育保险、住房公积金等保障，让每位职工乐在心里，笑在脸上。

黄河石料厂工作的回忆

◎尹绪堂 口述　　尹汴云 整理

我今年 87 岁，新中国成立前参加工作，1986 年从黄河系统离休。在有生之年能看到人民治理黄河取得的巨大成就，很激动，也很欣慰。1951 年，我 22 岁，风华正茂的年纪，在山东济南一个铁路部门工作，忽然有一天，领导通知我，要把我调到河南工作。因为中央批准，在河南长垣县修建溢洪堰，以便在遭遇异常洪水时，将超过最大安全容量的洪水分泄出去，从而保证两岸千里堤防之安。因工程时间紧急、任务艰巨，工程石料供应需要大量的工作人员，而石料厂人少，经上级批准，向山东调用 20 人。为了祖国建设的需要，我离开家乡，远离亲人，和其他 19 位同志一起，千里迢迢奔赴河南，投入到这场轰轰烈烈的施工建设任务中，从此，我与黄河结下了不解之缘。

我和另外 9 个人被分配到河南省巩县（今巩义市）回郭镇黄河石料厂工作。这个工厂是溢洪堰工程重要的供石单位，开采的石料由铺设的 5 公里长的小铁路运出去。由于山区地面狭窄、没有足够的场地，正常的道岔铺不开，在交会处运石的车想出出不来，空车想进进不去，经常窝工，使运送能力远远不能满足工程施工的需要。面对难题，领导和工人们都很着急，怎么办？大家一筹莫展。身为班长，我那不服输的劲头上来了。我一次次现场测量，一次次画草图，日思夜想如何攻克这个难关。终于有一天，忽然来了灵感，可不可以铺活动的单劈道岔呢？说干就干，我带领班组六、七个人进行设计试验，为了不影响白天石料运输，劳累了一天的我们就在晚上下班后干。那时，新中国刚成立几年，国家经济处于困难时期，工人的劳动环境和劳动条件十分艰苦，设备匮乏，没有电灯，我们就用汽灯照明；没有电锯，我们就用钢锯手工锯铁轨，锯断一根铁轨要用好长时间，常常满手磨起血泡，再加上汗水浸泡，疼得钻心。山里的夜很静，可我们这里却很热闹，常常一干就是半夜，甚至一夜，实在累了困了，就地一躺就睡着了，也不顾什么夜晚出没的毒虫、蛇鼠之类的，没有一个人叫苦叫累。老天不负有心人，经过一次次试验，我们成功了！研制出了活动式单劈道岔，借助它可以使两条铁路同时运行，进去的车再也不会影响出来的车，各行其道，工作效率一下子提上了，供应修建溢洪堰的石料得以及时、顺利地运到施工工地。我们班组的人甭提多高兴了。

有一次听说运石的老何一不小心伤了腰和腿，好多天都不能干活，非常痛苦，也影响工作，一家人很焦急、很无奈。类似的事时有发生。我看到工人们从陡峭的山上往山下运输石料，都是用独轮车装，推着下山，方向不容易控制，一不小心就会受伤，而且人工一车一天只能运 1 方（立方米）石料，上山的空车也耗费不少人力。我看在眼里，急在心里，想着一定要做些什么改变这种情况。还是凭着那股不服输的劲头和不懈的努力，还是在缺乏设备手工操作的情况下，我研制了以重带轻的“高道”，就是从山下往山上铺设轨道，安装滑轮及安全制动装置，用山上装满石料的矿车下去带动山下的空矿车上来，以重带轻，循环往复，取代了独轮车，解除了危险，一矿车一次就能装 1 方石料，一天运的石料是过去的好几十倍，终于解决了陡峭山头上的石料采运难题，领导和工人们都拍手称赞。

我在石料厂工作的 7 年间，先后研制出小铁路双开道岔、三开道岔，有效地解决了石料厂窝工、压料和料厂不能充分利用的问题。1956 年，我被国务院授予“全国先进生产者”荣誉称号，受到了毛泽东主席和其他国家领导人的亲切接见。1957 年，我光荣地加入了中国共产党。

时间过得真快，一晃 60 多年过去了，在回郭镇黄河石料厂的工作经历是我一生中最宝贵的财富，也是镌刻在我心灵深处永不磨灭的记忆。

我记忆中的黄河故事

——台前黄河治理机具变化的“前世今生”

◎刘纪安 口述　宋　勇 刘晨阳 整理

题记：据有关资料记载，1958年寒冬，寿张县（原河南台前县）破堤开工修建刘楼引黄闸，调集万余名民工、五千辆小胶轮车、两千辆铁轮大车往返于工地，从69岁的老将到14岁的少年挽着袖子赤脚施工，形成了人欢马腾的景象，侯庙公社火箭连的姑娘还自编自唱诗歌，“建闸不分男和女，我们干劲大无比，肉磨烂来血流干，建闸当中称模范……”在当时的历史条件下，人民群众采用“小推车、偏平铲”等原始的工具，靠着“光荣榜、红旗证”的表扬激励和“兵对兵、将对将”的竞赛鼓舞完成了艰巨的治黄任务。

滔滔黄河，跨过青藏高原，穿过晋陕峡谷，在华山脚下折身东流，踏进中原腹地，流经河南省台前县，润泽了台前县沿黄人民群众。我与黄河的不解之缘，要从出生开始，我出生在黄河岸边，从小在黄河岸边长大，参加工作后成为一名黄河人，见证了黄河40多年的变迁，记忆中的黄河故事是台前黄河治理的过程中，从人工到机械化治理黄河的设备不断变化。

小小的“背石板”

懵懂孩童对什么东西都好奇，就是这样的好奇有了我对黄河最初的记忆。

那时候家里有一块造型奇特的木板，出于好奇心，缠着村里的老人讲它的来历，当听到老人讲它的故事的时候，才知道了它叫背石板，而故事却承载了那个时代的人民治理黄河的辛劳和汗水。

“早些年间黄河上采运备防石用驳船运，每当有运石船来的时候，村上生产队的队长就会手持铁皮话筒高喊‘来石头了’，群众就排着队用自制的背石板，把石头背上坝岸。背石板长约半米，宽则二三十厘米不等，板的一端有两个眼，眼中系两根绳拢在人的双肩，板的另一端加一横木作为石头的底托。听着村里的老人讲述，当时在坝岸上常常拿着背石板在群坝间玩耍的我，仿佛也看到了一群弯腰背石如负重纤夫般缓慢爬行的人们，给我的童年留下了难以磨灭的印象”。

“人力”修起黄河工程

20世纪70、80年代，受到经济发展的影响，机械施工设备奇缺，黄河的堤防建设、坝垛修建等都需要依靠人力来完成，我小的时候，“背石板”这样类型的器具虽然早就淘汰，但黄河工程的建设仍然需要依靠人力，马拉驾车、胶轮车仍然是那时的“治河主力”，只有到后期施工难度较大的地方才会动用机械。

那个时候采运石料还是用船，河势复杂，不仅速度慢，还很危险。记得当时修堤建坝时，黄河堤防、黄河岸边的施工工地上人山人海，十几里长施工现场红旗招展，搬石头的、推车的、打夯的，大家分工明确，硪号声声，十分热闹。吃饭的时候也不像现在这般条件好，白面馒头在施工工地上都能算作“美味佳肴”，一般大家都是黑面馍、黄面馍这样的粗粮，工地上风沙也大，在饭里面吃出沙粒这样的“佐料”也是常事，就是在这样的环境里那一代黄河人喊着口号凭着人力完成了艰巨的治黄任务。

“机械”带来的甜头

1994 年，我如愿地加入到治黄队伍中，成为一名真正的黄河人，治黄的器具设备再次进行了更新换代，胶轮车、大驾车这样的设备成为历史，取而代之的是农用机动三轮车、小型推土机等机械化设备，相比较“马拉人推”的生产方式，取得了较大进步。

90 年代，黄河河面上架起了浮桥，石头采运用起了拖拉机，一天拉两三个来回，不仅速度快，运输量还大，大大提高了生产效率。修堤建坝施工现场也出现了“新装备”，农用机动三轮车、小型推土机、挖掘机等纷纷“大显身手”。土地平整也不再依赖于人力打夯，而是配备了柴油打夯机，一部柴油打夯机一天的工作量大概相当于 10 个人一天平整的土地面积总和，而且打夯机压实平整的土地也更为坚固。在后勤保障方面，白面馍已经不是“稀罕物”，肉包子、新鲜的蔬菜等，不仅仅是管饱，还要管好。

新时代下的黄河“速度”

我见证了治黄机具的不断变迁，进入新时代，治黄机具更是换了一茬又一茬，如今，台前黄河除了拥有装载机、挖掘机、自卸车、推土机等现代化“装备”，还自主研制了简易多功能小吊车、简易漂浮式组合泥浆泵、简易柳石枕捆抛机、抛铅丝笼平板架等，得到广泛运用。

如今，在黄河施工工地和防汛抢险现场，大型的装载机、挖掘机、推土机和全自动自卸车等登上了治黄的“大舞台”。2016 年，孙楼控导工程弯道改造施工中，先后动用大型挖掘机 6 台、推土机 5 台、装载机 6 台、自卸车辆 70 余台，仅仅两个月就完成了施工任务，再次展现了黄河“速度”。2020 年黄河防御大洪水实战演练，面对 20 年来最大流量 5020 立方米每秒过境，我们与县政府结合，在最短时间内备足防汛料物机械，出动大型机械 1000 余台，确保了台前滩区不漫滩、确保了防洪工程安全、确保了涉水安全。

吃住是最关心的问题，我们局现在积极发展庭院经济，充分利用闲散土地开辟菜园，按照农产品无公害生产技术标准种植了番茄、黄瓜、豆角、白菜等时令蔬菜和花生、大豆等经济作物，实现职工食堂蔬菜自给，有效丰富了职工的“菜篮子”。

正是有了像刘纪安这样一代又一代治黄工作者的不断付出和努力，人民治黄事业才从小到大，从弱到强。小推车、手锇、“摇把子”电话、抢险照明的电石灯、扛石头用的垫肩……这些已从我们的视线里渐去渐远，有的已成为我们的记忆。取而代之的是现代化的防汛抢险机械，大型自卸车、挖掘机、推土机等机械设备走上现代黄河防汛抢险的“前线”，如今的黄河工程养护职工拥有自动割草机、喷灌式洒水车、刮平机、打夯机、推土机等现代化机械设备，用于工程日常管理，实现了开挖、回填、碾压、夯实、整平施工一体化，大大提高了工作效率和管理水平，昔日“一把镰，一张锨，小推车一推干半天”的现象一去不复返了，黄河防汛抢险乘上了时代发展列车。如今，年轻一代也只有在黄河文化馆里才能看到“背石板”“石垫肩”这些治黄的见证。黄河防汛抢险设备的不断变更印证了人民治黄事业数十年来的无声巨变，更印证了共和国七十余年的丰功伟绩。

恰是百年风华，奋斗正当其时。站在新的历史起点上，台前黄河人将继续凭着执着的信念和实际担当，在平凡的岗位上，撸起袖子加油干，挥洒汗水奋力拼，用自己的实际行动履行一名基层治黄工作者的光荣使命和神圣职责，为黄河的岁岁安澜贡献着一份坚实的力量。

梦回温孟滩

◎杨　帆

题记：有人说，这个世界上最轻快而又最滞慢，最漫长而又最短暂，最普通而又最珍贵，最平凡而又最难忘的，就是“小时候”。

在我小时候，由于父亲工作关系，连着几年暑假，都会把我送到一个叫“温孟滩”的地方。那是一片广阔的黄河滩，因地处河南温县和孟州交界而得名。

当时，大人们在这儿干工程，把总部设在了这里，准确地说，叫“施工处”。此处远离城镇，人迹罕至，现在回想起来，黄沙、塘洼、蚊虫是那里最常见的景致了，那时，是我小的时候最魂牵梦绕的乐园。

先说说黄沙吧，那时候，抽淤放淤，在施工处隔壁形成了一大片沙地，沙中还带有少量水分，踩上去软软凉凉的，还有几分弹性，当地管这个叫“牛肚皮”。“牛肚皮”最神奇的地方在于，如果你是一个大胖子，踩在上面怎么跑怎么跳都不会陷下去；如果你是一个小瘦子，只要在原地不停地抖动腿，很快就会一点一点地陷进沙子里（上了大学我才知道，这叫“非牛顿流体”的特性，高深的很）。一到傍晚，吃过晚饭的大人们便带着我们来这里乘凉消夏，我们几个年纪相仿的玩伴儿在沙滩里比赛翻跟头，做游戏，奔跑、追逐。有时候运气好，还能发现出来透气的刺猬，可能是放淤的泥沙淹了它的洞门，也可能是热了一天，要出来通通风，总之，趁着夜色它悄摸儿地出来了，那灰黑的眼珠和锃亮的刺逃不出我们的“法眼”，大家一呼而上从四面八方向它围过去……绝对不是我们跑得太慢，实在是这家伙又快又狡猾，我们一次都没逮住过。

还有那抽淤留下的塘洼，别有一番乐趣。塘洼的水不深，泥沙沉淀下去后，清可见底，水面上你来我往交错着“水上漂”，有人说那是蜉蝣，也有人说是水黾。水面下密密麻麻的蝌蚪群，有的前后腿儿都长出来了，若是拿着搪瓷茶杯，到水塘边一舀，就是半杯蝌蚪。还有一堆不知道什么名儿的草啊、苔啊在水里晃荡；塘边灌木丛生，要是不怕刺，还能摘到像小珊瑚珠一样的酸酸甜甜的野果，但是不能多吃，会闹肚子。水塘里的鱼反倒很少，也有，但是很小，还不好抓，我们亲眼看见过有人在塘边的淤泥里摸出来过大鱼，羡慕不已，大家专门寻了铲子出来挖，虽百挖不得，仍乐此不疲。

滩地里五花八门的虫子，在城里是怎么也见不到的。有知了在树干上高歌，蟋蟀在草丛间低唱，蜘蛛在墙角弹琴，蜜蜂在野花中独奏，蝴蝶在空中伴舞，瓢虫、蚂蚁、西瓜虫、蜈蚣、斑蝥在默默聆听……你们见过巴掌大的飞蛾吗？我们能趁它不注意从后面钳住它的翅膀，扔进院子里浇地的蓄水池，它呼扇呼扇着翅膀，既不沉到水底，又不能飞出水面，像打水漂的石片一样扑腾着。你们见过漫天的蜻蜓吗？到了黄昏，在院子的广场上空，数不尽的蜻蜓回旋来回旋去，像个小龙卷风，若找个大扫帚，对天一拍一个准。还有，到了夜晚，晶晶亮的萤火虫，成群结队地出来了，在塘边和天上星星的倒影交相辉映，真假难辨……

虽然出了施工处的大门不足百步就是黄河，但河边是万万去不得的，施工处的辛阿姨曾经给我们讲过一个故事，说黄河里有吃人的“水鬼”，我们这些娃娃细皮嫩肉，“水鬼”吃了最能添“道行”，特别喜欢吃我们。有个哥哥说，“水鬼”不能上岸，水鬼怕太阳，我们白天去，不下河就没事，于是，我们悄悄在坝裆里进行了探险。最后还是被大人发现了，带头大哥臀部惨遭暴击，我们也一一罚站检讨……后来，辛阿姨为了我们安全，想了其他办法，说只要我们不去河边，每天可以吃一根奶油冰棍。滩里白天的太阳又毒又辣，去河边儿哪儿有奶油冰棍香啊！乌拉！至此，我们便再也不到河边去玩了。

快乐的时光总是那么短暂，有一年的暑假才刚过一半，父亲便突然要把我送到济源的姑姑家去，我怎么哭闹都无济于事，强行被父亲匆匆送走了……为什么非要赶我走呢？是因为我的作业空了太多？还是因为我夜里溜出去偷了人家的花生？又或许是我放蛾子弄脏了水池？还是我捉了太多蝌蚪和蜻蜓？难道我在这儿偷偷玩电脑游戏也被父亲发现了？总之，别了，我的“牛肚皮”；别了，我的“扑腾蛾”；别了，我的温孟滩……

暑假快结束的时候，姑父送我回焦作，我以书本落在施工处为由，缠着姑父往滩里拐了一趟。立秋已过，风高气爽，小车一路畅然。当上了大堤，路过工程的坝裆，我惊奇地发现，联坝之间的空隙都快被黄泥塞满了。乖乖！退水后的淤泥都这么高，这是来了什么样的大水啊。

那个年代，手机也未普及，姑父应该也没和父亲联系，我们就径直向施工处开去。也赶了巧，就在沿途某个坝上偶遇了父亲。他挽着裤腿忙乎着，浑身湿透了，自来卷儿的头发贴着头皮，要用我妈的话说就是，灰头土脸、邋里邋遢的，但我是决不允许这么说的，我还年轻。不过说真的，我突然感觉父亲憔悴了许多，也消瘦了不少。他见了我们，怔了一下，先是责问姑父，这个时候来这儿干嘛，赶紧走！不等回答，又问我作业写完了没？在家要听话！三言两语，便催赶着我们落实“指示精神”了。

相见匆匆，宛如相送匆匆。可不知怎的，正值叛逆反感又害怕父亲的我，忘却了他的不好，竟突然留恋和心疼起他来。

今天的我只模糊记得，那年来了大水，大人们很忙，父亲很久都没回家。后来我才知道，那年 8 月的洪水导致黄河下游水位全线偏高，花园口、夹河滩、孙口、泺口水位均突破历史最高，下游大堤偎水水深一般 3 米多，偎水时间长达数十天，防汛形势空前严峻。

…………

后来工程结束，父亲工作又调动，便再难去一次温孟滩了。再去，不曾想是二十余年后，我竟以一名青年治黄工作者的身份造访；而彼时，父亲也离开我近十年了。备防石还在，堤防如故，涛声依旧。这里还成了国家级水利风景区，里面一步一景、一坝一色、一树一姿、一石一态，交织成趣、焕然一新，人也多了，车也多了，景色更美了。

故地重游，恍如隔世，我仿佛又变成了那个无法无天的浑小子，仿佛又回到了那个阳光灿烂的日子，仿佛又来到了那个无忧无虑的乐园，仿佛又看到了不苟言笑、消瘦高大的父亲……或许正如《百年孤独》里所述，生命中真正重要的不是你遭遇了什么，而是你记住了哪些事，又是如何铭记的。良久归去，我蓦地意识到，温孟滩，曾经在那里奋战过的人、在那里发生过的事、在那里待过的岁月，无形中、悄无声息地、未曾间断地影响着、指引着我，让若干年后长大的我（还有我们），义无反顾地变成他（和他们）。

我眼中基层治黄的时代变迁

◎翟松良

1987年，乘着改革开放的春风，我来到孟津黄河管理段（孟津河务局的前身），正式成为一名“黄河人”。参加工作之初，正值青春芳华的我，扎身孟津黄河河务局（简称孟津局）铁谢工程班，与治黄老前辈一起工作在治黄第一线。转眼间，我已经参加工作三十多年，经历了人生最宝贵的青春年华，见证了改革开放以来基层治黄工作的沧桑巨变。

时代发展让一线生活旧桃换新符

参加工作报到的第一天，一走进新鲜而又陌生的铁谢工程班，映入眼帘的是四排青砖墙橙红色机瓦房的院落，工程班北面紧临铁谢黄河大堤，三面环绕着村庄的耕地和杨树林，仿佛置身大海中的一叶孤舟，顿时感觉静谧而又悠然。

记得刚参加工作时，基本工资是每月46元，再加上每天1元的施工补助，每月拿到手的工资不超过100元。职工食堂的伙食基本以面食为主，早餐、晚餐基本都是馒头、面汤加咸菜，中餐以面条为主，每周碰到改善伙食，能吃到一次猪肉炒白菜或猪肉炒芹菜。即使这样，一些节俭的老职工为了节省四毛钱而舍不得吃，食堂的泔水桶基本是摆设，因为从来不会产生剩菜剩饭。职工着装基本是工作生活一套装，甚至还有满是补丁的工作服，愣是被部分节俭的职工当成披风似的，甩出了大将风范。因为我在工程班算是最年轻的，有时候也会赶赶潮流，“或是偷偷的下个馆子撮一顿，或是在附近集会上买一两件‘体面’的衣服”；然而，老一辈人对工作、生活的看法，却是当今年轻人不知道“穷日子穷过过……”

回首当时的生活环境，宿舍是一层瓦房，被桐树巨大的树冠笼罩着，夏秋多雨季节时会变得潮湿闷热，房间里弥漫着一股霉味，被褥要经常晾晒，走廊砖地上长出的青苔光滑无比。深冬季节，屋内温度极低，取暖工具只有煤炉。为防止煤气中毒，晚上还要把煤炉放在室外，睡觉时盖两床被仍觉的冷，不得不把被角紧裹着蜷缩的身体，整个人颤抖的像风雨中的树叶。

工程班的澡堂只有冬季才能使用。澡堂的条件简陋，一个大水泥池子下面是一口大铁锅，使用时要在锅下架上柴火，把池子里的水加热，人在上面洗，火在下面烧，同事们时长开玩笑说，洗澡是“烫猪浴”。条件虽然艰苦，但现在想起来也颇有趣味。工程班与机关联系的唯一通信工具是一部手摇式人工转接电话机，日常工作与工程报险都要通过这部电话来实现，信息传递有诸多不便。

时隔多年，随着黄委对一线班组建设的重视，班组的工作生活条件发生了天翻地覆的变化。几排整齐漂亮的楼房代替了当年的瓦房，院内地面由“晴天一层土，雨天两脚泥”变成了水泥地面，有的地方还铺上了地砖。新建了防汛物资仓库，增加了种类繁多的花草树木，增加了职工活动室、学习室、淋浴间，职工食堂配置了一体化厨房用具，职工宿舍增加了空调、电暖器等生活设施等。工程班也实现了网络化办公，防汛工作信息的传递得到了极大保障。当时上、下班的交通工具也由自行车变成了小轿车，由用脚步丈量到抬腿上车，职工出行实现了大变迁。

浩荡 40 年，基层治黄人吃过苦、受过累，却在改革开放的大潮中与时代一起激荡，向阳而生，实现从温饱到小康的历史性发展。

生态理念让工程面貌焕然一新

孟津局的河道工程大部分是在地方政府 20 世纪 40 年代、50 年代修建的基础上接管而来的。修建之初，河道工程大多无统一规划，设计标准参差不齐，整体面貌比较混乱，河道整治效果不甚理想，工程出险概率较为频繁，这就造成了防汛任务的异常繁重。随着黄河治理工作的长足发展，黄河治理理念也在不断更新发展，从当初单一的“防洪保安全”，到现在的“维护黄河健康生命、促进流域人水和谐”，国家不断加大对防洪工程的资金投入，形成了孟津黄河防洪工程较为完善的工程体系，工程度汛安全得到极大保障。

近年来，通过实施精细化管理，对防洪工程进行了绿化、靓化，实现了三季有花、四季常青，工程环境得到了极大改观，引来无数游客到工程一线休闲观光。而今的孟津黄河，防洪工程被青山绿水萦绕，滩涂伴水鸟飞舞，处处呈现出了人与自然和谐共生的景象。

创新引领让机械化施工成为主流

34 年前，来到铁谢工程班，镰刀、锤子、铲子、铁锨、撬杠被称为“五大吃饭家伙什”，工程施工主要靠人工来实现。尤其是在夏天烈日炎炎的工程一线， 工人们赤脚光背，裤子挽在大腿上，机械地抡着镢头，挥汗如雨地拼命挖坑填土的场景到处可见，人工受伤和劳损的事时有发生，以致于一线班组的年轻人找对象都是难事。工程班唯一算得上的机械是三辆小型翻斗车，主要用来运土调石，还要靠人工装车来实现，工作效率也不甚理想。每当汛期抢险时，人工抢险是当时的主要方式，人工抛石、人工抛笼、人工回填等，给险情的及时抢护带来了较大影响。

随着时代的进步，科技创新给一线职工送来了春风。随着黄委对科技创新工作的重视，激发了一线职工的聪明才智，孟津局一线班组中涌现了一批如王占国同志等创新技术能手，建立了创新工作室，凭着对创新工作的热情，结合工作实际经验，挖掘机辅爪、装载机属具、气动封笼器、小型刮平机、自行式割草机等数十项创新项目的研制在黄委及省局屡屡获奖，并在黄河系统推广应用，大大降低了一线职工的劳动强度，提高了工作效率。

随着挖掘机、装载机、大型自卸车、无人机等现代化机械在险情抢护中的广泛应用，黄河险情得到了及时抢护，人们戏称的“五大吃饭家伙什”也很少用到了。

人才引进让综合能力持续提升

创新是引领发展的第一动力，而人才则是创新创业的基础。在我参加工作之前，一线职工大多是由临时工转正的正式职工，他们经历了黄河治理最为艰难的历程，吃苦耐劳、乐于奉献、不畏艰难是他们最为可贵的精神品质，也是我们后来者学习的模样。他们文化水平较低，却用最传统的方法一次又一次战胜了洪魔，保证了黄河两岸人民群众生命财产的安全，他们靠的是坚定的信念和困难面前永不屈服的精神。

随着时代的发展、治黄理念的转变，也对治黄队伍能力和素质提出了新要求，人才引进成为工作必需，本科毕业成为单位招工的最低门槛。近年来，高学历人员不断补充到一线治黄队伍中，并逐渐成长为单位业务骨干，他们继承了老一辈治黄人吃苦耐劳、乐于奉献的优良传统，不断学习和进步，解放思想、勇于创新、开拓进取、攻坚克难，形成了今日奋发有为、干事创业的良好局面，给孟津治黄事业的发展插上了腾飞的翅膀。

我的治黄之路

◎刘孟会

我叫刘孟会，是濮阳黄河河务局台前黄河河务局（简称台前河务局）的一名修防工，是吃黄河水长大的。黄河乳汁养育了我，我在工程班这个普通的岗位上，被评为“优秀工人”，先后取得了“技师”“高级技师”职称，获得“全国水利技能大奖”“中华技能大奖”，荣获“全国技术能手”“河南省劳动模范”和“全国先进工作者”等称号。

我家住濮阳市台前县刘桥村，在京九铁路大桥脚下。这里曾是历史上黄河堤防决口处，村南村东被黄河大堤环抱，在历史上饱受了黄河的水害。这里曾是第一代人民治黄人开始活动的基地之一，为了迎接黄河回归故道，他们修复了村东的孙口坝关。台前县历史上第一支工程队就在我们村内，这支工程队即现在的台前河务局的前身。当年河对岸是国民党敌占区，为了早日修复工程，在共产党的领导下，工程队冒着敌人的枪林弹雨和飞机轰炸，英勇奋战，在人民群众倾力支援下进行几次大复堤，村前村后搭满了培修大堤的工棚，拉硪的号子声响彻云霄。我就是在聆听着一个个黄河故事、哼唱着赞扬人民治黄的硪号声中长大的。

我村解放前深受洪灾之苦。由于历史上决口，留下了飞沙盐碱地，春天白茫茫，夏天水汪汪，种一葫芦收不了两瓢，全村人在艰难中度日。20世纪70年代，黄河实施淤背改土固堤工程，将我村这片有名的蛤蟆滩、芦苇荡改造成了江南鱼米之乡，全村人在党的领导下开始奔向了小康之路。我了解黄河给人民带来的苦难，也看到了人民治黄以来除害兴利造福人民的现实。

我从内心里热爱治黄事业，自 1979 年转为正式修防工后，就暗下决心，一定要干好这份工作。当时社会上很多人都看不起这个职业，因为修防工成天与黄土、石头、洪水打交道，既脏又累，还有很大的危险性，有顺口溜这样说："黄河工人远看像要饭的，近看是挖炭的，仔细打听才知道是修防段的。"由此可见，当时修防工工作的艰苦。我不这样认为，黄河安危事关大局，党需要修防工，没有修防工对黄河的治理，沿黄人民就不能享受黄河给人民带来的幸福。守卫黄河就像保卫边疆一样，国防安全，国家才能安宁；同样，黄河安全，国家才能稳定。我曾暗下决心，把当好黄河工人、学好防汛抢险技术当作毕生的追求。

黄河修防工程是项特殊工程，没有车间，不生产产品。修，就是维修和修筑防洪工程。堤坝就是"车间"，修防工的双手和铁锹、斧头、锤子、榔头之类一样，是工具，产品就是用土方、石头、树枝、麻绳、铅丝等修成的堤坝，用来约束洪水。防，就是抗洪抢险。这里面的学问可大啦，没有实战经验，没有理论基础，黄河一旦发生洪水，防洪工程一旦出现险情，你站在那里干瞪眼。洪水流向是怎么样的，河势工情会发生什么变化，什么样的险情，用什么方法抢护，用多少工，需备多少物料，心中没数不行，不知从哪里下手不行，一次抢险不住不行。那样，险情会继续扩大，一旦失去最佳抢护机会和最合理的抢护方法，就会造成溃堤垮坝的更大危险，给人民生命财产造成不可估量的损失。如果懂得防汛抢险技术，发生险情会胸有成竹，能化险为夷。你说修防工能不重要吗？我深知这些道理，身为修防工，更知道自己身上的担子有多重，责任有多大。

因为家里穷，我初中毕业没能继续深造。参加工作后，为了克服文化底子薄的弱点，积极参加了文化补课，在业余时间，系统学习了《黄河埽工》《防汛抢险》《堤防工程》《河道工程》《涵闸工程》《水力学》《泥沙运动学》等业务书籍，写下了近 30 万字的读书笔记。平时业务书籍不离身，遇到困难就向技术人员请教，晚上再做笔记。我还跟随老河工察看河势，了解险情、工情和抢护方法的时候，把了解的情况写在本上，记在心里，有时自己还画一些简单的示意图。我学习防汛抢险技术简直入了迷，别人闲时打打扑克，娱乐一阵子，但我总感觉时间不够用，晚上点燃煤油灯学到深夜。夏天虫叮蚊咬，我就撑起蚊帐藏在里面学，冬天用棉被围坐在床上学。为了学习，还要自己花钱买书，我的家境不好，父母都有病，一个月二十多元钱，有一半都得为父母看病，因此月月入不敷出，结婚10年了，我和妻子还住在2间破草房里。1984年，我们结婚的第11个年头，我咬咬牙要盖新房，因为钱不够，盖的房子6根檩条竟有4根是接的，还有1根大梁也因不够长，只得从地上垒起一堵1米多宽的砖柱，把大梁架在上面。说是4间新房，因为“偷工减料”，花了还不到1000元。岂料天有不测风云，新房落成的喜悦未尽，妻子不知是盖房累的还是别的原因，突然病倒了，到医院一看，竟然被确诊为类风湿性关节炎！自从得了这种病以后，妻子不但不能干重活了，还得不停地吃药，原本两个“老病号”的家又多了一个“老病号”，不但经济上让我不堪重负，还大大耗费了我的精力。以前家里有妻子照顾，我以坝为家，很少回去，现在妻子病了，我只好两头跑。即使如此，我的学习依然没有中断。我把平时放在工程队的书都带回家去，每天深夜看两个小时。功夫不负有心人，参加工作四、五年后，在防汛抢险技术上，我就有了点小名气。

1982年，黄河流域普降大雨，花园口发生了15300立方米每秒的特大洪水。水大流急，大河主溜直冲影唐险工3坝，整个迎水面根坦石墩蛰入水中3至4米，使坝基土胎外露，发生重大险情，随时都有跑坝的可能。我作为险工班长，及时采取措施，组织人员冒雨进行抢护，经过36个小时的捆枕、抛石紧急抢护，终于保住了3坝的安全。与此同时，孙楼控导的引黄闸土石接合部相继发生冲决重大险情，我又被调到该工程处进行口门的堵复抢护。刻不容缓，在我指挥下，先从口门上游挂柳落淤、缓解溜势，接着用柳石进占，操作平面用土压实，迎水面推枕、外加散抛石防冲，三步操作程序紧密结合向前推进，我们确保了工程的整体安全度汛，为国家挽回经济损失上百万元。在这次抗特大洪水的斗争中，我荣立了防汛抢险三等功。

1984 年，新乡汲县段卫河截流，我应邀代表黄河系统参加截流会战，并被任命为副总指挥。我经过测量，制订了方案，采取稳固推进的方法，一次有条不紊地合龙成功，且省工省料，受到了当地领导和专家的高度赞扬，为黄河工人赢得了荣誉。同年，在全河初级修防工技术比武中荣获第五名。1987 年，通过技能鉴定，我被河南黄河河务局破格晋升为河道修防工技师，1997 年，获得全河河道修防工高级技师技能鉴定第一名，并取得高级技师资格证书和全国水利行业高级考评员证书。1988 年至 1991 年，我担任市河务局机动抢险队教练员。1982 年至 2002 年，任濮阳市河道修防工等级培训教师、修防工职业技能鉴定考评员，共培训学员 1500 人，全部通过了职业技能鉴定。1983 年至 2005 年，被河南黄河河务局聘为考评修防工等级鉴定、修防工技师，高级技师鉴定委员会委员，黄委会历次修防工技术比赛评判员，并参加题库的编制工作。

在抗御 1996 年 8 月的洪水中，我参加了韩胡同控导工程上首口门的堵复工作，并被县防指任命为抢险总指挥。由于韩胡同控导工程河段河势近几年发生了变化，大水、小水期河势一直上提。1996 年 8 月洪水期间，该工程上首形成“横河”，造成夺河抄工程后路之势，口门流量达 1200 立方米每秒。顷刻间，无情的洪水吞没了工程上首 4 道坝。面对险情，按常规抢护方法应用柳石进占技术堵复口门，可是，抢险工地柳料十分短缺，该处工程四面环水形成孤岛，外面的柳料一时难以运送工地，情况万分紧急。当时，唯一的材料来源是韩胡同村联坝工程上的麦秸。可是用麦秸堵复口门没有先例，由于麦秸拉力小、浮力大、操作困难，成形整体难度大。面对特殊险情，我果断采取了超常规的埽体制作方法，即加密桩绳、增大埽体的结构力。我们一鼓作气将口门合龙闭气，确保了该工程整体安全，避免了滩区 603 万亩耕地被毁，保护了 113 个行政村、7.2 万人的生命、财产安全。

2003 年，我代表黄河专家组赴陕西渭河参加抢险，在我的指挥下，将口门按预定时间提前两天完成堵复任务，受到陕西省防指和渭南市委市政府的好评，也充分展示了黄河人防汛抗洪抢险的技能和胆略。从渭南胜利归来后随即转到河南封丘大功、兰考集参加黄河抗洪抢险，用娴熟的技术和对黄河的热爱与了解，取得了优异成绩，被黄委会授予“防汛抢险先进个人”称号。

领导的支持和组织的关怀是我成才的不竭动力。在我所在的河南黄河河务局就有这样一套完善的人才选拔培养机制，“是金子就让你发光”。我于1987年就取得了河道修防工技师资格，1997年取得了高级技师资格。市、县河务局领导又多次派我参加了高层次的抢险技术培训班，进一步提高了自己的理论水平。“科技是第一生产力”“以人为本”“尊重人才”，这些在我所在的单位不是一句空话。省河务局人事部门为了使我丰富的抢险知识在更大范围发挥最大的社会经济效益，还推荐我担任了省局举办的抢险技术培训班的教员，并在技能考核工作中担任考评员。在省、市河务局和黄委会组织的历次修防工技术比武中均担任评判员。1999年至2005年，还被河南黄河干校聘为培训修防工职称，晋升兼职教师，亲手培训过的学员达7000多名，其中，2002年全国“黄河杯”技术比武中进入前五名的就有3位。

正是依靠科学的人才评价观和人才培养观，才成就了我今天的一切成绩。各级领导对我的关怀、支持和信任，促使我不断奋发图强，只争朝夕地加紧对防汛抢险技术的刻苦钻研。因为时代在发展，科技在进步，我必须加快学习步伐，跟上时代的发展变化，掌握现代科技，以应对黄河防汛抢险中不断出现的新情况、新问题，报答党的恩情和领导的信任与培养。1999年至2005年，我先后攻克了“导杆式软帘覆盖堵堤防漏洞”“万项杆探漏”“锥体橡皮包堵深水漏洞措施”“土工布袋式软排”4项防汛抢险新技术难关，编写了防洪预案和抢险方案，发表文章50余篇，先后获得省部级科技一等奖2次、二等奖10多次。2000年获“全国水利技能大奖”，同年，被评为“全国技术能手”。2002年6月，在湖南岳阳举办的全国防汛新技术演示会上，向国务院总理朱镕基演示了我发明的“锥体橡皮包堵深水漏洞措施”新技术。2005年5月17日至18日，又在成都全国防汛抗旱抢险新产品、新技术展示会上进行了展示。2002年12月，获“中华技能大奖”，在北京的授奖仪式上又受到了吴邦国委员长和汪恕诚部长等领导的亲切接见。2004年被评为“河南省劳动模范”，2005年被评为“全国先进工作者”，受到了胡锦涛等党和国家领导人的亲切接见，我感到无比荣幸，也感受到了黄河人的荣耀和风采！

黄河安危事关大局，为了黄河岁岁安澜，为了黄河趋利避害，为了黄河永泽华夏，我将继续努力，争取为党为人民再立新功。

我所经历的新乡河务局水管体制改革

◎李留刚

2006 年 4 月 11 日至 24 日，新乡黄河河务局历时 14 天，作为一个市局单位在全河圆满完成了水管体制改革任务。这场影响深远、意义重大的改革，将明清以来沿用多年的“修、防、管、营”四位一体的管理体制打破，以严格按照合同关系确立的管理、养护与施工“三驾马车”并行的新型管理，代替了沿袭数百年的自管、自建、自营的管理体制，拉开了全河各个市局水管体制改革的序幕。这次改革按照黄委会要求，在黄委会观察组和河南黄河河务局观察组的指导下，不但实现了改革、工作两不误，做到了秩序不乱、工作不断、人心不散、改革有序的改革要求，还坚持实施阳光操作，使之顺利完成，实现了治黄事业发展上的又一次新的跨越。

2000 年，退伍就业后的我参加了治黄工作。最初我在原阳黄河河务局工程处，常年在外施工。2002 年年底，单位要进行水管体制改革，所有科室将重新组合，人员将全面打乱，还设立了新的科室，所有人员将通过重新竞聘的方式，走上新的工作岗位。那时，我并不知道水管体制改革是什么，更不知道这次改革对于治黄工作会产生什么影响，只知道这是自己治黄生涯中必须把握的机会。

我最终选择了工程养护处的宣传岗位。之所以选择工程养护处，是因为自己不能竞聘参公科室岗位，而工程养护处又是新成立的部门，岗位比较多，竞聘上岗的概率也比较大。经过认真准备，我竞聘上了所报的岗位。之后我才知道，我所在的原阳黄河河务局是全河水管体制改革工作试点中的试点，是全河最早进行水管体制改革的单位。

水管体制改革前，原阳防洪工程管理的模式是六处控导，分六个控导工程班，工程的运行管理均归工务科管理；而63.824公里、横跨8个乡镇的堤防自人民治黄以来，则采取了“护堤专干 + 群防群守”的方法进行管理。护堤专干由正式治黄职工担任，群防人员则按照每500米1人的原则，由黄河大堤相邻的村委推荐1到2名村民协助管理，这些村民被称为“护堤员”。

随着社会主义市场经济体制改革的深化和社会经济的快速发展，“专管群管相结合”的工管模式已逐渐暴露出“标准低、费用高、组织涣散、管理粗放、文化素质低、管理人员老龄化”等各种缺点；“护堤专干 + 群防群守”的管理模式已不能适应现代治黄形势，开展改革势在必行。作为全河防汛、工管领先的原阳黄河河务局，率先开始了“管养分离”的探索，选择堤防官厂段作为试点，成立官厂堤防工程养护班，并从机关各部门选拔22名人员补充到班组。为确保改革顺利进行，原阳黄河河务局还专门出资购买了一部中巴车，方便职工上下班进行堤防工程养护工作。

进入新的岗位后，一切工作都没有参照，在摸索中进行。总经理张文惠从制度上规范，实施了很多的工作制度，如《堤防工程管理制度》《控导工程管理制度》《林木管理制度》《堤防工程检查评比办法》《控导工程检查评比办法》《庭院管理制度》《班坝人坝责任制》等10多项，并明确了每个人的管理职责，使各项工作能够有章可循、有规可依。

为早日实现“管养分离”，原阳黄河河务局全面落实《国务院办公厅转发国务院体改办关于水利工程管理体制改革实施意见的通知》（国办发〔2002〕45号）文件和水建管〔2002〕429号文件精神，成立专业化工管队伍。局领导班子专门召开会议进行了讨论，从各科室抽调人员，成立了以耿新杰局长为组长的资产评估工作组，开展堤防工程资产评估，推行群管护堤员下堤，制定“日汇报、周总结、办公室督察”的工作制度，采取“定任务、定时间、定工作量”的工作方法，有效加快了工作进度。经过几十天的努力，沿堤各村 195 个群管护堤员下堤工作全部完成，共签订协议书 43 份，为早日实现全局“专业化、正规化、标准化”堤防管理奠定了基础。

随着群管护堤员的下堤，专业管理人员全部到位。其中堤防工程养护人员 41 人，专管长度为 31 公里，控导工程养护人员 50 人。所有专业管理人员全部签订了工程养护承包合同，共计 212 份，全面打破了旧的“大锅饭”“铁饭碗”式的经济分配制度，将工程管理养护工作与经济效益挂钩，有效提高了工作效率。至此，原阳防洪工程“三级制”合同管理方法全面推开，即工务科与养护处签订合同—养护处与班组签订合同—班组与养护职工签订合同。合同签订后，每月初上报计划，月底开展检查，一级抓一级、一级管一级、级级抓落实的新的管理局面全面形成，有效提高了管理水平。

原阳黄河河务局堤防总长度为 63.824 公里，其中专管长度 31 公里。针对剩余 32.824 公里因管护人员严重短缺、管护工程量过大而出现管理空档的实际情况，按照有关文件精神，经认真研究、探索、分析，依照上级领导改革要求和精神，从提高管理质量和增加职工收入的角度出发，对剩余堤防工程维修养护工程量进行认真丈量、核实，按不同地形结构、不同维修项目分别列出，逐项估工、核算，分成四个标段，编制了工程维修养护招标文件。养护处打破乡镇界限，分成 4 个标段，面向各班组进行公开招标，实行工程养护招投标管理。全处共有 10 个工程养护班参加投标大会，祝楼工程养护班中了 2 段，毛庵工程养护班和郭庄工程养护班各中 1 段。工务科与中标班组签订了堤防养护承包合同。工程养护招投标开展，是原阳黄河河务局在机构改革后按照新管理体制运行的又一个新的起点，标志着全局“管养分离”工程管理运行又迈上了新的台阶。

2003 年，在全新的工程管理模式推动下，原阳养护处干部职工士气高涨，干劲儿十足，各项工作均取得了非常优异的成绩。在黄委半年工程管理检查中，以 910 分的成绩夺得全河水管单位第一的成绩；以 961 分全河第一的成绩，顺利通过了水利部组织的“国家一级水利工程管理单位”验收，并因此获得省局年终检查免检的资格。为打造出一支业务素质高、抢险技术精、综合能力强的防汛抢险队伍，先后四次进行了长达2个多月的封闭式养护技能技术培训和抢险技能培训。在市局的“水中进占”防汛技能比赛中名列第一，在省局的“水中进占”防汛技能比赛中夺取第一，在市局养护技能中又夺第一，在省局举办的养护技能竞赛中，不但夺得了集体第一，而且取得了个人的第一、第二、第三、第四、第六名，参赛的10名队员全部进入前15名。在省局“师徒金搭档”评选活动中，姜建胜再次名列第一。在对大张庄控导工程、毛庵控导工程和斗门进行险情抢护的同时，先后派人支援沁河抢险、渭河抢险、封丘大宫抢险、顺河街抢险、兰考蔡集控导工程抢险，陕西省渭南市人民政府和陕西省防汛抗旱总指挥部向我们发出感谢信。

从1999年年底到2003年，原阳黄河河务局最大的收益是测算出了管理合同费用基数，摸索出了一套行之有效的管理办法和规章制度，为下一步管养分离的全面实施积累了经验，提供了科学依据。

2004年，养护处先对一线班组进行了调整，提升了一批年轻、工作能力强的职工担任班组长，提高了队伍的整体战斗力和凝聚力。然后将所有堤防、控导工程面向10个一线工程养护班组实施内部招投标，与中标班组签订了工程维修养护合同。

2004年3月26日，原阳县黄河工程维修养护有限公司——全河首家工程维修养护公司在原阳黄河河务局宣告成立。新成立的养护公司全面实行“独立核算、自负盈亏、自我发展”的企业运行规则，标志着该局黄河工程维修养护将全面步入企业化管理轨道，适应市场经济条件的“管养分离”新型工管模式已逐步形成。全河首家工程维修养护公司的成立，实现了公司经济、管理与县局的彻底脱钩，使工管养护工作由事业化管理运作模式走向了企业化管理运作模式，走出了一条适合自我发展的新路子。

2004年，原阳黄河河务局在顺利获得河南局工管检查“六连冠”的同时，三官庙控导工程养护班被河南局命名为“先进班组”，祝楼堤防工程和双井控导工程同时获得黄委“五个十”示范工程称号，原阳县黄河工程维修养护有限公司被黄委会评为“先进集体”。

2005 年 3 月 3 日，原阳黄河河务局水管体制改革动员大会召开。会议宣布原阳黄河河务局及所属单位严格按照产权清晰、权责明确、管理规范的原则，分离为由新乡黄河河务局直接管理的原阳黄河河务局、原阳县黄河工程维修养护有限公司、河南豫源水利水电工程有限公司 3 个单位，实现 3 个单位的人、财、物的彻底分离，原阳黄河河务局水管体制改革正式启动。

在黄委会和省、市局工作小组的现场监督指导下，在原阳黄河河务局领导班子的精心组织和正确领导下，历时 15 天的改革顺利落下帷幕。作为黄委会 22 个水管体制改革试点单位之一的原阳黄河河务局，最终完成了改革工作。

改革结束后，原阳黄河河务局不但形成了事业管理单位、工程养护单位、企业施工单位人、财、物彻底分离、“三驾马车”并驾齐驱的崭新格局，而且下属部门由过去的 14 个减少到 8 个，机关人员由过去的 86 人减少到 56 人，领导班子由过去的 6 人减少到 4 人，中层干部由过去的 26 人减少到 18 人，成功实现了机关“瘦身”计划。5 月，作为黄委会 22 个水管体制改革试点单位之一的封丘河务局，也顺利完成了改革工作。

2006 年 4 月，黄委会观察组、河南黄河河务局督导组同时进驻新乡，指导新乡黄河河务局与长垣河务局完成水管体制改革工作。黄委会副主任徐乘、建管局局长张俊峰、河南黄河河务局副局长张柏山等领导的到来，足以体现本次改革意义之重大，影响之深远。徐乘副主任指出，要切实加强组织领导，有关部门要通力协作，各级领导要关心、支持、理解职工，把改革动员、思想政治和宣传工作做细做实，真正实现阳光作业，让大家放心，都能找到合适位置。他要求观察组和督导组切实负起责任，对改革单位和工作组反映的实施方案执行过程中发现的问题要及时解决，解决不了的要及时向委里反映，确保改革工作的顺利进行，还要不断总结经验，为下一步全面改革创造条件。他要求新乡黄河河务局全体职工要正确对待改革，积极参与改革，服从改革安排，统筹安排汛前准备工作，做到改革、工作两不误。

这次动员会不但提出了本次改革要以“工作不断、人心不散、秩序不乱”

为总体要求，要实现人、财、物的彻底分离，形成产权清晰、权责明确、管理规范的新格局，要以公开、公平、公正为前提，处理好改革、发展、稳定的关系，还要求在改革结束后，做好总结，为其他水管单位的改革提供借鉴。

4 月 24 日，伴随着新乡黄河河务局历时 14 天的水管体制改革工作的顺利完成，作为黄委会两个市级水管体制改革试点单位之一的新乡黄河河务局完成了改革工作。各项后续工作随之推进，县级水管单位与新乡黄河河务局养护公司转变为管理方与维修养护方的合同管理关系。在施工企业方面，新乡黄河河务局原有 7 个水利水电工程总承包贰级以上资质施工企业，进行了清产核资，理清了债权债务关系，将综合实力较强的河南中原黄河工程有限公司确定为核心施工企业，从而形成了一个联系比较紧密的企业联合体，增强了全局施工企业的抗风险能力和整体竞争力。我作为这次水管体制改革的亲历者，也再次通过竞聘，转岗为河南豫源水利水电工程有限公司综合部经理。

从成立一个试点班到成立四个试点班，从推行合同管理到成立首家黄河工程维修养护公司，从原阳黄河河务局开展水管体制改革到封丘河务局开展水管体制改革，再到长垣河务局、新乡黄河河务局水管体制改革，新乡黄河河务局摸着石头过河，在没有经验借鉴的前提下，成功探索出了一个适合新形势下的管理运行的新模式。虽然这个模式在运营过程中还有不少的问题，需在实践中不断完善，但在水管体制改革的道路上，黄河流域生态保护和治理的道路肯定会越走越远。

记忆中的非法采砂专项治理再监督

◎赵俊娥 张洪涛

监督是纪检监察部门的主要责任，不过，纪检监察部门的监督不同于业务部门的监督，主要是再监督。自2008年任河南黄河河务局监察处副处长以来，参与的再监督工作不计其数，2014年，作为河道非法采砂再监督组组长，对河道非法采砂专项整治工作进行了再监督，打击了非法采砂，对有效维护河道治理秩序发挥了纪检监察部门的作用，很有成就感。虽然已经过去近8年时间，但至今仍历历在目，难以忘怀。

一封匿名信引发的突击检查

治理和打击非法采砂活动，本不是纪检监察部门的直接工作。2014年，河南黄河河务局纪检监察部门参与非法采砂治理最初源于一封匿名举报信。

河道采砂疏浚是经国务院批复的《黄河流域综合规划（2012—2030年）》中明确的治理黄河的一种重要举措。不过，受利益诱惑，非法采砂屡禁不绝。2014年6月，河南黄河河务局监察处接到一封匿名举报信，反映开封大广高速黄河桥附近有人私采乱挖。我们的第一反应是“不可能”，因为2014年春天，黄（沁）河河道内非法采砂活动有所反弹，2014年4月、5月、6月，省局组织有关部门对非法采砂进行了专项整治，非法采砂已经得到有效遏制。第二反应是“不会吧”，难道受利益的诱惑，有的采砂老板真的又进行非法采砂？我们越考虑，底气越不足，于是决定进行突击检查。

2014 年 6 月 5 日傍晚，我和同事小张及开封黄河河务局有关人员对匿名信反映的大广高速黄河桥附近采砂情况进行突击检查。果不其然，该桥上下游 12 个采砂场全部处于违法生产状态。开封辖区属于黄河下游，滩区砂石属于“面沙”，开采设备简单、成本低，停工后复工容易。当年的水政执法力量薄弱，手段有限，砂场老板往往与水政人员“打游击”。根据有关规定，特大型桥梁上游 500 米、下游 2000 米属于禁采区，我们现场将有关管理人员、砂场老板、作业人员集中到一起，用测距仪进行测量，拍照留存，现场签字画押。告诉他们，专项治理之后如果不彻底停止，将移交公安部门处理。最终对违法采砂进行了制止。

非法采砂专项整治再监督开始了

纪检监察部门查处案件，有一个重要环节是举一反三。突击检查结束后，我们向省局党组进行了汇报。党组书记、局长牛玉国要求对非法采砂再次监督检查，巩固专项治理成果。就这样，一场对非法采砂专项治理进行再监督再检查的专项行动开始了。

河道采砂是一项政策性专业性都很强的工作，开展专项检查需要大量的专业知识和政策支撑，如何开展？从哪里下手？我们当时心中没底。我们对《中华人民共和国水法》《河南省黄河工程管理条例》《河南省黄河河道管理办法》等法律法规进行了学习研究，同时，走访水政部门取得支持。

该专项行动自 2014 年 7 月 10 日开始。

7 月中下旬的黄河滩，骄阳似火。我和小张，还有水政处小何一组，我们三个人分工明确，各有侧重。小张负责联络、记录和拍照，小何负责技术界定，我唱“黑脸”。

我们沿黄河从洛阳往下走。

洛阳下辖孟津、吉利。这里是黄河由中游到下游过渡段，这里河道出库区比降大，流速快，河道砂石都是鸡蛋大小的鹅卵石，经加工粉碎后，是上等的铺设高速公路路基的原料，当时我们了解，价格每立方米大约60至70元。这里建一个采砂场通常需要三条大型船，即一条采砂船、两条运砂船。

第一站在孟津就遇到了“硬骨头”。孟津辖区4个采砂场，由于设备复杂、规模大、整改难度高。其中一个非法采砂场办理一个许可证，竟然有三处堆砂场，河道内堆砂场（石料）在20亩以上，有石料破碎机、筛分设施及混凝土搅拌机等石料加工设备，石料加工场均未办理河道建设项目许可证，且堆砂（石料）高度超过10米。尽管当时从河道采砂石已经停止，但加工仍在进行。很显然，没有整改到位。

我们决定直接找老板谈谈。老板办公室是在黄河滩里建设的一座平房，进到房间，室内摆设了看上去非常考究的红木家具，老板是一个低矮的中年人，脖子上挂着很粗的金链子，由于长期在黄河滩里工作，皮肤晒得黝黑发亮。老板听我们说明来意，理直气壮地说，“我有许可证”。我们说，许可证上有说明，汛期不能生产，采砂过程还要服从管理，你服从管理了吗？经过我们和水政人员共同斗智斗勇，老板最终败下阵来。吉利区的非法采砂问题也按照这个模式得到解决。

洛阳首战告捷，我们继续向下走。

焦作黄河河务局所辖县局辖区内共有采砂场90个，大多是一条船一个泥浆泵的小采砂场。7月16日、17日、18日、19日4天现场抽查29个。焦作所属县局在专项整治工作期间及结束后，都按照要求进行了整改，除个别采砂场采砂某些方面整改不规范外，其他基本整改到位。我们小组人开玩笑，也是感慨，“怀川人就是严谨而有规矩”。

第三站是新乡辖区。7月22日、23日、24日，我们对新乡辖区的原阳、封丘、长垣河段进行检查。新乡河段是典型的游荡性河段，这里的砂石经过水力作用，由砂石变成了面沙，利用价值和价格均不高。

7月22日进入原阳黄河滩区。由于该河段滩区广阔、人口众多、经济活动频繁，再加上当时天气干燥，沙粒细小，那里简直可以用狼烟四起来形容，堆沙粉尘、遮天蔽日。在现场，我们一座一座检查，详细记录了现场情况并拍照。检查过后，7 月 28 日，我们对原阳采砂场杀了“回马枪”，发现惠武浮桥北岸有采砂船，又存在禁采期偷采现象，我们当即把发现的情况向领导进行了汇报，最终对该采砂场进行彻底取缔。

在新乡河段，我们又分别现场抽查了长垣辖区和封丘辖区的采砂治理情况。

第四站，我们到达濮阳河段，濮阳河段河道砂石利用价值更低，整个濮阳市局范围内只有濮阳县局有 4 个规模很小的采砂场。管理也比较规范。

第五站是开封辖区。共有采砂场 41 个，从 7 月 24 日开始，我们在 6 月突击治理的基础上，再次杀“回马枪”，共抽查 15 个，比较规范有序。我们感慨，前期处理大广高速桥附近的采砂场还是很有成效的！

第六站是郑州辖区巩义、荥阳和惠济区。这里比邻郑州市，砂石用量大，共有采砂场 61 个。7 月 28 日至 29 日，我们共抽查 22 个。可能是我们在其他几个市辖区内检查，他们听到了风声，我们检查的时候，全部处于汛期停采状态。我们对此也不放过，直接面对砂场老板或管理人员，宣讲河道采砂有关规定，对他们提出明确要求，同时，对于船只锚固不到位、禁采标记不明显、公示牌子不完整等要求纠正。

我们很有成就感

本次专项行动自 7 月 10 日开始，至 7 月 31 日结束。正是三伏天，黄河滩区热浪烤人。二十余天的时间，我们专项整治小组直接接触采砂场 144 个，每天不是在采砂场检查，就是在去采砂场的路上。记得 7 月 22 日，在原阳滩区，当天天气预报高温 39 摄氏度，我们感觉黄河滩会有 40 多摄氏度！陪同我们检查的是新乡黄河河务局纪检组长任组长，可能是实在受不了太阳炙烤，任组长胳膊竟然戴着防晒袖，我也是第一次见到一个男同志戴着通常女同志夏天才戴的防晒袖，总觉得很好笑。最后他实在受不了了，就蹲在汽车背阴处躲避阳光的直射。这天，我们也接到了省局监察处胡处长电话，让我们注意防暑和休息，如果坚持不住，马上撤回。我们小组进入战时状态，已经停不下来了！

本次专项行动，取得了很大的成效，摸清了河南黄（沁）河河道采砂详细情况，当时采砂场共计 269 个，为后续有效管理提供了基本数据支撑。非法采砂场得到取缔，当时，凡是手续不齐全、采砂位置越界等，我们都一一进行了汇报，最终全部取缔，采砂场管理进一步规范。8 月，我们对洛阳、新乡辖区采砂治理情况再次进行了回访，小山一样的砂石堆没有了，黄河滩区“面沙”全面覆盖防尘膜，遮天蔽日的粉尘没有了。

由于本次专项行动很有成效，年终我们监察处受到省局嘉奖和表彰。这里不得不佩服和感谢我们组里的小何，小何真是一名专家型的水政工作者，对于全国各个河道采砂形势、国家采砂有关规定，了然于胸。对于黄河河道内采砂场位置分布和规模等情况，了如指掌。小何还是一个善于总结的人，本次活动结束后，进行了认真总结，2014 年 12 月，由他主持制定了《河南黄河河道采砂管理规定（试行）》。还有我们监察处小张，当时作为一名新进入纪检监察队伍的年轻人，能够发挥年轻人的特长，准确操作卫星定位仪和测距仪等现代化工具，同时不怕吃苦、不怕困难、不畏艰险、冲锋在前。努力付出了，总会有回报。近几年，小何、小张都成为了本领域的业务骨干。他们有作为，有担当，2020 年，两人均已被提拔为副处级领导干部，走上了领导岗位。

黄河女儿赴汶川

◎徐雁华 口述　　赵俊娥 整理

我叫徐雁华，是河南黄河河务局干部学校一名普通职工，一名从小生活在黄河岸边，喝着黄河水长大的黄河女儿。2008 年 5 月 12 日下午 2 点 28 分，四川汶川发生了里氏 8 级地震，造成重大人员伤亡。我作为黄河系统一名志愿者，于 2008 年 5 月 24 日至 6 月 3 日到四川安县小坝镇，为灾区安置点学生提供心理援助。我所做的工作、所经历和感受到的，尽管已经过去多年，但至今仍历历在目，使我终生难忘。

一张照片让我决定：我一定要到灾区，去牵手明天的希望

地震发生后，连续几天，我一直特别关注新闻媒体及互联网上所有的有关地震的报道。5 月 16 日，当我再次打开计算机，浏览相关报道时，一张照片进入我的视线：七、八个戴着红领巾的孩子，朝着不同的方向躺着，厚重的天花板、砖块，挤压着他们幼小的身体，他们半躺在那里，闭着眼睛，显得是那么脆弱、无助。我感到了锥心地痛，眼泪“哗”地涌出眼眶。本能的母性使我瞬间产生一个强烈的愿望，我要冲上去抱起他们，去救他们，让他们活过来。孩子可是明天的希望啊！于是，我决定，一定要到前线去。我一定要到孩子们的身边，伸出双手，去牵手明天的希望。

冷静下来，我开始考虑，我怎样才能够去？我去了以后，能为他们做些

什么？当时，黄河系统还没有接到上级的救援通知。另外，即便黄河系统内派出救援队，我作为黄河干部学校工作人员，派出的可能性也不大，况且我又是个女同志。最终，我决定通过社会组织，作为志愿者去帮助灾区的孩子，为他们提供心理干预。因为近年来我一直参加心理学培训，学习了大量的心理学知识，并考取了心理咨询师资格，我感到自己有这个能力帮助他们。于是，我开始行动，查找相关信息。

当我得知河南省要组织心理援助志愿团时，我就报了名。18 日下午，组织者对 100 多位报名者从政治素质、身体素质、专业技能等方面进行了严格的筛选，我有幸被选中，作为首批志愿者进入灾区。

黄河干部学校领导对我的做法给予了高度评价，并且表示，如果有什么困难，学校一定全力支持。第三天，学校就为我买了意外伤害保险。当同事们得知我要去灾区时，为我准备了日用必需品，一位小同事还给我的手腕戴上了一个“平安珠”……朋友们知道此事后，为我准备了 2 顶帐篷及行囊。出发的前一天，我出外购买物品时，一位出租车司机得知我要到灾区去，坚持不收我的车费。

我的父母是最后知道这件事情的。当时他们都已经是60多岁的老人了，我母亲身体也一直不是太好，女儿要到生命安全得不到保障的灾区去，有哪个母亲会不担心、害怕？我真的不敢告诉他们，怕他们担心，更怕他们阻拦。况且，我还有一个 4 岁的女儿，如果我去，还要他们帮我照看孩子。作为女儿，我不能照顾他们，还要他们为我担心和劳累，我实在说不出口。于是，我就让爱人帮我解决这个问题。令我没有想到的是，父母知道后，非常支持我，他们说：“你做的是好事，是善事，放心去吧，孩子有我们照顾，但你一定要注意安全。”父母没有豪言壮语，没有华丽辞藻，从这朴实的语言中，我感受到了老人的善良、真诚和爱。父母支持，可女儿却不同意，她说，妈妈，你不能去，你去了会死的，那样，我就没有妈妈了。我说，不会的。灾区的小朋友受伤了，我要去帮助他们。女儿似懂非懂地点点头。

正是单位领导、同事、家人及那位素不相识的出租车司机的支持和鼓励，给了我更大的勇气和战胜困难的信心。也正是这股巨大的力量，使我义无反顾。我一定要到灾区去。

孩子们让我忘记了苦和累

5 月 25 日下午，告别父母、告别女儿、告别朋友，我坐上了开往绵阳的列车。经过近 28 个小时的颠簸，我们一行 13 人到达了绵阳。刚下火车，就感觉大地发出了隆隆声，大地在剧烈地晃动，眼前的候车厅也跟着一起晃动，让我们站立不稳。广场上的人们一阵骚乱，大家惊慌失措，快速地聚集在空地上，惊恐地望着身边的建筑。这是我第一次经历这么强烈的地震，这时，我才体会到什么叫生死一瞬间。队员们相互安慰、鼓励，以消除心中的恐惧。后来才知道，这就是发生在青川的 6.4 级余震。

当天傍晚，我们与绵阳抗震指挥部教育组的同志取得联系，根据他们的安排，我被派到安县小坝镇小坝、茶坪帐篷小学安置点工作。

当天，我们就投入了紧张的工作。

把心里的恐惧与伤痛表现出来，是心理危机干预的好时机，而了解孩子们的有效的方式是画画和游戏。我们在小坝的工作就是以这两种方式开展起来的。雨后的小坝是清凉的，孩子们可以在那里学习了，我给孩子们上了一堂图画课，请他们把自己最想说的画出来，不管是好的，还是不好的。他们大多数人在画纸上表现出来的最大愿望是想有一座房子，有的想要楼房，有的想要木头房，总之是结实的、坚固的房子。其中，我辅导的小组有一幅画引起了中央电视台《焦点访谈》记者的注意：那是一张线描，没有涂颜色，整张画纸只有一座平房，房顶的瓦片线条很美，但是在墙上，在窗户旁的大门旁边有一扇小门。我知道，四川的民居很少有这样的结构，即使在一层有其他的房间，房门要么是在堂屋内，要么被开在两侧。大门旁边再开个小门是什么意思呢？正当我心里想到的那一瞬间，孩子轻轻地对我说，徐姐姐，多个门会有更多人跑出来的。我一下抱着他，强忍着泪水，认真地、一字一顿地对他说："我把你的想法告诉盖房子的叔叔，好吗？等你长大了，用你的双手也盖一座这样的房子吧！"孩子用坚定的声音大声说："行"！

与我们同组的，来自河南工业大学的马老师，带来了很多四川籍大学生送给灾区孩子们的千纸鹤。在活动时，两名初中女同学的表情引起了我的注意。她们看着袋子里的千纸鹤一言不发，默默抚摸着，我走过去，问她们："是想要纸鹤吗？送给你们好吗？"两位同学连忙点头，却不动手去拿，眼里含着泪水。我试着问她们，家里的人和同学都还好吗，她们告诉我，家里的亲人都好，只是有一名同学遇难了，她很喜欢千纸鹤的。同学们谁都不敢提到她，那会让大家很伤心。我拿了一串千纸鹤，牵着两位同学的手，走到小树林，告诉她们："跟你们的朋友道个别，好吗？把你们最想说的话对这串纸鹤说出来，让它带给遇难的同学吧！"告别仪式结束后，两位女同学的眼神明显轻松了很多，走路脚步也轻快了许多……

灾区孩子们心中所受的伤害让我们担心，中央电视台敬一丹采访了我们小组，组长付老师在接受采访时，将我们的心意告诉了所有的人：灾难，给孩子们造成的心理伤害是很深的，因此，对孩子们进行心理干预不能是一时的，而是长期的，可能是十年，也可能是一生。参与干预的人要用爱和知识为他们疗伤，只愿他们心中的那道疤痕越来越小，越来越浅。

做游戏是所有年龄段孩子最喜欢的了。在与孩子们开展游戏后，他们变得活泼开朗，使我感动。曾沈茂，11 岁，茶坪小学四年级的学生，地震后，他表现出孤独、恐惧。做完第一个游戏后，小队长请大家做总结，轮到他时，他不说话，甚至抗拒。我们没有勉强他。第二个游戏他依然没有发言，但态度不再抗拒，只说："让其他人先说吧，我想想。"第三个游戏后，他的态度完全改变了，第一个发言："我的感觉很好，小鸡变凤凰是不可能的一件事，但我做到了，因此我觉得自己很不错。"在我们的努力下，一个 11 岁的孩子对周围的人敞开了心扉。他让我有了一种成就感。

在我们的帐篷中，还住着一位小坝小学九岁的小学生——张显林，大家都叫他小林儿。我了解到，这孩子从小不在父母身边生活，生活给予他太多的不公平。于是，我开始关注这个孩子。我发现，小林儿很内向，但很懂事。下雨了，他把帐篷上的窗帘放好，这样，雨不会漏进来，雨停了，他又用棍子顶顶帐篷，用小铲子平整平整地面……小林儿很喜欢听我给他讲故事，刚开始，只是听，后来，他会提出一些问题，再后来，他又自己自言自语试着解答，再接着问我对不对。我不住地夸他，他高兴极了。5 月 30 日，小林儿要去云南昆明读书了。临上车，他忽然跑过来，抱住我说，徐姐姐，我想和你在一起。我强忍着泪水，叮嘱他一定要照顾好自己。小林儿走远了，我朝着汽车挥着手，相信这个懂事的孩子一定会走好自己的路。

在灾区，我跟孩子们接触的最多，他们让我一次又一次地感动，让我真正地体会到什么是希望。中央电视台《焦点访谈》栏目要对小坝、茶坪帐篷小学安置点做一期“六一”特别节目，告诉全国人民，灾区的小朋友是怎样过这个灾后特殊的“六一”节。学校的老师、同学们知道了这个消息后，两所学校的老师组织编排了很多节目，几天来，孩子们一直都在排练，他们要把最好的面貌展现在全国人民面前。

我们班的节目是《感恩的心》，孩子们唱得很认真，就是不愿意打手语。我反复做工作，认真教他们，最终他们高兴极了。狭小的帐篷里容不下三百多名学生，我们在小操场集合，头上顶着大太阳，所有人的脸都被晒得红红的。我认认真真地一个一个动作教，老师和同学们眼睛一眨不眨地认真学，同学们流汗了，我看了直心疼。我跟他们建议，休息一会儿再练，结果，全体师生异口同声地说：“不行，要继续练。”此时此刻，我又能说些什么呢？！我和大家一起唱着《感恩的心》，直到所有的人学会了每一个动作。结束时，我向同学们深深地鞠躬，感谢他们让我懂得真诚的含义，知道什么是坚持，什么是坚强。而同学们在老师的带领下也向我深深鞠躬，大声说：“谢谢徐姐姐。”泪水霎时模糊了我的双眼，他们的真诚让我感动，他们的坚持让我看到他们那颗感恩的心，他们的坚强让我看到了灾区明天的希望。

教完孩子们手语，已经是中午了，高温天气和连续的工作令我疲惫不堪。我躺在帐篷里休息，可帐篷里实在是太热了，我怎么也不能入睡。于是，我开始想家，想父母、想女儿。父母要求我每天给家里打电话。几天来，每次给家里打电话，父母都说家里很好，并叮嘱我注意安全。这要在平时，我可能会嫌他们太唠叨，但当时，我感到从未有过的温暖。放下电话，我就在心里说，爸爸妈妈，你们辛苦了！我 4 岁的女儿也在电话里说，妈妈，我现在可乖。我感到，在我帮助别人的时候，女儿一下子长大了许多。我在帐篷里默默地祝福我的女儿，也祝福灾区的孩子健康成长，能够有一个美好的未来！

我在帐篷里躺着，忽然进来三个孩子，让我为他们指导一下小品，我立刻振作精神答应下来。小品名字叫《兄弟齐心，合力断金》，表现的主题是团结的力量。同学们的创意很好，不过，故事内容稍有欠缺。尽管我的嗓子已疼得说不出话了，可我仍强忍着，给三位同学指出了小品中的不足，并且纠正了他们的肢体语言。聪明的孩子们很快领会了我的意思，修改了内容。地震让孩子们深刻体会到团结的力量，体会到被爱的感觉是多么幸福。我对三位同学的精彩表演竖起了大拇指，而他们却不好意思地笑了。

5 月 31 日上午，小坝、茶坪帐篷小学安置点与抗震救灾的某炮兵部队进行了联欢，同学们每进行完一个节目，我都使劲儿地鼓掌。因为那些不是一般的节目，那里面包含着感恩、回报、爱、坚持、勇敢和希望。

心理干预，不同于一般的抗震救灾，它有一定的规律。一般来说，同一组干预对象，时间不能超过一周，否则，容易出现心理依赖。遵照这一规律，5 月 31 日下午，接替我们工作的第二梯队来到了小坝。6 月 1 日，我就要离开和我朝夕相处的孩子们了。说心里话，当时心中有太多的不舍和留恋。我来到跟同学们一起学习、游戏的小操场，眼前的四顶帐篷让我回忆起和孩子们在一起的点点滴滴。我双手合十，心里默默地为他们祈祷和祝福，再见了，孩子们，你们是灾区明天的希望，你们的徐姐姐希望你们能够早日走出阴影，快快乐乐健康成长！祝你们一生平安！

在小坝帐篷学校工作的六天时间里，我经历了人生的许多第一次。第一次住在了搭建在庄稼地里的帐篷，在闷热的帐篷里，我和队员们忍受着地蒸、天烤、蚊飞、虫咬，商量日程安排，做工作总结；夜晚，身体下面坑洼不平的庄稼地让我难以入睡，终于睡着了又被大地摇醒，歪了头继续睡；在连续吃了六天方便面后，我第一次有了听到方便面就想吐的感觉……在这里，我经历了我人生中的许多第一次困难，生平第一次体验到了什么是恶劣环境。我也第一次真正懂得什么是牵挂。后来知道，我走后，家里人每天都非常关注灾区情况，他们怕我报喜不报忧。母亲更是彻夜难眠，爸爸妈妈，让你们担心了，我会好好孝敬你们！

我得到的比付出的多

我们心理干预小组在灾区的努力工作，得到了当地抗震指挥部领导和群众的认可，他们给予我们高度的评价。临别时，老师和同学更是对我们依依不舍。十一天的灾区之行，将成为我这一生都用之不尽的财富。作为中国5·12地震二十多万志愿者中的一员，我觉得自己得到的比付出的要多很多。灾区每天的见闻都使我感动，使我震撼。

面对频繁的余震、堰塞湖溃坝危险，我确实恐惧过。但我遇到的英雄的人和事，又使我忘记了自己的恐惧和担心。

在灾区的每一天，我都能见到或听到英雄的人和事。灾难面前，中国人表现出来的团结，显现出来的大爱，让世界动容。也让我这个普通的志愿者认识到，作为社会的一份子，每一个人都应该有一种责任感和使命感。

黄河干部学校领导听说我要从灾区回来了，提前派同事小乔到火车站接我，小乔直接把我送到温泉浴池洗了20多天来的第一次热水澡。黄河干部学校对我的行为给予了表扬，召开全体职工会议，让我介绍汶川工作情况。同事、朋友们称我为英雄。在河南黄河河务局举行的抗震救灾先进事迹报告会上，我和其他抗震救灾先进人物一起，作巡回报告。

但与真正的英雄比，我真是受之有愧。我只是一名普普通通的志愿者，所做的事情很小很小，是不能跟那些真正的英雄们相比的。但灾区之行，做志愿者的经历让我明白，虽然我做的事情都不算什么大事，甚至微不足道。

但是，只要有很多很多的人参与进来，每人做一点小小的事，放在一起那就是一件大事。为了灾区的孩子，为了灾区明天的希望，我做了，我心里感到从未有过的满足。

有了这次经历，也使我更加成熟、更加坚强。在我的人生旅途中，不管遇到多大风浪，我都会勇敢面对。只要国家需要，社会需要，我仍会义无反顾、挺身而出，作出自己的贡献。这件事，虽然已经过去 10 多年了，如今我的女儿也由当时只有 4 岁的小姑娘，成长为亭亭玉立的大姑娘了，她至今提起妈妈的汶川之行，仍感到很自豪和骄傲。作为妈妈，这也算是我给女儿储蓄的一笔精神财富吧。

记忆中的两件事

◎秦新国

20世纪90年代初，我在郑州惠金黄河河务局（简称惠金局）办公室工作，兼任党总支宣传委员和党组秘书，负责全局的宣传工作。在这期间，曾遇到的两件小事，一直留在我的记忆中。

大年三十拾只兔

那时的黄河基层单位的通信手段十分落后，电话是摇把式的，由人手工转接，信号靠电线杆上的通信线向外传送。就连最重要的郑州至济南线路也是如此，不过相对“豪华”一些，全部用的是铜线。正是如此，也惹来了杀身之“祸”。线路频频被大量盗割，通信经常中断，直接损失惨重，间接损失更无法计算。为了保障黄河通信线路畅通，一场大规模、长距离、长时间的护线“战役”打响了。

我当时在惠金局工作，全程参加了护线战斗。为了护线，干部职工组成十个小组，白天上班工作，晚上潜伏在高发地段的十几公里范围内。参加人员在天黑后潜伏到位，有的躲在小树林中、有的蹲候在坝窝内、也有的藏在老乡的草堆里。黑暗中，警惕的眼睛凝视着黄河通信的“生命线”。晴天，陪伴我们的是“眨眼”的星星和时圆时缺的月亮；雨天，陪伴我们的是狂风大雨、电闪雷鸣。

日复一日，一月有余，盗贼没有来，有人很庆幸，也有人很沮丧。正当准备撤“兵”时，盗贼开始与我们不断“短兵相接”。有时，一晚上几处被盗，一天接一天不间断，有时，几天不来盗。由于当时没有通信工具及交通工具落后，几次合围都没有成功，“游击战”把我们搞的防不胜防、筋疲力竭、无可奈何。有时，我们和盗贼相差只有几百米，他们交通工具先进，眼看着追不上，简直就是在我们眼皮底下溜掉的。盗贼的疯狂，使我们不敢有丝毫懈怠，我们也迅速变换策略，加大密度，在路口设卡，把仅有的吉普车、摩托车调上去，提高机动速度。盗贼不敢再贸然行动了。

半年时间过去了，冬天来临，北风呼啸，护线还在继续。过了元旦，转眼又到了除夕，第二天就是1994年的春节，晚上6点，我和李金富、巴勇、周全民同志共4个人一个小组，来到了将近20公里处的惠金局与中牟局（中牟黄河河务局的简称）交界处潜伏下来，天寒地冻，除了听到野外几只未归的狗叫声，还隐约传来远处村庄的鞭炮声。我们的地段“资源”丰富，有着三个稻草堆，人钻在草里，只露两只眼睛观察外面，温暖舒适的感觉不亚于住在“星级酒店”，真的美极了。我们也为自己的幸运充满了快乐感。

午夜前换班的同志们来了，我们悄悄撤出，到闸门停车点，由我驾驶北京吉普212开始返回。此时，沿堤村庄的鞭炮彩花不断响起，新年的喜庆在我们心头荡漾。忽然，前方一团“物体”飞起，撞在了车前方，我吓了一跳，急忙刹车调头，借着汽车强烈的灯光，只见一只兔子正在大堤路中间跳“芭蕾”，两只眼睛像玻璃球似的发着光，意外的收获使大家都很高兴，我赶快下车拾起这只“战利品”，开车继续返回。几分钟后，车上的同志们先后进入梦乡，装在工具箱中的兔子在“啊呜”“啊呜”地为大家“歌唱”。回到花园口局机关，经过一番激烈推让，最终决定把“战利品”送给年龄最大的同志。大家不知道，这只兔子是上天送给我们的新年贺礼，也为我们最后一次护线画上了圆满的句号。此时，接我们班的同志们和中牟局的同志们，正和盗贼进行着最后一次较量。初一凌晨4点，在中牟县杨庄，盗线案成功告破，盗贼团伙全部被擒，持续半年多的护线工作胜利结束。

后来，我调离了花园口，每年除夕，我都会想起那年大年三十拾到的那只兔子，回想起那难忘的护线岁月，回想起惠金局那群可亲可爱的人。

温孟滩的元宵节

1996年的元宵节，我和惠金局工程队的同志们，是在黄河小浪底水利枢纽温孟滩移民安置区河段的工地上度过的。

该河段位于小浪底工程下游约30公里处，黄沙荒滩，红柳摇曳，没有人烟，右岸为邙山山麓，左岸为温孟大滩。根据小浪底库区移民规划，需在滩区安置移民4.7万人。温孟滩移民安置区绝大部分为70年代以来形成的低滩地，受河势影响大，为保证移民安置区的安全，需对该段采取机淤，增加高程。

当年春节在2月19日，较常年晚近20天，由于施工工期紧，上级要求3月5日必须开工，我们就于3月3日集合准备，于3月4日（元宵节）开赴工地。上午9时从郑州出发，计划中午12时到达工地。11时，在距目的地30公里的地方，一座桥梁被超载车压坏无法通行，我们急忙找附近的人问路，人家告诉我们，你们的车辆设备太大太重，附近的路都无法通过，必须经武陟县绕道才行。我们合计了一下，可能要增加30公里路程。

我们的队伍浩浩荡荡，有水罐车、油料车、大型平板车、发电车、生活车，载有推土机、挖掘机、船泵设备、电泵设备、帐篷、炊具、床板、被褥、米面粮油等。走了10多公里的县级公路，就是乡级道路了，坑坑洼洼、曲曲折折、颠簸不已，大家只有一个心愿：坚持、坚持，尽早到达目的地。下午4点许，路越走越坏，越走越窄，最后，走到了死胡同。此时，大家才发现想退回去，已经不可能了。向四周望去，没有村庄，想问路，连个人影都没有。

正当大家一筹莫展之时，有一位村民骑自行车路过，我们急忙向人家询问。来人是附近2公里外赵李庄的赵顺发大哥，他很热情地给我们指引了一条小道，并告诉我们，下一段路更难走，不如我给你们带路到工地吧。我们大喜过望，就把赵大哥的自行车放在了后勤车上，由赵大哥在第一辆车引路前行。刚走不久，就遇到了一座很窄的石头小桥，目测了一下，大车是过不去的。赵大哥用一根测量花杆量了一下桥的宽度，又量了一下车轮宽度，正好相等，能够通过。此时，天色已晚，大家取出各自的手电筒，照着桥和车轮，多方位指挥大车一辆辆顺利通过小桥。晚上 7 时，我们终于到达了目的地。

此时的温孟滩一片漆黑，东北风刺骨的寒，饥寒交迫的大家疲惫不堪，当下最紧要的是让大家赶快吃点东西。我立刻让炊事员借着手电的光，把带来的馒头发给大家，由于天太冷，馒头冻得很难啃。炊事员又切了一盆白菜心，准备给大家凉拌一个菜，天太黑找不到盐，只好另倒了一盆酱油，让大家白菜蘸酱油啃馒头。真是饥不择食，不一会儿，每个人都三、四个馒头下了肚。之后大家立即做了详细分工，大家各就各位，开始卸车、搭帐篷、开启发电机、连接照明灯。为了让大家能喝到水，我让两名操作手到附近清水池取来了水，垒起石头架起锅，劈了两块床板，烧了一锅开水。当大家手捧一碗开水时，那真是感到温暖啊。

晚上 11 时，在 20 盏碘弧灯的照耀下，一字排开的帐篷搭建完毕，各类机械停放井然有序，各类物资码放整齐，每个人的床铺安排到位，小泵已开始抽清水引水，大泵也调试完毕。炊事员在新砌的大煤灶上，炖了一锅肥美的羊肉汤，外业人员回到帐篷时，大家都哈哈大笑，每个人的眉头、嘴角、头发全是白霜，都变成了“白毛大仙”。此时，后勤车也返回来了，除了带回 50 只活鸡和一部分生活用品，还带回来两箱烟火。

五彩的烟花映红了温孟滩的天空，香喷喷的羊肉汤热气腾腾，忘记了疲劳的同志们在尽情地说笑，不知不觉中已到了 12 点，时间已进入正月十六。

1996 年的元宵节就像温孟滩的黄河水一样流走了……但它却永远留在了我的记忆中。

身边的作风建设

◎崔卿杰

“12 点多了，一起去吃饭吧！”

一抬头，已经十二点过半，惠金黄河河务局（简称惠金局）的同事过来叫我们去食堂吃饭。今天谢处和我到惠金河务局出差，一直忙到现在。

我们一行人收拾好东西一起到食堂。到机关食堂一看，宽敞又干净，座椅摆放整齐，四周还张贴着厉行勤俭节约、制止餐饮浪费的宣传标语。

“有职工食堂就是方便，干净卫生，为什么这会儿吃饭的人不是很多呢？”我问道。

“现在受疫情影响，我们要求错峰吃饭，况且现在都过了吃饭的点儿了。”惠金局的同事说，“原来没有职工食堂，大家中午都要出去吃饭，很不方便。现在有了职工食堂，在这里吃饭，干净卫生还便宜，职工基本上中午都在食堂吃饭。”今天是周二，职工食堂供应的是卤面和鸡蛋汤，大家一人一碗卤面加一碗鸡蛋汤，边吃边聊。

“以前最头痛的就是接待，上级来了要好吃好喝好招待，酒喝得少了怕领导不高兴，喝得多了影响工作不说，还喝坏了身体，劳民、伤财、误工作，坏身体。自从中央八项规定出台以后，吃喝招待明显减少了，后来，黄河系统内部公务接待一律禁止饮酒以来，大家清清爽爽，真好！”同事认真地跟我说。

“你们轻松，我们也轻松了。”我笑着说。随着八项规定精神越来越深入人心，我们每一个人都真真切切地感受到作风的转变。

以往公务接待大吃大喝的情况再也没有了，内部接待也不允许喝酒了。现在我们到基层单位出差，要在职工食堂就餐，且要与职工用餐标准一致，严格按规定缴纳伙食费，这样既不搞特殊，也不增加基层负担，还方便接受广大干部职工的监督。

“卿杰，吃完饭，记得把咱们的伙食费交一下。”正吃着，谢处长就叮咛我缴伙食费。

“好的，忘不了！”我吃完饭，就起身去缴费。各单位食堂都有收费标准公示：早餐 5 元，午餐 10 元，晚餐 10 元，手机扫码就能缴费，非常方便。缴完餐费，保存好缴费凭证，我们稍作休息就继续开始工作了。

直到下午四点多，我们才忙完，我们又自行驾车离开，结束了一天的行程。

自从 2012 年中央出台改进工作作风、密切联系群众的八项规定以来，全局上下工作作风逐步在改变。现在大家都习惯出差缴纳伙食费，市内出差不派车等工作要求。接待单位也不用迎来送往、搞烟酒接待等，遵守中央八项规定及其实施细则精神已经成为我们的工作自觉，体现在我们工作生活的方方面面。就比如这次到惠金局出差，属于市内交通，不能派车，我们自己驾车往返，中午在职工食堂就餐，自觉缴纳伙食费。

扎紧制度篱笆，推动作风建设形成长效机制

党的十八大以来，习近平总书记多次指出，党的作风就是党的形象，关系人心向背，关系党的生死存亡。抓作风既要着力解决当前突出问题，又要注重建立长效机制，下功夫、用狠劲，持续努力、久久为功。全局上下把作风建设融入制度建设之中，注重从体制机制上堵塞滋生不正之风的漏洞。

中央出台八项规定以来，不断加强制度建设，推动完善作风建设长效化机制。黄河系统上下各级党组积极响应中央号召，积极出台实施办法、实施意见。河南黄河河务局党组先后制定了《关于贯彻落实中央改进工作作风、

密切联系群众八项规定的实施意见》，相继制订了《加强厉行节约指导意见》《领导干部调查研究工作制度》《公务接待实施细则》等一系列制度办法，修订了《新闻宣传工作规程》《机关公务用车使用管理办法》《机关财务管理办法》等制度，结合中央八项规定的要求，河南黄河河务局陆续制定、修订转发相关制度办法 80 多个，通过不断完善制度，构建长效机制，推动作风建设形成长效机制。

党中央从开短会、轻车简从开始，到“苍蝇老虎一起打”、旗帜鲜明纠正“四风”问题。黄河系统上下也从以往会议多、文件多、接待多开始狠刹“四风”问题。从精简文件开始，减少会议，能不开的会尽量少开，可以合并的会议尽量合并。公务接待都在机关食堂，通过不断完善制度，作风建设逐步向好。

认真开展监督检查，确保作风建设落地落实

党的十八大以来，以习近平同志为核心的党中央坚持党要管党、全面从严治党，各级纪检监察部门抓住元旦、春节、中秋、国庆等重要时间节点，从严禁公款大吃大喝、购买贺卡、烟花爆竹等具体事情入手，严肃查处公款吃喝送礼、公款旅游、公车私用、借婚丧喜庆敛财、出入私人会所、在培训中心搞奢靡享乐、违规打高尔夫球等突出问题，发现一起查处一起，及时通报曝光，刹住了许多人认为不可能刹住的歪风。

黄河系统上下各级各单位纪检监察部门紧盯关键节点，聚焦突出问题，坚持落实八项规定精神月报告制度。近年来，开展了党员干部出入隐蔽场所违规吃喝专项治理活动；清理党员和国家工作人员持有身份证、出国（境）证件和排查失联外逃党员和国家工作人员；领导干部违规经商办企业专项治理；酒驾醉驾专项治理。每年对落实中央八项规定精神进行专项检查，对出差人员缴纳伙食费和市内交通费情况进行了专项检查。做到系统内部公务接待一律严禁饮酒。坚持重要时间节点廉政提醒，并进行明察暗访。集中整治

形式主义、官僚主义，形成问题清单22大类67项。切实做好水利部、黄委党组巡视巡察整改落实，对巡视巡察反馈的问题逐一细化分解，制定措施并完成整改。稳步推进巡察工作，十九大以来，完成了对所属14个单位的巡察工作。

紧盯老问题，关注新动向，深挖潜入地下、隐身变异的不正之风，时刻关注“四风”问题新动向。通过层层开展巡视巡察，不断发挥利剑作用，集中整治形式主义、官僚主义，主动发现问题，解决干部职工身边的作风问题。从日常办公中规范办公用房、改进调查研究，到出差按规定缴纳伙食费、内部公务接待不饮酒，再到倡导厉行勤俭节约、倡导文明家风，点点滴滴慢慢改变着我们的工作和生活，黄河上下也改变了超配办公用房、公款旅游、违规使用公务用车、公款吃喝、大操大办婚丧喜庆事宜等不正之风，通过强化监督检查，对“四风”问题露头就打、反复敲打，中央八项规定及其实施细则精神在黄河干部职工心中落地生根，黄河上下求真务实、清正廉洁的新风正气不断充盈。

作风建设永远在路上

习近平总书记强调，纠正“四风”不能止步，作风建设永远在路上。全河上下各级各单位坚决捍卫来之不易的作风建设成果，要发扬钉钉子精神，一锤接着一锤敲，一个节点一个节点坚守，一刻不停歇地推动作风建设向纵深发展。

从1999年开始，河南黄河河务局纪检监察部门结合工作实际，每年开展“党风廉政建设宣传月”集中教育活动。坚持每季度至少开展一次集中警示教育，每个工作日发布廉政动态信息。全局上下充分利用黄河文化资源，开展黄河特色廉政文化建设。河南黄河河务局被河南省纪委命名为“首批省级廉政文化建设示范点”，多个基层单位被黄委命名为“廉政文化建设示范点”。孟州黄河河务局的黄河文化苑，台前黄河河务局的黄河廉政文化墙、清风莲池，濮阳黄河河务局依托影唐爱国主义教育基地建成的廉政文化示范基地等，将廉政文化与黄河文化融为一体，以其独特的文化品位和魅力，不断推动着全局廉政文化建设向纵深发展。

2020 年，河南黄河河务局出台了酒驾醉驾行为处理办法，印发河南黄河河务局推进优良家风建设工作方案，进一步规范了局管干部办理婚丧喜庆事宜。

2021 年，河南黄河河务局开展了非职务犯罪专项整治，进一步完善了基层水管单位纪检监察机制，实现对局属单位巡察全覆盖。结合河南黄河保护治理和高质量发展“十四五”规划，编制纪检监察“十四五”工作计划，驰而不息纠四风，作风建设永远在路上。

爱情手中沙

——两个基层治黄人的人生记忆

◎姜丽娜

结婚已21年了，我和爱人聚少离多，尝尽了分居两地离别的悲苦，更深切体会了“一处相思，两处闲愁”的情愫。在离别的日子里，我成了彻底的“留守妻子”，思念与牵挂绵长而悠远，我默默地承受着寂寞与孤独，一个人挑起了生活、工作的重担。

2001年，我结婚了，当时爱人在夹河滩水文站从事水文工作。2002年正值防汛办公室规范化建设之际，加上人员又少，工作任务繁重，直到临盆的前一天，我还坚守在岗位上。2002年7月3日深夜，治理黄河的首次大规模调水调沙试验正式启动，我丈夫作为一名黄河水文职工，坚守在治黄的最前沿，监测调水调沙试验的首次洪峰。大夫检查说，估计在7月3日深夜孩子将会出生，我内心一阵欣喜，可转瞬间又满是忧郁，喜的是就要当妈妈了，忧的是调水调沙的战斗即将打响，丈夫工作很忙。那时，我希望丈夫能守在床前，紧握我的双手，给我力量，静静地同我一起期待宝宝的出生。即将出生的宝宝和我需要他，而紧张繁忙的工作更需要他！面对肆虐的洪水，对于一名水文工作者，水情就是命令，他只能勇往直前，义无反顾。就这样，我们执着地坚守着当初那铮铮的入党誓言，并在内心祈盼我和孩子都平安。上天庇佑，宝宝出生了，是个女儿，母女平安。

2003年，母亲意外遭遇车祸，当时女儿仅1岁3个月，我又是家中的长女，医院、孩子和事故处理几边忙，每天忙得焦头烂额，累得几乎虚脱。心中犹豫不决时，很想向丈夫求助，盼着他哪怕回来两三天替我扛一扛也好。在交通事故科看到其他家庭处理交通事故时，大多是几个人在奔波，而我，两个妹妹工作忙，几乎是我一个人在咬牙扛着。想想自己的孤单无助，不禁悲从中来，一个人躲在房间里哭了个痛快。当时，丈夫正奋战在兰考蔡集抢险工地上，为了不影响他的工作，我始终没吭一声。我知道，他把工作看得很重，时常说："你、我都是共产党员，咱们要坚守好这份责任。"就这样，丈夫坚守蔡集测验站 26 天，直到抢险胜利结束，丈夫才有空回来看了一眼。

还有一次，女儿夜里发高烧抽搐，口吐白沫儿，我来不及穿外套，便抱起女儿往外跑，因为家住 6 楼，匆忙中一脚踩空，摔倒在地，瞬间的力量让我把女儿高高举起，女儿安然无恙，我却摔得脚脖子肌肉损伤，不能动弹，住进了医院。女儿的病加上我的病，更是雪上加霜。看到邻床病友的丈夫忙前忙后，悉心照顾，那种亲密、体贴，让我不禁红了眼眶。当时，丈夫又忙于基层水文站的吃水工程，为了不影响他的工作，我又咬牙坚持了下来。

离别的日子，电话成了我们的情感热线。几乎每天晚上，他都要打电话问候我和女儿，这也成了一种习惯，成了我和女儿生活中不可缺少的内容。如果哪天他没来电话，我就会焦躁不安，六神无主，彻夜难眠。在电话中，我最关心的是他的归期，哪怕他刚走，还在行程中，我也会问："你啥时候回来？"搞得他哭笑不得。

"寂寞深闺，柔肠一寸愁千缕。惜青春去，几点催花雨。倚遍阑干，只是无情绪。人何处，连天衰草，望断归来路。"词人李清照最懂离人苦。离别的日子，芳心无处寄，飘随伊人去。

盼归，盼归，真把心揉碎。每次得知他的归期，心中那份激动竟如恋爱中的少女，既紧张又兴奋，"当窗理云鬓，对镜贴花黄。"他归来的日子，我好好打扮一番，把家里收拾得窗明几净，炒上几个他爱吃的菜，期盼他的归来。

"欲写幽怀恨无句……一襟清泪，寂寞西窗雨。"金代诗人元好问无言以解相思的无奈与伤感，我却把所有的相思倾注于笔端，把所有的情和爱融于字里行间，把一个个平淡的日子填充得充实无比。时光荏苒，在组织的培养下，我成为一名光荣的中国共产党员，从一名青涩的青年，逐步成长为开封第一黄河河务局办公室副主任。兼任开封市侨联委员、开封市台联会理事，连续两年获得金明区第一届优秀政协委员。撰写的文章相继在各类报刊上发表，并多次被上级单位评为宣传报道先进个人，捧着闪光的荣誉证书，我流下了泪水。

丈夫最懂我的心，他没让我失望，工作能力、工作态度和为人处事有口皆碑，丈夫的敬业、务实、苦干得到了职工和各级领导的肯定。他所负责的花园口水文站被命名为全国水利系统文明单位、黄委文明单位；女儿出生那年，正值首次黄河调水调沙，他撰写的通讯《我的女儿叫“调水”》由《黄河报》首发，先后被《中国水利报》、中国水利网等各大媒体刊发，在基层职工当中产生不小反响，并受到时任黄委主任李国英的关注，在《黄河报》批示：“文章感人至深，为有这样的黄河儿女感到骄傲。”获得 2004 年度黄河好新闻一等奖，在全河进行巡回演讲。他被评为黄河十大优秀青年、黄委劳动模范、黄委抗洪抢险先进个人。掂着丈夫那装了整整一箱子的奖章、证书，顿时，我觉得所有的付出都是值得的，无悔的。

在组织的关怀下，2011 年我从开封调到郑州惠金黄河河务局工作，解决了两地分居问题。丈夫也在 2020 年接受组织安排，到济源小浪底库区水文水资源勘测局担任主要负责人。

新的岗位、新的任务、新的起点。我们再次开始聚少离多，分居两地的生活。“老婆，女儿高考全靠你了，我回不去啊。”2020 年 7 月，女儿高考前接到丈夫的电话。2021 年“五一”节前，我又接到丈夫的电话，就这样，丈夫带领同志们进行了为期 30 天的山西水利项目的水政督查工作，早出晚归，风雨无阻。还没喘口气，又带领同志们投入了历时 21 天的调水调沙工作。2021 年小浪底库区勘测局测区先后经历多轮分布范围广、降水量大的强降雨过程，6 轮暴雨洪水过程前后历时 100 天，尤其黄河秋汛，是新中国成立以来最为特殊的秋汛。作为测区主要负责人，他放弃国庆休假和洪水赛跑，一直在一线指挥测报，为地方政府及时提供水情信息，做好技术参谋，受到各级地方政府的肯定和赞誉。西霞院、武陟、润城等测站先后收到济源、沁阳市等送来的锦旗和感谢信达 7 封（件），小浪底库区水文水资源勘测局获得 2021 年黄河秋汛防御黄委先进集体。

我和老公流着泪念叨着“秋汛防御战胜利了，我们打赢了这场战役！”瞬间，觉得近 100 天的分离是无悔的。同时，也对治黄人有了更多的理解，我们都是一个个平凡的小家，但是汇聚在一起，便成了一股强有力的力量！

在他事业红红火火的时候，挚友善意地提醒我：“他经常在外，你要看紧点儿，现在外面诱惑那么多，小心他变坏。”听后，我不以为然，如果爱情需要用束缚来维持，那么，这种爱情还有意义吗？爱情就像手中的沙子，你握得越紧，它便漏得越快，你轻轻捧着，不让它有压力，它便会长久地留在你手里。互相信任，两情相悦，忠贞不渝，那才是爱情和婚姻天长地久的法宝。

有一次，我和他带着女儿一起放风筝，风筝越飞越高，我和女儿紧紧地拉着风筝线，他在一旁深有感触地说：“我就像这只风筝，飞得再高再远，心中总是对你和女儿有着长长的牵挂。”听了他的话，我的眼睛有些湿润了。他说：“知道吗？在纷繁的世界中，我觉得你的一双眼睛就这样看着我，也正是这双眼睛，唤起了一个做丈夫的责任心和义务，让我始终保持清醒的头脑，不做任何对不起你和女儿的事。”丈夫的肺腑之言让我既欣慰，又感动。

离别的日子，风也潇潇，雨也飘飘。12 年的牵挂和守望，12 年的魂牵梦绕，不思量，自难忘。

桑榆为霞尚满天

——河南黄河河务局老同志助力 2021 年黄河秋汛洪水记

◎杨秀丽

国庆假期，老同志本应在家享受天伦之乐，但河南黄河面临严重秋汛，防洪形势异常严峻，全局干部职工取消休假，启动第五次全员岗位责任制，各级机关工作人员按照责任分工，全部到岗到位，24 小时坚守。面对严峻的防洪形势，子女无法陪伴在身边，更不能带他们去旅行散心，得知全局在职职工国庆假期要这样过，河南黄河河务局老同志以高度的责任感和使命感，立即行动起来，有的主动请愿加入抢险战斗，有的创作诗词书法为秋汛决战加油鼓劲，有的承担起照顾家庭及孩子的重任，让子女全身心投入工作……

10 月 5 日，河南黄河河务局老领导赵民众给离退处负责同志发来信息说，国庆长假，国人们都休息了，大批人在游历山川异域和名胜古迹，心情那叫一个爽啊！就在同期，黄（沁）河出现了大流量、历时长的洪水过程。为了黄河安全，为了千百万人民生命财产免遭损失，今年的国庆长假，黄河人没有假期，他们昼夜坚守在各自的工作岗位，坚守在黄河第一线，严防死守，他们不愧是黄河的守护神，向他们致敬！他还特意为防御秋汛的黄河职工创作了一幅书法作品。赵民众退休后，一直关心关注治黄事业发展，尤其在宣传黄河文化方面，多次参加水利部、黄委、省委老干部局等组织的征文书画摄影比赛，参赛作品多次获一等奖，为传承弘扬黄河文化，发挥了积极作用。河南黄河河务局老领导王德智，刚从境外回国，还在隔离期间，得知黄河异常秋汛，心中非常牵挂，主动与省局防办负责人联系，叮嘱如遇重大险情，一定和他联系，虽然不能到现场，但可以通过电话商量对策；还有河南黄河河务局防办原调研员成刚随同专家组，到郑州黄河河务局马渡、赵口、神堤、枣树沟，开封黄河河务局王庵、夹河滩等工程查勘水情及河势工情，多次进行技术指导；河南黄河河务局机关离退休人员微信群里，大家纷纷留言：为了黄河的岁岁安澜，抗洪抢险一线的干部职工就像抗疫英雄一样，舍小家，顾大家，风雨无阻，日夜守护，为奋战在一线的干部职工加油，为他们的拼搏和担当精神点赞……

上游持续强降雨，造成濮阳市台前县金堤河一直处于高水位状态，长时间浸泡，多处出现坍塌。为抢早抢小，有效控制险情发展，9 月 29 日，濮阳黄河河务局迅速选派抢险经验丰富的全国先进工作者、中华技能大奖获得者刘孟会及抢险经验丰富的高级技师武模锋和汪庆海 3 位老同志奔赴抢险一线。在紧急关头，3 位老同志凭着精湛的专业技术和丰富的抢险经验，经过 18 个小时的紧张抢护，险情得到有效控制，用时短、速度快，节约了大量资金，得到台前县政府的好评。

郑州黄河河务局机关原调研员张治安、二级调研员杨玲从事防汛抢险工作几十年，拥有丰富的理论知识和实战经验。接到任务后，两位老同志立即投入工作，短短一天之内，自巩义至中牟，依次巡查赵沟、裴峪、神堤、金沟、枣树沟、马渡、九堡等控导工程，看堤坝、查险情、出对策、提建议。在大河岸边，就如何抢险、报险，对巡查人员及驻守干部进行了现场培训。在水深流急、容易出险的重点坝段，与基层河务局共同会商研判，制定除险加固方案，指导防汛抢险。二级调研员李长群本想 9 月该退休了，干了一辈子，终于可以歇一歇了，但是汛情就是命令，9 月 27 日便随工作组前往中牟河务局九堡下延 124 – 126 坝进行驻守，指导抢险抢护，后来又被抽调到容易出险的荥阳枣树沟 17 – 20 坝进行驻守，不分白昼黑夜与一线职工共同奋战，每晚都坚守在现场，凭借“老黄河”的工作经验提出很多技术性意见，发现并处置多处险情，在协调联络地方政府及上级抢险支援等方面做了很多工作，至今已经连续驻守近20天。

开封黄河河务局机关离退休党支部书记靳景华给离退科送来请愿书，代表机关离退休党支部全体党员，申请组成抗洪抢险志愿服务队，自行前往，自备干粮，不给一线添负担，到现场去看一看，做一些力所能及的事情。单位领导感动地说：“老同志请放心，你们心系黄河的心意我们已经收到，目前河势较为稳定，机械、人员、料物储备充足，没有出现较大险情，我们一定会全力确保黄河安澜，将来如遇困难，再请老同志们出山！”在老同志的再三请求下，10月14日重阳节当天，开封黄河河务局局长殷民强陪同靳景华、齐书善两位离退休党支部书记，来到开封一局黑下延控导工程和开封二局王庵34—35坝实地查看工情险情，老同志不顾黄河岸边凛凛寒风，站在坝头靠河处为正在扎铅丝笼、捆墩袋抢护人员作出技术指导，传授抢险经验。当看到防洪工程安全可靠，工作人员斗志昂扬，抢险工作正在有条不紊地推进时，两位老人面露微笑，悬着的心才算是真正放了下来。

10月13日，在豫西黄河河务局机关听取单位主要负责人对近期防汛工作和单位各项重点工作的介绍后，机关老同志就马不停蹄奔赴防汛一线慰问干部职工，握着一线职工粗糙有力的大手，老同志既感慨、又心疼，被他们不怕苦、不怕累始终坚守岗位的拼搏精神所感动。老同志还现场向一线职工传授了当年巡查工程、观测河势、探摸根石的宝贵经验。退休干部王春荣还送去了自己创作的书画作品，用一朵朵娇艳盛开的牡丹致敬豫西一线抗洪职工。

“捆扎铅丝笼时先将铅丝单根缠绕成双股，由顶部角端扎紧两条主边框铅丝，再向下每隔200毫米捆结一次，直至底部角端。笼体绑扎要紧，牢固结实，避免在抛投时造成掉笼、散笼……”10月11日，大宫控导工程26坝，封丘黄河河务局退休高级技师、老班长朱学在耐心地边讲解边示范。朱班长得知目前秋汛形势十分严峻，全体干部职工都在各自岗位坚守，心里非常牵挂，在家里坐不住，就主动来一线，加入抢险队伍。其他老同志也纷纷加入，他们都曾是长期工作在第一线的老技师、老班长，有着丰富的治黄理论知识和防汛抢险经验，对黄河工情了如指掌，他们深入防洪工程险点、险段，查看防守情况、了解查险情况，针对当前大水期间容易出现的各类险情，毫无保留地献对策、传技能，提出了一系列意见和建议，并现场进行理论讲解、技能传授、业务指导、解难答疑，充分发挥了经验优势，为现场防汛抢险提供了技术支持。

当前，黄河秋汛洪水防御工作已经到了最为严峻、最为关键的决战决胜时刻，还会有更多的老专家、老同志投入到这场防御秋汛的战斗中。引用老领导赵民众的书法作品：“岁月静好，是有人在负重前行；花好月圆，是有守护者流汗水。”向冲在抢险第一线的老同志致敬，向以各种形式关心支持治黄事业发展的老同志致敬，向奋战在一线的各级领导和干部职工致敬，为河南黄河河务局各级干部职工“团结、务实、开拓、拼搏、奉献”的黄河精神点赞。

文化传承

黄河者，故事河、心灵河也。“关关雎鸠，在河之洲。”古黄河沧桑迄今，好故事已重新开讲。蠲税豪歌，歌云水千家帆影；脱贫壮举，举凤阳万道霞光。维己亥仲秋，闻领袖鼓发兮宏论；于德水河畔，看群英会聚之郑州。生态治黄，云锦天章图欲就；科学发展，惊涛骇浪总向前。噫吁嚱！“淘尽浪沙涤尽污，滔滔上下排空呼。”工部云：“露从今夜白，月是故乡明。”龙子曰：“老家在河南，心魄系中原。”当此际，吾敬告芸芸苍生：“黄河者，新时代之大河也。”

——王国钦《黄河赋》

《河南黄河志》编修情况及体会

◎袁仲翔

《河南黄河志》是河南省通志中的一部黄河专志，是以河南黄河河段为主，表述河南黄河的特点及认识黄河、改造黄河、开发利用黄河水利资源实践活动的历史与现状的一部志书。《河南通志》有专志70多部。为什么有了《河南水利志》还要再设一部《河南黄河志》呢？这是由于黄河在河南的重要地位而决定的。

黄河志总编室把编纂《河南黄河志》作为我们编纂《黄河志》的起点。由于河南省地方史志编委会要求紧迫，我们把它作为当前工作的重点，集中力量加以完成。

《河南黄河志》的编纂工作实际上是从1983年8月召开《黄河志》第一次编委扩大会后正式开始的，其间大体经历了以下几个阶段，即：（1）制订编纂大纲、（2）搜集资料、（3）试写志稿、（4）专家会审、（5）再次增删修改、（6）总纂。

在短短两年多一点的时间内完成《河南黄河志》约60万字的编纂，之所以有这样的成绩，是由于水电部和中国江河水利志研究会的关怀、河南省地方史志编委会和黄委会党组的领导、兄弟单位的支持以及各编志单位的共同努力所取得的。当前，志稿正在印刷，还没有和广大读者见面，现在就来总结编纂经验还为时过早，这里只能粗浅地谈一些完成这项工作中的体会。

利用在编史的基础上修志的优势，充分发挥人才和资料的作用

大家知道，黄委会前几年曾经编了一部书叫作《黄河水利史述要》，这部书曾经获得1982年全国优秀科技图书奖。编这部书花了五年左右的时间。当我们接受了编纂《黄河志》的任务，组建总编室时，领导又将编这部书的主要骨干调来总编室工作，这就为我们发挥在编史基础上修志的优势创造了有利条件。我们可以运用在编史的过程中所积累的大量资料，因而在编志稿中古代治黄部分时，我们没有费过多的时间。

同时，我们体会到充分发挥老同志的作用是编好志书的必要条件。因为治黄斗争有着悠久的历史，党领导下的人民治黄也已40多年，治黄战线上的许多老干部、老专家、老工人身经几个时代，了解熟悉许多治黄大事件。为了充分发挥他们的作用，我们采取了吸收一部分离休老同志参加黄河志编委会，发动老同志撰写治黄回忆录；积极采取措施抢救“活资料”；加强同老同志的联系，征求他们对编志的意见或建议；对老同志中的编志积极分子，及时予以表扬，宣传他们的事迹，给热心修志的老同志召开纪念会；等等。这些措施中所体现出来的尊重知识、尊重人才、尊重老一辈治黄工作者的精神，进一步调动了广大同志的积极性，促进了编志工作的顺利开展。

坚持“众手成志”的方法做到合理分工，协调发展

一部专志包括的门类很多，必须由各业务单位分别撰稿，共同协作完成，即所谓“众手成志”。《河南黄河志》纵贯古今，横的包括治黄基本工作、黄河干支流控制工程、下游防洪、引黄灌溉与城市供水、工程管理等治黄的各项业务，如何发挥各单位的积极性，科学地组织与发挥各部门的力量，便成为有节奏地完成编志任务的关键。在这方面我们主要抓了以下几个环节：

一是组建机构。凡是有编志任务的单位，都迅速抽调干部，分别建立了编辑室或编辑组。有的大单位，如河南黄河河务局等还建立了编志领导小组，

形成了自下而上的网状编志组，有力地保证了编志工作的开展。同时我们还坚持各级编辑室（组）都必须是一个工作班子。行政事务工作要减至最低限度，从总编室主任到各级编志人员，都要亲自参与修志，都要分担一部分章节的编写，无一例外。这也是工作进行较快的一个因素。

二是合理分工。根据编纂大纲，按照业务熟悉、掌握情况、占有资料机构健全等条件，选择最佳承编单位，对各个章节进行合理分工，向各承编单位下达了篇目分工的通知书，规定了时间、质量方面的要求。由于分工合理，在任务分配上做到了扬长避短，各得其所。同时，在落实各篇章的主编人或执笔者时，我们体会一定要慎重初选，确定最合适的撰稿者关系着志书的质量。如果开始选的执笔者不很合适，不是熟悉本行业务而又文笔不好的人，即使付出很大力气写出了初稿，往往还要返工或改写，这方面我们也是有教训的。

三是根据编志进展情况对篇目分工进行适当调整，及时总结经验并进行交流，同时对编志中产生的问题认真研究，帮助解决，做到协调发展，

刻苦学习编志业务，努力提高编志工作者的素养

新编方志是一种具有特定体裁的著述。志不同于史，它在内容、体例和编写方法上与史都有区别，更不能把它写成工作总结、技术报告之类。我们参加编写《黄河志》的同志都是第一次，没有经验，而且多是工程技术人员或行政秘书人员转行，很容易走过去技术报告、工作总结的老路。事实上，在开展试写之后，就发现有的章节写出来小而全，几乎无所不包，主题不突出，文字拉杂，图表过多，篇幅太长；有些章节技术性、专业性太强，满篇是数字的堆砌，读起来索然无味；有些章节的体例、文风不一致，看上去像技术总结、学术论文或工作报告的都有。所有这些都告诉我们，为了保证志书的质量，必须刻苦学习编志业务，努力提高编志人员的业务水平，为此我们提倡了业务学习制度，组织大家认真学习方志学的基本知识，采取了请进

来、走出去等多种措施。如派人到修志先进单位学习经验，积极参加水电部和省地方志编委会举办的修志人员培训班或讲习研讨会，参加中国江河水利志研究会、中国水利史研究会、河南省地方史志协会及兄弟单位的多种经验交流和学术活动。通过这些活动，增加了知识，丰富了见闻，充实了方志学的基本知识，提高了编志的业务水平。

同时，在编志实践中，编志人员必须加强修养，努力提高自己各方面的素质，以适应工作的需要。经过两年来的实践，我们体会到编志人员加强修养中的“一热一冷”甚为重要。“热”就是对修志工作要有强烈兴趣和高度的事业心，以巨大的热情全神贯注地投入到这项工作中去。“冷”就是头脑要冷静，作风要踏实，态度要严谨，特别是要有“耐住寂寞、甘于坐冷板凳”的精神。只有在实际工作中发扬这种求实和潜心编志的精神，才能把编志工作搞好。

开展试写研讨，提高志书质量

1984 年 11 月下旬，当时我们已搜集资料 1000 多万字，《河南黄河志》试写稿又写出 30 多万字，约占全书的 60%。我们及时召开了《河南黄河志》试写稿研讨会，对试写稿进行专家会审。这次会议邀请了河南省志编辑部、河南省社会科学院历史研究所以及河南省水利、气象、交通地理、地震、卫生等各专志编辑室负责同志和长江志、松花江志及辽河志负责人参加。河南省地方志编委会对会议很重视，河南省地方志编委会主任邵文杰亲自参加了会议。会议肯定了试写稿的成绩，同时本着高度负责的精神，对试写稿逐章逐节地进行推敲，提出了许多修改补充意见，甚至一个错字、一个标点符号也能一一指出。由于我们聘请的大都是和我们黄河业务有关、对编志有研究、已经出成果或正在出成果、有一定实践经验的行家里手，因而提出的意见比较切合实际。另外，在审议试写稿的时，理论联系实际，对专志如何反映行业特点，如何体现黄河特色，怎样更能符合志体等方面进行了研讨。这次研讨会时间虽短，但大家认为审稿的目标明确，同志们思想集中，会议开得紧凑，从而收到了预期的效果。

重视信息交流，积极为现实服务

当前修志活动已在全国普遍兴起，出现了新中国成立以来前所未有“盛世修志”的动人景象。全国地方志刊物就有数百种，我们江河水利志系统也出有刊物二三十种。修志的理论研究及阶段性成果正在逐渐涌现。当前出现的极其活跃的信息交流，为我们获取各方面的信息创造了极为有利的条件。我们在编志工作中，通过各种途径，力求及时掌握三个方面的信息，即资料方面的信息、上级指示精神及修志动态方面的信息、修志业务经验及成果方面的信息。为了提供信息，推动编志工作，我们编印了内部刊物《黄河史志资料》，已经出了 8 期，为广大读者提供了古往今来有关黄河的百科知识和历史资料，同时也为广大治黄职工开展热爱党、热爱社会主义、热爱治黄事业的教育活动提供了生动教材。此外，不定期的《黄河史志参考资料》（油印本）也出了 5 期。通过交换刊物，约请提供资料信息等方法，和全国 10 多个省地方志、20 多个省区市水利志、长江、珠江、黄河、海河、松花江、辽河等江河志及有关省市图书馆、档案馆、博物馆、大专院校等建立了联系，获取了信息。

由于我们及时掌握上级指示精神及修志动态方面的信息，使我们始终保持清醒的头脑，用正确的指导思想从事编志工作。我们在工作中注意发挥信息的作用，逐步改善了信息环境，加强了信息交流，从而活跃了我们的思想，开拓了我们的思路，并逐步提高了资料搜集及编志工作的效率，尝到了甜头。实践使我们认识到，重视和发挥信息的作用，确实是“好、快、省”地完成编志工作的一个重要环节，是推动编志工作的重要手段。

与此同时，我们在编志工作中贯彻了为现实服务的原则。两年来，我们在这方面做了努力，如在我们编辑的内部刊物上提供了一些黄河历史洪水、历史灾害等资料，为有关规划设计工作做参考；编印了多种“资料索引”，为治黄各项工作提供了资料信息；进行了古河道的查勘，编写了查勘报告，为进行有关规划设计工作提供了历史依据；在编志中搜集到记载治黄史实的古碑拓片，不仅有史科价值，而且有的也是书法艺术珍品，目前我们正组织力量进行裱装，以便交黄河展览馆对外展出。

总之，我们体会到修志为现实服务的途径是很多的，搞好了，除有利治黄工作外，对促进各级领导和广大职工更加关心和支持修志事业，也有一定作用。

以上是我们两年来工作中的点滴体会，可能有许多不当之处，希望同志们多加指正。虽然《河南黄河志》的编纂已基本完成，我们在《黄河志》的编纂历程中已经有了一个阶段性的成果，但总的来看，还是一部初稿，按新编方志的标准，到底质量如何，尚待大家评论。我们的想法是把它推出来，作为一个靶子，让大家提意见，今后把它修改得更完善，同时把流域《黄河志》的编纂工作搞得更好。当前，我们在编志实践中碰到一些问题，至今仍在探索过程中，如新方志的志体问题、横排竖写的掌握即纵横关系问题、工程志的写法问题、人物的“生不立传”问题，等等。在编志的组织工作方面也存在不少问题，如有的编辑室（组）人员薄弱，需要充实加强；有的单位编志人员中，老年或接近老年的同志较多，存在“青黄不接”的问题；有些编志人员的待遇、职称等还不够落实的问题；还有编志工作如何改革以适应当前经济体制改革的新形势问题；等等，都需要我们在认真总结以往经验的基础上，逐步加以解决。

流域《黄河志》的编纂，正与《河南黄河志》的编纂同步进行，凡已完成《河南黄河志》分配任务的，即进入流域《黄河志》所分配的任务。为了进一步开展流域《黄河志》的工作，最近，黄委会商请流域八省（区）水利厅（局）和四局、十一局两个工程局，各推派一名主管修志的领导同志参加黄河志编委会，一共增补了 10 名《黄河志》编委。

在撰写《人民治理黄河六十年》的日子里

◎赵　炜

2006 年是人民治理黄河 60 周年。为纪念这一伟大事业走过的光辉历程，黄委党组决定组织编写《人民治理黄河六十年》一书。在黄委原党组成员兼中国农林水利工会黄河委员会主席郭国顺，经济发展管理局原党组成员、副局长兼纪检组组长赵国训的力荐下，笔者有幸成为编写组的一员，分工执笔撰写“解放战争中的黄河治理”一章。在半年多的编写过程中，在侯全亮巡视员及黄委老领导、老专家的帮助和指导下，我以严谨、认真、负责、求实的态度，满怀热忱，投入写作，圆满地完成了任务。2008 年该书荣获第二届中华优秀出版物（图书）奖。如今，回想起当年紧张而又充实的岁月，仍倍感亲切。

广征博采　精研细读

兵马未动，粮草先行。资料是史书创作的基础，充分占有丰富的历史资料是撰写《人民治理黄河六十年》一书的前提。

巧妇难为无米之炊。如果没有大量的、全面的、翔实可靠的资料，就难以撰写出一部高质量的人民治理黄河 60 年史。

解放战争中的黄河治理，处于人民治黄的初期。因此，相对于其他章节，资料十分有限，需要在资料的广度和深度上下功夫。而要在短短 4 个月的时间内写出数万字的史稿，还是在自己并不十分熟悉的领域，关键是如何提高工作的效率和质量。为切实做好搜集资料工作，除制订出一个明确的计划外，我还非常重视工作的方法和步骤，力争做到有的放矢、循序渐进。

在具体操作中，主要采取了如下几条措施：先普查后细查，即在普查的基础上，有目的地进行深入细致的查阅和搜集；先一般后个别，重点是对个别的、具体资料的识别、选取和判断；先易后难，重点攻关；先内后外，由近及远；先直接后间接等。为此，先后重点查阅了黄委及河南、山东两个河务局编写出版的志书、大事记及档案资料等。同时，还比较系统地研究和参阅了《我的治河实践》《一代河官王化云》《天生一条黄河》《黄河史志资料》（1983—2004年合订本）等。

科学求实　慎重选用

资料的真实性是史书的价值所在。史书的生命力和权威性在于真实。因此，要弄清资料的真伪是非、正误与衍漏及其价值十分重要。搜集的各类资料，必须运用科学求实的态度和方法加以鉴别和考证。只有这样，才能去伪存真，才能成为翔实可靠的资料，才能科学地反映事物的历史和现状及其发展规律。

在资料的选用及鉴别和考证方面，着重做了以下几项工作。

一是科学分析，认真加以鉴别、考证，努力搞清事实的本来面目。解放战争时期的黄河治理工作，除档案及各类志书、大事记保存和记述的资料外，还有不少来自传记及公开发表的回忆文章。特别是采用后者的资料，必须与前者加以对比、印证。因后者是对前者的扩展和补充，有时要做到这一点是十分困难的。这就需要通过对同类的材料继续进行比较、研究，并从中获取更为准确的历史资料。如在编写“高村抢险”条目时，就参阅了多篇这方面的文章及有关书籍。

二是从事实出发，依靠真实的证据、证明来求取结论。在弄清某件史实上，重视直接证明的资料、旁证的资料和反证的资料。同时，注意三者的区分和比较，注意前后是否发生矛盾，内容是否合乎情理，不主观臆断、牵强附会。

三是注意保持资料的原貌。能够直接引用的原始资料，尽量直接引用，特别是对具有历史意义的重要资料。

精心构思　严谨创作

“解放战争中的黄河治理”有其鲜明的特色。大致可归纳为如下 5 点：时间短、任务重、环境复杂、条件艰苦和工作具有开创性。

时间短。若把黄河归故斗争除外，时间仅有两年多，是全书章节中时段安排最少者之一。

任务重。重在险恶的战争环境条件下，如何确保单薄、残缺的堤防“不准开口”，确保解放区人民的生命财产安全。其中，最突出的表现为“反蒋治黄”，即“一手拿枪，一手拿锨，用血汗粉碎蒋、黄的进攻”。与国民党军队作武装斗争，就是治河为解放战争服务，用血汗保卫解放区人民的胜利果实。这里面包括黄河河防司令部配合刘邓大军和其他部队横渡黄河所做的工作，以及围绕修堤、防汛与国民党军队所开展的军事斗争等。修堤、防汛与黄河洪水搏斗，重点是解放区的复堤工作和防洪斗争，如高村抢险、沁河大樊堵口、战胜 1949 年黄河大洪水等。

至于条件艰苦，更是显而易见的。

环境复杂。除战争因素外，还有对黄河的内在规律缺乏认识，对防洪缺少经验和必要的技术支撑等。

工作具有开创性。这是由人民治黄处于初创时期的性质所决定的。

鉴于以上特点，要尊重史实，还原历史，写出治黄初期的特色，并在“厚远”和“纪实”上下功夫，就必须在构思上多做文章。为此，在编写中，我着重把握好以下几方面关系的处理。

一是处理好战争与治河的关系。“解放战争中的黄河治理”是在国共双方的军事斗争下进行的，并随着人民解放军的节节胜利而不断发生新的变化。要把黄河的治理置于解放战争这个大背景之下，通过分析黄河的重要战略地位，记述国共双方围绕修堤、防汛所展开的斗争，充分显示人民治理黄河的伟大力量。同时，揭露国民党利用黄河、破坏治河的阴谋和企图。

二是处理好修堤与防汛的关系。堤防是黄河下游防洪的重要工程措施。“河防在堤，守堤在人，有堤无人，等于无堤。”因此，堤防的修与守是同等重要的。要通过对“修堤整险”等一系列工程建设的记述，反映出解放区人民在党的领导下积极投身治河的高涨热情；通过对防洪斗争的描写，展示出老一代治河人对黄河治理的艰难探索和不懈追求。工程建设标准的初步确立、施工组织及劳资关系的不断改进、防洪规章制度的逐步完善，以及对群众防汛队伍建设、防汛基础设施的高度重视等，无一不体现了老一代治河人的卓越才干和聪明智慧。

三是处理好详与略的关系。“解放战争中的黄河治理”毕竟处于人民治黄的初期，单就黄河治理的工作内容而言，仍相对单一，要做到“厚远”，详与略关系的把握十分重要。详则显繁，略则显简。就整章内容看，在创作中，我力求“站在国家的高度写黄河”，力求写出人民治黄初期的成就、经验与启示。因此，凡是这一时期与黄河有关的大事、要事，力争写足、写透、写到位，而对背景的交代则尽量简洁，并尽量增强文章的可读性。

四是处理好叙事与议论的关系。“以时系事”，辅以必要的议论，是史书的重要特征。因此，在叙事上，“注重纪实”，坚持“以时间段落和重大事件为线索”，组织材料，编写史实；在议论上，坚持用史实说话，避免空洞，力争起到画龙点睛的作用。

五是处理好个体与整体的关系，尽量避免或减少前后的矛盾、重复。

六是处理好借鉴与创作的关系。史书编写，我是“大姑娘上轿，头一回”。为高质量地完成任务，我十分重视学习与借鉴，坚持不懂就问，多向侯全亮、袁仲翔等领导和顾问请教，并把所学知识及时融会到创作中。

另外，重视文史体例、文字规范和用语准确，把握好细节的处理，力争做到内容翔实，结构严谨，语言流畅，文风朴实。

写作的过程，也是感动的过程。

人民治黄 60 年，是辉煌的 60 年。通过参与该书的编写，使我对这一辉煌而又光荣的历程有了更深的理解和认识。特别是通过“解放战争中的黄河治理”一章的编写，我在为解放战争时期波澜壮阔的治河斗争深深感动的同时，倍感人民治黄 60 年所取得的巨大成就的来之不易。而治河先辈们的动人事迹，则更是一次次感染着我、鼓舞激励着我。也正是这一次次的感动，促使我全身心地投入写作，决心为弘扬伟大的黄河精神而献出自己微薄的力量。

黄河号子申遗记

◎李富中

2008年6月14日——第三个中国文化遗产日，电视里正在播出原生态非物质文化遗产节目，主持人字正腔圆地播报：“第二批国家级非物质文化遗产名录已经国务院审批通过并公布……”这句话使我立马站了起来，随即拨通了远在北京人民网工作的内弟的电话，请其查询详情。很快，电话回了过来：“6月7日国务院批准文化部确定的第二批非物质文化遗产名录，‘黄河号子’在传统音乐（民间音乐）部分……”后面的话我已听不清楚，只是

黄河号子入选国家级非物质文化遗产

重复着两个字“谢谢，谢谢……”

为什么我如此激动？因为，作为四代治黄之家，黄河号子与我们血脉相连，传承它是我们的责任和使命。黄河号子申遗成功，圆了我们几代人的梦想，我们为此倾注的心血结出了果实！我怎能不心潮澎湃？站在与祖父的合影前，泪水已充满眼眶，片刻从喜悦中回过神来，不顾已近深夜，将这个好消息发给了关心、支持过我的领导、同志和同事。

一

治理黄河战线上的老同志都知道，我的祖父李建荣 11 岁在黄河上当卯夫，14 岁当河兵，与洪水打了六十多年交道。1936 年，在山东江苏坝抢险时，创造了“柳石混合滚厢”技术，恢复了江苏坝坝头，使埽工技术向前迈了一大步。1946 至 1947 年参加花园口堵口，创下过三天修上边坝一百米的纪录。堵口工程结束后，获得“中山勋章”。《黄河花园口合龙纪念册》中共记载了包括两任黄河河务局长在内的 60 名工作人员的事迹，介绍祖父的文字最多。人民治黄以来，他指挥过许多重大抢险：沁河口花坡堤、郑州保合寨、花园口 62 坝、原阳黑石、原阳大张庄……“滚厢”技术在历次重大抢险中发挥了巨大作用，有人把这种方法称为“风搅雪”。老人在抢险方法上“大险恶险用‘滚厢’，中小险情不重样”，黄委会领导称赞他：“技艺高超、战功赫赫。”

1981 年，我在武陟第一黄沁河修防段走上了治黄岗位。1983 年，我参加了“北围堤”大抢险，紧张繁忙的抢险工地却难听到几声号子，偶尔有动静，也多是几句“一二……三”听过祖父喊号子的我，回到家里不解地问他，他不住地摇头：“现在的人不会喊了，都不会了。”

1991 年，从黄河职工大学进修毕业的我参加了武陟老田阉控导工程施工，工地距秦厂老家十几里远，祖父要求我每晚回家，劳累一天的我有些不情愿。回到家中，祖孙俩进行“用‘风搅雪’堵口”的探讨。探讨结束后，老人迟迟不肯休息，我问了几次不见回答，只好默默相陪。许久，祖父递给我一张《黄河报》，那上面有一篇河南黄河河务局原副局长赵民众写的一篇文章《一盒不平常的录音带》，然后拿出录音机，里面传出雄壮有力的号子声："我已经八十多岁了，你要不学，有的就要失传啦。"

听了祖父的话，我心里一惊，明白了一切，无论刮风下雨，老家至工地的路上，总有我骑车的身影，早出晚归的耕田者总能看见听见我"旁若无人"边走边学的喊号声，终于有一天，祖父说："有味道了！"

我在向祖父学习的同时，抓紧时间查找资料、走访老河工，从而对黄河号子有了比较全面的了解。

黄河自古多洪泛。远在人类社会出现之前，黄土高原已是千沟万壑。周期性的泛滥，裹泥带沙，造成广阔而肥沃的冲积平原。河南处于黄河冲出峡谷的特殊位置，处在中游和下游的结合部，我们的先民在与洪水的抗争中，一起劳动、互相协作，渐渐形成有一定节奏、一定规律、一定起伏的声音——号子。黄河号子，就在祖先的"嗨呦嗨呦"声中横空出世。《宋史·河渠志》记载："凡用丁夫数百或千人，杂唱齐挽，积置于卑薄之处，谓之埽岸"，这种"杂唱"就是黄河号子。

黄河号子主要包括河工号子（原名黄河号子）、土硪号子和船工号子。

河工号子共分骑马号（快号）、绵羊号（慢号）、小官号（慢号头、快号）和花号四种。主要用于打桩、拉骑马、拉捆枕绳、推枕等。骑马号节奏明快，声调高亢激昂，催人奋起。绵羊号节奏缓慢，可使人们的紧张情绪得到缓解，常在人们疲倦困乏时使用。小官号节奏先慢后快，柔中有刚，以提振人们的精神。花号曲调优美，常与骑马号配合使用，使人们疲倦之意顿消。

土硪（夯硪）号子是人们参与集体劳动时，为了统一劳动节奏、协调劳动动作、调适劳动情绪而唱的一种民歌。建筑工地打夯、打硪等劳动几乎都有不同的劳动号子相伴，黄河中下游每年春秋两季筑堤劳动中流传的"硪号"最为壮观。土硪（夯硪）号子主要有老号，也叫慢号，其特点为"一掂一打"，即众人先随着节奏用少许力气将硪提（掂）离地面一尺余，然后落下，打第二硪时将硪拉离地面 2.5 米以上后落下，交替进行。新号预备号，也叫新号过门或三声冲，无号词，一般四句，用于号头，也称四句号头。新号开始时的动作与老号基本相同，也是“一掂一打”，但节奏有所区别。缺把号，也叫裁尾巴或挡山号，分慢缺把和快缺把两种。紧急风，是比缺把号更快的一种号，也叫快二八。硪头（领号之人）喊号口述硪词，每句最后以“呀”结束，应号者则以“嗨呀”相对。板号，也叫沾地起。顾名思义，石硪沾地后随即拉起，是速度最快的号。硪头喊号仅叫硪词，应号者快速接号。大定刚号，节奏缓慢，常在硪工疲乏时使用。打丁号，也叫扒坑号，打地基时，在墙柱等部位或需增加强度的部位，连打多硪，用于增强压实度。重叠号，号子喊到高兴时，硪头将号词两句并一句，应号者根据硪头意思连打两硪或多硪。二人对号，为调节现场气氛，喊号时常以两硪头互相提问、交替应答的形式。综合号，实际使用时，常将前述多种号子串在一起，使其有张有弛，快慢相间，打硪者表情随之变化，将劳动融于娱乐之中。唱到高兴时，常以二人交替对唱，使气氛达到高潮。土硪号子号词根据生活中一些笑料及历史故事或经典等编排而成，熟练时可即兴创作。

黄河船工祖祖辈辈生活在黄河上，漂泊在木船上。他们对黄河了如指掌，视船如命，在与黄河风浪搏斗的实践中，创作出了丰富多彩、独具特色的船工号子，反映了他们的喜、怒、哀、乐、忧、怨、悲、欢。号子分“起锚号”“搭篷号”“扬帆号”“拉纤号”和“推船号”等。号词“艄公号子声声雷，船工拉纤步步沉。运载好布千万匹，船工破衣不遮身。运载粮食千万担，船工只把糠馍啃。军阀老板发大财，黄河船工辈辈穷”，深刻反映了黑暗岁月中船工的悲惨生活；而“一条飞龙出昆仑，摇头摆尾过三门。吼声震裂邙山头，惊涛骇浪把船行”，则用歌声来描述黄河的壮观和他们劳动时的气势。

另外，河段不同，黄河船工号子的形式也有所不同。黄河中上游是黄土高原和豫、晋山地，谷深峡险、水流湍急。黄河船工逆流而上，步步艰难；顺流而下，提心吊胆。船工们在这些河段穿行，必须有同舟共济之心、力挽狂澜之胆。这时候，使用的号子几乎不用歌词，全是“嗨嗨”之声。黄河进入华北平原后，水流平缓，号子也多缓慢悠扬，颇具情趣。

号工之词内容多姿多彩，根据早、午、晚等不同的时间，分别有不同的内容。例如，早上的号子一般为："太阳出来一盆花，照在东京帝王家。正宫娘娘搀太子，满朝文武戴金花……"到中午则为："天到午时正当阳，张生拉马赶红娘……十字大街开染坊，新缸不接故衣裳。"晚上："日落昆仑黑了天，鸟投树林虎登山。行路的君子早下店，打鱼的老公把船玩。大船玩到九江口，小船玩到漫沙滩。大船装的江大米，小船装的青竹竿，我问你装竹竿为何用？姜太公钓鱼争根竿，七尺竿子八尺线，一钓钓了八百年。八百年来不为满，十八家王子争江山。"

还有一些号子，不分时间地点，随时可用，如："打罢一场又一场，要打刘秀走南阳，走到南阳迷了路，遇见石人在路旁，问他十声九不语，马上妒恼汉三王，唰啦啦宝剑出了鞘，要宰石人在路旁。石人一看事不好，背后露出字两行：一条大道湖阳县，一条小道归神庄，湖阳访出名马武，归神庄访出铫期况。"还有一些佳词名句，如毛主席《七律·长征》等，也可化为号工之词。其题材广泛，可谓"触景生情"，随编随喊。好的黄河号子，内容健康，格调清新，不仅是唱歌、顺口溜，还颇富文学色彩，更可贵的是，把治黄工作的意义、要求等，都融合于号子之中，成为群众自编、自喊、自乐、自我教育的良好教材和施工真实记录。如一首号子是这样唱的："日落昆仑黑了天，鸟投树林虎登山。行路的客人都住店，千家万户把门关。灯火通明白如昼，治黄工地万马酣……"客观上反映了治黄人的奉献和治黄工作的艰辛。

二

喊号阶段合格了，整理分析成了当务之急。由于"号子"是口口相传，种类特点及号词等文字不能准确确定，个别的号种还没有名字。于是，自行车伴着我业余时间东奔西跑，文化馆、嘉应观、戏校都成了经常光顾的目的地，字典、词典成了随身携带的必需品，终于，文字问题解决了，一个没有号头、有点摆花架子表演的号子被我起名叫“花号”。1993年4月，《黄河报》第四版出现了一个豆腐块——《黄河号子》。

黄河号子是劳动的产物，和具体的活计同体共生。为加深对号子的认识，祖父给我讲述了更深层次的堵口技术。他一生参加了濮阳李升屯、封丘贯台、长垣冯楼、山东董庄、花园口、沁河大樊6次大型堵口，防泛新堤十余次小型堵口和花园口枢纽工程，微山、滑县卫河共3次截流工程，参加了1938年为抗日布设长江封锁线的马当沉船。每次都讲得非常细，常以桌、凳为模型比画，直到我完全听懂，并提出一些关键问题和他讨论，他脸上才露出满意的笑容。当我答应他有机会时将“黄河号子”“风搅雪”“埽工堵口”都录制成声像资料时，老人很是激动。

1992年，《嘉应观秘史》摄制组选中老田庵控导的一片地拍摄清代复堤镜头，我目睹耳闻“土硪”上下翻飞和雄壮优美的“号子”声，联想起20世纪70年代大复堤时的“硪号”声，回去告诉爷爷：有时间了我要将“土硪号子”录下来，老人十分兴奋。

黄河号子演出

1999年4月，我担任焦作市黄河工程局局长兼焦作市机动抢险队队长。应我之邀，早已决定收山关门、已90岁高龄的祖父再次出征，担任抢险队的首席顾问，并将传唱“黄河号子”作为其中一个重点。许多个昼夜，祖父及另外两位顾问董全修、胡太法和我轮番上阵，传唱号子。

2001年，在中央电视台《夕阳红》节目组和焦作电视台的大力支持下，完成了“黄河号子”的录制。而此时，异样的声音也传了过来，有人认为我“不务正业，已经不用的东西还在捣鼓……”尽管心里有些不痛快，但保护传统文化的决心支撑我继续干下去。2002年3月，后期制作完成。6月22日，到沁河考察的黄委会主任李国英、副主任廖义伟、河南黄河河务局局长赵勇来到武陟大虹桥时，我们将黄河号子做了汇报表演。当听到焦作黄河河务局局长温小国介绍我们家四代治黄时，李国英主任紧拉着我祖父的手，高兴地说：“你们是黄河世家。”并鼓励把黄河号子传唱下去，发扬光大黄河文化。一些人的非议留下的阴影荡然无存。也许是完成了第一个心愿，也许是看到其他项目的希望，就在我调任孟州黄河河务局局长的前三天——2002年11月5日，也就是农历十月初一这个特殊的日子，93岁的爷爷——最后一位民国时期的工程队长走了……

转眼之间到了2003年，“非典”来袭，不少工作受到影响，我拍摄“土硪号子”的心情也越来越急迫。熟悉硪号、参加录制的都是七十岁上下的老人，年龄最大的已八十多岁，有不少同志劝说，这么多年已不使用，录制要花不少钱，加上人员年龄偏大，出个闪失，责任无法承担……我力排众议，“非典”疫情稍过，即在孟州、武陟两地摆开了战场。

录像带转录成光盘后，新的问题和苦恼摆在了面前。在孟州录的那段，由于摄像的疏忽，部分没有声音，我决定再录。由于“土硪号子”是民工喊唱，系统内的老同志多是一知半解，种类、特点、号词知之甚少。时间在流逝，祖父逝世一周年快到了，而我“一无所获”，立志要在祖父逝世一周年前完成“风搅雪”录制的我，寝食不安。深夜，我坐在办公桌前，回忆着和祖父在一起的时时刻刻，泪水一遍一遍地流。几天后，《祖孙情 师徒恩 黄河结》

刊登在《黄河报》上，心里得到些许慰藉。

“土硪号子”遇到了难题，分析原因是基础调查工作不到位，派出去的同志由于不得要领而事倍功半，而身为局长，我无法挤时间做这些工作。鉴于此，我决定放缓“土硪号子”调查工作，将精力转向我熟知的“风搅雪”。为保证质量，我安排了五步走。

第一步，编写拍摄脚本。将每一个环节、每一个动作、每一个镜头都仔细推敲。许多个晚上过去后，脚本发到了职工手里。

第二步，培训。2004 年 5 月，即将进入汛期，在开仪控导现场，结合技术培训，把木桩、麻绳、木板作为教学工具，从抢险准备工作开始，每一个环节、每一个动作、每一个注意事项都给大家一一认真示范，直到大家熟练掌握。

第三步，策划、分工。整个操作过程和要领大家知道了，为确保录制顺利，我根据每个人的特点进行了分组分工，对录制的内容切割、分组、熟悉，并联络摄像，准备工具料物。

第四步，录制。录制现场布置在逯村控导下首，祖父的遗像被我请到了

黄河号子：劳动呼声

现场，我要请祖父看着整个过程。遗像前，我和两个顾问（也是祖父的徒弟）跪了下去。巧的是刚开机不久，天便下起了雨，也许是祖父看到这个场面流了泪，感动了老天……两天半，外业工作终于完成。

第五步，后期制作。后期制作是一项细致而复杂的工作，每一个镜头的错位都将影响制作效果，给观看的人造成疑问。好不容易等到编辑设备有了空闲，我便匆忙赶去……第六天，我发烧38摄氏度多，夜里十点，我接到电话："再过一会儿设备空闲。"没有犹豫，半小时后，我便赶到了机房。一晚上4个人抽了7包烟，本不抽烟的我，也加入了其中。奇怪的是，天快亮时，我的烧居然自行退去，也许是到了退烧的时候，也许是提着的精神起了作用。第七天，终于编辑完成。不光是"风搅雪"，同期完成的还有"柳石枕捆抛技术"。许多修防工已不会的"会绳"等技术也录入其中……此刻——祖父去世两周年之际，教学片柳石混合滚厢（又名风搅雪）录制完成；困惑多年的人们，终于形象直观地看到了"风搅雪"的真容。当两个教学光盘带回局里发给职工时，距现场录制仅十天。

2005年，在我的带领下，全局（包括离退休人员）参与，"抢险现场规范化管理运行系统"终于研发成功，抢险现场混乱的问题得到了彻底解决；项目被黄委评为"科技进步二等奖"，被河南省科技厅评为"河南省科技成果奖"。

为了展示黄河历史、文化和修防技术等，在老专家、老河工的关心支持和我的创意策划下，治水名人园、河工雕塑园、昔日温孟滩、黄河苑、砌石护坡示范园等展现在人们眼前。

三

该"土硪号子"了！很多干部职工这样猜想，是的，该"他"了。

工作空闲之余、节假日、星期天几乎都派上了用场，郑州、沁阳、武陟、孟州，许多老专家、老河工、老硪工的家里传出了我们交谈的声音，"号子"

声起伏不断。终于，号子种类、特点有了眉目，十几名“老硪工”被请到了局里，一天的座谈又有了新的收获。二十几个夜晚，我根据座谈结果，对照首录的光盘反复分析，拿出了种类和特点的第一稿。为了准确，我带着办公室主任苏自力、防办副主任许发文等，又多次走访几个技艺较精的“硪头”，终于，第二稿出来了。之后的许多夜晚都是我们撰写拍摄脚本的专用时间，2006 年 4 月，脚本脱稿。

此时又不比前两年，“老硪工”们的身体还能适应拍摄吗？为了安全起见，我们再次来到几个“硪头”的家。听到可以正式拍摄时，老人们非常高兴，一致表示：“拍，身体没问题”！他们的精神鼓舞了我。为了保证“字正腔圆”，分别组织他们在武陟和孟州练习（配合）四天。我们带着慰问品赶到现场，我告诉大家，一定给大家发工资，比一般临时工高，但也不会太高。我还承诺录，制后每人送一套光盘留作纪念。大家异口同声：“没说的，不给工资也干……”

终于，录制工作在开仪控导下首拉开了序幕。为安全起见，我们安排了医护人员，同时将原来的两班增加到三班，以减少单组拉硪时间，降低老同志们的表演强度。6 月下旬气温很高，老人们没有叫苦叫累，一个个汗流浃背，但十分兴奋。我有时不由自主地要求摄像停下来，让他们休息一会儿。这里面的硪头如武陟的崔诒智、吴根印，孟州的刘吉安、刘良起、孙法明都曾为背号词付出过许多心血。背号词对年轻人来说不算什么，但对七十多岁的老人来说，还是很有难度的，听他们家人说，老人们有时说梦话也在背词。

后期制作十分辛苦，天气炎热、蚊虫叮咬。为了避免疏漏，我邀请孙法明和苏自力，与编辑、设备操作人员一起工作。深夜瞌睡了，拉把藤椅躺在门口眯一会儿，醒了接着干。镜头组合、文字解说、背景音乐选择，几个昼夜过去了，又一个成果——“土硪号子”诞生了。片头的字幕是“献给人民治黄六十周年”。

四

拟定的目标完成了多半，剩下了难度、投资最大的“黄河埽工”。这是一项县局无法独立完成的任务，如果真料真船演示，所需资金是一个不小的数目。虽然祖父反复给我讲解过，毕竟自1959年至今，再没用过，无法亲眼目睹，一些细节还是不能牢记。我准备走访老河工、老专家，弄清每一个细节，待时机成熟时重新起步。

这时，武陟传来了消息，文化局拟将“黄河号子”“土硪号子”两号申报非物质文化遗产。而孟州文化部门此时也想到了申报。考虑到“两号”的行业特色和优势，我拨通了河南黄河河务局和黄委会有关部门的电话询问情况，也请一些熟人帮忙打听，但得到的答复是，系统内部没有这个渠道。为不耽误申报和避免发生矛盾，我同意两个号子分别在录制地上报。时间过去了一个多月，此事引起了省局党组的重视，副局长张柏山亲自与文化厅联系，决定黄河抢险号子、土硪号子、船工号子“三号合并”，统称为“黄河号子”，由河南黄河河务局统一上报。焦作黄河河务局局长张伟中也关心过问申报一事。省局通知了沿黄各市、县局，由我带队搜集补充相关资料，河南黄河河务局科技处、各市县局给予了大力支持。2006年的国庆长假，我们在黄河边上往返奔波。在治黄老专家徐福龄的引荐下，我们找到了在花园口堵口时“号子最亮”的老河工范培亮等关键人员，弄清了不少情况，解决了难题。

我们将资料进一步充实、整理上报。2007年3月，河南省首批非物质文化遗产名录公布，“黄河号子”名列其中。时任河南黄河河务局局长赵勇批示，加强宣传，保护黄河传统文化。4月，河南黄河河务局局长牛玉国指示，进一步整理资料，向国家级非物质文化遗产名录冲刺。在省局党组和省文化厅的支持下，我们进一步整理完善资料，完成了“国家级非物质文化遗产”的申报工作。8月，中国非物质文化遗产网发表了一篇文章《中国式申遗》，文中以“黄河号子：原生态文化的漫漫申遗路”详细介绍搜集、整理、录制及保护过程，以此作为申遗样本。

2008年2月24日文化部公示。6月7日，《国务院关于第二批国家级非物质文化遗产名录和第一批国家非物质文化遗产扩展项目名录的通知》（国发〔2008〕19号）文批准公布，“江河号子、黄河号子、长江峡江号子、西水船工号子”正式列入“第二批国家级非物质文化遗产名录”。

五

申遗成功后，为更好地做好后续保护传承工作，文化厅专门将“黄河号子”列为非遗科研课题立项，并给予一定的资金支持，非遗处和省非遗保护中心的领导、专家现场指导，使工作得以顺利开展。著名治黄专家、百岁老人徐福龄给予许多重要而具体的帮助，还欣然提笔书写“劳动呼声”以示鼓励。

《黄河号子》封面

花园口是展示黄河文化的最佳窗口，如能以“黄河号子”为基础，将国内外各种“号子”尽量多的“搬”过来，既保护了遗产，又能形成独一无二、独具特色的“劳动号子”表演基地……这是我的又一个“梦”。在有关部门的重视支持下，“黄河号子”很快在花园口景区唱响。

2010年，“黄河号子”获全国水利系统“优秀思想文化宣传产品”一等奖，《柳石混合滚厢（风搅雪）抢险及水中进占技术》《柳石枕捆抛抢险技术》（录像片）获优秀黄河水文化宣传产品三等奖。

2015年，《黄河号子》一书由黄委会治黄著作出版资金资助出版。

2017年，在河南省非物质文化遗产优秀科研成果评选中，《黄河号子》一书荣获三等奖。

2018年5月，文化和旅游部公布第五批国家级非物质文化遗产代表性项目代表性传承人名单，我被认定为国家级非物质文化遗产代表性项目江河号子（黄河号子）的代表性传承人。

我查阅了遗产的种类，“风搅雪”“黄河埽工”可列入传统技艺类……

正是：

河水滚滚向东流，文化积淀在其中，继承创新同重要，保护遗产责任重。

名录并非目的地，前进步伐不停留，传承之路漫漫长，黄河号角永唱响。

守正创新　凝聚磅礴力量

——亲历河南黄河文化建设的探索与实践

◎李　锟

大河汤汤，春潮涌动。从郑州花园口水利风景区到兰考东坝头，从孟州黄河苑到台前影堂险工，沿着黄河大堤一路行走，仿佛沐浴在黄河文化的绚烂春光之中，一个个承载着黄河精神的符号散发着迷人的芳香、一件件镌刻着文化印记的产品闪耀着熠熠的光辉……

九曲黄河，万古澎湃。它既是一条源远流长、波澜壮阔的自然之河，又是一条孕育中华民族灿烂文明的文化之河。“要深入挖掘黄河文化蕴含的时代价值，讲好黄河故事，延续历史文脉，坚定文化自信，为实现中华民族伟

黄河与河南论坛

大复兴的中国梦凝聚精神力量。”习近平总书记在黄河流域生态保护和高质量发展座谈会上的讲话，为保护、传承、弘扬黄河文化指明了方向。

重任在肩，责无旁贷。河南黄河人把保护传承弘扬黄河文化，作为黄河生态保护和高质量发展中的一项重要工作，落细落实，取得了良好效果。作为河南黄河文化建设的亲历者，回望三年多来河南黄河河务局文化建设的探索与实践，还是很有意义的。

来路回望

河南黄河向来具有研究历史、赓续文化的良好传统。21 世纪以来，河南黄河河务局先后完成了《河南黄河志（1984—2003）》《河南黄河大事记》等志书的续修工作，并于 2007 年、2008 年召开了黄河与河南论坛、黄河文化专题研讨会，公开出版了《黄河与河南论坛文集》《黄河与河南论坛：黄河文化专题研讨会文集》。此外，在黄河防汛、抢险实践中产生的黄河号子还成功于 2008 年入选国家级非物质文化遗产代表性项目名录，成为河南黄河的重要名片。

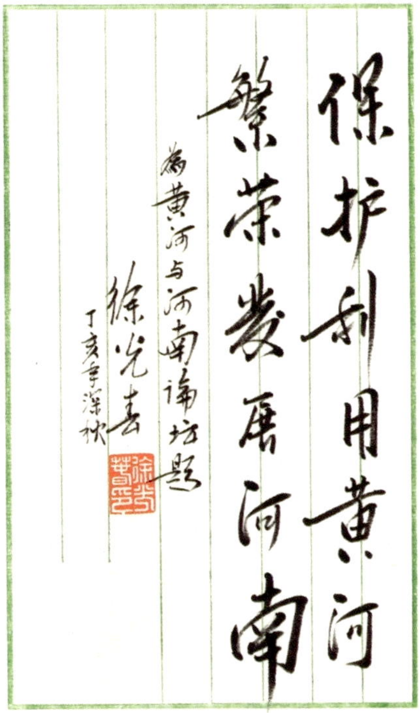

徐光春为黄河与河南论坛题词

续修《河南黄河志（1984—2003）》是一项系统的文化工程，是河南黄河文化建设的一件大事。该项目自 2002 年正式启动，局党组高度重视，成立了河南黄河志编纂委员会，设立了史志年鉴编纂办公室，抽调专人从事该项工作。

2008年，圆满完成了《河南黄河志（1984—2003）》的编纂出版任务。该志书是继1986年第一部《河南黄河志》出版后开展的续修工作。《河南黄河大事记》则较为详尽地记述了从传说中的大禹治水至2011年河南黄河治理开发中的大事要事，史料丰富，资料翔实，脉络清晰，是一部融资料性、科学性、实用性为一体的志书，具有较强的可读性。

尤其值得一提的是，2007年11月召开的黄河与河南论坛，得到了河南省主要领导同志的关注。时任河南省委书记徐光春高度重视黄河与河南论坛活动，作了“保护利用黄河　繁荣发展河南”的题词。时任河南省长李成玉也对论坛作了重要批示，认为河南黄河河务局“作了一件很有意义的事情”。

探索新篇

2019年9月，黄河流域生态保护和高质量发展上升为重大国家战略，借此东风，河南黄河河务局黄河文化建设工作在探索中高歌猛进。

《礼记・中庸》中说：“凡事预则立，不预则废。”足见顶层设计的重要性。在这方面，河南黄河河务局党组先后在河南黄河治理与保护“十大体系”建设目标、河南黄河保护治理“1562”发展格局、《河南黄河保护治理和高质量发展“十四五”规划》中，明确将文化黄河建设摆上重要地位，还出台了《保护传承弘扬河南黄河文化工作方案》，成立研究中心，进一步挖掘、整合文化资源，推出一批保护传承弘扬河南黄河文化的精品力作，树立文化品牌。为河南黄河文化建设做出了顶层设计，提供了重要指导，河南黄河河务局保护传承弘扬黄河文化工作呈现出勃勃生机。

积极参与、主动作为，助力河南沿黄区域生态保护和高质量发展。河南黄河河务局紧紧围绕沿黄经济社会发展和生态建设大局，积极配合河南省编制相关规划纲要，推动以“郑—汴—洛”为核心的、黄河文化及生态经济旅游带建设，支持河南省规划建设黄河文化国家公园，为区域经济社会发展提供新动力；配合省人大开展黄河文化建设专题座谈交流与实地调研，参加省政协保护黄河文化遗产专题研讨，向省委宣传部做了保护传承弘扬黄河文化专题汇报，与省委党史办共同开展“新中国成立以来河南省对黄河治理保护”课题研究；作为主要参编单位，部署开展省政协年度重点项目《黄河记忆》专题史料征编，助力河南沿黄区域生态保护与高质量发展。还按要求参加了黄委“十四五”规划、《中华人民共和国黄河保护法》等黄河文化专题方面的内容编写任务。

迅速行动、精准发力，力促“文化黄河”建设落地落实。为充分发挥防洪工程在黄河文化建设中的载体功能和示范引领作用，河南黄河初步建成了8处兼具党建示范、法治示范和黄河历史、文化示范多点合一的黄河防洪工程，分别是台前影堂险工、郑州花园口水利风景区、开封黑岗口险工、兰考东坝头险工、孟津铁谢工程、封丘曹岗险工、武陟杨庄改道纪念亭、孟州开仪控导工程。这些工程，不仅具有党建示范带和法治文化示范带的功能，还实现了工程与文化的融合，彰显了品牌示范效应，成为河南黄河闪亮的“名片”。

各级河务部门也结合自身实际，整合文化资源，在建机制、抓项目、办活动、树品牌等方面都取得了显著成效。如濮阳黄河河务局将黄河文化元素融入工程建设，先后完成了黄河龙文化广场、“一河三馆”三个黄河文化展示厅建设，并向社会公众开放，好评不断。郑州黄河河务局结合区域特色，积极扶持中牟县“黄河打硪号子”打硪队适时展演，将这一具有黄河特色的

开封林则徐治河文化广场

郑州马渡风光

兰考东坝头风光

非物质文化遗产发扬光大，被《中国水利报》等媒体大力宣传。开封黄河河务局因地制宜，建设了林则徐治河文化广场、黄河埽工文化广场等，得到各界广泛关注。豫西黄河河务局挖掘孟津古渡口历史，建设了黄河文化驿站，独具特色。新乡黄河河务局启动《新乡黄河志》编撰，建设了曹岗黄河文化苑。焦作黄河河务局编制了黄河文化建设三年规划，组织拍摄专题片，举办个性化邮票首发式等。有些项目，还得到了水利部、黄委和河南省委、省政府有关领导的好评。

强化宣传、营场造势，精心讲好河南黄河故事。先后组织参加新华社“千里骑行看黄河”、央视“大河之南，水清安澜”直播节目、中央网信办“中国梦·黄河情”网络主题采访、水利部办公厅央媒采访团、《科技日报》“黄河万里行”等活动。主流媒体用文字、视频、图片、动画等多角度、多层次、多手段充分展示了河南治黄成就，刊发重点宣传稿件近百篇，网上点击率达千万次，50余家媒体转载了河南黄河河务局的相关报道，圆满完成总书记视察黄河一周年专题报道活动。特别是经省局推荐，中央广播电视总台《中国之声》栏目，以“黄河人家”为题，对开封黄河河务局职工张飞一家三代奉献治黄的采访推出后，《经济日报》、新华网、网易新闻、安徽广播电视台、《河南日报》等十余家媒体持续跟进报道，产生了良好的社会效应。张飞还被河南省委宣传部推荐为中央电视台《感动中国》栏目年度候选人。还相继组织开展了“治河家风传承”、劳模事迹宣讲、“共克时艰战疫情”、防御大洪水实战演练党员在行动等活动，运用文字、图片、微视频等多种形式，采写了一批有深度、有温度、接地气的系列报道，激励黄河职工拼搏奉献，为河南治黄改革发展凝聚昂扬向上的奋进力量。

多措并举传承延续河南黄河历史文脉。圆满完成水利部下达的兰考东坝头、武陟黄河文化展示室两处水工程与水文化融合示范点建设任务。在以往举办两届黄河与河南论坛、编辑出版《河南黄河志》《河南黄河大事记》《大河安澜》等一批文史书籍的基础上，结合精神文明创建和机关文化建设，大力弘扬社会主义核心价值观和新时代水利精神、黄河精神，对《河南黄河》电视专题片进行了扩容提升，组织开展《河南黄河之最》《河南黄河重要治黄档案文献选编》等文化系列丛书编写，挖掘历代治河先贤在同黄河水患斗争中积累的智慧和经验，为当代治黄提供历史借鉴。

渐入佳境

进入2022年，河南黄河文化建设亮点佳作频出，大事要事不断，可谓“渐入佳境”。

三年应该是到了收获的时候。从2019年“保护、传承、弘扬黄河文化”成为黄河流域生态保护和高质量发展的主要目标任务之一开始，到2022年，正好三个年头。三年来，我们始终牢记嘱托，夙夜在公，时刻不忘肩上的责任。回首往事，有几个可圈可点的地方，值得一记。

一是《河南黄河之最》荣获“豫版好书”称号。2022年4月21日，在河南省“4·23世界读书日”系列活动启动仪式电视电话会议上，2021年度豫版好书评选结果正式发布。经资格审查、专家初评、网络票选及专家终评等多轮评选，由河南黄河河务局编著、黄河水利出版社出版的《河南黄河之最》荣获 2021 年度“豫版好书”提名奖。

这本书，我用八个字来形容：“一个创意，两载终成”，从创意到出版发行，历时两年。2020 年 6 月，提出创意，其间经过大纲编写、人员组织、培训交流、资料查阅、专家咨询等一系列环节，亲身参与其中，我深知，这本书不仅是新时代河南黄河文化建设的开篇之作，而且通过这本书，锻炼了一批热爱黄河文化的年轻写作能手。自 2021 年 12 月出版以来，得到社会各界广泛关注，不少人士来信来电索书。该书从自然生态、防洪工程、抗洪抢险、开发利用、黄河文化等多个方面梳理出三十多个河南黄河之“最”，通过凝练、流畅的文字和精美的图片进行展现，图文并茂，具有较强的科普性、故事性和可读性，是运用大众喜闻乐见的形式、生动活泼的语言，讲好黄河故事，普及黄河知识，提高全社会对黄河的认知度的有益尝试，为人民群众提供了一把认识黄河、了解黄河、研究黄河的钥匙。

二是黄河文化千里研学之旅成果丰硕。2021 年年底，河南黄河河务局主要领导提出打造“黄河文化千里研学之旅”项目的构想。2022 年 2 月 11 日，河南黄河河务局与省文旅厅签订《关于共同推进“黄河文化千里研学之旅”战略合作框架协议》，正式拉开打造“黄河文化千里研学之旅”的序幕。根据工作推进情况，姚自京一级巡视员对研学之旅提出了“五个一”，即：进行一次调研座谈，做好一场大会推介、印制一本研学手册、建设一到两个研学基地、设计一个 logo。到当年年底，局领导提出的任务全部完成。尤其是《黄河文化千里研学之旅——研学资源解读手册》印制发布，这本书创意独特，注重选取河南黄河具有代表性和广泛影响力的治河工程，手绘了工程地图。在每个章节，精心挑选了与之相关的大量地图、图片，辅以说明性文字，还适当选择了一些治河常识性问答；在手册的附录部分，将黄河非物质文化遗产及治河人物事迹等展陈于后。可以说，经过一年的大量卓有成效的工作，黄河文化千里研学之旅成为让黄河文化“活”起来、“立”起来的重要载体。

三是黄河文化研究课题实现国家级新突破。2022 年年初，经专家评审并报中共中央宣传部领导批准，中国政研会 2022 年度委托研究课题立项名单公布，共 30 项课题。我们申报的“黄河流域红色文化资源保护传承弘扬研究”获正式立项。这是中国水利政研会推荐并首次入选中国政研会课题立项名单的课题，也是全国水利行业和河南省唯一入选中国政研会 2022 年度委托研究的课题。

说起这个课题，过程也很有趣。在最初申报的时候，我向赵炜研究员建议，报一个河南省黄河流域范围的红色文化研究，这个我们更熟悉些。他思考良久，认为还是报整个黄河流域较好，毕竟更有挑战性。结果，中国政研会竟给批了，还下拨了三万元的研究经费。这些倒罢了，关键是我们创下了水利部系统在中国政研会课题申报的“零”的突破，30 项课题有其一。这充分体现中国政研会对黄河文化的重视，同时，也给我们带来了很大压力。

为充分做好课题的研究工作，让红色文化永驻国家记忆，课题组在中国政研会和中国水利政研会的悉心指导下，在黄河水利委员会及河南黄河河务局的大力支持下，奔赴黄河流域各省（区）进行了认真细致的调查研究，与各省（区）有关人员进行了多层次、全方位的交流。在查阅大量文献、进行深入研究的基础上，六易其稿，广泛征求专家意见，完成了《黄河流域红色文化资源保护传承弘扬研究》文稿。在研究过程中，课题组成员怀着对黄河流域红色文化的深厚情感，不惮其烦、夜以继日，对黄河流域红色文化资源特色和价值有了新的认识，提出了较为完整、层次清晰的保护利用体系。这不仅是一次研究的过程，更成为课题组成员学习革命精神、接受红色文化洗

河南黄河文化丛书

河南治黄文化展厅

范县林喜才劳模创新工作室

礼的过程。

与此同时，在专业研究的基础上，为让社会公众更好地了解黄河流域红色文化资源及其背后的历史人物和事件等信息，课题组组织编写了《黄河流域红色文化概览》，以地图、图片、文字、表格等多种形式，集中展现了黄河流域九省（区）的红色文化资源概貌，旨在为有兴趣的读者按图索骥，探访这些红色文化资源点提供有益的帮助。

四是河南黄河文化丛书日臻丰富。继《河南黄河之最》之后，河南黄河河务局又策划、出版了一系列黄河文化书籍，使河南黄河文化丛书日臻丰富、洋洋大观。我参加或担任执行主编的有《战洪图》《黄河文化千里研学之旅——研学资源解读手册》《黄河流域红色文化资源概览》《最忆是长河——我与河南黄河的故事》等。

值得一记的是，2022年9月，由中共河南省委宣传部策划，河南省委常委、宣传部长王战营担任主编的《中华文脉——从中原到中国》丛书，选我担任其中一册《黄河号子》的执行主编。该丛书的策划出版，河南省委、省政府高度重视，省委宣传部还将此丛书列入全省宣传思想工作的“八大工程”之一。在丛书出版单位——中原出版传媒集团领导和专家的悉心指导下，我先后完成了大纲编写、人员组织、样章试写等任务，并计划撰写全书七个章节中的四个。目前，该书写作正在稳步推进中。

五是河南黄河文化宣传新的载体逐步完善。新的河南治黄文化展厅落成、河南黄河微信公众号关注量取得新突破、河南黄河网新版上线。说起河南治黄文化展厅，也是好事多磨，从 2021 年 6 月开始酝酿并外出考察，到次年 9 月建成，其中辛苦，只有亲身参与者才知道。河南黄河微信公众号稳步运行一年多来，订阅人数 6031 人，发布信息、视频 3363 条（部），浏览量 60.3 万次，这是值得多说几句的。

在“万里黄河第一险工”的封丘曹岗险工，高高竖立着一块寓意深刻的“治黄丰碑”。丰碑下部的“山”字造型让人浮想联翩：它如同水下数以万计的根石，保卫着巍巍长堤；它象征无数忠于职守的治黄儿女，凭借能负重、肯奉献、敢担当的“根石品格”，呵护着大河安澜。乘着新时代的文化煦风，河南治黄儿女从厚重的黄河文化中萃取精华，于伟大的黄河精神中汲取力量，正奋力书写黄河高质量发展的崭新答卷。

方寸中的黄河故事

◎信宏胜

黄河是中国第二大河，上源卡日曲，出自青海省巴颜喀喇山脉各姿各雅山麓，向东流经青海、四川、甘肃、宁夏、内蒙古、山西、陕西、河南、山东等九个省、自治区，在山东省北部注入渤海，全长5464公里，流域面积约75.24万平方公里。黄河流域是中华文明的发源地，被国人赞誉为“母亲河”。黄河作为热门题材也曾多次登上新中国邮票这一“国家名片”。作为一名“70后”治黄工作者和“80后”集邮爱好者，我现在就翻开厚厚的集邮册，透过那一枚枚小小的邮票，为大家好好讲述下新中国各个建设时期的“黄河故事”。

黄河治理是新中国成立初期事关安民兴邦的大事。从1950年春开始，黄河水利委员会和沿黄各级人民政府在“兴利除害，分步治理”的治黄思想指导下，先后组织开展了两个时期的黄河治理工作，有目的、有步骤地对黄河流域进行综合治理。治黄工作经历从以黄河下游为中心的治标，到以黄河中游为中心的治本的过程，不仅加固了堤防工程，有效遏制了黄河水患，兴办了引黄灌溉工程，为灌溉华北平原开辟了道路；而且制定了全流域、多目标的流域规划，开展了水土保持的试验推广工作。新中国成立初期的黄河治理取得了巨大成就，也留下了值得吸取的教训。1957年12月30日，为了宣传治理黄河的伟大意义，邮电部发行了《治理黄河》特种邮票，全套四枚，分别描绘了黄河综合利用第一期工程示意图、三门峡水电站外景图、黄河远

黄河特种邮票

景航运图、黄河远景灌溉图。这也是新中国发行的第一套黄河邮票。这套我有幸得到的邮票，不仅是我迄今收藏到的年代最早的一套黄河邮票，也是同在黄河系统工作的老父亲留给我的珍贵遗产。当年，不论是小学课间还是初中教室，它总是我向同学们得意炫耀的唯一法宝。现在想想，算是我对黄河进行的最早宣传吧。

我的真正集邮经历开始于 1980 年，最早的起源就是那枚红红的金猴邮票。记得 1983 年 12 月前后，我还在上小学五年级的时候，县城西关邮电局正在出售毛泽东诞辰 90 周年纪念邮票，全套四枚，对于出生于 70 年代的我们，这套邮票当然成为我们这些“小邮迷”的争抢对象。等冲过层层人墙、拿到邮票，才发现其中的第三枚，正是毛主席 1952 年 10 月 31 日在黄河水利委员会王化云主任等陪同下视察黄河，在花园口瞭望黄河时的珍贵镜头。当时，伟大领袖毛主席视察黄河，信步登上小顶山，坐在土坎上凝视黄河良久，发出了“要把黄河的事情办好”的伟大号召。邮票上那座桥，正是黄河上修建的第一座铁路桥——郑州黄河铁路大桥，它原名平汉铁路郑州黄河大桥，修建于 1899 年，全长 3015 米，是新中国成立前最长的桥。1987 年，经历了中国近百年兴衰的老桥被拆除，只留下了南端 5 孔约 200 米供参观教育的桥头遗址。走上锈迹斑斑的桥头遗址，双手摩挲过沧桑厚重的桥面，仿佛还能看到那段不平凡的峥嵘岁月。当年的毛主席发出了“一定要把黄河的事情办好”的伟大号召，也成为我们父辈那代黄河人的终身奋斗目标。

时光飞转，1993 年 7 月，我也在黄校毕业后继承了父辈的事业，走上了治黄工作岗位。有了稳定的工资，自己对邮票收藏也更加痴迷。当时，黄河治理上发生了一件“破天荒”的大事，那就是治理开发黄河的关键性工程——小浪底水利枢纽的兴建。小浪底水利枢纽建设，开创了黄河治理的新纪元。2002 年 6 月，为了展示新时期黄河水利建设成就，中国邮政又发行了《黄河水利水电工程》特种邮票 4 枚和小型张 1 枚，将新中国成立以来陆续建成的李家峡、刘家峡、青铜峡和三门峡水利枢纽、小浪底水利枢纽等重大黄河水利工程搬上了国家名片，出于对小浪底水利枢纽建成的庆祝和期待，我一口气购买了整版的邮票和整整一百张小浪底邮票小型张，赠送给同事和亲友们，让他们分享到大坝的雄伟，给他们讲述大坝建成的重大意义。

2002 年 11 月 8 日，为了庆祝党的十六大胜利召开，中国邮政采取纪票特发形式，发行了《黄河壶口瀑布》特种小型张邮票。该票整幅不提十六大纪念字样，却在设计上突出表现了黄河激流澎湃、奔流不息的壮丽景色和十六大会议精神。这套邮票因为是热门的党代会题材，在当年是一票难求的，我所在的县城根本就见不到踪迹。我只好请托郑州的同学，在花园路集邮公司排了一上午的队，才帮我排到了一枚，这套金色壶口邮票同样成为我的又一个珍藏品。

2015 年 8 月 23 日，国家邮政局再次发行黄河特种邮票，以袁加先生的《黄河万里图》油画形式，以散点式的构图创作而成，全套邮票九图连票，全景呈现黄河流域的自然生态和历史人文景观，展示出黄河的磅礴气势和深厚底蕴。邮票内容分别为：大河之源、九曲过城、塞上江南、河套穹野、壶口金涛、水环三晋、山揽河洛、中州水韵、河清海晏，并采取特殊工艺印制了九连张长卷版邮票，整张规格达到了 570 毫米 ×65 毫米，也创造了世界邮票最长票幅纪录。该邮票的首发日活动由中国邮政集团河南分公司和水利部黄河水利委员会在郑州共同举办，当时我由于工作原因，没能亲自赴郑州参加大会盛况，我就在当地购买了众多黄河邮票，制作成了实寄封，邮寄给河南、山东各地兄弟单位的同事和朋友，也算是小小宣传了一下我们长垣黄河。

黄河文化是中华文明的重要组成部分，是中华民族的根和魂。习近平总书记在黄河流域生态保护和高质量发展座谈会上的重要讲话中强调指出，要保护、传承、弘扬黄河文化。透过这一枚枚精美的邮票，我们不仅可以欣赏到壮丽多彩的黄河风光，多层次展现出新中国的伟大治黄成就，还能倾听到黄河岸边的家国故事，总是让人爱不释手，流连忘返。

有一个故事叫传承

◎李士德 口述　李　珅 整理

打开尘封的木柜，找出那本跨越世纪的旧影册，翻看一张张泛黄的黑白照片，睹物思情，一个家族三代治黄人的故事，渐渐浮现于眼前。

1948 年，我被淮阳县扬孩村的驻村干部引荐给当时的淮阳县人民银行行长牛书召，这是我的第一份工作。那年，我十三岁。

1952 年，毛主席视察黄河，发出“要把黄河的事情办好”的伟大号召，在这种背景下，我向上级提交了一份参加治黄工作的申请，并于 1958 年调往兰考县青龙闸指挥部，成为一名黄河通信线务员。

1977 年，根据治理黄河的需要，上级决定在已有开封郊区和兰考县两个修防段之间建立一个新段，即开封第二黄河河务局前身开封县修防段。为了完成这一任务，上级从开封郊区和兰考县两个段抽调一部分政治合格、作风优良、技术过硬的同志参与新段建设。我从郊区段抽调到开封县修防段。随着我的工作调动，我的爱人也从兰考东坝头小学调到了开封县修防段。我被评为“活学活用毛主席语录”先进个人。

同样是这一年，我大女儿到中牟杨桥提灌站工作，和她一起工作的同事后来大多数留在了中牟黄河河务局。1984 年，我大女儿回到开封县修防段。

当初，开封县修防段建设时有两处地址可以选择，一处靠近 310 国道，职工出行比较方便；一处靠近大堤，巡堤查河比较方便。最终还是从工作实际考虑，决定将开封县修防段建设在靠近大堤的地方。我有幸参加新段的建设，住帐篷、喝凉水、吃干粮，在这种艰苦的条件下，打下了第一眼机井、盖起第一排红瓦房、垒起第一道红砖墙、种下第一株树苗，还有一座拱形的小石桥……与此同时，还架设了全新的通信线路。

当时黄河通信设备还比较落后，线路全是架空明线，数据转换靠传统的人工磁石交换机，而架空明线需要抽调各单位优秀的外线工，集中完成各段线路的架设作业，有时，野外作业时间要长达数月之久。施工作业全靠人力完成，第一步是测量，为了保证测量的精度，往往要反复进行多次。测量完成后就是挖坑，每个坑的长、宽、深都要达到两米。而后，由人力将线杆运至埋设地点，先是三人一棵，用人力车将线杆拉到地头，再由十余人合力，将线杆运至线杆坑附近。埋设线杆的过程比较费力，也有一定的危险，两、三个人跳入坑中，用撬杠顶住线杆底部，其余人用粗麻绳套住线杆，用力拉起，逐层回填夯实。最后就是最关键的架线，固定电话线的钢担、瓷瓶、螺丝、螺母等设备都需要外线工背着爬上线杆进行空中作业。架线作业如果在山区进行，那就更加困难。

1986 年冬，我接到上级紧急通知：郑济通信干线发生故障。经初步判断，故障是由通信线路中断造成的。在那个时代，内线电话是防汛指挥的唯一通信手段，通信线路出现故障，将对防汛防凌工作造成严重影响。时刻保持通信畅通是通信线务员的天职，我和我的同事张永福、徒弟李秋生顶着风雪出发，由于降雪量较大，道路受阻，我们只能徒步排查故障。排查线路不能走堤顶道路，只能沿着堤脚的线杆，一根一根地往前排查。当时我已经五十多岁了，张永福也将近五十岁，李秋生稍微年轻些，三个人风雪中相互搀扶，徒步行走二十余公里，排查四百余根线杆，终于在三仙庙附近查到故障点。当时，我们三个人是既高兴又着急，高兴的是故障找到了，着急的是发生故障的地段是大风口，风大雪急，断线处多。我们两个人拉住线，一个人负责对接线头，手冻得拿不住钳子，就哈一口气，暖下手继续，护堤员发现我们后，送了秸秆点火取暖。奋战一个多小时后，才修复所有故障。

1993 年，我光荣退休，这一年，我大女儿已经参加工作 13 年。而黄河通信技术大革新、大发展是在 1997 年。

1996 年 8 月，黄河开封段发生大洪水。洪水过后，开封第二黄河河务局用于修复被洪水、暴雨、狂风破坏的有线通信线路经济支出高达 70 万元人民币，传统架空明线有线传输技术不能应对恶劣气候变化的缺点暴露无遗，同时微波传输技术日趋成熟。

1998 年汛前，开封第二河务局装备无线接入 EAST8000 型数字程控交换机。华为公司研发生产的 EAST8000 型数字程控交换机，曾在黄河通信网中大范围使用，是迄今为止黄河通信网中使用数量最多的程控交换机。无线微波传输技术使得黄河防汛通信网告别了架空明线，故障排查可在室内查看，排除故障只需要相邻微波基站对调设备。微波技术的应用使线务员、机务员告别了故障排查基本靠走的时代。对讲机以及手机的应用使得黄河防汛指挥告别了室外通信基本靠吼的窘态。

2003 年，开封第二黄河河务局机关装备第一台 FAST-FS24 网络交换机，是我局网络建设的开端。经过 15 年的建设，开封第二黄河河务局在上级业务主管部门的帮助与指导下，通过多种方式建成光纤传输线路，开封地区黄河专用骨干网、光纤环网初步建成。开封第二黄河河务局局机关通信基站、大门寨通信基站，先后完成光纤传输网络建设。信息传输质量得到较大改善，却依然不能满足需求。为解决信息传输带宽与职工，尤其是长期远在一线值守职工的生产生活需求之间的矛盾，开封第二黄河河务局在建立黄河专用骨干网之后进一步和网络运营商合作，达到光纤网络入班组、沿河有网络。

2007 年，我外孙参军去了四平，2009 年复员回家。在国家政策的帮助下，通过他个人的努力，他回到开封第二河务局。2010 年 5 月 14 日，外孙上班的第一天，也是这一天，我拿出那枚纪念奖章给他看，当我看到那句“投身治黄事业 38 年”时，百感交集，无以言表。次年，我孙子在大学毕业后也通过考试投身了黄河水利事业。冥冥中似乎总有那么一种天意，机缘巧合下，他们二人又先后从事黄河通信信息保障工作。

2016 年，我们全家人又沿着当年路程，回到了曾经工作的地方。黄河水利委员会的大礼堂现在建成了立交桥；杨桥提灌站的老队部也早已无处可寻；兰考的东坝头小学已经修葺一新，教室明亮、操场整洁；郊区修防段的旧址早已不是当年的模样；开封县修防段的那口机井也已经废弃，拱形的小石桥也被柏油路覆盖，但那排红瓦房还是当年的红瓦房；那道红砖墙还是当年的红砖墙；当年的小树苗已经可以遮挡正午耀眼的阳光，正如俗语说的一样："前人栽树，后人乘凉。"时光荏苒，一切都在随时间的推移而转变；岁月如梭，一代代黄河人的情怀却从未改变。"要把黄河的事情办好"，是毛主席的号召，是全民族的期盼。重任在肩，任重道远。往前看，大河东去天地间，无数先贤前辈光芒无限；往后看，大河西来白云边，无数后辈青年并肩向前。

"世界有如海洋，时代有如劲风，前辈像黄河水中远去的前浪，后浪是喝黄河水长大的青年一代。前浪去开辟，后浪来继承。水流前浪带后浪，风拥后浪推前浪。伟大事业代代传，亘古及今皆如此。"

世界透视黄河之窗

——“黄河花园口”水利风景区建设始末

◎王新喜 口述　孙 冬 整理

欲了解中国，必须了解黄河；欲了解黄河，一定要知道花园口。花园口是黄河下游的起始段，河面宽阔、气势磅礴，属于典型的游荡性河段，河势变幻多端，是观赏黄河的好地方。宋代时曾经在此建闸治水，并逐步发展为村落，名“桂家庄”。明代嘉靖年间，吏部尚书许赞曾在此建造了一座花园，方圆36公顷。后来，随着黄河河道南移，村落被河水淹没，成为黄河渡口，故取名“花园口”。1938年，国民党为阻止日军西犯，以水代兵，在此炸毁黄河大堤，咆哮的洪水吞噬了无数生命和财产，千里沃野尽成泽国，使花园口附近的几十个村庄荡然无存，留下了一片沼泽和盐碱滩地。自此，黄河改道淮河入海八年余，造成了豫、皖、苏3省44个县被淹，1250万人受灾、89万人死亡，花园口由此闻名中外。

历史沉浮，从1938年花园口掘堤事件至今，黄河花园口沧桑巨变，成为展示七十多年来人民治黄发展与成就的重要窗口，承载了无数治黄职工的心血与汗水。我作为一名治黄工作者，深感这些成就来之不易，我是20世纪80年代参加治黄工作的，亲历了花园口景区的兴衰。在我从事治黄工作三十余年的时刻，能够见证花园口景区的发展历程及时代变迁，是意义非凡、难能可贵的。

1991年2月，邙金黄河河务局（惠金黄河河务局前身）成立黄河花园口环境规划办公室，我有幸参与了花园口景区的建设工作。黄河花园口景区的建设，是从“三口”建设开始的，就是“郑州花园口、开封柳园口、济南泺口要结合城市规划，搞好绿化美化。规划与城市建设部门明确分工，分别负责实施，逐步建成风景游览区，三年内做到初步美化”的要求。80年代以来，在治理黄河的同时，郑州市加大力度，在黄河滩地上种植花草树木，修建亭台、雕塑等，使花园口具备了既有治黄工程遗存东风渠首闸、泄洪闸、拦河坝等历史遗迹，又有雄伟的黄河公路大桥、造型古朴的新花园口堵口纪念亭等新时期特点。

2004年以来，花园口景区陆续开展了“八卦亭”的恢复建设、花园口记事广场建设、花园口记事广场浮雕墙建设及音乐喷泉建设等景观工程。花园口记事广场是以花园口事件为主题，在当年堵口合龙处建设的，由南北两个广场组成，北广场采用大地景观艺术，恢复1938年大堤模型，借用铜雕质感艺术，再现当年洪水夺口而出、奔涌而泻的情景，用地浮雕艺术再现黄泛区地容地貌悲惨景象。南广场以巨型浮雕反映了花园口从扒口到堵口合龙的整个事件，给人以强烈的震撼和视觉冲击。广场内，有两座“八卦亭”东西相望，该亭子由八根红色柱子支撑，绿色琉璃瓦覆盖的八角飞檐顶，雕梁画栋，画工精美，五彩缤纷。一通带顶的六面碑体四平八稳地坐落在亭子中央，人们称这护碑亭为“碑亭”或“六面碑亭”。西侧是1947年5月花园口堵口成功时国民党政府设立的纪念性建筑，亭子中心是合围在一起的六面

花园口事件记事广场碑刻

郑州花园口记事广场鸟瞰图

石碑。在国民党政府设立的这座八卦亭东边十几米的地方，也立着一座亭子，该亭为河南省人民政府和黄河水利委员会在 1997 年 8 月所立，里面石碑上刻录着花园口从扒口到堵口的真实过程。

可以鲜明看出，东西两侧的碑亭中关于扒口、堵口记载形成了强烈的对比。谁是谁非，孰真孰假，历史已经作出了公正的判决。我作为花园口景区的负责人，在花园口记事广场“八卦亭”恢复建设之际，能够看到东亭六面碑的成功设立，心中感触颇深。此碑的设立，恢复了历史旧貌，还原了历史真相，目的是让后人看清历史，千秋功罪，历史自有评说。我作为立碑者，亲历了这段意义非凡的东亭立碑实属难能可贵，至今仍记忆犹新。后来，我们在东西两亭间又修建了长近百米的巨大黄河掘口与堵口雕塑。直到 2013 年，花园口北广场再次进行优化升级，将南北广场融为一体，与西侧毗邻的河韵碑林遥相呼应、相得益彰，进一步丰富了黄河水利工程生态文化内涵。

不久前，我以退休党员的身份再次来到花园口，看到花园口如今的变化，真是让人叹为观止。当年的许家花园是不是真的繁花似锦，我们已经不得而知，如今的花园口确实是绿树葱茏、花团锦簇。平坦的柏油堤顶路面、整齐划一的行道红枫林、四季常青树种点缀堤肩、规整平顺的堤坡上葛巴草（马尼拉草）皮长势良好，黄河大堤 100 米宽的淤背区淹没在生态林木翠绿之中，临河 50 米宽的防浪林郁郁葱葱……一流的堤防配套一流的生态景观，花园口景区 2.8 公里淤背区微地形遍植绿色草坪，开阔的花园口记事广场，充分体现出花园口标准化堤防建设的精髓。可以说，花园口记事广场，成就了花园口景区，也吸引了远方的旅游者。作为美丽花园口曾经的建设者，我倍感自豪。

记得第一次参与花园口景区的开发建设是在 1989 年。这一年，花园口景区开始建设，分别在花园口险工 90 坝和 92 坝处修建六角仿古亭。后来，随着黄委会及河南黄河河务局关于黄河“三口”对国内外开放旅游、参观规划建设的要求，以先易后难，先大后小，以点带面的工作程序，对花园口景区作了近期规划和远期设想。到了 1993 年，花园口景区完成了第二期工程

花园口北广场

花园口水利风景区石碑

建设，其中包括半透空钢围墙、砖围墙，大门、管理房和售票房等。多年以来，由于花园口作为郑州市重要对外开放点和旅游点，为全市改革开放发挥了明显的窗口作用。经郑州市旅游局批复，正式定名为“郑州黄河花园口旅游区”。这时的花园口景区已经初具规模，景区主大门更是与大禹治水工具“铲”浑然一体，三口警世钟高悬于头顶，象征着黄河治理继往开来，任重而道远。

2018 年，花园口景区又逢春。昔日的主大门被拆除重建，在主大门及周边，修建了颇具规模的入口广场、配套景观石、沥青道路及配套防护栏杆、路灯、灌溉设施等。如今，当你经过花园口村的主街道一路向北，会赫然看见刻有“花园口水利风景区”字样的景观石碑，西北方向，将军坝石像依然威严耸立，镇守在蜿蜒千里的巍巍长堤上。而后，花园口景区游客量也逐渐增多，从开始的寥寥无几，到后来的游人如织，不仅见证了花园口景区内容的不断丰富，而且见证了花园口旅游的发展变迁。二十多年时间过去，沧海桑田，变化无穷。作为景区开发建设的亲历者和见证者，我不但高兴，更有满足之感。花园口以其独特的文化底蕴，融生态景观与人文史迹于一体，以观光和开展爱国主义教育为一体的国家级风景名胜区、AAA 级旅游景区，向世人展示着她的魅力所在。

花园口景区的开发建设有许多让人自豪之处，其中最重要的就是它在发展过程中从不满足现状，一直追求卓越，这是景区人始终不变的目标，花园口景区也因此成了黄河流域高质量发展前沿阵地和展示黄河文化的重要

花园口水利风景区全景图

窗口，且年均国内外游客接待量高达300万人次，这是令人自豪的。能参与花园口景区的建设，这辈子值了！从第一次参与景区的开发建设，到后期的运行管理，有硕果累累的喜悦，也有遇到困难与挫折时的惆怅，我能感觉到大家对花园口景区建设倾注的心血及感情……时间过得飞快，不知不觉间，2022年已经悄然而至，我已经退休多年，在我参加工作的几十年来，花园口景区向游人描绘着黄河的奔放与壮美，今天的花园口已成为郑州的后花园，成了人们亲近母亲河的网红打卡地。